轉眼一甲子

由大陸知青到台灣教授

王力堅——著

插圖設計：王昊為（David Wang）

自序

隨著二〇一五年來臨，我便走過了人生的一個甲子，這可真是應了收進此書的一篇文章標題「轉眼一甲子」。此際，回望自己人生六十年間三個重大的時空轉移：中國大陸↓新加坡↓臺灣，每一個時空，都留下或深或淺的人生足跡與印象。一九九〇年我離開生活了三十五年的中國大陸，前往新加坡國立大學攻讀博士學位，獲得博士學位後，留校任教逾十年，二〇〇五年初受聘為臺灣國立中央大學中文系教授。於是，每每在學術交流場合，對我的介紹就有了一個頗為拗口的說辭：中國大陸出生成長的新加坡籍臺灣學者。

十多年前起，我就陸陸續續將這些時空轉移過程的足跡與印象轉換為文字，發表在網路及自己的部落格（博客）。幾年前，更集中將有關在大陸時期，尤其是知青年代的往事記憶及思考，編纂為一書《天地間的影子——記憶與省思》出版。限於主題，該書未收我反映臺灣與新加坡相關問題的文章。現在所編的《轉眼一甲子：由大陸知青到臺灣教授》，便將前書所未收，我反映中國大陸—新加坡—臺灣三個時空足跡與印象的文章整合起來了。

該書名之「轉眼一甲子」，如前所敘，是借用了書中一文的標題，涵蓋該書內容所涉時空；而「由大陸知青到臺灣教授」，即是對自己六十年來人生歷程及身分轉換的概括。

中國大陸—新加坡—臺灣，三個頗不一樣的社會形態，常有人讓我比較在其間的生活體驗與感受，我卻往往不知從何說起。不過，從我這些文章中，當是可以瞭解一二。

中國大陸畢竟是我生於斯長於斯的地方，儘管離開了二十多年，仍是我筆下常常涉獵的對象——無論記憶、批評，還是反思、剖析，在「還說知青」與「故土情牽」兩個專輯中都得到頗為充分的展現。雖然「故土情牽」專輯中回憶一九八九年學潮的〈怎能忘了呢？這一天〉是我情牽最深者，但「還說知青」專輯更顯見我關注焦點所在。所謂「還說」，就因為我雖然已出版集中反映知青題材及議題的專書《天地間的影子——記憶與省思》，仍不間斷地「還說知青」。在這部分，有本書唯一的一篇附文〈歷史與文學：知青理想主義縱橫談〉，是孔捷生先生與朱嘉明先生受邀在我系一個講座的記錄稿，頗為深入而精闢地論析了歷史與文學中知青理想主義的相關問題。這也正是我在回憶知青往事以及探討知青歷史與文學時，所常常縈繞於心且糾結不清的問題。

「世事雜談」專輯之文，是對紛亂世事的無序雜談。談鋒所指，是多方面的，跨時空的。有因前蘇聯電影引發的時評，有基於歷史事件展開的政論，還有更多是緣自網路而闡發的各種爭議。有的針對當局，有的針對個體，有的針對當前的網路文化生態，有的卻針對八竿子打不著的「貴族」問題。這些雜談，有相當的嚴肅性歷史性思辨性理論性，反映了筆者對紛亂世事的認真思考。

二〇〇一年的九一一事件，雖然發生在美國，其影響卻是世界性的。當時我人在新加坡，卻迅速捲入聯結各地的網路論爭之中，並將多篇有關文章相繼發表在新加坡《聯合早報》與香港《明報》。這就是「永別九一一」專輯的由來。雖然這些文章（除了〈永別九一一〉）都寫於十四年前，但其立場、觀點，乃至論證辯析方式，至今仍為我所堅持，因此，收進本書時，除了個別技術性文字調整，不做任何修改與更動。

「海外隨想」專輯之「海外」者，當主要為新加坡；所「隨想」之事，既有歷史糾纏，也有現實困擾。筆鋒所及，似乎較多負面印象的呈現，當可作「愛之深憂之切」解。畢竟，那是我的第二個家鄉。去年暑假，返母校新加坡國立大學（習慣簡稱「國大」）中文系講學，便直言：無論如何，我確實十分感激「國大」，沒有「國大」給我機會就沒有我今天。至於在加拿大溫哥華英屬哥倫比亞大學任訪問教授，雖然只有不到半年時間，但無論在學術研究、自然景觀、人文風情，都給我留下深刻印象。

轉眼間，我來臺亦已十年。不過〈臺灣初遊〉則是我二十年前首次踏足臺灣的追憶之作，印象之深，至今難忘；而且，此次「初遊」，為促使我人生軌道轉向臺灣的重要契機。臺灣給我印象最深刻的是：紛亂的政治、溫馨的社會與濃郁的人情。這在「臺灣內望」專輯中，通過對在地媒體的觀察分析與自己的親身體驗記錄得以展現。臺灣諸多關係，無論歷史淵源還是現實紛爭，都與大陸互動甚為密切，這在「臺灣內望」專輯文章，得到不同層次與角度的指涉。回望「民國文學」系列，是出席某國際會議的論文，遵循香港某刊物編輯部意見壓縮修改後發表，學術性理論性固然得到強化，但原稿中諸多較鮮活的成分消失了；現回復原狀，分為三篇收錄，以遂心願。

〈回望『民國文學』〉系列、〈生澀青春——讀《魚掛到臭，貓叫到瘦》心得〉、〈文革研究還須『四化』〉、〈新加坡客家社團的前瞻性發展及其誤區〉等文，雖然多少帶有學術研究因素，但與我古典文學的學術專業背景無關，反而是體現了我多元的生命體驗與人生思考，故「名正言順」收入本書。算起來，本書是我所出版的第十二本專書。這十二本書中，有十本為學術專業類型，只有本書與《天地間的影子：記憶與省思》為非學術性，與我專業無關，然而，卻如前所強調的——反映了我更為多元的生命體驗與人生思考。

最後須說明：本書所涉人與事，均出自我今時今日的記憶、認知、理解，乃至自覺或不自覺的加工、潤色、詮釋，正應和了美國思想家愛默生「一切歷史都是主觀地被記錄下來」及意大利哲學家克羅齊「一切歷史都是當代史」的訓導；因此，本書所涉人物，除了我本人及真實姓名者外，其餘一概謝絕對號入座。

蒙蔡登山先生厚愛並引薦，台灣秀威資訊科技股份有限公司慨然將本書稿納入出版計劃；而段松秀與李書豪二位編輯的先後悉心協助，更使本書得以順利出版，在此一併謹致以萬分謝意！賢妻雅文、愛女昊玉、愛子昊為，以及年邁的父母與眾多親人，一直以來親情相伴，是我這一生至為感恩與幸福之源泉。昊為還設計了該書書前的插圖。昊為的插圖，圖文巧妙設計中突顯遒勁滄桑之感，深得本書內容精髓。昊為的參與，使本書的出版更具紀念意義。

目次

輯二：故土情牽

輯三：世事雜談

輯四：永別九一一

輯五：海外隨想

輯六：臺灣內望

輯一：還說知青

知青正處於青春成長發育期，性意識的萌生與騷動、對性／愛的激動與嚮往，是青春發育期最明顯的生理／心理表徵。於是，革命的禁令與人性的本能就形成矛盾衝突。當知青地下歌曲流行時，愛情類的歌曲就特別受到歡迎，而官方對此也就尤其嚴厲查禁。前述「九九豔陽天」的歌曲畫片的遭遇，顯然正是反映了在這麼一個時代的特殊背景中，知青青春躁動與掙扎的故事。**（〈青春的躁動與掙扎〉）**

關涉《知青之歌》[1]的一則日記

這兩天無端翻看起作為知青[2]下鄉插隊[3]時候寫的日記，開始時，可真是看得心驚肉跳——怎麼那麼「革命」啊？確實，下鄉後相當長一段時期裡寫的日記，整一個「革命日記」的範式。

究其原因，與其說是受當時「革命時代」氣氛的薰陶，不如說寫日記的目的首先就為了向「革命」表忠心。按照今日的理解，日記是私密的文類。不過，在那個「革命」的年代，就像給家人／朋友寫的信不是私密的一樣，自己寫的日記也不可能是私密的。

1 《知青之歌》原名《我的故鄉》，為南京知識青年任毅於一九六九年所創作，隨後在全國範圍內被知青廣為傳唱，各地有不同的冠名如《懷念故鄉》、《南京知青之歌》等，在知青群體中引起強烈的共鳴與反響。因此，作者任毅於一九七〇年二月被當局逮捕，八月被以反革命罪判處十年徒刑。

2 全稱為「上山下鄉知識青年」，是大陸特定歷史時期的稱謂，指從一九五〇年代開始一直到一九七〇年代末期為止，尤其是文革期間自願或被迫從城市下放到農村（包括農場、林場、牧場、生產建設兵團）當自食其力勞動者的年輕人，這些人中大多數人實際上只獲得初中或高中教育。而動員、運作這些知青下放的大規模社會活動，便稱為「上山下鄉運動」。

3 所謂「插隊」，是大陸上世紀五十年代以來，尤其是文革期間上山下鄉運動中，城鎮知識青年以插隊落戶方式下放到農村，即將城鎮戶口直接遷入到所下放的農村生產隊。這種方式是相對於下放到國營或集體農（林、牧）場，或下放到生產建設兵團等集體下放方式而言的。從此，他們就成了完全意義上的農民，他們的戶口、勞動、分配、生活等一切方面都與農民完全相同。基於「插隊落戶」的方式，有些地方（尤其是南方）也將「知青」稱為「插青」。

確切來說，自從胡風[4]被當局公佈寫給朋友的私函定罪為「反革命」之後，人們寫信不再具有私密性；雷鋒[5]日記在報刊發表後，人們寫日記，潛意識就已有「公開」的思想準備。事實上，從我下鄉的日記中，就可看到當時帶隊幹部[6]「號召」我們寫讀書筆記，寫日記，還要「檢查評比」；在一次大隊知青學習會上，帶隊幹部還公開表揚包括我在內的幾位知青寫日記的「積極表現」。

於是，我下鄉後相當長一段時期裡的日記，真可謂「滿紙荒唐言」——不是曹雪芹式的荒唐言，而是雷鋒式的荒唐言。或者說，那是自覺狀態下所說的荒唐言，且看如下一則日記：

一九七四年九月二十九日

今天中午，偶然之中，聽到兩位……的談話，獲得以下消息：目前，特別是宣傳隊「集訓」的時候，插青中正刮起一股歪風——唱黃色歌曲，什麼《莫斯科郊外的晚上》等等，還有什麼兩個大學生作的一支

---

4 胡風（一九〇二—一九八五），湖北蘄春人，原名張光人，筆名谷非、高荒、張果等；文藝理論家，文學評論家，翻譯家，曾任中國左翼作家聯盟宣傳部長，與魯迅交往密切；中共建政後，因文藝思想與主政者不和而遭整肅，並因此掀起一場涉及面甚廣的政治批判運動，一九八八年方獲徹底平反。

5 雷鋒（一九四〇—一九六二），原名雷正興，中國人民解放軍士兵，一九六二年八月十五日，因公殉職，年僅二十二歲。雷鋒逝世後，報刊連篇累牘發表了「雷鋒日記」及大量雷鋒做「好人好事」的事跡與照片，將雷鋒塑造成革命象徵與楷範。近年，雷鋒事跡及其日記被質疑有造偽之嫌。

6 一九七三年起，作為調整、落實知青政策的配套措施，一般上，每個安置有知青的大隊配備一位帶隊幹部，任期一至二年。其專責就是管理知青，跟隨知青一起生活勞動。

歌，意思大概是訴離家之「苦情」，世遇之「悲哀」。其內容無非是反對知識青年上山下鄉、反對社會主義制度，嚮往西方資本主義生活方式之類。不少團的幹部也熱衷於此類的歌曲，還威嚇別人，不准人家去「告」。說什麼若「告」就會遭到「群起而攻之」之災。他們臺上唱紅歌，台下吭（哼）黃調，真是咄咄怪事！

從日記可得出如此印象：那時候的我可真是一位表現得「很革命」的知青，對知青文藝宣傳隊中的歪風邪氣表達了義憤填膺的革命激情。「兩個大學生作的一支歌」，指的就是《知青之歌》。在此我將《知青之歌》與《莫斯科郊外的晚上》並稱為「黃色歌曲」，批判的力道更甚，不僅是訴說離家世遇的苦情悲哀，更扣上「反對知識青年上山下鄉、反對社會主義制度，嚮往西方資本主義生活方式」的大帽子——那簡直就是「現行反革命」的罪行了。其實，此歌並非「兩個大學生」所作，也根本沒有所謂「嚮往西方資本主義生活方式」的內容，由此可知我當時並沒有真正見過此歌，也不瞭解此歌創作背景，只是道聽塗說鸚鵡學舌捕風捉影地批判。這在當時是常態，就如批劉少奇、批林批孔，有誰真正讀過劉少奇、林彪、孔夫子的東西？還不是批得個熱火朝天。

從日記可見，那種狀態下的我其實是蠻孤單的，大多知青包括共青團[7]的幹部是喜歡唱「黃色歌曲」的，不僅要兩面手法：「臺上唱紅歌，台下哼黃調」，並且公然放話，會對敢於告密者「群起而攻之」。或許也正因為

7 即共產主義青年團，中共的青年組織。

這樣，我只敢在日記中表示「義憤填膺」，也不敢真的去告密。日記中「兩位」後面以省略號（……）表示，似乎也就是不願將這兩位知青的名字「洩露」出來。

隨著下鄉時間的推移，我日記中的雷鋒色彩逐漸淡化，到了下面所引這則日記，可說是頗具真實性的意義了，除了人名以「×」代替外，其餘全部照抄如下：

一九七五年十二月十三日

今早起來把昨晚剩下的粥炒熱吃了算了。餐後，溫×去林居場，我在家寫東西，列了個開頭，煩惱迫我放下了筆。中午餐也不想吃了。昏昏沉沉睡了一會。爾後，躺在床上，胡亂思想起來。想了以後，又回想自己走過的道路，正像我寫給媽的信中所說的，在我自己的人生道路中，我已走過了三分之一的路程。這是歲月崢嶸的三分之一，又是碌碌無為的三分之一。想起來，卻有幾分淒慘！回想往昔——惆悵，瞻望未來——渺茫，這是我現在的心情……

一直到晚，溫×也沒有回來。大概是幫張×運穀出龍潭罷。（昨天下雨，張運不成）可下午也飄起不小的雨來。我等不及溫×了，作好飯，就自己吃了。

晚上，自己一個人在家，守著小油燈，不禁自唱起了《懷念故鄉》，好像這首歌是寫我的事。（第五段除外）

那時，跟我一起下鄉的其他五位同組知青，兩三個月內都離開了：毅獲推薦去了廣西大學，生獲推薦去了廣西水電學校，俏、清、麗則去了縣氮肥廠。本來我也獲推薦去縣氮肥廠的，最後被刷下來了。除我外，同組知青便只剩下剛下鄉一年的溫×。

日記中提到的張×，原是在鄰村林居場的知青，已去了縣氮肥廠，回來辦理糧食關係——從原來知青點運稻穀出公社（龍潭）糧站辦理口糧遷移手續。張跟我的關係頗為密切，在知青文藝宣傳隊合作無間，我編寫節目，他譜曲；他吹笛子，我拉小提琴。平時來往也頗頻繁，一起喝酒，吹牛，打撲克，唱知青流行歌曲。他這次回來，顯然又挑起我的紛亂心緒。吃睡無味，也沒心思幹事情。

日記中我似乎豪不掩飾地展現自己的消極頹廢情緒：煩惱、昏昏沉沉、胡亂思想、碌碌無為、淒慘、惆悵、渺茫。

日記中說的「寫東西」，是前一日大隊知青文藝宣傳隊交付的編寫節目的任務。節目要求：反映知青扎根農村幹革命的內容。呵呵，試想，以我當時的心情，要寫這樣的節目！我們的領導也太幽默了。

日記末尾說到的《懷念故鄉》，就是《知青之歌》。諷刺的是，在一九七四年九月二十九日的日記中，我還義正詞嚴地批判這首歌是「黃色歌曲」呢。這歌流傳到我們那裡，歌名稱「懷念故鄉」，內容也有變動，主要是增加了幾段歌詞，後來知道原歌詞只有兩段，我們那裡流傳的版本至少有五段。日記提到的第五段歌詞應該是「用我們的雙手繡紅地球，赤遍宇宙，憧憬的明天相信吧一定會到來」這一段，這是原作所沒有的歌詞，很有點時代理想主義色彩，當時我就頗不喜歡。第三段（原作亦無）則很契合我們的情境與心境，因此印象非常深刻。日記說「好像這首歌是寫我的事」，應該主要就是指這段歌詞：

山鄉的夜晚，
多麼淒涼，
我坐在煤油燈旁，
思念我可愛的家鄉我的爹娘。
呵……呵……
呵呵……
家鄉的娘盼兒兒想娘，
痛斷肝腸，
什麼時候才能回到我的家鄉？

插隊詩鈔

贈友

十月紅河戰，暖夏辭龍灘。蕭瑟秋風今又寒，送君登新崗。
潔誼映天藍，故情重似山。雄鷹展翅過三關，鵬程萬里長。

一九七四年八月三十日

這是為送別一位曾一起到紅水河三線建設[1]工程，然後又一起下鄉插隊的知青朋友，所寫的贈別詩。前二句敘說我們一九七一年十月赴紅水河惡灘工程，一九七三年夏天離開紅水河百龍灘工程返鄉，敘事倒是中規中矩；三四句寫送別朋友離開農村進城到新的工作崗位，卻用「蕭瑟秋風今又寒」為背景，頗不合時令——才八月底，何來「蕭瑟」哪會「寒」？或可辯解為朋友離別心生寒意，其實是當時的「革命慣性」所致——襲用毛澤東「蕭瑟秋風今又是」詩句。後四句更是以一派革命時代氣息的用語來「抒情言志」，那是我們那代人常犯的通病，雖

1 自一九六四年開始，在毛澤東「三線建設要抓緊」等系列指示下，大陸政府在中西部地區的十三個省與自治區，投入了二〇五二億元（人民幣）和幾百萬人力，歷時十五年之久，進行一場以戰備（戰爭準備）為指導思想的大規模國防、科技、工業和交通基本設施建設。其背景是中蘇交惡與美國在大陸東南沿海的戰略攻勢。

不足為訓，卻也很能反映時代的特殊性乃至真實性。

憶友

一九七四年九月二十六日

七零炎月見，荏苒已四年。歸心如火更如箭，極欲會君面。
萬事不遂願，冷落小桌邊。無奈遙望北天沿，感慨疾筆尖。

記得好像是一位小學畢業後隨家人移居外地的同學，回返縣城訪友，邀我回城團聚，我卻沒有回去。具體什麼原因不回去倒記不得了。看作詩的日期，或是當時已近秋收。而秋收農忙時節，我們一般都會堅守農村不回城，一來是政治上表現積極（下鄉未滿一年尚有「進取」之心），二是經濟上的算計——農忙時的工分高。跟前一首詩相比較，這首詩較見真情實感，尤其後四句，居然透露幾分消極無奈之感。大概自己也覺得「心虛」，在此詩旁邊，便留有當時的「眉批」：「頹喪、低落、毫無生氣，真可謂『牢騷篇』。」自我批判意識甚為濃烈。

中秋寄懷

一九七四年九月三十日

碧落暝，夜風清，鄉野秋月分外瑩。分外瑩，幽幽萬籟靜。

萬籟靜，人難眠，淺碗參茸望月擎。望月擎，舉國歡國慶。
歡國慶，思家情，祝願眾親喜樂盈。喜樂盈，共賞中秋景。

一九七四年九月三十日是農曆中秋，與大陸的國慶只差一天。我們組的其他知青都到公社參加國慶匯演了（那時我還沒混進知青文藝宣傳隊呢），根據當天日記所錄，那時我一人在家獨守空房。清炒一碟豬肉，就著參茸酒（一種藥酒），自斟自飲，「乘涼賞月，愜意得很」。於是，就有了這首詩。從詩中語言看，似乎還真有點兒「愜意」的氛圍，後部分的「歡國慶」、「喜樂盈」等語，還頗有點革命年代的浪漫情懷色彩，不過，「萬籟靜，人難眠」、「思家情」等語，卻是可見「思想波動」（文革時的批判詞語）。事實上，次日一早，我便迫不及待離村返家了。此詩用了頂真格，當是有意識的詩歌技巧訓練。

贈友／調寄沁園春

一九七五年七月九日

烈日灼炎，暖風驟然，喜從天降。看蒼穹浩渺，鵬程無限。玉宇一片，青雲升天。紅河灘頭，歲月崢嶸。共度多少寒暑天。友情結，猶如赤浪湧，千秋不變。

惜今友運驟至，卻使魚水深誼難分。任雲遮霧障，光芒不減；風摧雨毀，泰山不撼。洋深海闊，情意勝似，丹心永恆比鋼堅。君不見？那江河行地，日月經天。

另一位曾一起到紅水河三線建設工程，然後又一起下鄉插隊的知青朋友，獲抽調到縣城糧食部門。當時已是知青大批抽調回城的前夕，傳言紛紛，人心浮動。「喜從天降」「友運驟至」云云，可知當時已公然將回城視為幸運之事（「扎根」已為妄言）。詩中對朋友的恭喜、對友情的表達是真誠的，但也透見自己的焦慮乃至頹喪。所謂「調寄沁園春」，其實也只是在句式上吻合而已，根本不講究（也不懂得）詞牌格律要求。這就是當時「知識青年」的一般「知識」程度。

藏頭詩送友人　　一九七六年七月十三日

志詩以表寸心腸，喜送插友赴新崗。
西陽輝盡白樹嶺，華彩映照柳江旁。

西華是同一大隊（不同村）插隊的女知青，晚我一年下鄉，卻早我一年獲招聘到柳州一工廠當工人。我贈詩送別，順便玩了個「藏頭」的文字遊戲，四句首字合成「志喜西華」。詩中「白樹」就是我們下鄉插隊的大隊名稱，「柳江」就是流經柳州的河流，當然代指柳州了。有意思的是，二〇一二年我在加拿大溫哥華英屬哥倫比亞大學任訪問教授時，西華在三十多年後居然通過電郵首次聯繫上我，爾後更提起當年這首詩，表示原詩遺失甚為遺憾。我當即翻出此詩傳去。西華大喜過望。

青春的躁動與掙扎

新學期我仍然開設知青文學課，這個星期四便要上頭一次課。昨晚備課時，為了尋找「當年的感覺」，我再次翻開保存了近四十年的插隊日記。在一九七四年的日記本封皮中，翻出一幀《柳堡的故事》電影插曲「九九豔陽天」的歌曲畫片，應是在黑白的基礎上加以染色的。畫片顯然曾被撕揉過，右下角約四分之一的部分完全撕離開了，剩下部分也被撕裂一個長口子，明顯的折痕還有兩三道。但是，這張被「蹂躪」得不成形的歌曲畫片，卻被我精心收藏在日記本封皮中。雖然日記中沒有具體的記述，但看到畫片，卻也勾起我的依稀記憶。

「九九豔陽天」是一首愛情歌曲（儘管被雜糅進某些意識形態），而在文革中，愛情卻是一個罪惡的代名詞，知青（以及任何年輕人）是不允許談戀愛的。我插隊四年，到我離開時，我那個大隊前後待過的知青大約有一二百吧，公開戀愛關係的只有一對知青。這對知青就成了批判的對象了。

然而，知青正處於青春成長發育期，性意識的萌生與騷動、對性／愛的激動與嚮往，是青春發育期最明顯的生理／心理表徵。於是，革命的禁令與人性的本能就形成矛盾衝突。當知青地下歌曲流行時，愛情類的歌曲就特別受到歡迎，而官方對此也就尤其嚴厲查禁。前述「九九豔陽天」的歌曲畫片的遭遇，顯然正是反映了在這麼一個時代的特殊背景中，知青青春躁動與掙扎的故事。

這張歌曲畫片，應是在一次傳閱過程中被官方（某位幹部或知青積極分子）發現，嚴令銷毀。我不得不被迫當面將之撕揉，過後卻偷偷收藏起來。或許是藏得太嚴實，也或許不敢再拿出來傳閱，以致一藏就是近四十年後方重見天日。

事實上，當時這首歌確實深受知青歡迎，至少我們那一帶的知青都十分喜歡唱。歌中所表現的鄉土情境，很吻合我們的插隊生活；歌中所抒發的愛情，則是我們在生活中渴望而不敢奢求的。

到今天，在知青文學課中，講到知青流行歌曲的情形是知青地下文學的重要背景，我也會隨口唱上幾句：

九九那個豔陽天來喲，
十八歲的哥哥呀坐在河邊……

那遙遠年代的朦朧感情

這幾天拜讀了宇鵬、老苯、大衛、秋實等網友談及當年知青男女感情的帖子，很受教育。認識到，「愛」，畢竟是人類最珍貴的感情。我們當年那種朦朧的情愫，也未必不是我們知青共同擁有的珍貴文化遺產之一。記錄下來，為我們的過去，也為我們的現在，乃至將來。

娟，是我們大隊知青文藝宣傳隊的「當家花旦」，比我晚兩年下鄉，剛下鄉就到知青文藝宣傳隊了。她是在另一生產隊落戶，但由於同在大隊知青文藝宣傳隊的關係，我們往來頗為密切，尤其是我創作的節目，總得要跟她這個「當家花旦」配合好，往往從節目的醞釀、策劃、編寫、排練直至正式演出，我都得跟娟保持密切聯繫。一來二往，要說二人的「感覺」沒有任何的「變化」委實是睜眼說瞎話，雖然大家從未就此說過什麼「有意味」的話，但至少有件事似乎透露出娟的某些心思。

那是我當時還蠻喜歡畫些東西，雖水準不高，但臨摹人物像還是可以的（文革初期我在小學就敢到處畫毛澤東像，沒兩下子可是要掉腦袋的呀）。那時我從畫冊上臨摹了一幀朝鮮少女畫像，自認蠻不錯的，就貼在自己住房牆上，被娟看到了，很是喜歡，硬要了去貼在她的床頭，從此我們的關係似乎更好了些。

老實說，娟是一個蠻不錯的女孩，個頭不高，身材苗條，面容姣好，能歌善舞。要說我沒有動過心那真是虛偽了。我之所以沒有實質性行動，除了大衛所說的怕對日後離開農村有不良影響之外，還有一個雙方「門不當戶不對」的根本性問題。當時我在縣文聯工作的老爸和在縣中學任教的老媽雖已「恢復工作」，但仍然屬「內部控制」使用；而娟的父親卻是我們縣武裝部副政委。更何況我老爸跟娟的父親因派性不同又多了一層「個人恩怨」，由是，我甚為自動自覺地「心如止水」了。以後即使人們常半認真半玩笑地將我與娟「拉」在一起，我始終沒有任何「超同志關係」的表現（以知青的名譽發誓：確實是表裏如一）。

至於娟呢，也不爭不辯，平靜依然，直至我一九七七年離開農村。次年，娟與柳、躍等也離開農村到了省城的絹麻紡廠。一九八二年我因大學寒假從外地回到省城（那時我父母調到省城了），專門到絹麻紡廠探訪當年的知青。柳、躍在他們宿舍招待我，弄了幾個酒菜，說叫娟來，但娟終究沒來。他們說，娟要結婚了，對方是同車間的，也是知青，是外地的。從那後，我再也沒有娟的音訊。這次回國省親重返省城，絹麻紡廠竟然就倒閉了，要問個訊也沒處問了。

玟，是我鄰村的知青，也是大隊知青文藝宣傳隊的成員，個頭也不高，身材巒豐腴，臉龐圓圓，白白淨淨的，不像娟那樣是文藝宣傳隊的主角，但字寫得漂亮，會刻印蠟紙，所以除演出外，也常常幫我抄寫、刻印節目；而且因是鄰村，來回大隊文藝宣傳隊我們大多結伴同行，因此我們也就有較多機會在一起了。

可以說，在文藝宣傳隊後期（即清她們離開後），娟、玟和我常三人行，彼此關係都很好，即使有關我和娟的傳言滿天飛的時候，玟依然跟我們保持密切的關係。

如果說當時我對跟娟的關係有所覺察的話，那麼我對跟玟的關係有什麼不妥卻是毫不覺察，雖然村民因常見我們一起來往大隊而開過我們的玩笑，但我一點也沒放在心上。

要說當時有什麼跡象的話，只能說那麼一件事了。那是某年春節期間，我們文藝宣傳隊得留在農村參加公社春節會演，其他非文藝宣傳隊的知青大都回家去了，玟的組就只剩她一人，我的組也只剩我自己，於是，排練、演出之餘，我們便常在一起搭夥做飯。某日，我依約到玟的組吃飯，當然是玟動手我動口了。於是，當玟在廚房忙的時候，我無聊地在她房裏翻書看，無意中將一面鏡子打翻在地摔破了。當然內疚啦，想到自己正好剛買有個鏡子，便回村拿來欲賠與玟。

當我拿著鏡子返回到玟的村口，遇見她村裏的青年農民老八與阿四。他倆盯著我手中的鏡子陰陰笑道：「多好的信物喲，照著我又看到你……」我沒搭他們的茬，但待回到玟的住地，不知為什麼卻沒將鏡子拿出。晚飯後再聊會兒天，夜深了，就像往常那樣在玟組留宿（當然是住在男生的房）。

一宿無事。翌晨，開門出來見老八蔫蔫地蹲在門邊，眼神呆滯地瞅著我說：「阿堅你好聖人，害我輸了五毛錢！」原來他跟阿四打賭，賭我和玟昨夜「有事」，為此，他倆居然在玟住地附近守候了整宿。我好氣又好笑，但更多視之為無聊，玟卻著實臭罵了老八一通。現在看來，當時「民間」的確對我跟玟的關係有「非同一般」的看法。但我確實渾然不曉，或者當時的焦點被集中在跟娟的關係上了吧；又或者當時我總是有意無意告誡自己：縱有知青千般情，此情無關風與月。

離開農村後，我再也沒有玟的消息。那次攜妻小回返闊別二十年的老家縣城，在知青聚會上不見玟，得知玟多年前就到外地工作了。不知為什麼，聽到這消息，我似乎悄悄鬆了一口氣。

後記：好多年以後，我與娟及玟終於在省城的知青聚會中先後重逢了。她們都有了幸福的家庭，出色的兒子與女兒……

信任與考驗

他從省城下來，算是回鄉插隊，插到我們村知青小組，因了他父親是從這帶鄉村出去「幹革命」的老幹部。省城，層級就不一樣，關鍵體現在文化層面。會唱我們沒聽過的知青歌曲，《邕江之歌》與《命運之歌》就是他教給我的；會拉小提琴，有一把「演奏用」的小提琴，很認真教過我拉《開塞第一曲》。我耐不住單調的1-3-5-4-／3-4-2-3-，終究不了了之。

她從縣城下來，算是中途插隊。所謂「中途」，就是自己一人下來，插進大隊最邊遠村的知青小組。因了她不是從學校畢業分派來的，而是從縣城雜技團分派來的。雜技團，算是有單位了，怎麼還來插隊呢？不僅在雜技團，還是有分量角兒——水火流星球堪稱一絕，還會耍長鞭。

他會拉小提琴，進了大隊知青文藝宣傳隊；她會耍雜技，進了大隊知青文藝宣傳隊。我本來就在大隊知青文藝宣傳隊。於是，我們就相熟了。

他天生就有股傲氣，不太容易結交朋友；她也天生有股傲氣，也不太容易結交朋友。不過，他們倆卻成了好朋友。或許他欣賞她的傲氣與才藝，她也欣賞他的傲氣與才藝。

他們倆成了好朋友。或許是因了傲氣，或許是因了單純，好得旁若無人，好得不顧影響。這就不對了，那是強調集體主義的年代，個人主義自由主義是被批評的。於是他們倆就被帶隊幹部批評了。

他們倆不服——我們哪錯啦?!是啊，他們倆只是旁若無人地體貼問候，溫馨關照，親熱交談，密切往來，卻連手也沒拉過。是啊，能說他們倆哪錯啦？

於是，他們倆繼續是旁若無人的好朋友。儘管帶隊幹部不安，其他知青不悅。

某日，知青文藝宣傳隊在大隊排練節目，完畢，她隨他回到我們知青組，晚飯後，還促膝談心至深夜。住在我們知青組的帶隊幹部侷促不安了，多次催促她早點返回，說路途遙遠階級鬥爭複雜不安全云云。他不悅，說我會負責送她安全返回。帶隊幹部似乎更不安了，思索再三，鄭重其事交付給我一項重要任務。

終於，夜半時分，他如約送她回返。他們倆剛出門，我便步履敏捷緊隨其後——實施跟蹤監控。這就是帶隊幹部交付給我的重要任務，以防他們倆「發生不該發生的事情」。接受如此重要的任務，我心情激動，熱血沸騰。是啊，因了黑五類出身，我一直在政治上得不到組織信任，如今那麼重要的任務交付給我，足見組織對我的信任與考驗。我一定不能辜負組織的信任與考驗。

那時，我又黑又瘦又小，最適合隱身夜幕實施跟蹤。那是個月明星稀的夜晚，一路上我基本保持在尾隨二三十米的距離。穿村過垌，還有大半是蜿蜒盤曲的山道。他與她，一路上交談熱烈，隱隱約約聽出情緒甚佳，可惜具體內容聽不清楚。在狹窄的田間小路或山道，他與她一前一後；在稍寬闊的地方，則並肩而行；雖然交談甚歡卻始終沒有任何肢體碰觸，直至經過十多華里的路程回到她的知青組駐地。

於是，一路上我的情緒就維繫在緊張、激動、興奮、期待、失望、懊惱的混合複雜狀態之中。

也不知道這次任務我是否算成功完成，反正，從那以後，組織上對我再也沒有此類的信任與考驗。

塑造知青先進典型的往事追憶

在加拿大溫哥華英屬哥倫比亞大學客座時，經西華居中牽線，我跟旅居美國拉斯維加斯的向華取得聯繫。返臺後，我跟向華往來的幾則電郵，挑起了三十多年前一次塑造知青先進典型的往事追憶……

致向華：

你好！又一個新學期開始了。下週我就要開始上知青文學課，為了找回些當年的感覺，今晚翻出插隊時的日記，竟然看到一段我採訪你，寫你的先進事蹟的往事。略述如下（人名用×替代）：

一九七七年五月十六日，我們由縣知青辦[1]分派到亞山公社，由知青專職幹部黎×華招待，餐後，由趙屋生產隊兩女知青帶回白花大隊。在建嶺生產隊李×輝（帶隊幹部？）接待我與吳×（現在澳洲）。決定吳到東風生產隊寫先進知青組事蹟，由我寫你的個人先進事蹟。

[1] 全稱「知識青年上山下鄉辦公室」，是執行、落實有關知青方針政策，動員、安置、管理知青上山下鄉工作的政府辦事機構。上至國務院，下至省、市、地區、縣，均有設置。

五月十七日，去建嶺，先後向五伯與李×旺瞭解你的情況。五月十八日，在大隊等你拿材料來。乾等，沒來。晚上與吳一起去建嶺找你，你卻沒寫好先進材料。五月十九日，中午你拿材料到大隊，我卻不滿意。下午我又到建嶺，從五點多等到七點多，你們才收工回來，等你們用餐並洗涮後，才向你瞭解情況。十點才由李×旺陪我回大隊。

之後，我們就回縣知青辦整理材料。六月十一日，縣知青先進表彰大會開幕。六月十四日閉幕。最後，好像你成了縣先進代表到地區開會。對嗎？你記得這往事嗎？

向華回覆：

由於我有些時間沒有上網了，所以沒有及時看到你的郵件。昨天晚上剛從中國返回拉斯維加斯。由於我母親的突然去世，我於九月三十日返回到中國，十月十七日又回到了美國。這次回國我分別見到了小學和初中的同學，看到了彼此外形的改變和感覺到了內心的熱情依然。

回憶往日那段歷史，對我而言是不清晰的，因為有太多你想像不到的因素在裡頭，首先推選我成為插青積極分子，就縣知青辦而言是不同意的，是大隊的社員和插青們把我強推去參加的，所以就有了你描述的似乎我很不認真的現象，那是因為根本沒人通知我準備材料，直到最後沒轍了才讓我匆匆準備。

後來我終於去參加玉林地區知青積極分子代表大會了，卻在大家全票推選我做大會發言的時候把我給攔截下來了，讓龍潭的李×平上臺做了發言，當時她是哭著抵制的，可最終還是被迫上臺發言了……

當時的我被看成插隊是為了上大學的典型了，因為我是獨生女，政策上我是不必插隊的人，我卻自己要去插隊，還有許多不為人知的原因，在此難以一一敘述了，那對我是傷痛的一頁。如果不是我的學習成績還行，且自己也努力最後參加高考[2]出去讀書了，我真不知道自己會在農村待到什麼時候！

致向華：

很高興收到你的回信。你似乎誤解我在怪你啦？不是啊，我一點兒都不怪了。其實我的想法跟你一樣的，都對當時的做法非常不以為然。你的抵觸情緒我也有啊，只是不能表露出來罷了。

至此，也證實我一個記憶：在你被決定作為知青典型上地區開會後，一次在博白鎮街頭（好像是北街口附近），你騎自行車路過，看到我，即刻跳下車趨前來。我還以為你要向我道謝呢，沒想到你卻是埋怨我將你寫成了「典型」。當時我可是蠻委屈的哦，現在想起來我是活該啊——怎麼做那種事情呢！呵呵～～～～別又誤會我怪你啊，一點兒都不會，反而是很欣賞你的真性情呢！

2 高考，即高等院校（大學）入學考試的簡稱。

向華回覆：

看來我的敘述有問題啊！我知道你不是怪我，我也只想向你傾訴，在那些瘋狂的年代我真的怕出名，怕成為別人的活靶子。你的筆頭也很鋒利，把向華推向了風口浪尖，其實我當時去插隊就是與命運在賭博。真要感謝鄧小平啊！如果沒有小平的尊重知識恢復高考制度，哪有你我的今天啊?!不堪回首……

我十九號上班了，連續上五天有點累，因為時差作怪，我晚上不能睡，白天又工作。呵呵，我夠堅強吧!?

你的知青文學課開講了嗎？學生們對我們這代人發生的故事會感興趣嗎？謝謝你能告訴我這些，分享你的生活，回憶我們的過去……

不堪回首的噁心

早就注意到一個現象：在眾多的知青回憶文章中，幾乎沒看到過有關廁所的故事。不知他人是如何想的，至於我個人來說，是實在不堪回首，下不了筆來寫。理由太簡單了——噁心！不堪回首的噁心！

知青時代的諸多事情，無論多艱難痛苦窮困辛勞，似乎都可以轉化為溫馨的回憶，唯獨廁所很難。廁所，當為書面語，生活中多稱為茅廁，我們下鄉那帶的鄉村，則稱為屎坑（為了避免文字閱讀的不適觀感，下文還是稱為廁所）。直觀形象——盛屎的一個坑。雖然那時候城鎮里的公廁衛生條件也還不錯，但初次看到鄉村的廁所，還真只有一個感覺——噁心。如何噁心，有經驗者無須詳細描述，無經驗者亦不必要瞭解。只須提點經歷者的臨場表現：無從下腳，屏息憋氣。那種感覺太強烈了太深刻了，之後幾十年（直至今日），雖然也已有長久使用衛生抽水馬桶的經歷，但每每夢中出現廁所的景象，永遠就是當日鄉村那種「無從下腳，屏息憋氣」的畫面，以致常常嚇得從夢中驚醒。

或因如此，當年我們男知青們往往寧願到野地解決，也不願光顧廁所。後來發現我們知青大院西北角，挖土建屋留下的土坑很有隱蔽性，於是就形成了男知青的天然廁所。也於是，住在大院西北角房間的俏便深受其害了。

然而，後來發生一件關涉廁所的事情，至今令我不堪回首卻也無法解釋。那是一次跟隨老隊長到生產隊豬場的廁所舀糞水，挑到田間澆禾苗。雖說是豬場的廁所，其實是人豬共用的，也就是人屎豬糞混雜。當時，老隊長用長把糞勺攪了幾下廁所的沉澱物，說，太沉實了，得下去用腳攪。隨後就跳下廁所，在糞水沒腰的廁所中來回攪動，在場的幾位農民也隨之跳下。而我與毅、生三位男知青似乎也沒多想，便跳下了廁所，同樣在沒腰深的糞水中，用自己的腳攪動著沉澱物——人屎豬糞。說老實的，那時候，還真的沒有諸如噁心之類的感覺。但也確實無法解釋我們當時的作為與表現。只是過後每每想起，卻除了噁心還是噁心，要再做一次，那是萬萬不敢的了。

順便再說一件噁心事：眼下台灣不是禽流感盛行嗎，鬧得人們都不敢吃雞鴨鵝了，我也不能免俗。但想當年，我們在知青年代里吃過多少發瘟死的雞與豬（鴨鵝倒極少）。每當生產隊的雞場豬場鬧瘟疫，我們就暗喜（還真冷血！）。有的瘟死雞或豬，肉都發黑了，連農民都不敢吃，我們照吃不誤。現今說起，有朋友調侃，或許你們體內的毒素還強過禽流感的病菌呢。我倒希望真是如此——以毒攻毒，百毒不侵了啊。

生澀青春——讀《魚掛到臭，貓叫到瘦》心得

（一）

更的的，一個有點兒怪的網名，寫了〈文革ABC〉與〈上山下鄉運動ABC〉，洋洋灑灑的長文，看了，覺得很有史料價值，收藏進博客文史資料庫。不僅自己看，也要求學生看。於是，金虹老師找到我了，說更的的還寫小說，長篇。電郵過來，建議好好看看。於是，就看了，同時也要求做知青研究的學生看。

很久很久（大學畢業以後——近三十年了）沒看長篇了，總說忙。居然在忙乎各種正兒八經的學術、教學事兒之餘，硬生生在一週內就看完了更的的《魚掛到臭，貓叫到瘦》[1]（以下簡稱《魚》）電子檔全稿。

好像是成了準則，寫小說就是編故事。《魚》的故事其實很簡單：出身舊軍官家庭的知青阿毛（丁大成）下鄉多年，在山中無老虎的局面下當上了生產隊長。知青阿毛很認真履行職責，很努力跟貧下中農打成一片。終

---

[1] 更的的《魚掛到臭，貓叫到瘦》先後由香港知青出版社與北京中國大百科全書出版社於二〇一一年與二〇一二出版。本文作為附錄收載於香港版頁530-541，現收錄於本書，稍作補充及注釋。

於，以一個外來掛屌漢的身分，在成功實踐摸親家母[2]的壯舉後，完成了知識份子與工農相結合的光輝歷程。

（二）

其實，這就是知青阿毛的生澀青春成長史。

性／愛，是任何人在青春成長／發育期所無法迴避的問題。文革時期的知青——正處於青春成長期的年輕人，是如何對待／處理這個問題的？今日的人們不會那麼容易瞭解，更不會那麼容易理解。因而也就成為我在給當下恣意張揚著青春的大學生講授知青文學時所遇上的難題。

腎上腺荷爾蒙的作祟，使知青對性／愛產生了難以抑制的嚮往與追求，鄉村生機勃躍的原生態性文化，進一步強化了性／愛的誘惑；然而，知青所面臨的現實——革命道德觀制約與生存／出路焦慮——卻往往使他們在對性／愛嚮往、追求與誘惑面前苦苦掙扎。革命道德觀制約使他們屢屢錯失性／愛的機會，生存／出路焦慮則令他們在性／愛面前卻步。下鄉多年的阿毛及其夥伴更多是處於後一種處境。

[2] 該書描述太湖流域以北的蘇南農村生活，民風開化，鄉間的男歡女愛頗為自由，且多以女性為主導，此即所謂摸「親家母」（即情人）之風。

阿毛就是這樣一個處於面對性／愛兩難漩渦的知青。

知青阿毛有很不錯的外在條件：練過體操、體格強壯，也還算帥氣，加上感情豐富細膩，樂於助人，因而很有異性緣。舊軍官家庭的出身，卻致使他陷於無法擺脫的被歧視處境及自卑心理，他所有的外在優勢也因此消解於無形。

在《魚》故事的發展進程中，與阿毛發生過各種性／愛糾纏的有女知青唐娟娟、蔣芳萍與芝萍姐妹，以及農婦小美頭、心妮等。對待前者，阿毛頗有分寸、有節制，以致最終都有緣無份；對待後者，則較為隨意、任性，以致最終皆「修成正果」。

唐娟娟，是阿毛傾情所愛者，而且是郎有情妹有意，甚至是在唐娟娟先吐露心聲的情形下，兩人才展開熱烈的愛情。最終卻在女方親人合情合理的愛女護妹計畫下，劃下了苦澀的句點。

蔣芳萍與芝萍姐妹，與阿毛有多年老同學加戰友（文革造反）的交情。這致使阿毛與蔣家姐妹的情誼，臻於隨心所欲不踰矩的化境。尤其是「二小姐」芝萍對阿毛，可以隨意親暱、耍嬌、撒野，卻也只是呈現清清純純的小兒女之情。血性方剛的阿毛始終沒有半點邪念，亦從無任何不當（或說正常）的生理反應。其實芝萍對阿毛是有那份情愛之意的，不過遲遲未見表白。或許是阿毛與唐娟娟的愛戀使芝萍（或作者）不知道如何處理，最終芝萍死於毫無預警的意外溺斃，才算了結這場令人期待卻無望的清純之愛。而芳萍在回城後，給阿毛寄來一封「有一種不容置疑的壓迫感」的信，冷靜地使二人之間的情誼無疾而終。

小美頭與心妮，同是嫁到竹窩里的農家媳婦，敢愛敢恨，在「摸親家母」民風盛行的竹窩里，頗為自動自覺地做了知青阿毛的親家母。追求、享受的就是性愛的「快活死了」（小美頭語）與「比吃肉還快活」（心妮語），當然還有知青阿毛對她們的掛心與尊重。

《魚》在阿毛與女知青情感關係的描寫上，多從阿毛的角度展開，頗有層次感。阿毛對唐娟娟的痴心、熱烈、焦慮、不安，跟對蔣家姐妹的溫和、關愛、細心，乃至無微不至的照顧就很不一樣。就芳萍與芝萍而言，阿毛與芳萍之間的溫文有禮，與芝萍之間的率性寬厚也頗見差異。

在阿毛與小美頭及心妮的情感關係描寫上，則多從後二者的角度著墨，情感描寫的細膩及深刻雖然不如寫女知青，但生活細節卻很見精采，似乎以期通過生活細節透見情感。情感的層次感展示雖然也不如寫女知青，但小美頭的任性、天真浪漫，心妮的寬容、善解人意，「兩朵梔子花，一朵剛剛開放，一朵卻是在盛開了」，還是見出了不一樣的「她」。

總的來看，阿毛的異性緣，對女知青唐娟娟與蔣家姐妹著重於情，對農婦小美頭與心妮則著重於性。對女知青即使涉及性，也大多只是停留在臆想／意淫層面，對農婦，則往往見諸身體感官的互動。

同樣的知青背景，使阿毛（及作者）對女知青的感情與精神有更深層與細膩的瞭解，而共同面臨的處境，也使他們雙方在對待、處理情感關係時，更多顧慮；因瞭解而深於情，亦因瞭解而僅止於情，以致落到「魚掛到臭，貓叫到瘦」的窘境。

在民風淳樸且開放的竹窩里，知青阿毛只是一個赤條條來去無牽掛的掛屌漢，在摸親家母的風俗浸淫、小美頭們狂野放肆而又熾熱多情的虎視眈眈之下，一旦阿毛解除束縛（出身、上調[3]、道德），頃刻便沉醉入洋溢著生命原欲本能的性愛溫柔鄉。

（三）

《魚》的故事其實也蠻簡單，或許一個短篇也就可以搞掂。演義成一個長篇，而且能讓人廢寢忘食看完，那就要考究作者的文筆功夫了。

《魚》的文筆功夫首先體現為很會「泡生活」。所謂「泡生活」，就是作者「泡」在他所描寫的生活中，也引領讀者「泡」在他所描寫的生活中。作者似乎不急於說故事，而是叨叨絮絮說生活——鄉村的生活、知青的生活、農民的生活。不疾不徐、不緊不慢、自自然然、輕輕鬆鬆、瑣瑣碎碎，細細膩膩。

其實就一個「泡」的境界，就像當下人的「泡功夫茶」、「泡三溫暖」，享受，急不得，不能有快餐心態，得悠著來，焚香烹茶，秉燭夜讀。在這「泡」的過程中，你可以沐浴迷濛肅清的禮野鄉村景色，領略摸親家母的民俗風情，沈浸在鄉民與知青的愛恨情仇，周旋於阿毛與眾女的纏綿糾結……故事情節的發展、人物形象的塑造、性格特徵的呈示，也就在這「泡」的過程中逐漸完成。

3 指通過正常合法方式，離開農村受聘到工廠、企業及政府部門等工作。

《魚》的故事不會轟轟烈烈，但能揪著你的心，吸住你的眼，比如故事開始就暗示著知青阿毛將履行摸親家母的實踐，但知識分子的軟弱性與革命不徹底性，致使他在唐娟娟、蔣芳萍姐妹、小美頭、心妮，乃至臘鳳、香妮、愛珍、采娣等中間柳暗花明、千迴百轉無數次，待到最終在小美頭身上親口嚐了梨子的滋味，輕舟已過萬重山；《魚》的人物也不會黑白分明，就說那阿毛吧，似是整一個落魄版賈寶玉，於是，唐娟娟就似乎對應了林黛玉。這一切，都統攝在作者「泡生活」的文筆功夫之中。比如，小說的終結，是落在阿毛看完初戀情人唐娟娟的姐姐寫來的一封意在扼殺兩人戀情的信後，阿毛不得要領，之後，就是「阿毛想：明天是最後一天莳秧，還有幾天就立秋了」。故事至此戛然而止。這最後一句，看似跟前面不搭竿兒，卻又耐人尋味；是無厘頭的發揮？是修辭上的反高潮？至於我，感受到的是阿毛／讀者經受了感情衝擊／挫折後，（不得不也很自然）回到現實生活中——莳秧、立秋，這就是竹窩里鄉村生活具體而實質的內容。

於是，你就不得不佩服作者的語言駕馭能力了。嫻熟自然的表達，各式詞彙的運用，從局部或個案來說，不露痕跡、自然天成、出神入化、爐火純青之類的譽詞也可以用得上。較有特色的表現則體現在如下方面：

（1）土話、俚語、俗語的運用，顯示地方色彩，以及風土民俗。小說大量運用土話、俚語、俗語，如「遣」、「點把點」、「歇盼」、「滾死爛壯」、「好大一捧」、「尻」、「戳」、「死屌」、「偶老子」、「上窩」、「沒有數目」、「講法門」、「嚼老蛆」，用這些語言，述說竹窩里鄉民與知青的故事，愈渲染出地方色彩及風土民俗。說《魚》的語言運用質樸，有時候還真質樸到有點兒笨拙，一般性的例子就別提了，提溜一個很具特性的句式，如：「阿毛朝著小美頭羞澀地笑了，阿毛是毛澤東思想哺育的青年，阿毛不應該這麼小資產階級或者資產階級的多愁善感，阿毛應該心紅膽壯志如鋼，阿毛應該雄心壯志沖雲天。」「小美頭就高興了，小美頭不生氣了，小美頭包容了阿毛的一切。」此類句式，與魯迅〈秋夜〉「牆外有兩株樹，一株是棗樹，還有一株也是棗樹」的表述異曲同工，都是大智若愚，以拙見巧的案例。不同的是，《魚》的語句是以聚焦於主動／主導意義的主語，引領著所陳述的情節或所表達的意思；魯迅文章則是聚焦於居被動意義的賓語，只是更突出地承受著被介紹；前者運用頻繁，構成語言風格的重要表現；後者則偶而為之，只是體現為修辭的個案。

（2）古典詩詞的穿插化用。諸如：「尋尋覓覓」、「今夕何夕」、「牽衣頓足攔道哭，塵埃不見咸陽橋」、「抽刀斷水水更流」、「前不見古人，後不見來者」、「人生自古誰無死，留取丹心照汗青」、「花開堪折直須折，莫待無花空折枝」、「竟無語凝咽」、「美目盼兮，巧笑倩兮」，等等。有時候是將不同的作品湊在一起，如：「大漠孤煙，眉間心上」就是將王維〈使至塞上〉詩與李清照〈一剪梅〉詞的語句湊到一起；有時候是將同一作品前後的句子拉扯在一起，如：「人生不相見，動如參與商；明日隔山嶽，世事兩茫茫」就是將杜甫〈贈卫八處士〉詩首聯與尾聯扯到一塊。這些詩詞的運用，有時候是老老實實，規規矩矩，如寫「阿毛扛著挖鍬，拿著手電筒」，「聽取蛙聲一片」；有時候就有些戲謔，如用「江州司馬青衫濕」形容錢老師的鼻涕；用「梨花一枝春帶雨」形容心妮，卻追加一句「胖梨花」；有時候就用得有點兒扭曲了，如「春蠶到死絲方盡，蠟炬成灰淚始乾」就用在形容阿毛與心妮摸親家母時欲仙欲死如醉如癡的境界。無論如何，古典詩詞的運用畢竟反映出知青有一定修養／知識的身分特徵。前文我曾將阿毛與賈寶玉對應，唐娟娟與林黛玉對應。看到知青們用《唐宋詞三百首》算命一節，又不由聯想到《紅樓夢》第三十八回大觀園菊花詩會吃螃蟹詠菊花的情形。看到阿毛為蔣芝萍焐腳，更覺得就是《紅樓夢》五十一回寶玉把晴雯拉到被中替她焐手的翻版。原以為是我自己目前研究《紅樓夢》而有此錯覺，待看到作者形容女知青譚薇薇有「幾分紅樓夢」時，我便大膽揣測作者八成是個紅迷了。

（3）革命用語、文革慣用語的化用。諸如「抬頭望見北斗星，心中想念毛澤東」、「同志加戰友」、「盛大的節日」、「大風大浪」之類的話語，一看就知道作者是那個時代的過來人。與古典詩詞比較，這類話語的運用就隨性多了，如：「一張臉彷彿災難深重的舊社會了」，「天上佈滿星，月牙亮晶晶，生產隊裏開大會，周隊長做報告」；有時候還有了些「解構」的意味，如：「阿毛覺得自己真的變壞了，一天一天爛下去了，而且爛得十分自然，十分心曠神怡。帝國主義寄託在第三、第四代身上的希望就要實現了。」「毛主席說，人民公社是橋樑，如果橋樑上都是餓得前胸貼後背的人民公社社員，那橋樑是走不過去的。」原來詞語的莊嚴崇高化為烏有；又如：「人最寶貴的東西是生命，生命屬於我們每個人只有一次，當阿毛回首往事的時候，一定因為碌碌無為而悔恨，一定由於虛度年華而羞愧，只能說，你是一個掛屌漢，你連老婆也沒有。」這句式原型[4]可是當年我們為之傾倒的座右銘

---

4 即前蘇聯作家尼・奧斯特洛夫斯基的《鋼鐵是怎樣煉成的》中主人公保爾・柯察金所說的：「人最寶貴的東西是生命，生命對於我們只有一次。一個人的生命應當這樣度過：當他回首往事的時候，他不會因虛度年華而悔恨，也不會因碌碌無為而羞愧——這

啊！有時候更有了些許輕佻，如用「雨露滋潤禾苗壯」形容被阿毛摸過親家母後的小美頭更加白嫩豐腴；用「三忠於四無限」形容心妮家的狗在阿毛與心妮摸親家母時守護在門口的模樣。

（4）毛澤東詩詞／語錄的化用／解構。毛詩詞／語錄在《魚》中的化用更為頻密，解構意味也更濃。而且，還更多是集中表現在知青尤其是阿毛身上。這無疑是突顯其時代特色，以及知青（曾經造反／紅衛兵）的身分特徵。諸如：「高天滾滾寒流急，大地微微暖氣吹」，「颯爽英姿」，「浮想聯翩」，「遙望南天」，「雄雞一唱天下白」，「幾聲淒厲、幾聲抽泣」，「謙虛使人進步，驕傲使人落後」，「東方欲曉，莫道君行早」，「雄關漫道真如鐵，而今邁步從頭越」，「宜將剩勇追窮寇」，「風卷紅旗過大關」，「牢騷太盛防腸斷，風物長宜放眼量」，「天若有情天亦老，人間正道是滄桑」，「死人的事是經常發生的」，「與人奮鬥，其樂無窮」，「風雨送春歸，飛雪迎春到」，等等，可謂不勝枚舉。

有時候，這類詞語用在比較正經的場合，如描寫女知青蔣芝萍之死時，作者連續化用毛的〈蝶戀花・從汀州向長沙〉、〈蝶戀花・答李淑一〉、〈為人民服務〉與〈水調歌頭・游泳〉的「名句」：「阿毛不敢奢望狂飆為我從天落，不敢妄想淚飛頓作傾盆雨，草芥蟻民，只要幾絲小雨就夠了。」「阿毛想，中國古時候有個文學家叫做司馬遷的說過，人固有一死，或重於泰山，或輕於鴻毛。蔣芝萍同學

樣，在臨死的時候，他能夠說：我整個的生命和全部精力，都已獻給世界上最壯麗的事業——為人類的解放而鬥爭。」

是沉在水裏而死的，她的死是比泰山還要重的。如果是鴻毛或者其他鳥毛，那肯定是輕揚在水上並且勝似閒庭信步的。」雖然是正經嚴肅場合，但原文的政治正確性還是被不很正經也不很嚴肅地解構了。

更多時候，這類詞語是運用在不很正經，甚至很不正經的場合。比如毛澤東〈沁園春‧長沙〉的「指點江山，激揚文字」，當年可是激勵了多少革命小將的經典名句，在《魚》中，卻成了描述竹窩里農婦評介男人「粗細屌」的用語。在描述、形容知青阿毛的情慾狀態或細節時，這類運用更是化腐朽為神奇地信手拈來，諸如：「剛才經過小美頭一番折騰，阿毛覺得情慾高漲，一想到女人，身體立即擎起農奴戟、高懸霸主鞭」，「一副刺破青天鍔未殘的模樣」，「山下旌旗在望，山頭鼓角相聞，阿毛企圖脫開身體，小美頭就是不肯放手」，「想到香豔合歡時，金猴奮起千鈞棒，一山飛峙大江邊」，「翻江倒海卷巨瀾，席捲江西直搗湘和鄂」，「你要知道梨子的滋味，你就要變革梨子，親口吃一吃；阿毛不是吃了一吃，阿毛連皮帶核吃了一遍又一遍」，「心旌搖盪，下半身獨立寒秋，很不安定」……諸如此類的運用，簡直是將毛詩詞／語錄顛覆性地解構了。也就是在知青阿毛的縱欲體驗中，不僅解構了毛詩詞／語錄，也解構了毛的思想，毛的革命，以及在毛指引下的上山下鄉運動，乃至解構了在這運動大潮中載浮載沉的知青阿毛。

套用「一分為二」的說法，上述幾種（尤其是後二種）語言運用的特色，沒有相應的經歷背景，還真不太容易理解，因而，特色似乎就形成了障礙。當然，如果從陌生化的角度考量，讀者因此更為關注，甚至導致誤讀，也未必不會歪打正著地產生積極效果，不過，跟我們這些過來人的感受那是有很大的不同了。

比如，我一學生曾拿這類詞語來跟我討論，特別舉出「翻江倒海卷巨瀾，席捲江西直搗湘和鄂」二句。這前句來自毛〈十六字令〉三首之一（原句為「倒海翻江卷巨瀾」），後句則來自毛〈蝶戀花・從汀州向長沙〉，都是描繪紅軍英勇威武氣勢的句子，卻被《魚》作者用來對知青阿毛跟農婦小美頭摸親家母時達到高潮的描繪。經我解釋，學生似乎明白了，但沉吟一會，說對前句他能理解，對後者還是有點想不通，說既然如此用連串地名，使用大家都熟悉的「便下襄陽向洛陽」不更好麼？

我失聲笑了，不假思索回答：「那就是詩聖杜甫而不是知青阿毛了！」

《知青》編導策略揣測

在網上，花幾天堅持看完了著名知青作家梁曉聲編劇的連續劇《知青》，覺得很失望。這部連續劇還不如梁氏二三十年前的《今夜有暴風雪》與《雪城》等。梁氏發揚了其煽情的本事——知青戰友之情，知青與農民之情，幹部與群眾之情，尤其是將男女之情（愛情），發揮得淋漓盡致，且溫情脈脈，再配合原野鄉村秀麗風光，知青生活被牧歌化了，怪不得年輕人看後直呼後悔沒趕上當知青的年代。

《知青》編導既然以「知青」如此乾淨利索的歷史性集體概念為此劇之名，當是表達對知青歷史全面涵括性與鮮明代表性的訴求，但卻莫名其妙「省略」了對知青上山下鄉運動影響深遠的幾個敏感事件或現象。何以若此？揣測如下——

（1）毛一九六八年十二月二十二日「知識青年到農村去」的指示——該劇的劇情從一九六八年秋收前開始，對幾個月後的最高指示卻無聲無息晃過。編導為何回避了這麼一個具有「劃時代」意義的最高指示？我想，是為了規避「這個國家病了」的具體責任。在劇中，「這個國家病了」始終是個虛幻的概念。什麼病及為何病，始終虛幻化。編導的「批判」及觀眾的呼應，也就始終找不到著力點。

（2）一九六九年三月珍寶島事件——該事件對在東北的知青尤其是兵團知青的影響相當大，編導避而不談卻以一段中蘇邊境和平景象取而代之。為何？為了淡化悲慘因素？為了迎合今日的中蘇和平局面？縱觀全劇，梁曉聲似乎一改以前的英雄主義悲情主義，而以溫情主義和平主義取而代之。

（3）一九七一年九月十三日的林彪事件——林彪事件使知青的世界觀人生觀受到極大震撼甚至摧毀，其要害直擊毛澤東。「五七一工程紀要」指責上山下鄉是「變相勞改」，可謂一語道破天機。《知青》的編導居然漠視。怪！劇中諸多「思考者」的思考也就始終只能停留在「這個國家病了」的囈語。

（4）一九七三年四月李慶霖信件——這是林彪事件之後，知青群體分化後的產物，並且預兆著進一步加劇分化的事態發展，揭露了農村貧窮真相以及上山下鄉運動的黑幕。這顯然跟編導溫情主義和平主義的宗旨以及知青生活牧歌化的策略背道而馳。

（5）一九七三年張鐵生白卷事件——該事件的影響是全國性的，編導捨去不用，卻編造一個一九七四年吳敏大鬧考場的事件。僅僅是「文學創作」考量？還是為了遮蔽歷史？

（6）農民不歡迎知青下鄉（分薄口糧等）以及知青給農村與邊疆造成的損害——這顯然是選擇性的編導策略，編導所要極力渲染的是知青與農民融洽無間的深厚感情，以及知青廣闊天地大有作為。絕然二元對立的認知固然失之輕率，一味揚善隱惡的舉措也不免失之偏頗。

（7）各地某些農村幹部特別是兵團幹部對知青（尤其是女知青）的戕害——在劇中，兵團上上下下的幹部對知青關懷備至，農村幹部也大都如此，杜、牛二主任雖然有惡行，但最終仍天良發現。這完全迎合了編導溫情主義和平主義的策略需求。但是，這麼一來，知青歷史中最黑暗的兵團某些現役軍官及某些農村幹部戕害知青的罪行被莫名其妙「和諧」了。

（8）知青大返城只是以空鏡頭（空蕩蕩的鐵道）及老站長一語含糊帶過——知青大返城，是知青上山下鄉運動史最令人驚心動魄的一幕，也是終結知青上山下鄉運動關鍵。但卻是編導無法面對的一個反高潮，只好以一個空鏡頭與一句話就含糊帶過，全劇至此戛然而止。令人瞠目。

關於《知青》女主角周萍的愛情

《知青》女主角周萍，上海民族資本家女兒，外貌清秀美麗，內心善良溫柔，可說是內外沒有任何缺陷瑕疵的極品人物，人見人愛，我見尤憐。

周萍因為民族資本家出身，沒有資格成為兵團戰士，便在同學掩護下，一路悄悄跟到東北。除了激進造反派吳敏從中作梗，周萍得到兵團上上下下（從團長、連長、指導員到一般男女戰士）的歡迎、喜愛與保護，轉到地方插隊，也得到當地黨支書（兼任縣知青辦副主任）的喜愛與保護，並以姐妹相稱，培養為「可以教育好的子女」典型。

周萍抵達東北第一天，便得到富有正義感的帥哥趙天亮（軍隊幹部子弟）的幫助，並很快二人陷入愛河。二人毫無掩飾高調進行的愛情也得到兵團上上下下以及家長的理解、愛護、幫助與支持。其原因，也主要是周萍太令人喜歡了，以致劇情中出現「全班弟兄都愛上了周萍」（大意）的畫外音。眾人愛屋及烏，便認同支持了二人的戀愛。

可以說，也正是由於周萍這個人物，在前十幾集的觀賞中，我一直對劇情的發展持寬容認可的態度，並屢屢被周萍的遭遇所感動。從常態的社會、人性、人情角度看，周萍的故事發展頗為合乎邏輯性，應該得到眾人的關愛、呵護，不應受到任何挫折與迫害。

但歷史現實中是否這樣，恐怕就有爭議了。網上的批評，尤其是老知青的批評，基本認為《知青》的處理違背歷史真實。其主要原因，或許就是文革中的社會及人性，恐怕並不是那麼「常態」。

或曰，文學真實不等於歷史真實，但「知青」是歷史性太深刻的現象，脫離歷史真實來追求文學真實恐怕難以服人。

《知青》編導也是從歷史真實的角度，試圖通過大量生動細緻的故事情節，回顧知青們那段獨特的心路歷程；認為「《知青》是一次人性的成長和成熟，亦是一次人格的成長和成熟」，真正的主角是「時代」本身，「有著更深刻的歷史反思」；強調劇中的溫暖不是對歷史的粉飾，而是特殊年代對善的堅守。

我不否認《知青》編導者的良苦用心，但也不可否認，編導者的用心，跟老知青們的歷史經驗有過大的落差。

插隊知青的愛情，不排除有成功的、轟轟烈烈的、感天動地的例子，但失敗的例子往往來自三個壓力：其一是來自組織上的壓力——禁止談戀愛，為了知青隊伍的純潔性，為了知青思想的純潔性。當年我們大隊的知青獲得「先進集體」榮譽，成績之一就是沒有人談戀愛。其二是社會的壓力——包括社會將談戀愛視為流氓行為、不道德行為，家長們更出於愛護自己的子女而的反對他們在農村談戀愛。其三來自自我的約束——談戀愛會給組織上不好印象，不利於上調（離開農村）。大家前途未卜，自我束縛而不敢（不願）戀愛。門戶不當，尤其是政治上的門戶不當，更往往扼殺或自行窒息知青愛情於萌芽之中。

順便說一句，我本人就是「可以教育好子女」典型，但從未有周萍那樣的際遇與感覺。當然，這是酸葡萄心理了。呵呵。

《歲月甘泉》定位的困窘

當時金虹老師告訴我，香港的講座，由蘇煒、黎服兵和我主講，蘇煒就主要談那幾天要在深圳與香港上演的組歌《歲月甘泉》。我很驚訝，也很期待。以為會有一個大家當面交換意見的極好機會了。可惜，最後蘇煒缺席了，換了另一位主講人。

在此前，看過蘇煒的《歲月甘泉》，看過黎服兵的〈「歲月甘泉」批判〉，我自己也曾有〈理想主義的緬懷與禮贊——《我們曾經年輕》觀後感〉。相比之下，《歲月甘泉》比《我們曾經年輕》更具理想主義色彩，而〈「歲月甘泉」批判〉的批判鋒芒比〈理想主義的緬懷與禮贊——《我們曾經年輕》觀後感〉尖銳犀利得多。

記得當初偶然間看到《歲月甘泉》，還以為是文革期間的作品，原因無它，太像了！從基調、精神，到語言、形式。那年代，我就在知青文藝宣傳隊混過，曾「主創」過兩個組歌（歌詞），跟《歲月甘泉》太像了，從基調、精神，到語言、形式。

顯然，蘇煒是十分抗拒人們有這種聯想的，他一再強調，他是企圖「在苦難中掘一口深井」，並屢屢以「山蒼蒼，夜茫茫，人生的路啊，走向何方」，「那一場暴風雨鋪天蓋地，把多少年輕的花季粉碎」等，來辯解「沒有刻意回避生命中的灰暗」。其實，《歲月甘泉》反映了「苦難」，反映了「生命中的灰暗」嗎？顯然沒有。

「山蒼蒼，夜茫茫，人生的路啊，走向何方」的句子，出自《歲月甘泉》第五段「一封家書——夜校歸來」。這一段是《歲月甘泉》最具悲涼之情的部分：「遠方的媽媽啊，女兒想你，三言兩語，道不盡萬千思緒。／我想眺望星空啊，思緒被雲霧遮擋；我要飛翔啊找不到翅膀。／早起的寒露，西下的夕陽，和著我的汗水，帶走我的悲傷。／啊……／山蒼蒼，夜茫茫，人生的路，走向何方？／山蒼蒼，夜茫茫，人生的路，走向何方？／媽媽啊，女兒想你，想你，想你！」

緊接著，卻是相當溫馨浪漫且積極樂觀的鋪述：「滿滿的，夜校坐著阿叔阿嬸，一字一句我教他們學文化。／汗水和心思啊，都在筆劃裡；多少話兒，連著鄉親和土地。／白天烈日下啊，阿叔教我學割膠；／夜晚風雨狂啊，阿嬸端來熱姜湯。／山泉的流淌，山花的芳香，／帶給我親情，帶給我希望，帶給我希望。」這一轉折，多少令我覺得突兀。或許，可以解釋為後者的溫馨浪漫且積極樂觀，化解了前者的悲涼之情。然而，接下去卻又是一個回馬槍式的情緒反轉：「啊……／山蒼蒼，夜茫茫，人生的路，走向何方？／山蒼蒼，夜茫茫，人生的路，走向何方？／媽媽啊，女兒想你，想你，想你！／我想你，我想你，我想你！」我無語了。到底作者要反映怎樣的一種情緒？我無法判斷。作者也表示這一段「寫得最艱難」（包括譜曲）。為何，沒詳說。我想，恐怕跟情緒的定位模糊曖昧有關。

「那一場暴風雨鋪天蓋地，把多少年輕的花季粉碎」的句子，則出現在第六段「山的壯想」：「山的壯想，山的壯想，啊……／大山裡靜靜地站立的墓碑，荒草裡掩埋著沉默的土堆。／那一場暴風雨鋪天蓋地，把多少年輕的花季粉碎，把多少花季粉碎。／啊……噢呀喂，噢呀喂！／山風輕輕吹，青山高巍巍。不要問我青春悔不悔？／山風輕輕吹，青山高巍巍。沒有什麼比生命更可貴。／雨後的彩虹，對蒼山無愧，對大地無愧。啊，無愧！無愧！」作者坦承，在這裡有意引進有悔無悔的爭論，並將之「大而化之」。如何「化」？化為何？不詳。但「無愧！無愧！」無疑是十分激昂慷慨的態度。

其實，《歲月甘泉》的情緒定位應該是可以很明確的，作者在〈「我」和「我們」，「當下」與「當時」——關於知青組歌《歲月甘泉》的創作思考〉中便表示：「我們是以一種樂觀、積極、正面的情緒取向，去主導這次知青下鄉四十週年的紀念演出和組歌的創作的，不然，整個演出和創作，都失去了意義前提。我們不是要歌唱苦難，但我們歌唱（不是歌頌）的是苦難中的青春歲月——我們的勞動，我們的愛情，我們的彷徨，我們的犧牲奉獻，等等。我們無意回避灰暗，但組歌卻無須以灰暗作底色。」

這就對了。這樣一個情緒定位，其實就是《歲月甘泉》的基調。基於此，蘇煒的「汽笛一聲海天闊」才取代了麥蒔龍的「汽笛一聲揪人心」；「揪人心」與「海天闊」的情感基調與價值取向可謂天壤之別。基於此，「墾荒曲」中反思「由於盲目的砍伐，帶來了對熱帶雨林和自然環境的破壞」的「大山累了，我們也累了……」一類調子相應壓抑的歌詞消失了，取而代之的是：「我們是開路先鋒，我們是墾荒戰士。／看我們劈開頑石，趕走蠻荒，把移山重任擔在肩上……把青春熱血灑遍邊疆，讓理想歌聲四處飛揚！」

其實，這就是作者的書寫視角：「要讓『今天』和『當下』退出，回到四十年前的『當時』的『現在進行時』，才能寫出和唱出當時的氣氛來。」要求的就是「當年的激情、氣氛」，「處處、時時充滿了當年當時的時代氣氛和往日氛圍」。（確切說是當年官方宣傳所營造的激情、氣氛、氛圍）。於是，我們才能從《歲月甘泉》中看到那麼多曾經如此熟悉的澎湃激情，豪言壯語，乃至化用自毛領袖詩詞的「千里悵寥廓」，「壯歌一曲從天落」。

由是，作者何不將《歲月甘泉》的情緒定位為歌唱「理想浪漫中的青春」？勉為其難說是歌唱「苦難中的青春」，不僅自己彆扭，讀者（觀眾）也茫然。

至於當年那種澎湃激情，豪言壯語，到底有多少是發自內心；「當年的激情、氣氛」，「處處、時時充滿了當年當時的時代氣氛和往日氛圍」，到底有多少真實的成份；似乎也沒有必要去較真。在我看來，虛假偽飾，其實就是那個年代的一個本質特徵。

雖然我自己不認同，但卻也堅定認為：對上山下鄉歌功頌德又何妨？堅持青春無悔又何妨？在〈各說各話未必不可〉博文中，我曾表示：「歷史，在不同時空不同角度，以及不同思維不同話語中，便有不同的面貌呈現。知青歷史亦然。」「同一年代，甚至同一時空，也大可有不同的敘述策略乃至結論。」

倘若從學術角度考慮，我倒是有如下思考：中國歷史上就有隔代修史的傳統。其理由大概就是獲得時間的沉澱與空間的疏離，從而爭取更大可能的思考、視野、客觀、公允。基於此，我對當代史、當代文學史的論著，總是心存疑慮的。所謂當局者迷、感情用事、主觀偏執、選擇性記憶（失憶），往往是防不勝防的陷阱。然而，當事人從不同角度、立場留下的各種文字，卻又是不可或缺的歷史資料。這，或許就是我們需要努力的地方。

有感於知青理想主義

今年（二〇一二年）學術休假期間，受邀到廣西大學文學院給研究生講學，開設的課程即為《中國知青文學》。近日講課時，討論到「在緬懷、禮贊當年知青的青春奉獻與理想追求之際，是否要思考其歷史及現實的合理性」的問題。於是，就有了如下的感觸：

理想——是對事物的合理想像或希望。是人們心中美好的願望，是力量的源泉，是前進的動力，是活著的希望。

理想主義——基於信仰的一種追求，理想主義跟信仰緊密相連。脫離了精神層面的理想主義，人們也就失去了信仰，迷失了自己。

可見，無論是「理想」還是「理想主義」，都應該是具有正面、積極意義的概念，其前提應該是，這裡所說的「人」、「信仰」、「精神」，是有充分自由多元發展的主體性（即人的自主、主動、能動、自由、有目的地活動的地位和特性）意義。如果「理想」、「理想主義」只能服從於某一種意識形態而疏離了這種自由多元發展的主體性意義，那麼其正面、積極的意義便會受到質疑甚至扭曲。

於是可以說，所謂理想，應該是不可排斥個人的主體性（追求者必須具有個人自由選擇的主體性），必須符合人性的需求，客觀的實際，與人類文明發展的方向。

在這個意義上也可以說，「主義」「事業」的理想只要不排斥個人的主體性，也應有其存在的合理性；可惜的是，我們所經歷過的「主義」「事業」的理想，卻只是一個共名狀態——一切無名理想皆服膺於革命共名理想之下。（陳思和用「共名」的概念，指代某種文化形態或群體立場；「無名」則是「價值多元、共生共存的狀態」）。在這樣一個共名之下，必須放棄、犧牲任何個人的自由選擇。於是，以革命的名義，理想高於人性，主義重於生命，「共名」之下無「無名」。

於是，喪失主體性而服膺於「主義」「事業」的理想，便越虔誠，越具悲劇性。一如鄧賢「轟轟烈烈進行了一場違反社會和自然規律的空想烏托邦運動」，與高伐林「晶瑩清澈的一滴滴水彙集成狂瀾惡浪」的譴責。根植現實的理想與攀附「主義」「事業」的理想要有所區別。或者說，理想追求的行為，與對此行為進行解讀要有所區別。

不能排除，即使在文革中，也應有具體個案的理想主義追求與實踐具有合理性——這些理想，當是符合人性發展、客觀實際、現實需求；然而，一旦理想攀附於「主義」「事業」（被「主義」「事業」所挾持），往往陷於虛妄而呈現出不合理性。比如梁曉聲《今夜有暴風雪》的結尾，曹鐵強及其夥伴志願留在北大荒，如果是為了穩定當時動盪的局面，穩定軍心（權宜之計，最後才返城），其行為不僅受到推崇，也應具有現實合理性；如果說是為了「完成知青們未竟的事業（上山下鄉運動的偉大事業）」，雖然將英雄主義理想主義推到了一個高峰，但卻陷於虛妄而缺乏說服力。

有兩個概念，在文革時期（甚至今天）是得到大力提倡的——奉獻精神與犧牲精神。文革時的知青就常常被提倡這兩種精神。對於前者，我是有條件地持肯定態度；對於後者，我是相當持懷疑態度的。

經過理性思考，自覺亦自由選擇上山下鄉改變鄉村落後面貌作為自己的理想，無疑是基於主體性的奉獻精神。這是在任何時代，任何社會形態都會存在的行為與精神，都是值得肯定與推崇的。如果窄化為（挾持為）某種「主義」「事業」的附屬品，往往會受到扭曲與不合理利用。在後者，奉獻精神往往被「昇華」為犧牲精神。為了「主義」「事業」貢獻一切——包括個人的青春、幸福、理想乃至生命。

知青時代，不乏有抗洪滅火的事例。在常態社會中，抗洪滅火都會要求基於安全措施的考量，但知青時代，這種災難事件往往就凸顯為犧牲精神的最佳表現時機——為理想獻身，為「主義」「事業」奉獻了完完全全的一切。黃山茶林場十一位知青抗洪而死，黑龍江尾山農場七位知青滅山火而亡，內蒙古生產建設兵團五師四十三團四連六十九位知青葬身火海……這些殉難者或許正是懷著這麼一種為理想獻身的犧牲精神而赴死：「那些血氣方剛的戰友們啊，正值青春花季的少男少女們啊，懷著對祖國的熱愛！對黨的忠心！毅然決然沖向了那熊熊的火海！……六十九個鮮活的生靈，頃刻之間，被燃燒的火焰瞬間所吞噬。他們都還是涉世不深的孩子啊!!」（「我很較真」博客文章〈六十九名兵團烈士之死誰之過？〉）

更令人髮指的是，事後對這些悲劇的解讀——為主義獻身精神的渲染與弘揚取代了事故責任的追究；而獻身精神的渲染與弘揚，又誤導、鼓動更多的年輕人成為各種災難的（准）殉難者。

於是，我總覺得，此類「犧牲精神」的號召，有蔑視生命、唆使殺人之嫌。

重返下鄉地

三十六年過去，彈指一揮間。

過來人都知道，這是套用了老毛〈水調歌頭‧重上井岡山〉的「三十八年過去，彈指一揮間」。當年心裡就嘀咕，誇張啊，彈指一揮間?!如今輪到我們自己，三十六年後第一次同組知青重返下鄉地，還真有彈指一揮間的感覺！三十六年前一起下鄉的情景，恍如就在眼前。

在大家共同好友松的熱心協助下，我們同組的六位知青在三十六年後首次一起返回下鄉地。確切說，我是三十四年後重返，因我是在其他五位知青離開後兩年才有機會離開農村的。

我們下鄉的公社，如今已成為新開發區。那可真是天翻地覆舊貌變新顏的大改觀。而我們下鄉的生產隊，卻又正好在開發區的邊緣。當我們在松的引導下，沿著顛簸不平的道路來到村口，才發現蜿蜒橫貫村裡的道路幾乎毫無變化，還是那種沙礫路面，改變的是路邊多了不少新建的房屋，我們熟悉的舊老屋子，則隱藏在新房子後面。

最沒有改變的是我們曾辛苦勞動過的那一長峒的田地，剛插了秧，滿峒綠油油的秧苗。觸景生情，不由令人想起當年農忙雙搶的艱苦歲月。

田峒那頭是鄰村，當年那裡也有一組知青，雞犬相聞，常有來往。

橫貫田峒這條機耕路還是當年的樣子。機耕路旁的池塘似乎也沒多大變化，只是感覺小了不少，恐怕是我們長大（老了）的心理錯覺。

當年下鄉第一天，我們三個男生就到這個池塘游泳，一條螞蟥叮在阿生大腿根，居然渾然不覺，到晚上睡覺時才發現，螞蟥已經吸飽滿了血，阿生驚恐中一掌拍下，螞蟥頓時爆裂，所吸之血四處飛濺。

我們下鄉第一晚住的房子，是村的農具雜物房，現在還在呢。不過，以前的門封住了，在後面另開個門，不知道裡面的牆壁是否還可以看到螞蟥爆裂飛濺的阿生血跡？

從村邊池塘回望村裡，除了可見兩棟新建房屋，其餘都被鬱鬱蔥蔥的樹木所遮蔽了。大面積的綠化——這是變化頗大的一點，原本後山只有疏疏拉拉的小松樹，坡面沒什麼植被，如今已長滿各種雜樹野草。

我們進村就直奔知青老屋。我們的知青老屋，還得以整體保留下來，被當年生產隊會計的侄子買下，主要是儲放雜物。院子天井還在（怎那麼小啦），上午，阿毅、俏與松先行下去，托村民到附近墟集買了兩頭豬，就在這個天井宰豬分肉，待我與阿生及清、麗下到時，還有村民在這裡清理豬下水（內臟）。我跟阿生住的房子，置放了大半屋子的瓶罐雜物。

四十多歲以上的村民幾乎都能叫得出我們的名字，尤其是年老者，拉著我們的手嘮個不停，年輕人與小孩則是好奇且善意地看著我們微笑。其實年輕人不多，多的是大大小小的孩子，還有各種圈養或野放的禽畜。一位中年人自報是某某的兒子，我馬上叫出「阿青？」卻回答說是阿青的弟弟。哦，當年還是拖著鼻涕的小屁孩呢。中年人當即撥電話，讓我跟阿青通話。阿青當年也就是十歲出頭的樣子吧，很調皮，常跟我們知青一起玩。現在已經外出到金城江作包工頭，電話裡熱情依舊，顯然已經知道我們返鄉的消息。

我們也能認得一些村裡人，尤其是當年的隊幹部，幾乎都能馬上叫出名字。在一張合影照片（從缺）中的村民，當年跟我們的關係都頗為密切。右邊矮胖的六叔當年是生產隊會計，現在則是生產隊長，特別跟我們強調，仍然稱「生產隊」，不像別的地方稱「組」。我想，「隊長」肯定比「組長」好聽多了。六叔說他的叔叔就在桃園的復興鄉。我驚訝道，你還有海外關係呀！六叔有些尷尬：是啊，所以文革時一直不能入黨。右起第二人當年常跟知青泡在一起，跟我們說他當時是副隊長，所以要常常找我們。不過我們沒印象當年有副隊長，猜想大概是後來設置了這個職位。右起第三人是卅二叔，當時常年在大隊部為大隊幹部們掌廚，知青到大隊集中學習或者知青文藝宣傳隊排練，也都是由他給我們做飯，對知青頗為照顧，深受知青們的愛戴。左起第二人是當年的隊長，今年已經八十四歲了，似乎還是當年那個模樣與習性，尤其是將背心捲起到胸前的樣式，完全就是當年的版本。最左邊的叫阿拉（念lai／ㄌㄞ第一聲），當年記分員最小的弟弟，是村裡少見的復員軍人，常用他自認為是普通話的腔調跟知青交談，但我們覺得他還是在說客家話。

村裡人對我們的熱情令我們感激莫名。我們臨走時，以生產隊的名義給我們每人（包括松）一麻袋乾花生與一箱子新鮮龍眼果。裝車的地方原是生產隊禾塘（曬穀場），現已廢置。我們疑惑：那麼在哪裡曬穀子？村民笑了：在各家的屋頂天臺啊！哦，是呀，都單幹了，哪還用得著生產隊的曬穀場？

最讓我掛心的村民就是我當時的房東七哥佬[1]的兒子阿五一家了。剛進知青老屋時，一位消瘦黝黑的農婦即

1 參看〈我的房東七哥佬〉，王力堅《天地間的影子——記憶與省思》（臺北縣：Airiti Press，二〇〇八），頁116-118。

上前握著我的手說「我就是五嫂」。一時間我還未能反應過來。在知青老屋跟在場的村民們熱鬧一陣後，俏提醒我該跟五嫂到阿五家探訪了。我才醒悟到五嫂就是阿五的妻子，當年她可是豐腴白皙的呀！阿五就是當年我的房東七哥佬的兒子，跟我關係甚深摯。

阿五家從村口搬到田峒對面原來生產隊雞場附近的地方。跟隨五嫂，穿越田峒、樹林，來到一個頗具規模的果樹園（主要是龍眼果樹），看到一棟兩層樓房，這就是阿五的家了。阿五正在跟前述的副隊長一起往一輛三輪摩托車上裝花生與龍眼果（就是後來給我們的）。一見面我們就很自然擁抱了，重感情的阿五眼眶已泛淚。七嬸著裝整齊等待在樓下（俏說七嬸上午就著裝整齊到知青老屋等我了），我趕緊上前緊握七嬸的手，眼睛亦已發熱。

阿五的模樣還在，只是削瘦黝黑蒼老不少；阿五的父親七哥佬過世多年了，他母親七嬸反而看起來比以前精神甚至年輕了，大概是阿五與五嫂支撐了家庭，生活也比以前好多了，或許更重要的是兒孫滿堂且孝順吧。

七哥佬與七嬸只有一兒一女，在那個年代，算是「超前計劃生育」的楷模了。可如今風水輪流轉，兒子阿五生了五胎共三子三女（一對雙胞胎），女兒阿妹居然也是生了六個子女。眾多的子女又生了多少孫輩，搞不清楚了。阿五的子女都外出打工了，只有兩個孫子女在家。阿妹嫁得遠，未能及時回來，但我回臺後，就收到以阿妹語氣發來的電郵（應是子孫輩代筆），述說家庭幸福子孫孝順。

當時與七嬸阿五到二樓客廳就座敘舊，瞭解到三十多年來的巨大變化，真為他們高興。不過，大家似乎都有意無意避開了七哥佬的話題，或許有礙於久別重逢的歡愉氣氛，或者因有外人（副隊長）在場。我是很想問一下的，我也真應該問一下的，甚至應該到七哥佬的墳前上香致意。

日薄西山之際，在享用過生產隊的盛宴後，我們不得不再次「離鄉」了。三十多年才重返第一次，慚愧啊！

下一次什麼時候回來呢？還是期待著……

我的知青研究與教學

應金虹老師之邀，於二〇一一年八月二十一日（星期日）下午，出席香港作家聯會與香港知青協會在香港作家聯會會所而合辦的知青文學講座。首先由香港知青網負責人老三對上海知青更的的創作的長篇小說《魚掛到臭，貓叫到瘦》出版前後情形作介紹，並對該書給予極高的評價。我則與廣東作家黎服兵、廣東作協雜文創作委員會副主任黃濟群分別對各自在知青創作、出版、研究與教學等方面的情況進行介紹。我的發言稿如下：

我的專業領域是古典詩學，卻涉足知青研究與教學，人們通常會理解為，這是我知青情結起作用。這話說得對，也不對。

文革中我當過幾年知青，之後進工廠，上大學，教書，出國留學，再在海外任教……知青那幾年經歷，沉澱在我的人生記憶中，一直到某個契機來了，才被喚醒，也才促使我在不同時間點，先後涉足到知青研究與教學。

【契機一】

上世紀九十年代中期，我已經取得博士學位留在新加坡國立大學中文系教書。新加坡《聯合早報》記者聯絡我，要求我為讀者推薦一本值得讀的書。這本書不宜太專業太學術，應是比較通俗化的，要適合廣大讀者閱讀。我幾乎是不假思索就推薦了鄧賢的《中國知青夢》（大概就是知青情結發酵了）。當然，也就配合著對此書發了些議論。這算是我首次對知青問題發表議論了。過了不久，鄧賢到訪新加坡，我的朋友將他帶到我的辦公室。大家一見如故。這時，發生了一個小插曲：鄧賢《中國知青夢》第一幅插圖照片，是重慶知青列隊下鄉。隊伍前頭那個小男生正在我隔壁辦公室，是我的同事周建渝博士（現為香港中文大學中文系教授）。我把周博士請過來跟鄧賢見面，著實令鄧賢大吃一驚。過後，鄧賢給我寄來一本反映知青回城後經歷的長篇小說《天堂之門》，附信告訴我他要到金三角尋找當年外逃的知青，後來，也就有了長篇紀實小說《流浪金三角》。

從此後，我就有意識關注知青問題，也開始有意識引導、指導學生撰寫有關知青的論文，直到今天，已指導過十幾位碩博研究生撰寫知青專題論文或跟知青有關的論文。有的論文是以知青為專題進行討論。比如在新加坡，我指導過文革前知青史的研究、梁曉聲小說理想主義的研究、王安憶小說女性主義的研究，現在也指導臺灣的研究生撰寫有關王小波《黃金時代》性描寫的研究，以及梁曉聲《雪城》反映回城知青命運的研究。有的論文雖然不是以知青議題為主，但也涉及到知青的問題。比如我在新加坡指導過一位博士生，計畫探討王安憶後期的城市書寫，我就提示她要跟王安憶早期的鄉村書寫（包括知青書寫）相聯繫相比較。但我後來應聘去臺灣，換了導師，不知她是否按照這個設想進行。我現在指導的一位臺灣碩士生，研究郭路生（食指）後期詩，我也要求她要與郭路生早年文革（知青）年代的詩進行聯繫比較。

上世紀九十年代後期，我的學生上網找資料，發現「華夏知青」等知青網站，介紹給我。於是，我也就上網成為知青網站的網友，陸陸續續在跟網友的交流中，對一些知青歷史與現狀的問題進行了討論。二〇〇一年新加坡國立大學中文系主辦了一次現代文學學術研討會，作為主辦單位的教師，我便將在知青網站討論過的一些看法，整理成為一篇研討會論文〈有關知青文學話語質疑的思考——為知青文學一辯〉。

我開設知青文學的課程，也是為了從更多途徑推展知青研究。我的知青教學開始比較晚。在新加坡的時候，我只指導學生寫知青研究的論文，沒考慮過開課，主要是覺得不是很有必要（從兩國的歷史淵源及當代聯繫來看）。到了臺灣後，發現臺灣的大學，幾乎沒有介紹一九四九年後大陸的專門課程，而大陸的大學在上世紀八十年代初起便普遍開設有關臺灣問題的課程，對此不平衡的現狀，我只是感慨，但還沒有動起開設知青文學課程的念頭。冥冥中，我在等待一個契機。

【契機二】

應該是二〇〇七年上半年，復旦大學的陳思和教授到訪臺灣，在政治大學進行了一場演講，講有關「潛在寫作」的議題。我去聽了，並由此聯想到文革中的地下文學（包括知青的地下詩歌與自創歌曲），以及當下流行的知青網路紀實性文學。過後，跟陳思和教授就這些問題交換意見，陳思和教授覺得很有意思。在回學校的交通車上，偶遇系上一位臺灣本地老師，她也表示這些問題很有意思，而她以前對這些問題都不甚瞭解。當時在車上，我就覺得有必要開設一門知青文學課程，內容應包括文革中知青中流傳的詩歌及自創歌曲，還有當下流行的知青網路紀實性文學。很快，我就向系裡提交了知青文學課程大綱，並決定在二〇〇七年下半年的新學期開課。後來因人為因素，延後到二〇〇八年上半年才正式開課。並且，很快就將課程講義整理為《回眸青春——中國知青文學》一書作為知青文學課的教材；同時，也將自己在知青網路上討論知青問題的文章及回憶性的文章結集為《天地間的影子——記憶與省思》，作為知青文學課的參考書。二書都在二〇〇八年十二月出版。無意中，也就趕上了毛澤東「知識青年到農村去」指示發表四十週年的「紀念日子」。

在《回眸青春——中國知青文學》後記中，我強調文革後新時期的知青文學，事實上就是當年的知青對自己青春歷程的回眸。其中自然有眷戀與回味，也有感傷與憤慨，還有自責與懺悔。該書的撰寫，事實上亦是一個當年的知青對有關知青記憶文本的回眸。其中固然有動情的推崇與渲染，也有平和的介紹與陳述，還有冷靜的剖析與批判。

這門課開始是為本系研究生開的，也開放給外校研究生及本系大學部高年級同學修讀。我第一次開課，就有臺灣清華大學、交通大學、淡江大學的博士生與碩士生去旁聽。後來，我也將這門課放到學校的通識中心，開放給其他院系的大學生修讀，這樣，修讀的學生人數逾百。

由於臺灣的研究生與大學生對大陸當代的歷史與文學接觸很少（有的甚至是空白），我上課的內容安排儘量有條理，簡潔明瞭；上課時，也更多利用歷史照片、圖畫、影片（紀錄片與故事片）、歌曲等聲像資料。比如介紹知青前後思想變化，我就利用官方知青歌曲與知青自創歌曲進行比較。對大學生，我更多利用分組討論的方式；對研究生，則更多引導他們對有關問題進行深入探討。總的目的，就是讓他們更多瞭解知青的歷史、文學與文化，由此，也更進一步瞭解、關注大陸的歷史、現狀及未來。

【附】歷史與文學：知青理想主義縱橫談（孔捷生、朱嘉明等）

二〇一四年十二月十七日，本書作者王力堅（下文稱「王」）邀請孔捷生[1]（下文稱「孔」）與朱嘉明[2]（下文稱「朱」）到台灣國立中央大學中文系，進行題為「歷史與文學：知青理想主義縱橫談」的演講。本書作者與中央大學中文系博士生林廣一同學根據演講錄音與錄影內容整理成本文。本文經過有關對談者審定，內文小標題為本書作者所加。

1 孔捷生，老三屆知青，一九七八年以短篇小說《姻緣》初登文壇，又相繼發表了《因為有了她》等短篇小說，上述兩小說分別獲得一九七八年和一九七九年度全國優秀短篇小說獎；一九七九年初發表的描寫海南知青遭遇的短篇小說《在小河那邊》，成為傷痕文學最有代表性的作品之一；日后又相繼發表了《南方的岸》、《普通女工》、《大林莽》等中篇小說，其中《普通女工》榮獲第二屆（一九八一～一九八二年度）全國優秀中篇小說獎；曾任廣東省文聯委員、中國作協廣東分會副主席；一九八九年參與民主運動，六月後流亡美國至今；近年著有《血路一九八九》、《龍舟與劍》、《易大旗文集》等。關於「老三屆」，參本書頁182，注26。

2 朱嘉明，老三屆知青，一九七八年考上中國社科院工業經濟研究所後，在完成碩士和博士學位的同時，參與創建國務院技術經濟研究中心，擔任河南省經濟體制改革委員會副主任，中國國際信託投資公司國際問題研究所副所長，中國西部研究中心、北京青年經濟學會、中國改革開放基金會負責人，暨《中青年經濟論壇》主編，為趙紫陽時代「改革四君子」之一（其他三位是翁永曦、王岐山、黃江南）；一九八九年六月後，流亡海外，一九九五年獲MIT的MBA，在多個國家有過創業經歷，兩千年以後，先後擔任聯合國工業發展組織的經濟學家，任教於維也納大學，台灣大學客座教授；著有《國民經濟結構學淺說》、《現實與選擇》、《論非均衡增長》、《從自由到壟斷：中國貨幣經濟兩千年》、《中國改革的歧路》等。

一、關於知青上山下鄉運動的定義及時代背景

孔：知青，作為大規模的上山下鄉運動，是一九六八年開始，一直到七十年代末才最後中止，有好幾千萬的青年被這個時代的狂流所裹纏。它對中國後來的歷史產生了深遠的影響。當代中國可以跟它相比的事件，大概就是九零年代起的民工潮——即所謂農民工進城，大概幾億人口大規模的社會人口遷徙。但是，二者又有很大的不同。因為農民工這一代，沒什麼話語權。他們的人生、遭遇，不太能夠被表達出來。至少這一代農民工，話語權是比較貧乏的。知青可不一樣。比起後來的農民工，知青較有知識，他們的感覺比較敏銳、細膩，只要那個時代稍微解凍那麼幾分，就可以說「給一點陽光就燦爛」。所以，到了文革末期，社會發生很多大的事件，已有很多知青的影子。譬如一九七六年天安門四五運動，跟回城知青很有關係，他們拿所謂反動詩歌、文章在天安門廣場上張貼，引起很大的政治風波。知青作為一個群體，在這個事件中表達他們的心聲，在整個社會上引起很大的反響。文革結束以後的傷痕文學作家，很多都有上山下鄉經歷。

知青上山下鄉運動，本身是要解決社會問題迫不得已而推行的。因為到了一九六八年，文革已經停課鬧革命三年了，從高等院校，到初中、高中，已經積壓了幾屆的畢業生，他們要到什麼地方去呢？如何安排他們工作，或者他們如何走上社會呢？這對當時的中國政府也是一個難題。很多知青是有紅衛兵經歷的，就是很熱衷投入文化大革命的造反啊，破四舊啊，或批鬥他們的老師啊；即便不是很熱衷這些

的部分學生，即所謂逍遙派，由於三年沒有課上，對於他們的青春期來講，也是充滿了焦慮和躁動。

在當時文革大背景下，不管從毛的立場來講，或者從整個文革官僚體制受到很大摧殘來講，紅衛兵這股社會力量、這個社會群體，都有很多不安定的因素，所以，把他們遣散是必須的。到這個時候，積壓了幾屆的畢業生這個社會問題就很突出了。於是就有了毛的所謂「最高指示」：「知識青年到農村去，接受貧下中農再教育，很有必要。」毛把這個社會問題政治化了。其實是為了把這個群體解散到社會各個角落。可是，當時城市裡並沒有那麼多工作機會、崗位來安置他們，只好用這個方法。毛用了一個很堂皇的政治化的口號。

朱：我同意捷生的說法。首先，我們需要對知青運動有所定義：它是發生在一九六八年至一九七八年期間，以「老三屆」為主體的，全國範圍的「上山下鄉」運動。

進而，很有必要認識知青運動的規模。所以，要從數字談起，談數字是經濟學家的特性。文革時期的中國人口八億，以當時人口比例來算，農業人口是百分之七十，七八五十六，就有五點六億的農村人口。那城市人口呢，充其量是兩億多一點。扣除大約五千萬的老人和兒童，具有工作能力的城市人口不過一點五億左右，而各種形式上山下鄉的人是三千萬到四千萬，那是巨大的數字，佔當時城市人口的五分之一，佔當時城市有工作能力人口的四分之一。幾乎每一個家庭至少有一到兩個孩子下鄉，幾乎涉及城市的所有家庭。然後，再講地理分佈。知青分佈的區域，涵括中國幾乎所有的城市、省，還有農村，當然最大規模的是一些邊疆地區。知青的人口規模和地理分佈是值得研究的。

雖然中國的知青運動人數大，時間長，地理分佈廣。但是，討論知青運動的歷史特徵，需要超越中國當時的視野，需要將這一運動的歷史空間「拉大」。「拉大」包括兩個含義：將中國文革的紅衛兵運動及知青運動與同時間在發達國家的學生運動作比較，尋找反差及其原因和後果；將中國文革的紅衛兵運動及知青運動置於大歷史之中，且以世界作為參照系。

這樣，很容易發現中國知青運動至少有這樣的特徵：第一，是政府組織和推動的運動。政府的主要動機是解決數千萬中學畢業生的就業壓力，避免由此產生的政治後果。第二，知青運動終結了千萬知青接受初、高中和大學基礎教育，學習專業知識和追求科學進步的權利。在文化革命期間，支持知青「上山下鄉」的重要根據是「接受貧下中農再教育」。也就是說，你們過去所受的教育是「資產階級知識分子」給的，現在給你一個「再教育」的機會，這就是所謂接受「貧下中農」再教育。知青運動歷史證明，「再教育」的效果是非常有限，甚至失敗。絕大多數經歷過「再教育」的知青，在重新回到城市之後，沒有文化基礎和一技之長，上學和就業困難。到了一九九零年代上半期，他們成為最早「下崗」的成員。如果沒有文化革命，「老三屆」整體得到比較系統的現代知識和技能教育，整體命運會大相徑庭，就會有較多的人生選擇機會。第三，它是時空逆轉運動。首先，從空間上說它是反城市化的。在一九六〇年代，世界的潮流之一是城市化、農民走向城市、城市的規模不斷擴大。當然，在西方國家，也存在所謂的「反城市化」現象，城市人由於生活的擠壓，遷移到農村或郊區，把生活品質移到農村，並非否定城市化運動。知青運動則是把城市的青年學生趕到農村，當時的口號叫：「我們也有兩隻手，不在城裡吃閒飯」。好像城裡人在城裡只能吃閒飯，他們的兩隻手只能到農村去才有價值。其次，從時間上說是時光倒流。讓知識青年離開現代化主流，退回到一直停留在中世紀的人民公社，或者是農奴身分，退回到落後和艱辛。今天看來，知青運動的本質是對歷史潮流和大趨勢的反動。後來絕大多數知識青年得以返城，就是回歸歷史潮流。

知青運動已經過去了四十年左右。如何評價這一制度的歷史代價，始終沒有定論。核心問題是以數千萬人為基數的「老三屆」主體，年齡集中在十五至二十歲，本應該繼續讀書學習，但是，他們先是捲入文化革命，接著「上山下鄉」，長達十餘年之久。對他們來說，這是歷史性的犧牲，對國家而言，是巨大的人力資源浪費。

人們常說：「老三屆那代人是獨一無二的。」這是一個很深刻的問題。我同意。我在這裡想強調「老三屆」的幾個「獨一無二」之處：

首先，老師的不同。「老三屆」的老師都是所謂舊中國過來的老師。我是一九五八年九月一日上的小學。我的第一個老師姓袁，是位女老師，當時應該是四五十歲，她應該在所謂的舊中國、民國時期已經教了二十多年的書。還有一位教語文的金老師，是溥儀的弟弟，他活了很久，最近才去世。也就是說，「老三屆」的老師的主體都不是共產黨培養的，而是從「舊」中國轉變過來給「新」中國工作的。他們或者是在民國時期已經從事教育的老師，或者是在民國時期讀書，在新中國開始參加教育工作。所以，毛澤東是不信任他們的，稱呼他們「資產階級知識份子」。文化革命初期，毛澤東提出「資產階級知識份子統治我們學校的現象再也不能繼續下去了」。這也是紅衛兵運動的重要背景之一。到了今天，中國大陸學生的老師已經純粹是共產黨教育出來的第二、第三、甚至第四代老師。

其次，家長的不同。「老三屆」的家長，不論從事任何職業，都是從民國走出來的。他們曾經接受過所謂「舊社會」的價值觀，不同程度保留著「舊社會」烙印。如今的學生家長，大多是「生在新中國，長在紅旗下」，自然有很大的差異。

再次，社會氛圍的不同。以我個人為例，我是在北京景山前街旁邊一個胡同成長的。那條胡同裡有魯迅夫人許廣平，有中華牌鉛筆廠董事長、有共產黨將軍、有畫家、有城市貧民、甚至還有清朝的宮女和太監。這樣多樣化的環境，在今天是難以想像的。當然，所謂的「大院文化」與此非常不同。相對單純和簡單的多。在那裡，最大的差別是官大官小，重要的關係是領導和被領導。可以說，「胡同」是社會，「大院」是單位。

還有，文化資源的不同。在一九五九年到一九六二年之間的北京，一度出現過某些電影與西方同步的情形。例如，我知道赫魯曉夫，知道紐約，都是因為電影。一部是《赫魯曉夫訪問紐約》，一部是《一個國王在紐約》，從中我還知道了赫魯曉夫、卓別林、紐約摩天大樓。還有一部電影《柏林情話》，講的是因為東柏林和西柏林之間築起一道牆，分割了東柏林的和西柏林的一對男女青年的愛情，對我這個十歲小孩的影響至深。我提及這些，無非是讓後人知道，文化革命之前的北京，並不是真正的文化沙漠，存在著各種文化和思想資源。

不了解上述所說的三個「不同」，很難認識「老三屆」。如同每一代人，都與父輩一代不可分離一樣，「老三屆」不是孤立的一代，他們的家長、老師、左鄰右舍幾乎都有著所謂「舊社會」的記憶和生活經驗。從一九四九年一直到文化革命開始的一九六六年，共產黨執政不過是十七年，毛澤東稱之為「資產階級黑線統治的十七年」。中國還沒有完成今天常說的社會轉型。毛澤東即使通過文化革命，也沒有實現他所希望的轉型。為什麼？因為社會的主體，包括共產黨的主體，並不是經由共產黨培養和教育出來的「新人」。因此，那時的中國將家庭出身置於難以想像的重要地位。進入二十一世紀之後，伴隨共產黨政權的延續，有著所謂「舊社會」記憶和生活經驗的幾代人生命的消亡，今天中國人口主體已經完全成長於共產黨意識形態、教育制度和文化制度，與「老三屆」這代人不可同日而語。此時此刻，唯有「老三屆」還傳承著對中國二十世紀上半期的某種記憶的基因。現在講多元性的根源，主要來自外部，例如網路的貢獻；在「老三屆」成長的時代，雖然表面上沒有多元性，「輿論一律」，但是，人心中還有歷史繁衍出來的多元的根。

紅衛兵和「老三屆」不是一個概念。紅衛兵來自「老三屆」，但是，僅僅是「老三屆」中的很小部分，他們的家長基本參與了共產黨政權的建立，這樣的家長在人口中的比重很低。不能把紅衛兵運動等同於知青運動，前者是主動實踐毛澤東的文化革命意圖，而後者是被迫服從毛澤東驅逐青年學生於城市的意圖。

值得提及的是，從一九七七年恢復高考到一九八九年，「老三屆」的精英曾經有過近十年的合作。

之後，發生了分流和分裂。為什麼最終會出現分流和分裂，從根本上說，還是思想不同，思想資源和思想演變的差別。經過一九九〇年代，特別是過去十餘年，「老三屆」不論思想傾向、社會地位、財富差別已經固化。例如，他們中有達官顯貴，也有家徒四壁，還有唱紅歌跳「廣場舞」的。這種差別勢必影響了之後的兩代人。

我剛剛翻閱了王力堅老師這本書（案：指《回眸青春：中國知青文學》）的references。我發現，研究知青的熱潮是一九九〇年代，現在好像慢慢在衰退。衰退原因值得思考。似乎與知青研究的主體迅速老化和思想迅速陳舊有關。但是，根本原因在於知青運動所涉及的不是小歷史，是大歷史，所涉及的學科，不是單一的，而是多方面的。

聽到這裡有同學願意做知青研究，我是相當高興的，並不因為我當過知青，主要因為「老三屆」為主體的知青正在老去，他們自己無法徹底超越自己，需要沒有知青經歷的新鮮血液參與知青研究。隨著歷史推延，知青研究的價值會迅速被深刻化和被放大？還是會逐漸的縮小和泯滅？現在還很難說。但是，可以肯定的是，知青歷史的意義，現在被估計得還過於簡單。

還有，如何看待和估計知青文學？知青文學在文學史上重要，是理解知青歷史的重要路徑。當然，知青文學存在不同形態。我是欣賞和傾向孔捷生他們代表的那類知青文學。因為，孔捷生他們寫了知青的人心、人性、痛苦、迷茫、對現實的扭曲抗爭，反應了知青歷史的悲劇本質。我是反對「青春無悔」那類知青文學。堅決反對！怎麼會「青春無悔」啊？這麼一個時空逆轉的運動使那麼多人在讀書的年代不能讀書，到了老年依然處於愚昧狀態，這是悲劇的悲劇。為什麼孔捷生他們這樣的作家可以解釋了這代人的獨特性？因為他們從頭到尾拒絕文學的媚俗。

古今中外，在社會的文化運動中獲得發言權的，不一定代表社會主體，甚至主流。因為，社會的大多數沒有能力將他們的的主張和願望，他們的心境，用語言文字表達出來。感謝孔捷生們，他們的文學表達了希望表達而沒有能力表達的多數知青的心聲。雖然，任何語言和文字都是非常蒼白和無力的，都不足以顯現知青運動的群體和個體。還是請捷生講。

二、困境與誤區：知青理想主義剖析

孔：好，回到文學這個領域來講。我也不謙虛，〈在小河那邊〉是我的成名作。我寫這小說的時候是二十五歲，那是一九七八年寫的。小說寫出來，編輯部討論了好久，最後才發表。因為對他們來講，覺得衝擊太大了、太激烈了，所以一直拖到一九七九年一月號的《作品》才登載發表。二十五歲寫這篇小說，可是我十五歲就下鄉當知青了。至少是經過了十年，前一半時間在農村歷練，和後面一段的沉澱，才寫出這麼一篇小說。這就叫「十年磨一劍」。怎麼去看待知青或知青文學？從本質來講，整個知青群體都是憤怒青年，不過跟現在的「憤青」差別非常大，現在的「憤青」標榜愛國，宣稱「愛國不需要理由」。

我們那個時代的憤青呢？是對現實充滿質疑，憎恨現實。當時要我們愛黨、崇拜領袖。在那個年代的價值觀中，愛國可能還在第三、第四位，無論如何，還是有愛國這一條。但是，那年代的憤怒青年有一個共同的質問，就是——你要我們愛這個黨、崇拜一個領袖，和擁護這個什麼什麼。你給我一個理由，我找不到這樣的理由。當時是太需要理由了——叫我們怎麼愛？我們找不到這個理由，所以才產生了這一群憤青。

到文革結束，文學剛剛解凍。在所有的中國的意識型態領域裡頭，文學，尤其是小說，是一個突破的先鋒。傷痕文學是一個先鋒，後來的星星畫派、先鋒戲劇，和張藝謀、陳凱歌他們的電影，我指的是他們早期的電影。當時他們的《黃土地》啊，《一個和八個》啊，差不多也是在後文革的先鋒文藝裡頭起到很大作用的，都是值得敬佩的。但我想說的是——文學，尤其是小說，是走在最前面的。

知青文學有好幾個發展階段，像我寫的〈在小河那邊〉，一開始是把目光聚焦在個人的苦難，我們知青自己的苦難。後來，就開始把目光延伸到農民的苦難。再往後，有進一步的反思，就是我們會把視野放得更廣闊，看到整個社會的苦難，並嘗試尋找這些苦難的根源。所以知青文學一步一步地往前推進和深化。比如我後來寫的〈南方的岸〉和〈大林莽〉，就嘗試把目光從知青個人或知青群體的經歷和苦難，往深處延伸而發掘，甚至企圖超越這個時代，嘗試把目光放得更遠。

知青文學後來有了一些分流，比如像鍾阿城這樣的轉向文化尋根。鍾阿城〈棋王〉這個小說，看起來好像不是在講知青，而是有一個文化含義上的發掘和提煉，還有如王小波等。後來的知青文學就出現了很大的偏差，這種偏差，也可以說是這個時代所需要，致使發生這樣的轉折。我們都知道——習近平、李克強、王岐山、李源潮，他們都是知青。既然他們掌握了國家最高權力、坐牢固這個位置，當然不希望知青文學構成對社會制度的質疑。我們知道，所謂「七不講」裡頭，有一個「黨的歷史錯誤不能講」。知青運動，也是一個錯誤啊，他們當然不希望你們講。

朱老師剛才提到「青春無悔」的這個說法。就在這種時候、這個聲音越來越高揚，這個說法成為回顧知青運動的主流，這是很可怕的，也是很荒誕的。從文學和美學上面來看，有一種叫「苦難崇拜」。就是有人經歷過了種種苦難以後，再回顧當初的苦難，會產生一種美感，甚至產生一種崇拜。雖然說悲劇本身就是一種美學，比如說「羅密歐和茱麗葉」，也是昇華到很高層次的一種悲劇美。但並不能說我們就會因此產生對悲劇的崇拜，希望多經歷悲劇，或者視悲劇為我們生命中最寶貴的東西。現在的知青文學裡面就有這個問題了——將苦難崇拜和悲劇美上升為無怨無悔。譬如「我們的青春多麼充實」，「我們知青對共和國作出什麼奉獻」，諸如此類宏大的話語。這個現象，都是主流意識形態、官方意識形態所制約、引導而產生的。剛才朱老師也說到，後來知青文學的發展是有點陷入困境。我覺得這是一種墮落、一種精神上的墮落，就是把知青文學，還有知青群體、運動，往無怨無悔這個方向引導，這是一種墮落。

有一位老知青在美國的大學任教，他主持和撰寫、以及組織張羅了一個大型組歌，後來擴展為一個大型歌舞表演，叫《歲月甘泉》。結果，被不少的老知青，像我跟朱老師這樣的，就認為這是紅歌的翻版。這個《歲月甘泉》對知青運動充滿了歌頌讚美、苦難崇拜。這種話語，在相當一部分知青心裡產生了共鳴。我覺得這才是悲劇所在。只要你是一個有智商的、有思想的、有智慧的、有分析能力的人，都不會去談這種無怨無悔，甚至還要苦難崇拜。這種想法，對我來講是不能接受的。

王：《歲月甘泉》一出來我也很驚訝。開始我是覺得很不可思議，甚至帶有點憤怒。過後我覺得——剛才孔老師也是這種想法——知青裡頭確實有這種人，有這種思想，有這種感情在，我們不能夠完全無視。但是，為什麼過去那麼久了，這樣的激情還在？這是不是年輕時候的理想主義的一種存留、或者回眸、或者緬懷？畢竟經歷過這麼多風風雨雨，為什麼還出現這種情形？那麼，拉開一點距離——從歷史也好、政治也好——來看的話，這樣一種理想主義大概很難簡單地否定它。至於如何去分析它、討論它，就很有意思了。我甚至覺得，可能我們是局中人，還不一定能說得那麼清楚。所以我一再強調並希望你們（指在座的同學）從後來人、局外人的角度，去探討這樣一種現象。這種現象是歷史的，但又是現代的，延續到今天。

知青與紅衛兵，雖然是不同的類型，可能性質上也不太一樣，但是在理想主義這方面，我覺得有一脈相承的東西。另外，還有一個現象很有意思。談論文革的起因，有一個簡單的說法——毛澤東的因素是很重要的。就是認為毛造反，是天才；但毛治國，是蠢才。所以他揚長避短，搞文革。當然這是比較簡單化的說法。這個說法，在大陸好像聽得比較多，在海外聽到比較多的反而是，認為毛是要堅持他的繼續革命理論，是從理想主義出發，於是知青上山下鄉就被認為是要培養無產階級革命事業的接班人；

認為從這個主觀願望出發，毛用他的理想主義來搞鬥爭；所以，在文革中的造反，都是帶有理想主義激情的，從紅衛兵到知青，都會有這麼一種理想主義激情，可以說是大氛圍下的一個承傳。

孔：每個人對自己的青春有懷念、追想，這是很正常的。即便是你的青春時候所在這個地方很貧困、也經歷了一些苦難，但是對你來講，青春總是珍貴的。所以，這個懷念、追想都是可以理解的，但是呢，不能夠把青春時候的苦難，尤其是所有整個社會的苦難全加以美化。

昨天到阿里山，看到滿山的森林，聯想起我年輕時候到海南島的情景，覺得很親切，這就是很典型的青春懷想。因為我最值得懷念的青春歲月，就在海南島雲山深處，在深山老林裡頭度過的。所以我看見大山、看見鬱鬱蔥蔥的森林，就很親切。我們的青春歲月，就在那裡墾荒，主要工作就是砍伐森林，把那些幾百年、上千年的熱帶雨林的珍貴木材，砍下來以後，過了幾個月就放火燒荒，把它燒成灰燼，因為沒有能力拉出去。燒掉以後就挖成樹坑，把橡膠樹苗種下去。

我的小說〈大林莽〉，講的就是這樣一段歷史。我們現在回過頭去看，假如當時種下去的橡膠樹很有效益，那麼對我們的青春、精神、心血多少是一種補償。甚至對我們毀滅掉的、讓我們那麼痛心毀滅掉的熱帶雨林，算是一種補償。結果呢？由於現在參加世貿，中國的橡膠根本就沒有任何競爭力，跟東南亞的橡膠沒法比，人家的橡膠質量好、價格又便宜，可以說，我們這代人在海南島的付出，扔在這個所謂橡膠事業上，完全是白費。在這種情況下，你再去懷想這個青春，講「歲月甘泉」，把當年的苦難變成甘泉，這種歌頌還有什麼意義呢？無論是從現實的經濟效益來講、還是從政治方面來講，我都完全不能接受。

朱：我沒有看過這個《歲月甘泉》。今天參加這個座談，中心議題還是要回答怎樣看待所謂的知青理想主義，或者知青和理想主義的關係。

回答這個問題，要從真實的歷史出發。我想強調的就是：絕大多數知青並非是懷著理想主義的願望走向農村邊疆的。今天不論下面有多少知青，我都會請他們捫心自問：「你那時候是滿懷激情、因為理想主義上山下鄉的？」如果大家想到那個場景，沒有多少人會給予肯定的回答。因為，絕大多數知青是被迫的，是別無選擇的。在「上山下鄉」中，除了「老三屆」，還有為數可觀的一九六九和一九七〇屆初中畢業生，他們多數不過十六歲，其中還有很多十五歲，還是孩子，卻要離鄉背井，與父母天各一方。

不要認為知青「上山下鄉」的歲月真的是一個洋溢著理想主義的時代。完全不是。那個時候，文化革命熱潮已經衰退，進入「清理階級隊伍」階段，「老三屆」們前途無望，無所事事，等待分配。「上山下鄉」是沒有選擇的選擇。不走，就是街道居民委員會的動員壓力也是受不了的。

知青歲月從頭到尾充滿的是艱辛、掙扎、無奈，甚至絕望，是在沒有溫飽保障情況下從事超強度的體力勞動。一九七三年，福建莆田上林公社一位叫李慶霖的小學教員，給毛澤東寫了長達二〇〇〇多字的信，陳述了下鄉知青生活上的困難境遇和上山下鄉運動中的一些陰暗面，並寫到給毛澤東寫信的原因：呼天天不應，叫地地不靈，所以告御狀。毛澤東給李慶霖寄上三百元，並在覆信中承認：「全國此類事甚多，容當統籌解決」。可見，知青運動和「上山下鄉」問題的嚴重性，已經到了何等地步。

在「上山下鄉」的歲月，女知識青年遭受更多的苦難。文化革命時期有一個罪名，重則可判處死刑，就是「迫害女知識青年罪」。黑龍江生產建設兵團，有兩個團級現役軍人黃硯田和李耀東，都是抗日戰爭中參加革命，最後落實被他們姦污、猥褻的女知青多達數十人。一九七三年國務院、中央軍委發出一〇四號文件，通告全國：「判處死刑，立即執行」。我看過一幅很震撼的畫：一個女知青，從支部書記的房裡走出來，手裡拿著一張工衣兵學員錄取通知書，上面蓋著鮮紅的公章，她的臉上沒有喜悅，只有傷痛和迷茫。經歷過知青年代的人都知道，這個女知青究竟付出了什麼代價。

到後來，越來越多的知青為了返城付出更大的代價。從初夜權開始，一直到編假藥方、吃假藥，讓自己真的變成殘疾。

當時，我所在的黑龍江生產建設兵團處於東北的中蘇邊境。那時準備與「蘇修社會帝國主義」打仗，如果戰爭爆發，知青就是血肉之軀的第一道防衛線，為正規軍爭取緩衝時間，這才是我們真正定位的歷史任務。

在幾千萬知青中間，有沒有所謂的理想主義？有，但是絕非主流。對絕大多數的知青來講，這是一個時代的不幸。如果有機會請廣大知青公投，贊同「上山下鄉」是理想主義的比例，一定小的不得了！將知青和理想主義掛鉤，劃等號，是通過誇大理想主義歪曲歷史。

所以，我今天並不想一般地討論理想主義。我要說的是文化革命中發生，並延續到反美學的的那個理想主義。這個理想主義並非是真正的理想主義。它包含三個要素。第一，愚昧主義。愚昧一定是反對智慧的。與愚昧連繫的是反智、反智主義。第二，非理性。近代中國始終伴隨的是非理性，只是五四以後的非理性被理論化，這種情況在知青運動中繼續。第三，激進主義。體現在從生產活動到毫無休止的政治運動。第四，反美學的。青春是美的。但是，「上山下鄉」歲月的青春的美受到太多的侮辱和損害。多少知青為了愛情權利付出從名譽到生命的代價。雖然說，理想主義常常伴生著浪漫主義，但是，知青時代的浪漫主義，沒有美學的支撐，是一種變形的浪漫，一種變態的浪漫。

問題是，為什麼會形成將知青運動和理想主義捆綁在一起的現象？依我所見，主要因為：廣大知青，並不擁有討論知青運動和「上山下鄉」的話語權，這個話語權已經被少數人控制和意識形態化。官方意識形態需要通過所謂理想主義解說知青運動和「上山下鄉」。知青在走向中老年的過程中，會改變記憶，心理上傾向模糊甚至忘記苦難，美化青春歲月，容易接受和想像虛幻的理想主義。

在歷史每一次的轉折中，悲劇的主體因為喪失話語權之後，而被掌有話語權的人代表悲劇的主體來說話，並被冠以悲劇主體的名義來做出結論，這樣的歷史到今天都沒有被改變。中國的知青問題需要被討論，但沒有這麼簡單，因為進入到了知青統治中國的時代。

孔：朱教授是北大荒的四師，我是海南島的六師。我是生產建設兵團六師十五團，在五指山深處，海南島最中部。海南島有一句話叫：「一窮二白。」最窮的就是瓊州和白沙，這就是所謂「一窮二白」，我們就在這個地方。我跟朱老師是冰火兩重天，因為他那裡是零下四十幾度，我這裡是零上五十幾度！那時候就感到很奇怪，男知青是又黑又瘦，女知青就虛胖。我也不知道是什麼原因。北大荒雖然很冷，但有很長的農閒期。基本上，除了要出什麼任務以外，沒什麼很重的農活。我們那裡就不同了，人間地獄！我們一年四季都得幹活、都是很重的活，都是墾荒。所以，這也是苦難的一種。

朱：捷生講海南島，我談的是黑龍江。中國有八個字描寫痛苦：一個是「水深火熱」啊，還有一個「飢寒交迫」，把知青時代的南方和北方都cover（涵蓋）了。

孔：我換個話題，談談剛才朱老師講到的關於知青悲劇性的問題。依我所知，有關知青的諸多問題，並不是那些真正的老知青的想法，甚至也不是用常識去討論知青運動的評論家的想法，而是時代的局限，迫使他們這樣做的。我舉一個例子：在中國大陸任何想紀念反右多少週年、紀念文革多少週年，都是禁止的、不可能的。不過，紀念知青運動多少週年，好像犯忌的程度會輕一點。這樣想的話就錯了、絕對錯了。二〇〇八年，就是知青大規模上山下鄉運動的四十週年，很多地方都想搞紀念活動，尤其兵團知青集中的地方。比如黑龍江、內蒙、雲南、廣東、海南島這些知青去得多的「墾荒戍邊」的集結地都想搞紀念活動，全部被禁止。禁止的理由呢，就是說跟京奧——北京奧運會有衝突。當年下鄉主要發生在十一月、十二月，跟八月的京奧有什麼過節？反正不許，但只有一個案例是例外，就我剛剛跟王老師說到的這個《歲月甘泉》。這個大型歌舞是例外，是廣東一批老知青搞成的。為什麼呢？我們也認識這個作者，他當年是我們海南島兵團的。他說，這個過程，他實際上想多抒發一點對知青悲劇性的控訴，絕對通不過，最後就弄成這個樣子，基本上就變成歌頌性的。頂多讓你抒發一點點對母親的思念，好像裡面有一兩首這樣的歌詞。至於對苦難的描述，絕對不允許，結果出來就成現在這個樣子。聽了這個來龍去脈的過程以後，你就發現——它實際上是被官方意識形態的需求所限定的，讓它變成這個樣子的。只有成為了這個樣子，它才能讓你通過。否則一切都免談，這就是冷酷的現實。

朱：在回憶知青運動時候，我不會使用「甘泉」這樣的字眼，更願意使用「苦難」的概念。

盧梭說：世界上有兩種苦難：第一種是在苦難中承認苦難，並告訴後人那曾經是苦難，這種苦難需要被記載。第二種是經歷了苦難，當時就不讓承認，以後明白了是苦難還不敢說是苦難。不僅如此，還要把苦難作另外一種解讀，把苦難說成是美好。第一種苦難和第二種苦難的不同是，前者承認人類充滿苦難，很多苦難不可避免的，但是，為了減少相同苦難的重複，需要有歷史記憶；後者則是拒絕承認苦難和掩蓋苦難，讓人們不去尋找苦難的原因。顯然，第二種苦難的解讀是需要被批判的，因為這種苦難包含對遭受苦難的主體的再摧殘，甚至企圖改變苦難主體的真實記憶，剝奪苦難主體記憶的自由權利，對歷史產生的負面影響很大。

近年來，人們在討論知青主題時，拒絕承認知青的苦難，甚至把苦難說成是美好，進行變態的美化，似乎成為一種時尚。為什麼會這樣？其主要原因是為了從根本上回避造成知青苦難的原因。如果拒絕承認知青運動背後的苦難，不僅是扭曲歷史，而且是對苦難的一種繼續。

比知青苦難更深層的問題是知青苦難的本質在哪里？在於知青被納入所謂的「革命集體」，所有人的個性被以革命和集體的名義扼殺。知青的最大悲哀就是在於他們失去個性、人性扭曲、喪失主動享有自由和人性解放的意願。

一九七〇年四月，一場森林大火在北大荒完達山麓蔓延開來，黑龍江生產建設兵團第三十九團數千知青緊急出動撲滅山火。共有二十六名男女知青獻出寶貴生命，基本年齡是十七、十八歲，其中多數是女生。所有人下鄉時間不到一年。這些知青正值青春年華，為什麼會犧牲？而且是無辜的犧牲。據說，當時剛剛有的漂亮和易乾燥的化纖衣服，這些犧牲的女知青就是穿著這樣的衣服救火的。她們哪裡知道化纖衣服易燃？那時的口號是：「明知山有火，偏向火山行」。所有的知青都被納入了沒有個人選擇的地步。我去過那無言的墳場，悲從心來。

在黑龍江兵團，我自己有過對刻骨銘心的經歷。一九七一年，我得了一個叫「出血熱」的病，死亡率高達九十九％。我是在昏迷了多少天之後才醒過來。醒來之後，我問自己，假定沒有搶救過來和醒過來，最遺憾的是什麼？我的回答是：母親會何等悲傷。還有，我都沒談過戀愛呢。那個時刻，任何革命口號在我心中蕩然無存。我第一次從個體的角度看到生命的價值，我本身的意義。

人性的泯滅和個人主義的抑制，是那個時代悲劇的根源所在。如今，在這代人沒有平台和話語權，不能充分表達真實知青運動和「上山下鄉」歷史的情況下，少數人不僅淡化甚至美化知青運動和「上山下鄉」的苦難，甚至對已經扭曲的歷史再次歪曲，進而格式化。這實在是太悲哀的事情！經過掩蓋和誤導的知青歷史，會讓他們的子女認為他們的父母、祖輩們曾經有過青春無悔的歲月。

中國需要建立一個知青墓碑，紀念在「上山下鄉」運動中失去的青春生命，祭奠一代人的青春苦難。毫無疑義，知青問題本身是二十世紀中國一個特別大的人道主義課題。

我想借此機會講我在台灣的一個經歷。兩年前，我去過一個叫龜山的地方，在桃園附近，在一個村子裡看到了一個共產黨員在一九五一年重陽節被槍斃前寫的絕命書原件，中心內容是說很快不久於人世，對不起父母，並希望幾個侄兒努力學習。這份絕命書感人至深。我在想，那麼多北京官方代表團來台，沒有人會祭拜和追思這些為了共產主義而奮鬥犧牲的台灣先烈，他們主要都是年輕人，也是時代悲劇。

孔：知青中有兩種理想主義。一種就是以梁曉聲為代表的理想主義；那麼另外一種呢？就從我的一篇小說〈大林莽〉開始說起吧。這個〈大林莽〉小說創作的衝動，來源於我們當年在海南島有個事故的通報。就是我們第五師，要進熱帶雨林，勘探下一個營地，要開墾荒地，把那邊的森林都砍光、燒掉，種橡膠。派進去了一個先遣隊，結果迷了路，在森林裡頭走來走去走不出來。最後，從山的另外一邊走出來，都是奄奄一息了。因為山裡有瘧疾啊，被森林裡的一種長白翅膀的東西咬了，咬了以後會患森林腦膜炎，會產生幻覺和高燒。出來的時候呢，死了一個，其他都是……像廣東話講的「只剩半條人命」。有一個女的瘋了，大概就是在山裡頭受了很多折磨、被蟲子咬了以後就產生幻覺了。

就是這個事故通報引起，我就想寫這麼一篇故事。我就寫這麼一班的男女兵團知青進去熱帶雨林，帶著武器。結果進去以後呢，也是經歷了迷路、幻聽、幻視、飢餓、衣衫襤褸，最後一班男女就一個一個犧牲。兩個有思想衝突的男女，在最後關頭，也產生了像朱老師剛才提到「這樣就要死了，我連談戀愛都沒談過」的想法。結果他們就完成了這個人生的啟蒙。到最後，只有這個女的走出去了，走出去的時候已經是神智不清了。為了紀念死在深山老林的戰友們，最後僅存活下來的這個女的，就每年回來按死掉的人數種幾棵樹，向死去的人致意。

這就是〈大林莽〉故事的梗概。這裡表達的是另外一種理想主義。它固然有悲劇美，但它不是讚美歌頌、或美化悲劇。而是提出更高的問題，就是如何天人合一的問題。為什麼我們要去砍這個熱帶雨林？它是存在幾千年、上萬年，為什麼為了我們一點人類的索求，去把它毀滅？這樣做有什麼意義？從這個角度來講，我有我的理想主義。這個理想主義就是我們避開那個時代的迷狂和精神上的錯亂，找到人和大自然和諧的這麼一個契合點。這是我的理想主義，跟梁曉聲、《歲月甘泉》的理想主義完全是兩回事。所以，我們談到理想主義的時候，恐怕要在這兩種情結之間有一個分野。

三、知青的歷史局限性

王：我看過這樣一個分析、或者這樣一個解釋，就是說知青這代人有過那麼坎坷的經歷，受過那麼多苦，他們就特別珍惜在當下如何去思考、去堅持、去發掘發揮等等。這樣的表現，其實就是帶有某種理想主義的表徵，或者說是對理想的一種堅持、執著、思考等等。

在八十年代早期，人們已經關注到你們「改革四君子」。當時還有一个說法：「翁永曦的腦子，黃江南的嘴，朱嘉明的文章，王岐山的腿」。後人解釋這個說法的意思是，你們前三位比較務虛，帶有比較多的理想主義，而王岐山願意跑腿，是比較務實的，是個實幹家。我還看到一個分析說，所謂「王岐山的腿」，是說王岐山能有所堅持、有所執著，追求的是一種以思辨的哲學精神為支撐的理想主義。所以，王岐山的理想主義被定位為「一種豐滿而謹慎的理想主義」。引申到王岐山現在擔任中紀委書記，專門去審查貪官，這個工作其實是很危險的，但是他「明知山有虎，偏往虎山行」，就是在繼續執著那份理想主義。

我看到一些資料有這麼一種論述。這其實是有些大而化之，認為所謂「知青治國」，他們這一代跟先前不太一樣了，他們既有實幹的經驗和底層的經驗，又帶有某種理想主義的堅持。我想知道同是「改革四君子」之一的朱老師，你怎麼去看這樣一種現象以及論述？

朱：中國老話，「不在其位不謀其政」。我多年堅持一個原則，在任何場合不談論所謂「改革四君子」。人各有志，每一個都走不同的路。我珍惜歷史形成的友情。

還是來談知青問題。在過去的近半個世紀中，知青一代如同歷史上的每一代，早已經完成了分化為不同的群體和階層。知青不過是這代人在歷史某個階段的符號。中國確實進入了「知青治國」的歷史時期。我認為，還不僅是「知青治國」，還有「知青治校」、「知青治公司」等等。總之，知青已經成為中國「senior」的主體，他們對國家、對家庭、對政治和經濟，對思想和文化，都承擔著歷史責任。所以，我這裡想提出這樣一個觀點：在承認知青的歷史苦難、人生犧牲和社會貢獻的同時，需要反省知青整體的歷史局限性。這種反省對於知青一代的菁英尤其重要。在知青一代中，成為菁英比例非常之低，菁英中可以繼續發揮影響的就更少了，這是個人命運和中國制度使然。

知青一代的共同背景是，經歷了毛澤東時代的文化革命和「上山下鄉」。其局限性包括：

第一，沒有接受良好的系統教育。因為文化革命，知青一代人，即「老三屆」，再加上一九六九、一九七〇屆，甚至在後幾屆初高中畢業生，沒有按時完成系統教育，知識體系殘缺。即使後來讀大學，甚至獲得博士學位，也不足以彌補。在一個知識革命、創新革命和信息爆炸的時代，這種局限性會被放大。

第二，文化革命和紅衛兵的影響。中國官方是否定文化革命和紅衛兵運動的。但是，因為文化革命沒有得到比較深入和持久的批判和反思，其影響至今存在。紅衛兵創造了一種文化，對知青一代是深入骨髓的。前幾年，重慶「唱紅歌」，遍布全國的「廣場舞」，都有著紅衛兵文化的痕跡。

第三，「現代」和「傳統」的糾結。知青一代是在共產黨的「愛國主義」教育中長大，對現代化有著不可動搖的執著。但是，只要追求現代化，就要接受經濟改革和經濟開放理念，就需要與西方國家打交道，就要面對西方經濟和政治制度和價值觀。於是，需要通過中國自身的「傳統」強化自信和自尊。在這個過程中，如何看待西方民主制度的演變、市場經濟的進步，以及西方價值觀的多元趨勢，是極大的挑戰。在今天世界，每一個人其實都有自己的民族國家，每一個人都應該愛自己的國家和自己傳統，僅僅這樣是不夠的，還必須有全球和人類視角。例如，「現代化」不再是每個國家的孤立問題，與之相聯繫的「環境」問題就是超越主權的，是全球和人類問題。如何看待人類共同價值和制度的基本選擇，是需要嚴肅探討的。值得提及的是，在知青一代中不少人重新講孔老夫子，講新儒學，但也沒講出什麼新的東西，就在那邊繞來繞去。如像捷生說，知青一代的絕大部分人沒有走出來。

知青一代，經歷了翻天覆地的四、五十年，從衛星上天、人類登月到電腦和網路時代來臨，從韓戰、越戰、冷戰到全球化，從文化革命到改革開放。今後，知青一代還會看到更多的歷史變局。今年是二〇一四年，可以肯定地說，再過個五年、六年、七年、八年，中國和世界會變得很不一樣。所以知青這代人的最大挑戰是如何跳躍出自己的時空限制。

為此，要承認存在保守和守舊傾向，要面向未來，要學習，向年輕人學習、向時代學習、向世界學習。同時，還要承認，知青一代應該退出和準備退出歷史舞台。錢理群說的：「我們的時代結束了」。我認為，知青時代已經或正在結束。今天是大多數五十年代人需要坦然接受歷史的淘汰，為後人當鋪路石。歷史不可以是爺爺統治孫子。

四、良心選擇VS毛式語言

同學問（下文稱「問」）**：**朱老師，請問知青運動對與您年紀差不多的這一代人在六四的那種表現或者是說反應，有沒有產生過一些影響？另外，您如何看待六四時期那一幫年輕的學生，他們的行為或表現？

朱：你所提出的六四時期那一幫年輕學生，或者說天安門廣場那代人，其實都是六零後，基本上是一九六六年前後出生的。幾個主要學生領袖都是一九六六年出生，屬馬，今年都是本命年。當然也有六七、六八年的，也可能有一些是六五年的，一些博士生可能是六零年代初期的。

六零後和五零後差別很大，彼此相差十年至十五年。六零後主體對文化革命記憶主要集中在七零年代，那時的文化革命已經不是初始的文化革命。六零後基本沒有機會成為紅衛兵，只當過「紅小兵」，他們是在《我愛北京天安門》歌聲和《閃閃的紅星》電影中長大，最多參加過「批林批孔」。在文化大革命時期，「紅小兵」是小學和中學，主要是小學的群眾性學生組織，代替從前的中國少年先鋒隊。他們參加了「停課鬧革命」，甚至批鬥教師等活動。由於「紅小兵」年齡所限，對社會的衝擊遠比「紅衛兵」為小。這代人分化的很早，他們中間有過一個叫黃帥的，在文革後期，是「敢於造反」的「紅小兵」典型。「紅小兵」一代是「改革開放」的受益者，有讀書和高考的機會。他們這代人沒有經歷大規模的「上山下鄉」，沒有受過「老三屆」的苦難，自然也沒有經過苦難的磨煉。簡言之，這代人是幸運群體，卻缺乏對中國國情的深刻認知。

然而，正是「紅小兵」一代的佼佼者，即六零後的大學生或者研究生他們主導了一九八九年的「民主運動」，改變了中國歷史，包括很多五零後，包括我自己命運的軌跡。如今，中國已經開始悄然進入「紅小兵治國」的時代。這是人們始料不及的。

中國長期存在一個悲哀的事情，代與代之間是斷裂的。父輩從來不把真實的歷史和社會體驗告訴下一代；上一代人對歷史積累的東西，不能夠傳承到下一代。文化革命開始時候，家人說：「別參加文化大革命」，「小心五七年反右」。但是，我們對「五七年反右」知之甚少。天安門廣場的一代同樣做了獨立選擇，父兄的影響實在有限。這中間固然有主觀的、客觀的複雜原因，但是，最重要的後果之一又是歷史的斷裂。二十多年過去，六零後早已為人父母，現在的年輕人對他們發起和參與的運動普遍瞭解有限。歷史斷裂，下一代不能以上一代的經驗教訓作為出發點，會造成社會資源浪費，歷史倒退，實為悲哀。

我今天不會也沒有能力評價一九八九年那場對中國有著重大和持續影響的運動。我只想說：天安門廣場的這些年輕人對與不對、錯與不錯，其實都是次要的。重要的他們是年輕人，他們的生命需要保護。就這麼簡單。

至於我自己，不想說太多，只是說：我的選擇並非那麼理性、複雜和深刻，最終是良心的選擇。在人生的重大選擇時刻，良心是人心的bottom。人生或遲或早，終究需要面對良心。既然做了這個選擇，就要接受因為這個選擇的一切後果，無怨無悔。

孔：回到理想主義話題。其實理想主義沒有什麼很高深、很玄妙的東西，它有一個最基本的判斷，就是關於人的價值、人的生命和最基本的人道主義。所謂知青的理想主義，只要跟這個最基本的判斷對接的話，才稱得上是理想主義。朱老師剛剛不願意回答的那個「改革四君子」的問題，我大略說一下。為什麼「改革四君子」以後只有一個王岐山進入了權力中心，其他三個人都被邊緣化了，甚至朱老師在黑名單裡頭呢？因為其他三個人都不認同六四屠殺，其中朱老師做出決裂的選擇。這就是他們的理想主義的操守，是他們的底線。像我，在八九學運時期，我晝夜守在天安門廣場，就是在六四那夜決定——我要跟這個屠殺學生、平民的政權決裂。這是我的選擇，我覺得這符合我的理想主義，我的理想主義就是要求人的價值與生命，必須符合人道主義。

王：我很認同兩位老師所說的。我先從後來的一個現象說起。大概在九十年代末，我開始進入網路，進入一些知青網站。我發現這些知青網站，不管哪裡的知青網站——主要都是大陸的，他們的觀點或認知都一樣的，都是反對六四屠殺的，而且說話都很大膽。有的網友就是因此丟掉工作、職位、身分，都毫不在乎。你說他為什麼呢？其實不會有太多非常深刻的思考，只是很簡單的、甚至帶有點衝動性的行為，認為作為人理應如此。或許，這就是體現了你要說所謂的知青的理想主義，在那樣一個時候，自然會有這麼一種體現。

就我個人來說，八九學運時期我在深圳。其實一開始，我是不參與的。我捲入運動的過程很簡單：就是打了通宵麻將，頭暈腦脹的要睡覺。這時，兩位年輕老師跑來告訴我，說我們系的一個年輕老師到市政府去靜坐了；那時候本來學校在市政府門口靜坐的學生撤了，他自己反倒去了。於是，學生就轟動了，就又跟去了。我當時有點帶著江湖義氣想，要救這個老師，我們都應該去，要不學校就要處罰他啊。在那之後，就真有點義無反顧了。我覺得我對得起作為人的一個堅持。所以一直到後來，六四過後都要寫檢查、寫個人鑑定，我一概不寫，有點豁出去了。那你說，我有什麼崇高理想啊？什麼崇高思考啊？都沒有。所以，回歸到剛才所談的知青理想主義現象來說，我覺得可能是殘留在潛意識的理想主義起作用。這種理想又跟那種被意識形態綁架的理想不同。這理想是要從個人的良心出發的思考。

問：我想請教朱老師，就是您剛才提到毛澤東影響，主要來自其話語體系，那是不是屬於大批判的那種話語工具？還有所謂的紅衛兵的文化影響，可不可以麻煩朱老師為我們進一步說說？

朱：紅衛兵文化，說到底，就是毛澤東所創造的話語、邏輯和思想。在今天的中國大陸，沒有多少人提及毛澤東思想，也不再倡導學習毛澤東著作，但是，毛澤東的話語和思維邏輯，依然處於主流和主導地位。例如，泛政治化是毛澤東的思想遺產，也是典型的紅衛兵文化。

孫玫[3]**（下文稱「孫」）：**這個問題我也是有些想法。毛的話語，在文化大革命大紅大紫，已經達到極端，但是在極端之前呢，他不是這樣的。據我的觀察，毛的語言有他的魅力。什麼魅力呢？就是明白易懂，草根也能聽懂，直接白話，國民黨沒有。我之前看過一個材料，但不知道真假，就是胡適覺得毛澤東白話文寫得漂亮。他說話你覺得很俚俗，但是老百姓聽得懂，這就是共產黨能把宣傳做得很成功的重要原因。還有形象，因為毛是教師出身，長沙一師的，對不對？我背一段，你們都很熟悉的《湖南農民運動考察報告》中的話：「革命不是請客吃飯、不是做文章，不是繡花繪畫，不能那樣雅緻，那樣從容不

[3] 孫玫，文革期間曾隨父母下放，一九七八年春考進南京大學中文系，畢業後考入中國藝術研究院戲曲系，獲碩士學位後任職於中國藝術研究院，一九九〇年赴美留學，一九九五年獲夏威夷大學戲劇系博士學位，先後任教於新加坡國立大學中文系與紐西蘭威靈頓維多利亞大學亞歐語言文化學院，現為台灣國立中央大學中文系教授，學術專著有《中國戲曲跨文化研究》、《中國戲曲跨文化再研究》、《徜徉於劇場與書齋：古今中外戲劇論集》等。

迫，文質彬彬，那樣溫良恭儉讓。」這是排比啊，然後說革命是什麼？「革命是暴動，是一個階級推翻一個階級的暴烈行動」。他這個氣勢很大，而且一聽就懂。什麼「溫良恭儉讓」，這個中國文化都有的東西，大家都懂他說甚麼。他這個東西有很大的煽動性，你在那個意識形態裡就覺得「沒錯，他講得都對的」！那是一個革命的年代，革命是一個暴烈的年代，不矯枉不能過正，是很符合那些激進人的意識型態。他也把很多古的、今的、俚的、俗的融到他的語言中去了。

還有一個很重要就是，《毛澤東選集》的話，是經過嚴格的編輯的，當年呂叔湘這樣的語言學家都參加過編輯工作。毛很懂，他生前，《毛澤東選集》只出了四卷。為什麼？那是到打下江山的時候為止，一九四九年以後的文章他一直不結集出版，五卷是他身後出的。因為他自己知道，一九四九年以後出了很多問題。他要給歷史留下一個經得起時間考驗的東西。當時中學裡教這些馬列、毛澤東思想的時候，國文教師就覺得毛澤東的文章好教，馬克思、列寧的不好教。

另外，毛那一套經過所謂的語言標準化，現在拿來跟原來的文獻對照就不一樣了，因為他改動過。《紀念白求恩》大家都知道的，可是我看過一九四九年十一月《人民日報》上的原文，不一樣的，是《學習白求恩》。他做了很多這樣的修改。我們不去細說了。然後，再加上他大規模的推動，文革的時候，我們不叫「買毛主席著作」，叫「敬請」。那時候全中國沒人有稿費，就毛澤東他有稿費。大批量、大規模印刷，每個人都在學習，這反過來影響了中國人思維方式和語言習慣，所以這個影響是非常深廣的。

朱：毛澤東代表的共產黨話語系統是個大課題。從五四的白話文運動開始，國民黨和共產黨各自形成了自己的話語系統。國民黨與共產黨話語系統的差別是：國民黨的書面語言和講話語言是分離的，這在蔣介石身上尤其明顯。國民黨的話語系統從來沒有真正「平民化」。至今，國民黨的文宣語言也沒有實現與台灣本土文化的融合。共產黨不同，在其早期就實現了書面和講話語言的統一，以及「平民化」。毛澤東的《湖南農民運動考察》就是範例。之後，毛澤東的話語系統，包括用主語、動詞、副詞的方式，逐漸成為了共產黨話語系統的主流。毛澤東基本上窮盡了自中國有文字以來好的詞句。可能還沒人做這這方面的統計學研究。這套話語系統還有一些特色。例如，這使用動詞時偏向「提手旁」用字很普遍：搞、打、批。還不夠，還要加個「犬」字旁，文化革命中用的最多的一個字是「狠」。

在這套話語系統的背後，則是共產黨「邏輯系統」。有的學者指出，中國有兩個邏輯：一個是「邏輯」，一個是「中國邏輯」，共產黨的「邏輯系統」與「中國邏輯」有高度的重合率。在中國，進入官僚體系和獲得權力都需要學會這套語系。這就可以理解，為什麼在這個系統裡，秀才、秘書能夠獲得權力，因為他們有精確表達主體思想的文字能力，所以在權力機構上就容易得到更多機會。這個話語系統有自我穩定機制，且慣性非常強，強到很難再建立另外一個更好的話語系統。簡體字加速和固化了這個系統。至少，近年來因為網路，一種新的話語體系正在萌芽。

知青一代無疑是在毛澤東的話語系統中長大的，難以避免與之相連的「邏輯系統」，或者是「思維定式」。這個局限性的後果不可低估。毛澤東的話語系統對台灣也有影響。台北市長柯文哲市長也用

「毛語錄」勉勵他的團隊[4]。你看這影響多大？

王：我要補充一點，語言表述跟現實實踐不能等同視之。中國前幾年有一本書，叫做《歷史的回聲》，剛出版不久就被禁了。為什麼被禁呢？因為那本書裡頭刊登的文章都是在宣傳民主、自由、反對獨裁，所以在中國被禁了。這被禁得很荒謬，因為裡頭的文章都是誰寫的？中共中央、毛澤東、新華社。什麼時候寫的？一九四五年左右。這套話語系統多漂亮、道德高度多高啊，沒有任何能超越的了。但是在現在是不能出版的、成為了禁書。所以，這種語言表述跟現實實踐之間，可能要衡量一下。

孫：關於毛澤東的語言邏輯，我再舉兩個例子，毛澤東是和那「中國邏輯」有關係的。毛澤東那個文化大革命造反到底是怎麼回事啊？他說：「馬克思主義的道理千頭萬緒，歸根結底，就是一句話：『造反有理』。」「造反」是老百姓的話，從小孩到大人都會說：「幹什麼？你造反了？」這中國人都會說的話。「造反」在中國什麼意思啊？是否定詞，但是毛把它改成正面意思。不過，馬克思那麼複雜的東西，就歸結成一個東西——「造反」。這裡頭當然就有簡單化和片面性了。他還有一條，他說：「共產黨的哲學就是鬥爭的哲學。」這是他對馬克思主義階級鬥爭學說的一個通俗的概括，這還不太難理解。但是他又說：「八億人口不鬥行嗎？」這就說不通了。這「鬥爭」和八億人口有什麼邏輯關係？不過，

4 毛澤東在中共七屆二中全會上提出：「務必使同志們繼續保持謙虛、謹慎、不驕、不躁的作風，務必使同志們繼續地保持艱苦奮鬥的作風。」柯文哲在競選台北市長期間，在競選團隊群組發佈「兩個務必」簡訊，一度引發社會熱議。

他這話在當時強調革命激進的階級鬥爭整個話語裡，就否定不了。毛的話語裡有大量的二元對立。像是「凡是敵人反對的我們就要擁護，凡是敵人擁護的我們就要反對」，這是荒謬的。因為我們知道，世界上的東西並不是這樣二元對立，但是二元對立非常符合當時的鬥爭哲學。

孔：他的特點，就是他的毛文體啊，那個特點就是，取締了大部分的空間，也取締了你們的思考空間。他基本上是強烈的肯定式和悖逆式。你進入這個話語系統，就只能按照這個話語系統的邏輯去運轉、去思維和行動。典型如薄熙來，就是紅衛兵的語言，毛的文體。他的途徑模式就完全符合毛的邏輯。你現在再去看習近平，也充滿了大量的毛文體、毛式語言，他的思維和行為模式也很多的毛化的痕跡。

朱：我在這裡要提王朔這個人，他有一個貢獻，那就是把毛澤東話語體系中的「痞子」成分放大了，這也是一種顛覆。不過，我並不喜歡他的作品。特別是廣為流傳的《陽光燦爛的日子》，因為，太多不是真實的歷史。

孫：什麼人會超越這套話語系統？有這樣一些人，他們生長在中國大陸，離開那個話語系統之後，到西方留學，回過頭來看，有可能超越。但是，如果一直在裡頭，處於長期封閉狀態，就不可能超越，就像拔著頭髮要離開地球一樣不可能。所以，要走出去，再回過頭來反省，因為有參照系。

朱：每代人都有自己的責任、貢獻和局限性。每代人需要從學習上代人的話語系統開始，最終思想方式都受制約於這個話語系統。即使有限超越，也是困難的。到西方留學，掌握其他語言，確實有所幫助，但不等於就可以超越。我主張認真讀西方經典，這有助於改變思維模式，進而嵌入新的話語系統。

羅馬共和國晚期有一個大哲學家、大政治家、大律師、大雄辯家，一個共和國自由主義精神的忠誠辯護者——西賽羅。他在六十二歲時候撰寫了《論老年》，這是迄今為止的關於老年人問題的最早和最重要的專著。此外，他還寫了《論責任》、和《論友誼》。這在歷史上被稱為西塞羅的《三論》。這一年，他還撰寫了《論神性》《論命運》《論名聲》《論題篇》。第二年西塞羅被其政敵殺害。

走向晚年的中國知青一代，需要有點西塞羅精神，越到晚年越要有信念。

知青一代，「老三屆」要完全與捷生所說的毛文體和毛式語言分離，幾乎不可能。問題是，自己要對此有自覺認識。但是，我終究是樂觀的。因為，所有話語系統最終會發生演變的。

我引用一段我們曾經倒背如流的毛澤東語錄：「一些階級勝利了，一些階級失敗了，這就是歷史，這就是幾千年的文明史」。不得不承認，毛澤東的這段語言乾淨和有節奏。我在這段話的基礎上改動：「一代人出生，一代人死亡，這就是歷史、幾千年的文明史」。我想表達的是，一般來說，只要經過兩代人、最多三代人死亡，歷史一定大為改變。等到整個知青一代退出歷史舞台，進而消失，八零後、九零後，甚至零零後主導中國，中國一定會不一樣，一定會變好的。這個是我真實的想法。

輯二：故土情牽

送行的學生不能走近海關，我獨自前行。檢查護照，被扣下來。不讓過關，也不讓回去，就讓我獨自一人晾在關口，也不說明任何原因。真令我心裡發毛了。心想難道就在此地此時「落網」？那可真叫冤啊！一個多小時後，才給我護照蓋上章，通關放行。直到走過邊關中間黃線，我才回頭看看那片熟悉而又陌生的地方，心中五味雜陳……**（〈怎能忘了呢？這一天！〉）**

怎能忘了呢？這一天！

（記於二〇〇九年六月四日）

三週前，在中壢新國民醫院做胃鏡檢查，確診為十二指腸潰瘍。醫生給了三週的藥，叮囑我三週後必須回來複診。三週後，即是今日，六月四日。

那天回到研究室，通過MSN跟在新加坡的妻視訊見面，報告了檢查結果。末了，知道自己忘性大，交代妻到六月四日提醒我複診。本來妻在低頭批改作業，突然抬頭看我，有點吃驚地說：「怎能忘了呢？這一天！」我一時還醒悟不過來，但很快就明白了。是啊，怎能忘了呢？這一天！六月四日——六四！

六四！已不是一個一般的時間概念，更不僅是我要複診的日子。那是一個永恆的記憶！

二十年前，那一段日子裡，香港電視一天二十四小時播放北京學運的消息，我的電視機也一天二十四小時開機收看。到六月三日接近午夜時，正播放軍隊進城，電視機撐不住，燒了。無奈，揣揣不安入睡了。翌晨，妻要回返香港，在學校門口攔一計程車，送妻到羅湖海關。上車就發現司機脾氣大，臭著臉像人欠他二百吊錢。不想壞了氣氛，半調侃說：「一大早開心點不好嗎？」「開心個×！都殺人了！」這時，才從怒氣衝衝的司機口中得知北京鎮壓的事情。

一路上，大家不再說話，沿途看到到處刷上大大小小的標語，有在路上有在牆上也有從高樓垂吊下來。有嚴正的：「歷史永遠記住今天！」有激憤的：「血債血償！」

在羅湖海關，告別時，妻叮囑：「多加小心。」「大不了你就到新華分社靜坐吧。」「這時候還貧嘴！」妻沒勸阻，她知道沒用。

其實，我也絕不是熱血激情類型的人。學運剛起時，雖然我理解學生，但深不以為然。覺得到頭來肯定徒勞無功白費勁。於是，一點也沒有參與的念頭與興趣。學生罷課了，學校癱瘓了，沒事幹了。那時也沒有搞研究的心思。那還幹什麼？玩唄。玩桌球（乒乓球）、撞球、撲克，不過癮，便學玩麻將，天生玩家，一學就會，還很快精通了，上癮了。於是，沒日沒夜摸起麻將來。

此時，北京宣佈戒嚴了，學生靜坐了，絕食了。深圳的學生（包括我校的學生）也上街了，靜坐了。我們依然沉浸在四方城中，樂不思蜀。

一日清晨，玩了通宵麻將的我，剛剛躺下睡覺，兩位年輕老師急急敲門進來說，木老師到市政府靜坐了。

本來，學校老師一直都無老師介入學運。木老師雖屬熱血青年，但也只是發發牢騷，加上經常被拉來玩桌球麻將什麼的，也一直未參與學運。那天清晨，在我校有關領導的不懈努力下，在市政府靜坐多日的學生撤回學校，並計畫要複課。這時，木老師一人撿起學生丟下的一個標語牌，一聲不吭，到學生宿舍樓下轉了兩圈，然後單身直往市政府而去。於是，學生再次奮起，重新罷課，繼續靜坐。學校有關領導眼看功虧一簣，氣瘋了，揚言要嚴懲木老師。

怎辦？那兩位年輕老師向我討主意。我雖然經通宵麻將，但此時腦子倒很清醒：學校要殺雞儆猴。要破學校的功，只有大家都成了雞或猴！我去了，你們自行決定。於是，涼水澗把臉，我去了。那兩位年輕老師也去了。陸陸續續，也有其他老師去了。去市政府門口，加入木老師與學生的靜坐。學校當然很憤怒，但顯然破功了，火上澆油的事他們畢竟沒膽做。

學生當然很高興，尤其領頭的學生還是我班上的（我任課兼班主任）。深圳政府的運作還是很有效的，很快，兩位官員（一市政府一公安局）找到我，準確稱呼我王老師，知道學生聽我的話，誠懇徵求我的意見：「事情發生在北京是吧？我們理解學生的熱情是吧？我們應該保護學生的安全是吧？我們相互合作維持好秩序是吧？」我確實不想把事情鬧大。原則上同意配合他們，維持靜坐的秩序。

學生熱情起來了，呼口號，演講什麼的，挺忙，挺累。我盤腿靜坐，垂頭不語——標準的靜坐姿勢。其實我是在坐著睡覺，畢竟昨晚熬夜打麻將消耗大。

坐著睡覺，是在插隊時練就的功夫。雙搶農忙或冬季修水利時，隨便盤腿坐在田基地頭就可入睡。於是，在市政府門口，在學生的口號聲中，我就這麼不合時宜的盤腿入睡了。還做了夢，夢中還打麻將，還自摸胡了一把十三么。

公安局的官員把我從胡牌的美夢中弄醒，說有幾位北京來的學生要參加靜坐，他們認為不合適，認為會將事情複雜化。我想也是，自己的學生我可以掌握，北京來的就不一定了。於是也同意勸導那幾位北京學生離開。過後，我再次盤腿靜坐，垂頭不語……不知過了多久，悠悠醒來，看周圍的學生也都如我一般盤腿靜坐不語，但臉上依然洋溢著堅毅激昂的神采。由於大家都靜坐不語，市政府門前出現難得的一派祥和氣氛。官員們很是滿意，端茶送水來了，有的還盤腿坐下跟學生促膝談心，想必是企圖進行「思想工作」。

後來又再次遊行了。是全市諸多單位協調一致的大遊行，有十多萬人。我校是發起單位之一，於是，就在遊行隊伍前頭了。我打橫額，便自然在最前列了。遊行隊伍浩浩蕩蕩，沿街穿行，市民們夾道支持，歡呼鼓舞。我們自然昂首挺胸了，慷慨高呼口號了，還唱起《國歌》《國際歌》來，可惜有些學生還不太會唱，於是我跟木老師商量以後要組織學生學唱。走走累了，沒法繼續昂首挺胸了，放慢腳步，退到後面。不多時，一摩托車停在我身邊，公安局的官員下來跟我說前面的學生要衝擊火車站，顯然要製造轟動效果。這可是違反我們之前的策劃。於是我趕上前制止了。沒必要節外生枝。

公安局照例沿途拍攝錄影存證，深圳各種媒體都出動採訪。那段時期，深圳媒體對學運的報導幾乎全是正面的。如深圳各界為北京學運募捐的熱潮啊，學運期間社會風氣特好啊，連小偷也罷偷了啊，等等。為北京學運募捐的熱潮確實感人，我就二話不說將錢包裡的幾百元人民幣全捐了出去，當時就很為自己的行為感動。去年，在中央大學第九餐廳門口，臺灣的大學生為四川汶川地震募捐，我毫不猶疑掏出錢包裡全部的幾千元新臺幣。霎時就想起來一九八九年學運期間的募捐熱潮。

深圳電視臺也派出採訪隊隨著遊行隊伍採訪，領頭的正是廣州暨南大學校友（兼老鄉）戴某。於是，戴某就假公濟私給了我好幾個特寫鏡頭（可惜不怎麼上鏡）。於是，妻在香港電視新聞看到了，過後，打電話來。我說嚇你一跳吧？妻說知道你遲早會跳出來。妻說悠著點這事不那麼簡單。我正感覺好著呢沒把妻的話當回事。

我之所以感覺好，是根本沒想到真會殺人。到頭來，卻真殺人了！還那麼慘！

北京一派肅殺。但各地卻紛紛起事：武漢長江大橋被武漢大學學生帶頭堵了，南北交通樞紐頓時癱瘓。領頭的博士生是我母親單位一老師的兒子（後來坐牢了，出獄後失業了，自己開公司）。廣州也遊行，也要堵珠江大橋。重慶燒大樓了，還有其他城市……

深圳整整兩週處於無政府狀態。政府似乎癱瘓了，公安局的人不管事。全市各單位再次協調組織了好幾場規模頗大的追悼會，北京逃下來的學生、老師及市民（深圳計程車組拯救隊到北京接來）在追悼會上控訴，又遊行了。我去旁觀，沒有參與。不知道為什麼，只覺得憤怒、悲傷、焦慮、彷徨……

學生自然繼續罷課，早被學生接管的廣播站一直播發從香港來的北京消息。學生也自行組隊參加全市的追悼會及遊行。這期間，有一場早就安排的校際足球友誼賽，賽前雙方球隊不約而同佩戴黑紗上場，賽前還列隊默哀三分鐘，觀賽者也都自覺起立默哀。

兩週後，權力系統緩過勁來了。聽說市里開始按照黑名單抓人了，聽說我校也有人進入黑名單。我想我肯定脫不了干係。但始終沒見我校有人被抓。校方有人放狠話，說要嚴懲若干老師與學生。我仗著家人在香港，無牽無掛，也放出狠話：有任何一個老師或學生被懲處，我帶頭罷教。一副死豬不拍開水燙的樣子。事實上，我也真是豁出去了。還跑到校警室打電話給妻（那時私人很少有電話），當著門衛的面告訴妻：我豁出去了，真有什麼事，就到香港新華分社靜坐吧。妻說，我當然會去要我老公，其他事我不管。或許校方真怕死豬（沒聽過好漢怕賴漢？），或許校方內部有分歧（院長一直都支持學生），總之，我始終屁事沒有。

但學校還是要有動作，其實是全國一致的，就是要求每個人都要寫一個自我鑒定——交代自己在學運期間的表現。我始終沒寫，心想反正賴開了就賴到底。

校方似乎不好來硬的，就來軟的。於是就出現種種雙方鬥法的事情來：

一、晚會

六四過後，為了挽回民心，當局刻意舉辦各種歌舞晚會，以期營造一種和諧氣氛。我所在學校也如此辦理，召開晚會，並指定各班都要出節目。於是，大多數班級都是大合唱，而且，大都是唱學運期間常常唱的「革命歌曲」，包括《國歌》、《國際歌》、《血染的風采》等，好不容易有一個班級報上一支歌名《團結就是力量》，這是六四後北京當局指定要唱的「樣板歌」。有關領導興奮得帶頭鼓起掌來。然而，當該班級合唱隊聲嘶力竭且惡狠狠地唱出歌中「向著法西斯蒂開火，讓一切不民主的制度滅亡」一段時，領導們已面如死灰。我真不理解為何北京當局會選擇這首歌作為六四後政治操作的「樣板歌」？這時，梁，一位平日靦腆內向的女老師，主動要求唱一首樣板戲的歌，馬上得到領導允許，以為是為眼下尷尬場面解套。待梁老師上臺報出歌名，臺下掌聲雷動，領導們再次後悔莫及——梁老師唱的是《紅燈記》中李鐵梅的《仇恨入心要發芽》。

二、評獎

學期末，按照慣例要開表彰會，給優秀教師、班主任頒獎。這些獎是經過各系評選後送到學校定案的。這個過程本來在六四前就進行。我被系同仁評為優秀教師，是說我課上得不錯。是個榮譽啊，有獎品獎狀什麼的。但六四後，聽說校方要將我優秀教師的獎拿掉。我聞風而鬧，宣稱這獎我要定了，要拿掉得給個說法！最後說是有個妥協方案。什麼方案，不知道。到頒獎那天才得知，原來有領導執意要拿掉我，也有領導（主要是院長）堅持保我，於是，換了一個優秀班主任獎給我。我接受了，竊笑，優秀班主任？是政治思想做得好才有獎啊！這不抬舉我啦！當我上臺領獎時，掌聲經久不息。令我很陶醉了幾分鐘。

三、分配

那年我是畢業班的班主任。給我優秀班主任獎確實很諷刺，因為我班上好幾位同學是深圳「高自聯」[1]的積極分子，還負責一些工作。於是，畢業分配時，受到學校某些領導（主要是人事處長——一個軍隊轉業幹部）的

[1] 即「高等院校學生自治聯合會」，一九八九年學潮期間由北京高等院校的大學生發起組建，後各地大學生紛紛仿效。

刁難，執意要將這些同學分配到邊遠地區。我急眼了，跑到人事處跟處長拍桌子大吵。撕破臉地開罵。始終無法改變分配方案，那幾位同學還是被分配到邊遠地區。至今我對這幾位同學深感內疚。

木老師在六四後大病一場，高燒數日不退。他班上的幾位學生（也是學運期間的戰友）輪流照顧他，其中一女生更是情意殷殷。到我出國時，該女生已成為準木夫人。大家都為木老師高興。

老實說，深圳當局還是較為柔性的。聽說只是迫於上面的壓力捉了幾個人。那時香港電視報導港澳各屆人士組織起來，實施「黃雀行動」，拯救被通緝的學運領袖。不時傳出成功偷渡到港的消息，很令深圳人興奮與驕傲。因為擺明了，深圳是偷渡的必經之路。近日有報導說，娛樂界大姐大梅豔芳也參與其事。雖然當時深圳當局也曾咋咋呼呼大動作搜捕偷渡的學運人士，但一直沒有任何成果。沒想到年底風聲已過時，卻傳出在文錦渡海關捉到一位學生領袖。說是該領袖藏身一香港貨櫃車，在文錦渡海關等候通關時，正好是邊防執勤部隊換班，刷刷跑過那輛貨櫃車。領袖以為人家跑來抓他，沉不住氣，從藏身處竄出欲沖關。人家知道你誰呀？總得攔住啊就這麼落網了。這事令深圳人很沮喪很沒面子，不少人怪這領袖使深圳「晚節不保」。

雖然深圳局勢還算可以，但整個國家的局勢確實讓人心灰意冷。於是給已聯繫一段時間的新加坡國立大學去函，要求能儘快入學，原因就直說，六四後感覺不好。新加坡國立大學真的就加快了審批程序，很快就寄來了入學通知書，大概是一九九〇年四月份吧。於是，馬上到上海簽證，回來即辦理護照申請等手續。沒想到麻煩又來了。那年出國辦護照要加上一項新規定——必須有「六四鑒定」。這鑒定得單位人事處出具，不用想就知道，我們學校人事處長會給我出具這鑒定？軟硬兼施，把院長也請出來給他施壓，該處長才出具一份一句話的鑒定：

「該同志在學運期間未發現有違法亂紀行為。」心不甘情不願的。太簡單了是吧？我靈機一動，將前述優秀班主任獎附上，以示我政治表現積極。居然順利得到護照。當我揣著護照步出市公安局時，在大門迎面遇上學運期間一起「配合」多時的那位官員。看他對我似理不理似笑非笑的樣子，我似乎悟到些什麼。

好事多磨。出境時竟然還鬧了個虛驚一場。妻女跟我一起到羅湖海關，還有幾個在學運期間「共過事的」學生執意要送行，到了海關，妻女從「港人」通道過去了，我得從「國人」通道過關。送行的學生不能走近海關，我獨自前行。檢查護照，被扣下來。不讓過關，也不讓回去，就讓我獨自一人晾在關口，也不說明任何原因。真令我心裡發毛了。心想難道就在此地此時「落網」？那可真叫冤啊！

一個多小時後，才給我護照蓋上章，通關放行。直到走過邊關中間黃線，我才回頭看看那片熟悉而又陌生的地方，心中五味雜陳……

懷念杜憲

說起杜憲，當今年輕人大概沒什麼概念，但時光倒流二十多年，那可真是幾乎無人不曉的人物——中國中央電視臺新聞主播。

杜憲真美！但絕不是豔麗，而是端莊典雅的美，耐看，越看越美！尤其播報新聞時那種沉穩大氣，絕頂迷人！當時就流傳一個說法：杜憲是大學生情人。也就是說，她深受大學生喜愛、歡迎，在大學生中的聲望絕對高。

記得我還在大學時，每到晚間新聞聯播時間，電視房都擠滿學生，當然有真的看新聞的，但也不乏只為了一睹杜憲風采的同學，當這些同學帶著滿足的神情離開時，問他們新聞內容，往往一臉茫然。

一九八九年學潮期間，杜憲旗幟鮮明跟學生們站在一起，很令大學生們欣慰與驕傲。到了六月四日那天，晚上十九時，她和張宏民穿著黑衣神情肅穆主播當晚的新聞聯播。杜憲語速緩慢、沉重地播報了關於戒嚴部隊開入天安門廣場「清場」等新聞。《李鵬日記》狠狠記上了這麼一筆：「廣播和電視臺在這關鍵時刻，都沒有堅決站到黨和政府這一邊。今天中央電視臺兩位播音員一反常態，有意身著黑色服裝，不知他們為誰弔喪？」

於是，那便成了杜憲主播生涯的最後一次新聞播報，之後，便永遠離開了萬眾矚目的中央電視台新聞主播位置，於是，便贏得了萬千大學生以及無數百姓的永遠愛戴與懷念。

據說，當時杜憲被發配到中央電視臺經濟部任編輯，權勢者下令新單位不許搞歡迎活動，但杜憲一進去，全體員工不約而同起立長時間鼓掌。

之後，無論杜憲從事什麼工作，都會掀起莫名熱潮。如一九九二年出任大型電視片集《中國小城鎮》的主持人，攝製組行經雲、貴、陝、川、藏，所到之處都掀起了「杜憲狂熱」。二〇〇〇年杜憲受聘鳳凰衛視，亮相主持環保節目「我們只有一個地球」。各方媒體蜂擁而至，歡呼她「端莊、大方、自然、親切、平而不淡」的主持人形象再現熒屏。觀眾更是熱情似火，他們根本不在乎杜憲主持什麼節目，他們「鎖定」這個節目，不是要看「地球」，要看的就是杜憲。

作為主持人，能獲得如此聲譽，享受如此殊榮。前無古人，恐怕也後無來者。

杜憲的丈夫是如今著名的影劇明星陳道明。杜憲當紅時，陳道明卻只是半紅不黑，到杜憲隱退後，陳道明才大紅大紫起來。不過，陳道明跟影藝圈的潛規則有點兒不搭杆：幾乎沒什麼緋聞。我想，除了他自身的品行修養，也多少顧忌著杜憲身後無數的「杜迷」，尤其是二十多年前將杜憲視為「情人」的大學生們——當下在各行各業都能興風作浪的主兒。當然，杜憲永恆的魅力就是最根本的保證。

懷念杜憲。

三十多年前的大學生自辦刊物

二〇一二年，在加拿大溫哥華英屬哥倫比亞大學任訪問教授時，徜徉於該校亞洲圖書館，無意間發現劉勝驥著的《中國大陸地下刊物研究》（臺灣商務印書館一九八五年版），其中第十章為「大學生自辦刊物——未來、大學生、思緒、錦江、希望、紅豆、珞珈山、我們、這一代」，集中介紹在一九七九年湧現的各地大學生自辦刊物，包括廣州暨南大學的《未來》、復旦大學的《大學生》、北京大學的《思緒》、四川大學的《錦江》、西北大學的《希望》、中山大學的《紅豆》、武漢大學的《珞珈山》、杭州師範學院的《我們》，以及武漢大學等十三所大學學生聯合自辦的《這一代》。

令我注意的是，該書對廣州暨南大學《未來》的介紹。該書稱，《未來》是以暨南大學中文系學生為主的未來社，於一九七九年初出版。未來社還吸收了中山大學、華南師範大學、廣州師範學院、廣州業餘大學的學生，在廣州地區有較大影響。《未來》是一份綜合性的刊物，刊載小說、詩歌、政論文等，如第一期便刊載了里紅的暴露小說〈生者的權利〉，小楓的諷刺詩〈假如明天〉，寶集的政論文〈人權與憲法〉等。

作為學生社團，未來社積極參加當時頗為踴躍的民主運動，突出表現是一九七九年四月一日發起了紀念四五運動三週年的盛大座談會。與會人員有一百五十多人，除了未來社成員及大學生外，不少青年工人以及省市宣傳機關的幹部也出席了（該書作者認為是起「監視」作用），王希哲、陳一陽等民運人士也出席並講了話。這次座談會驚動了當局，廣東省委書記習仲勛還因此接見了未來社成員及王希哲等人，以圖「宣慰疏導」。五月以後，廣東省委以及廣州暨南大學當局便出手干涉、壓制了未來社的活動。

我是一九七九年九月考進廣州暨南大學的，上述未來社的活動我未曾聽聞；但卻看過中山大學的《紅豆》以及殘缺的《這一代》（該刊創刊期便被扼殺，以致只能以殘缺本面世）。暨南大學中文系則在系方主導下出版「面目一新」的學生刊物《赤子心》，那是當時自命為文學青年的我從沒有投稿激情的刊物。

儘管如此，我入學後一直到大約是一九八一年，暨南大學學生自發的「不合作事件」還是屢屢發生，比如邀請民運人士李正天到校演講，抵觸學雷鋒運動並展開對雷鋒精神的辯論，大學生匯演節目違背當局定調等；在平日課堂討論中，更多有對上山下鄉運動，毛澤東評價，甚至共產主義運動等激烈的爭論。這些「不合作事件」往往是以當局失望乃至震怒而告終。

給我印象深刻的是，在一次全校性的抵觸學雷鋒的自發辯論中，反方領袖是一位北京移民香港的醫學院學生（相當帥），既有在國內的親身體驗也有在香港吸收的自由思想，引經據典縱橫捭闔，將雷鋒精神的虛偽性反動性批得個淋漓盡致體無完膚。我們班在一次有關上山下鄉運動的課堂討論中，否定的一方以班幹部團幹部為主，而這些人幾乎都是當年的知青；肯定的一方，卻是以港澳學生以及應屆高中畢業生為主，以致一位港澳生深深感歎：共產黨是怎樣教育出你們這班「反骨仔」的?!

轉眼三十多年過去了，當年的大學生，現在多為各方呼風喚雨的主兒，且不論海外的胡平王軍濤們，就說國內的習近平李克強們，三十多年前那段大學生涯的思想激蕩與精神洗禮，在他們的內心深處是否還有痕跡？

看林梓發表小說有感

林梓是我姐的筆名，還曾用筆名林礪子，網名林子。林梓的專業是歷史，可林梓發表小說了。第一篇是短篇，在《人民文學》——大陸最高檔次的文學刊物。接下來接二連三發表的都是中篇，在《人民文學》、《鐘山》、《江南》等刊物，寫的都是革命亂世的兒女情懷。

大家覺得意外，我卻不太覺得意外，反而覺得有點時光倒流似的。心裏嘀咕：這不又回去了麼？林梓這可是重操舊業、重溫舊夢了呀！雖然文學對目前林梓的專業來說並不對口，但林梓其實從小就喜歡文學。

記得文革中我和她都失學時，都特拼命讀書。我是逮到什麼讀什麼，也沒認真讀，只當解悶；林梓可偏好讀文學書，特認真讀，像幹革命似的。一日忽巒動情地跟我談起「十二月黨人的妻子」，把我聽傻眼了，「十二月黨人」是啥東西我還真不知道，更別說「十二月黨人的妻子」啦！為此，過後我可狠補了好一陣俄羅斯文學。

再說下鄉插隊的時候吧，我們老家一帶的知青中有那麼幾位以編寫知青文藝宣傳隊節目聞名的「寫手」，林梓就是其中之一，而且是唯一一位女性。跟其他男性「寫手」相比，她又勝於還能「導」會「演」。作為她弟，我確實沾了光——別人都想當然地認為我也會編寫節目（這可是個工分高工作輕的美差呀），於是在「人才短缺」之際，我就被拽進知青文藝宣傳隊了（當然我製造的「紅色日記」也起到一定作用）[1]。

剛進文藝宣傳隊時我可真是心虛（不是虛心），只能求助於林梓。林梓給了我一個她寫的反映知青扎根農村的小歌劇劇本，我作了些標點符號之類的「修改」，就心安理得地署上自己的大名。心裏自個寬慰自個說：這一臺七八個節目就那麼一個林梓的其餘都我親力親為寫的嘛！好啦，匯演下來，獲獎節目出來了，我們大隊知青文藝宣傳隊的節目上了一個「優秀創作獎」。哪個呀？就林梓那個啊！領導讓我將獎狀領回去，我可謙虛著呢，死活不幹，非得要將那獎狀就貼在大隊部。領導感動啊，多次在會上表揚我境界高不居功……直到我離開農村時那獎狀還端端正正貼在大隊部呢。

再後來，上大學時，那年頭不是興玩文學「沙龍」嗎？我們也玩啦——好歹也跟我專業有關啊。說「玩」委實是輕薄話了，實際上我們可是頗為認真、真誠、激情的。一撥子同道中人，相互交換各自寫的詩歌、散文、小說之類的「作品」，認真地審閱，真誠地提意見，激情地爭論……這裏頭大都是中文系的同學（汪國真也在內），還有外系來「撈過界」的——林梓就是其中之一。但林梓似乎比我們這些「專業對口」者更認真更真誠更激情——至少我感覺是這樣，以致不得不老提醒她別「樂不思蜀」、「不務正業」。

後來倒是林梓自己「懸崖勒馬」了——就是那場白樺《苦戀》鬧起來的風波，全國文壇一下子蔫了。林梓心灰意冷了，說不寫了，搞學問去吧。我也心灰意冷了，也說不寫了，也說搞學問去吧。於是，都把（文）筆擱下

---

1 參看〈在知青文藝宣傳隊的日子裡〉，王力堅《天地間的影子——記憶與省思》（臺北縣：Airiti Press，二〇〇八），頁54-59。

了，真的勤勤勉勉心無旁騖搞學問去了。

這一擱可擱了近二十年，直到那年底我誤打誤撞進了華夏知青網，一激動寫了些東西。林梓看到了說，啊，你寫啦！哦，知青網……

於是，林梓便也拿起筆來；於是，便又寫了；於是，就有了〈水魘〉（《人民文學》二〇〇三年第七期），有了〈鎖住的笛聲〉（《鐘山》二〇〇五年第三期），有了〈一九六七年夏天的倒立〉（《人民文學》二〇〇五年第四期），有了〈燕州美人〉（《江南》二〇〇七年第三期）……

林梓及其小說漫議

林梓自小就是我的偶像，我自小就是她的粉絲。其實林梓只比我大一歲，卻早熟多了。文革開始那年，林梓小學畢業，因父母親一下子成了黑幫[1]，她失去升學機會。也因此自由自在介入了文革，捲入派性鬥爭；出入於眾多造反組織，激烈、堅毅、沉著、冷靜，整一個林道靜[2]似的。這也就為她日後的小說創作，超前打下了堅實的基礎。那時我才小四，懵裡懵懂的。

林梓自小就聰慧過人。聰慧與早熟，孰因孰果？大概就是互為因果吧。林梓的聰慧有個外在的表徵——頭大。林梓自小就是大頭妹，其腦袋明顯比一般小孩大，懂的事情比大於她的小孩還多，主意也就特多，因此文革中所結交的朋友，大多為哥哥姐姐級甚至叔叔阿姨級的人物，而且往往是造反組織的領袖人物。這些人物，在她日後的小說中逐一登場亮相。

林梓自小身體就不好，這病那病的。據說體質弱者特別敏感，我是相信這說法的——《紅樓夢》中的林黛玉就是明證。反正，林梓自小就特敏感。我們沒注意到的事情她會注意到，我們沒發現的東西她會發現到，甚至還沒發生的事情她也就預感到。敏感到有點讓人心裡發毛。敏感也就罷了，林梓記性還特強，所以，日後她小說裡

1 黑幫：文革中被視為批判、鬥爭、監管，乃至勞動改造的對象。

2 楊沫《青春之歌》（北京：作家出版社，一九五八）的女主人公，為中共所樹立的「革命青年」典範。

的歷史細節就特多特細，令我們咋舌（自己怎就不知道？），鬱悶（自己怎就沒印象？）。這種敏感的特質，在日常生活中往往就表現為多愁善感，體現到小說創作中，便多見纏綿悱惻的情感抒寫了。

看我把林梓說得天才似的，其實，林梓的後天努力更有說服力。林梓自小就喜歡讀書。或許受父母親影響吧，但我覺得林梓的讀書是有點兒不正常——讀得多、雜、快，而且記得牢。反正我至今望塵莫及。不過，林梓讀的書還是有個主要方向的，就是文學藝術，包括小說、詩歌、散文、戲劇、電影。所以，文革武鬥期間，我們逃難到鄉下，林梓就帶領我們跟一眾農村娃，自編自導自演類似「抬頭望見北斗星，心中想念毛澤東」模式的歌舞劇；下鄉插隊期間，更成為當地知青中小有名氣的彙編、導、演於一身的高手；文革後參加高考，一心要考中文系，偏偏語文考砸；讀了歷史系，依然文心不死，在大學給演出團隊編寫組歌舞蹈之類節目，亦能獲獎；到今日屢屢發表小說，可謂修成正果了。

林梓第一篇小說〈水魘〉就發表在中國大陸最高級別的文學刊物《人民文學》（二〇〇三年第七期）上，那是篇短篇小說，之後接二連三發表的卻都為中篇小說，諸如〈孤島〉（《鐘山》二〇〇四年第一期）、〈蛇魘〉（《鐘山》二〇〇四年第五期）、〈鎖住的笛聲〉（《鐘山》二〇〇五年第三期）、〈一九六七年夏天的倒立〉（《人民文學》二〇〇五年第四期）、〈亂紅〉（《鐘山》二〇〇六年第三期）、〈燕州美人〉（《江南》二〇〇七年第三期）等。

林梓小說的表現特徵，可從如下幾個方面討論：

亂世——這是林梓小說最為顯著的故事背景，從大革命、內戰、土改、鎮反、反右、大躍進，以至文革。這既是林梓小說人物的苦難命運，也是中國當代史的艱辛歷程。故事發生的地方，多為遠離政治文化中心的邊緣地域：小城、鄉鎮，桃花巷裡，竹籠山中……儘管如此，時代政治的爭鬥紛擾仍糾纏著黎民眾生的平凡生活。林梓小說即是以小人物的命運，窺視大時代的潮流；以民間的叨絮敘述，糾補官方的恢宏史觀。

女性——林梓小說的主人公，大多為女性，而且都是心靈容貌俱美的女性，如〈蛇魔〉中的鶯姑，〈孤島〉中的原非、方釗與任諍，〈鎖住的笛聲〉中的雲孃孃，〈一九六七年夏天的倒立〉中的瓊，〈亂紅〉中的石娘，〈燕州美人〉中的蘇如花，等等。這些女性，就是中國命運（縮影）悲劇的載體。悲劇是美的毀滅，林梓深諳其道。這些美麗女性遭遇的悲劇，尤見淒美。〈亂紅〉末句一語道破：「亂紅如雨，仍然美麗而淒然。」在正式發表小說之前，林梓曾用「林礫子」筆名，在北島主編的文學雜誌《今天》（二〇〇二年秋季號）發表過一篇敘事性散文，所用標題就是〈那一個年代的漂亮女人〉，描寫了市民出身的「新」，書香門第出身的「枚」與「楊」，高幹出身的「芬」，都是容貌漂亮也喜歡美，卻又不乏革命理想的女知青，都不同程度渴望人性，甚至不惜張揚原欲，然而卻被當時的社會環境所禁錮、毒化乃至異化，最終成為那個時代人性冷漠殘酷的犧牲品。

細膩——這是林梓小說文筆最令人矚目的特點。或許是身為女性，或許寫的主要是女性，這種最具女性特徵的文筆表現，在林梓小說發揮得淋漓盡致，諸如：「今天蘇如花的木屐看上去還很特別，因為在那上面，非常顯眼地裸露著一隻隻圓圓小小鮮豔嬌嫩的紅趾甲。……蘇如花竟然還有辮子，只是絞短了，用了一塊素花手帕緊緊綁紮一起，乾淨嫵媚地露出了頸脖的修長和白皙，白晃晃的陽光下，甚至能清晰地看到細而柔軟的絨毛在上面微微扇動。」（〈燕州美人〉）「剛入秋，鳳凰花還開得茂盛，也開始落了，沒有風的時候，碎紅從樹上落下來，一點一點地落，輕輕慢慢，溫柔細緻。當年母親牽著我們的手走過樹下，給我們吟誦古人的詩詞。母親的聲音灑落地面，也是輕輕慢慢，溫柔細緻。」（〈亂紅〉）無論是描景還是狀人，林梓都以細膩入微、沉靜溫柔的筆觸，營造、渲染、烘托出一個柔美的氛圍。在冷硬堅銳的革命歷史敘述中，這樣一種柔美氛圍的營造、渲染、烘托，頗有幾分突兀、怪異，而又彰顯無盡的張力及魅力。

憂鬱——這是林梓小說十分普遍的感情基調。網友董浩在〈最後的貴族——我讀林子〉中精闢指出：「我試圖從這些文字裡找出『憂鬱』這兩個字，但是沒有。可憂鬱就像〈水魔〉裡所描繪的氛圍一樣，四處浸潤，彌漫，無所不在，感覺如同在江南的黃梅雨季裡的濕漉漉，但這濕漉漉是心的濕漉漉，『梧桐更兼細雨，到黃昏，點點滴滴。』」這種憂鬱的情感基調，固然跟女性、悲劇的因素有關，我想，應該還跟林梓自身的經歷，以及因體弱敏感而衍生的多愁善感關係密切。值得注意的是，林梓小說這種憂鬱的情感基調中，往往蘊含著凝重深沉的歷史感。這一表現，使林梓小說的憂鬱，突破纏綿悱惻的兒女情長，透現出風雲際會的歷史滄桑。這個特徵的形成，或許是跟林梓的歷史專業訓練及關注有關。

由上可見，歷史專業的基礎對林子的小說創作大有助益，然而，因歷史專業訓練而對史實的執著，卻跟林梓對美／善的天然敏感與追求，形成了某種不協調性，以致在小說故事情節描述及人物塑造上，造成某種程度詮釋、解讀的困難度。比如林梓顯然甚為偏愛主人公，尤其是女主人公，而這些主人公大多有現實原型，鮮明的歷史對位，加上愛之深護之切，林梓有意或無意「過濾」掉他／她們原有或應有的「雜質」，致使這些主人公幾乎是零缺點，以致這些來自史實的小說人物放置在小說反映的史實環境中，反而與史實產生了某種程度的疏離與脫節。雖然「純淨人物VS汙濁現實」的構思／範式也在一定程度強化了小說的思想及審美張力，但也從而導致人物塑造的豐富性複雜性未能得到更為充分多元的展現，故事情節未能得到更具戲劇性的衝突與發展演變。當然，這是我個人的觀感，或許是由於不同的創作理念與審美觀而致成。

儘管如此，就我的認知而言，林梓的小說瑕不掩瑜，其成功與成就是不容置疑的。我也相信，林梓的小說能給予讀者歷史的震撼，美學的濡染，情感的薰陶，精神的感召。

行文至此，餘情未盡，因賦一律[3]，以訴未了之情：

南江霧雨明湖月，夙願終償縱性靈。
倒立夏天傷水魘，幽囚橫笛亂紅凝。
桃花巷裡三生恨，竹嶺山中一輩情。
亂世女兒書亂世，青燈掩卷意暝暝。

3 首聯：南江，即老家廣西博白的最大河流南流江；明湖，即母校廣州暨南大學地標明湖；隱喻林梓文學生命成長的歷程。二三聯：均以林梓小說標題與內容入詩。

遊子的思念

題記：二〇一二年母親節之際，在太平洋彼岸的溫哥華，以此文表達對母親的思念與致意。

古訓：父母在，不遠遊。

以前對這話老大不以為然。年少輕狂，巴不得四方遠遊。

直到那一年回國探親，將母親擁進懷裏，一陣驚悚：怎麼會有那麼瘦小的身軀?!捧起母親的手，皮膚粗礪、手指彎曲、青筋凸露。以前那個青春美麗的母親呢？真如此彈指一揮間啊！

從此，將上述古訓奉為圭臬。

然而，浪跡天涯已成不歸路。

當然，浪遊再遠，母親的心時時都在牽掛著。以前是書信頻頻，千叮萬囑的，固然多是溫情脈脈的關愛，亦不乏「謹防香風毒霧」之類的告誡。到電郵取代書信的時代，母親亦以堅韌不拔之心學會用電腦，只為了便於跟我們這些離家遠遊的子女聯絡。

其實，母親在家裏是不善言辭的，很是低調。永遠勤勤懇懇、任勞任怨。祖母過世後二十多年，家務都由母親一手操辦，柴米油鹽，一日三餐。很難想像，祖母在世時母親是不諳家務的。在老爸身邊，母親總是小鳥依人狀（本來身高就矮一截），卿卿我我，你儂我儂，相親相愛，旁若無人。當然也給了我們無聲的榜樣。

都說我最能繼承母親的衣缽。是的，同樣是大學教師，同樣是古典文學專業，甚至同樣專攻古典詩詞。其實，我心知肚明，母親的絕活——賦詩填詞、吟哦詠唱——我是望塵莫及的。當然我也曾很努力地整過若干首詩詞，還像那麼回事似的跟母親唱和。

這時候，母親就很高興了，就很驕傲了。但我實在是難以為繼。於是，我堅信所謂才女才子，一半是成就於天賦，我是少了那一半的。於是，我回母親老家番禺講學，講的是詩詞吟唱呢，我就只能心安理得純粹從學理上作分析，吟唱部分就恭請母親上臺了——頗為成功的母子合作。

儘管如此，我還是以能繼承母親的衣缽為榮。

當然，我更以母親的兒子為榮。

【附舊作】

賀母壽調寄訴衷情　　歲次壬辰春壬寅戊午於加拿大溫哥華

人生八一未為稀，祝禱競期頤。悠然回首來路，明慧惜相依。

滄海漫，朔風迷，任東西。沙灣才女，蒿嶺詞宗，吾輩慈儀。

注：「明」與「慧」分別為母親及父親相互間的愛稱；「沙灣」為母親家鄉；「葛嶺」為母親任教學院所在地。

七絕和詩二首

父母親五十五周年「翡翠婚」紀念，讀母親寄來二絕有感，次韻以和之。

其一

五十五年凝翡翠，相濡以沫任銷磨。
斜陽依舊秋風裡，璀璨霞光映綠波。

其二

八十人生何謂老，一蓑煙雨笑蹉跎。
千帆過盡猿聲喉，雨後天晴瀲灩波。

【附母親原作】

合歡五十五周年感賦　　二〇〇八年十月九日

我和你爸本來可成為夫妻作家，但一生坎坷，好夢難圓。今值合歡五十五周年之際，偶成兩絕句，聊以抒心懷。

一

五十五年彈指過，青絲華鬢兩銷磨。
雙飛藝苑難圓夢，妙筆生花寫奈何。

二

七十餘年轉瞬過，青春壯歲盡磋跎。
離合悲歡多少淚，酸甜苦辣逐煙波。

久別

「這是內褲，這是襯褲，這是外面的套褲……爸爸十多分鐘就要小便一次，一個小時左右就要大便一次，動作慢點就會拉到褲子裡，要及時給他換褲……」母親永遠是那麼不厭其煩地絮叨，尤其是說到父親的事情，思路還特別縝密細緻，八十四歲了，很不簡單。我耐著性子聽著，想像如何跟父親換屎尿褲子的艱難情形。父親八十六歲了，胖碩身材，行動遲緩，思想遲鈍，還不時短暫迷糊，搞不清楚我們兄弟姐妹誰是誰。尤其我長期旅居海外，偶然回來，更易使父親犯迷糊。

「你是誰？為什麼坐這裡？」父親就這麼向我發問了。我坐的位子通常是母親坐的，要照顧父親服藥。

「我是阿堅，坐這裡監管你服藥。媽媽要跟大妹到銀行辦事。」我強調「監管」，試圖先立威嚴。

「我要媽媽！」父親抿起嘴，倔強的神情出來了。

「我跟大妹出去辦事，很快回來。在家乖乖聽阿堅話。」母親湊近爸爸耳邊說，忽然在父親耳朵上親了一下。我們從未見過母親這樣的動作，著實嚇一跳。

父親更是「嗷嗷」驚叫起來，緩過神來，母親已跟大妹出了大門。

父親茫然看著關上的大門，忽然咧嘴大哭起來，緊接著又用雙手把臉捂起來。第一次見父親如此失態，真把我嚇壞了，趕緊上前將父親的頭摟到懷裡，輕輕拍打。霎時間，覺得父親是個驚惶失措的孩子。

幸虧父親很快就平緩下來，但卻陷入一種茫然狀態。勸他吃藥，搖頭；喝水？搖頭；上廁所？搖頭。忽然問道：「媽媽去哪啦？」我趕緊據實以報。父親又茫然了，不時又問：「媽媽去哪啦？」我再次據實以報。

幾次重複問答後，我有點兒沒話找話說：「餐廳離大門遠，我們坐到客廳沙發，離大門近，媽媽回來馬上就看到，還可以一邊看電視一邊等媽媽。」父親認真想了想，居然同意了。於是，乖乖喝了中藥水，還認真用溫開水涮了碗底藥渣末喝下。這是母親給父親制定的喝藥程式，父親自覺遵循照辦了。

移坐到客廳沙發，開了電視，父親卻心不在焉，總支著耳朵聽門外動靜，不時提出「媽媽去哪啦？」「媽媽什麼時候回來？」之類的問題，我只好支吾敷衍。

多次之後，父親勃然大怒：「媽媽身體不好，你們要媽媽大冷天出去是不對的！」怎麼辦呢，我只能委曲求全，寬慰父親說母親很快就回來。其實我知道到銀行辦事是無法「很快回來」的，唯能冀望父親腦子迷糊沒有精確的時間觀念。

很快我就發現我的「冀望」是倒錯了——父親腦子是迷糊，時間觀念不清楚，但他是把時間大大壓縮了。「半天了，媽媽怎麼還沒回來?!」「都出去一天了……」

喝點水好嗎？搖頭。上廁所嗎？搖頭。

好不容易大門響了，父親挺直身板，癡癡盯著大門。進來的是中午下班回家的弟弟。父親大失所望。大門再次響了，父親再次挺直身板，癡癡盯著大門。進來的是來做飯的王阿姨。父親似乎絕望了。「媽媽身體不好，怎麼辦？你們不應該讓媽媽出去的！」父親的語氣由生氣轉為哀傷了。

提醒父親過去兩個小時了，必須拉尿了，否則「三十不拉就要拉六十了」——那是小時候父親給我們講的一個典故：某人為了省三十枚銅錢，憋著不拉尿，最終漲到六十枚銅錢也不得不拉了。此時祭出這個典故為了緩和氣氛、轉移父親的注意力。父親卻不為所動，依舊緊緊盯著大門。我明白了，父親擔心去小便錯過母親走進大門的時刻。

弟弟跟大妹通了電話，得知才辦妥交通銀行與工商銀行的提款，還要到農業銀行辦理存款。我敏銳判斷，母親的手續在前二銀行已辦妥，後一銀行只是大妹自己辦即可。馬上決定請弟弟驅車去接母親回家。

父親的眼睛終於重新燃起希望，但追問卻更為頻密了：「去接了嗎？」「到哪裡啦？」「回來路上了嗎？」「怎麼還不見啊？」不得已再給弟弟去電話，確切得知：五六分鐘最多十分鐘到家。

當大門再次打開，母親出現在門口，父親毫不掩飾地伸直右手，臉上現出驚惶、激動、欣喜的神情。母親快步上前牽起父親的手，以為父親要上廁所。父親卻急急一把將母親拉跌坐在沙發，當著我們的面摟住母親，小孩子般地啜泣起來……

跨年行程

二〇〇八年耶誕節後次日，經香港赴廣州參加一學術會議，之後轉赴南寧探親兼講學。

公車一開動，我就覺得不對勁。是什麼呢？想想，不會是忘了帶什麼吧？左看右看隨身行裝，硬是想不起忘了什麼。直到公車出了學校後門上了公路，才猛然想起忘了帶名片！雖然在廣州開會可以不要名片，但到南寧講學，總有個主賓分際，得自我介紹一番，就需要名片了。怎辦？下車回去拿？一想，乾脆到廣州後趕製一盒就行了。

以為問題解決了，放下心打盹，沒多久心裏又悠忽起來——好像還忘了帶什麼的！是什麼？想破頭也想不出是什麼！切！甭想了，沒什麼大不了的！雖是這樣自我安慰，心裏那個悠忽仍三不五時眉頭心頭地晃蕩著。

直到到了機場排隊登機時才恍然想起——忘了帶講學要用的隨身碟！下週二在南寧兩個高校講學，題目是有關古典詩詞有聲表現現象（吟唱之類），下載製作了不少聲像資料，辛辛苦苦存在隨身碟裏，卻忘了帶！這可是少不得的——我只是能夠用語言講述古典詩詞有聲表現現象，吟唱之類，全靠聲像資料呈現！這下可慒了！

這時是星期五下午三時許，我趕緊用機場電話通知系行政專員，央請務必馬上用快遞將我的隨身碟寄到南寧。抵達香港機場時，再打長途回去，系行政專員說，已經辦妥——用快遞寄出了，下週一肯定可以收到。萬幸！總算鬆了一口氣。

二日後回到南寧，見到父母還來不及高興，便得知：我的隨身碟還沒收到！這叫什麼事兒？明天就要用啊！數通電話追查方知：那隨身碟被海關扣留，需要簽署一份授權書，給海關人員與快遞公司人員一起打開我的隨身碟檢查。如此，三五天內隨身碟肯定到不了我手中！我的天！久違的、那曾經多麼熟悉「階級鬥爭」感覺又回來了！「三五天後我還要隨身碟幹嘛？別想查我的隨身碟，給我退回去！」「行，補上快遞回程費用。」我……服了。

馬上面臨的危機是，第二天的演講怎辦？肯定要改講題了。改什麼題？只能改一個我不用講稿不用資料也能開講的題。幾乎不經思索，我決定改講「文革中的知青流行歌曲」，並且決意連講帶唱。其實這個講題在我姐學校講過，但我姐嚴禁我開唱（因實在信不過我當年在知青文藝宣傳隊那點底子），效果不彰。這時已經快下班了，匆忙聯繫二校有關老師，以為要費一番口舌解釋，沒想輕易得到認可。過後得知，主持演講的廣西大學文學院前院長以及教育學院中文系系主任都是當年的知青。而廣西大學文學院現任院長雖然是六十年代初出生的農村娃，卻也曾在當年跟隨來村插隊的知青幹過不少「壞事」，跟知青很有些「共同語言」。

次日，上午在廣西大學文學院、下午在廣西教育學院中文系，兩個演講都是講「文革中的知青流行歌曲」。置於死地而後生，撕下臉皮，連講帶唱，唱了十多首當年知青的「流行歌曲」，效果出奇的好。不是自吹自己唱得多好，而是學生們反映好，發言討論蠻熱烈。這個時期還有人對這些「老歌」感興趣，幸甚！

這次回南寧最大的收穫，就是跟一群暌違三十多年的知青見了面。其中有同一批下鄉的，更多是晚我二年下鄉的。因我「插齡」長，所以跟兩批知青都能搭上話。兩批知青都在一個大隊插隊，只有一位女生是其他公社的，但一九七七年上半年跟我一起抽調到縣「知青辦」寫典型材料，也很有話題聊。

這次重逢，得力於一位任自治區某廳總工程師的知青哥們穿針引線。該哥們的夫人就是一起在一個生產隊插隊的知青。我恭維她真有眼光啊逮住這個哥們。她隨口答：「是啊，我就看他是績優股。」這哥們夫人早就提前退休，在家玩狗玩股票，很瀟灑很愜意。我不覺奇怪，當年插隊時，她就很瀟灑，並不著意努力改造，而是隨性生活，喜歡哪位知青就咋咋唬唬去喜歡，輪流幹家務挑不滿水缸的水，就隨心所欲哭鼻子，總能招惹貧下中農來將水缸「再教育」得滿滿登登。

三十多年沒見面了啊，以為聊不到一起，其實多慮了——從始至終沒冷過場。無論以前現在，都聊個沒完。真的沒有任何隔閡。直到深夜近十一點，才依依不捨散場。在停車場各自找車忙亂間，那總工程師哥們夫人突然遞過手機：「林白要跟你說幾句呢，她在北京。」林白？哦，那位以《一個人的戰爭》、《致一九七五》蜚聲文壇的作家啊。我在書中將人家列為「後知青文學」代表作家呢。隨意聊了好一會，原來林白跟我們這位哥們的夫人是中小學同學，至今還是好友，每次來廣西，都住她家呢。一時興起，我說要送她《回眸青春》，馬上就有點擔心了——誰知那書中有沒有說人家壞話呀？（回來趕忙查，還好沒說什麼壞話。）掛了電話，心想世界真那麼小！

二〇〇九年一月五日離邕前夕，得知我的隨身碟仍安然逗留在海關，要補填表格解釋說明諸多問題……

「六七一」憶舊

「六七一」，是上世紀六十年代廣西一個工廠的代號。那個年代過來人都知道，有代號的工廠，身分都較為特殊，都是些較為重要，甚至具有軍工性質的工礦企業。也因此，「六七一」被刻意讀為拼音的liu（去聲）、guai（上聲）、yao（陰平），注音讀音則為ㄌㄡˋ ㄍㄨㄞˇ ㄧㄠ，以突顯其「特殊性」。

「六七一」廠的真實身分，就是廣西最大的火力發電廠。創建於一九六七年一月（所謂「六七一」的來由），正是老毛「三線建設」[1]戰略部署的產物。基於「備戰」（戰爭準備）的考量，該電廠就建設於不易遭受攻擊的大山溝裡，起了個不易辨識的代號「六七一」。

我考進大學前，就在這個工廠工作過兩年。我們進工廠時，廠名已「正名」為「廣西合山電廠」。但我們私底下還是喜歡稱「六七一」，與其說是習慣，不如說是正因了其莫名的神祕性，有助於身分的提高（時人對軍工企業的推崇）。

我是從插隊的農村獲招工進廠的。按說我有「海外關係」的身分[2]，是不宜進此類工廠的。但當時（一九七七年）文革已算結束，此類政治性的政策已有所寬鬆，但我還有另一個緊箍咒——學歷。文革時，因家庭出身等

1 參見「還說知青」中〈插隊詩鈔〉所注「三線建設」。

2 參看後文〈海外關係今昔〉。

諸多「政治不正確」因素，我小學畢業後就不能再升學，於是我就只有小學的學歷。這是任何工礦企業都無法接受的「低學歷」啊！那時我下鄉已經四年，表現還算不錯，除了勞動不偷懶，更多是利用自己能寫會畫的專長做了不少「貢獻」，給大隊、公社掙了光。於是，大隊、公社的幹部都傾向推薦我進工廠。不過，一遇上學歷問題，絕對通不過。到了「六七一」廠來招工時，大隊、公社的幹部決定破釜沉舟了——授意我在招工表格上造假。所謂造假，就是在學歷一欄，填上初中（相當臺灣的國中）畢業。於是，我才得以「混進」「六七一」廠。

當時我們剛進工廠，看到工廠所處環境惡劣（地處山區且是煤礦區），情緒是不佳的。廠領導看在眼裡，用了相當厲害的一招制服了我們——讓我們到附近的煤礦，下礦井採煤三天。再回工廠，頓覺進了天堂。從而積極愉快參與了為期三個月的「新工人培訓」。

「新工人培訓」除了業務培訓之外，還有一項重要任務，就是組織文藝宣傳隊，在工廠以及周邊村鎮演出。我們這批新工人，大多是知青，在知青文藝宣傳隊混過的大有人在（這也是招工所要求的特長之一）。所以，新工人文藝宣傳隊的組織，乃至日後的排練、演出都相當順利且成功。我在知青文藝宣傳隊待過[3]，便順理成章進了新工人文藝宣傳隊。於是，也就認識不少新朋友。其中宣傳隊隊長志斌，臺前臺後都拿得起放得下，而且為人熱情，能說會道，跟我成為很談得來的朋友。

3 參看〈在知青文藝宣傳隊的日子裡〉，王力堅《天地間的影子——記憶與省思》，頁54-59。

新工人培訓結束後，我分在鍋爐分場檢修班。該檢修班的工作主要是負責鍋爐蒸汽管道的維修，那是個既累又髒更是危險的活。於是，覺得滿委屈的，培訓期間，業務考試優秀，在宣傳隊的表現也積極，怎的就不能撈個體面點的工作呢？招我們進工廠的陳某跟我說了個「悄悄話」：鍋爐分場是培養領導的地方。不知這是內幕真情還是歪打正著，反正十多年後，工廠的黨委書記就出自我們那個檢修班，而同時期出任廠長的發雄則是跟我同一公社插隊，同時進廠，新工人培訓時曾同在鍋爐分場跟班勞動。

反正那時候我是不信陳某的話的，仍然覺得委屈的，所以就不安心工作，就全情投入考大學的複習。也就是說，在工廠的大半時間，我雖然儘量堅持本職的檢修工作，但從精神、精力方面，都是放在複習準備高考的。說白了，確實是個不稱職的工人。慚愧！

說來也巧，我們乘火車進工廠的途中，即一九七七年十月二十一日，在火車上聽到廣播恢復高考的新聞消息。到廠次日，歡迎新工人的大會上，領導就宣佈我們這批新工人不能參加高考。由於培訓期間我結合業務培訓突擊學習了有關初中與高中的數理化，分配到鍋爐分場檢修班後，決定參加第二年的高考，便報考了理科，落榜後，第三年，即一九七九年春節後才最終決意轉考文科，考上了廣州暨南大學。[4]

記得那年我們廠有一百多人參加高考，好像只有三人考上，其中一位是我好友阿軍，考上廣西大學英文系（現為中國－東盟博覽會秘書處副秘書長）。本來發雄也跟我們一起複習考試的，但在那年上半年，提前考上了

4 關於我考大學的經過，參看〈我的上大學之路〉，王力堅《天地間的影子——記憶與省思》，頁70-77。

電視大學（畢業後回廠工作，十多年後出任廠長，現為廣西某電力有限公司總經理）。志斌則以幾分之差落榜，後來也通過自學考試，進入司法部門，官至南寧市某區司法局副局長。

自從考上大學離開六七一廠後，一直沒機會回去看看。直到去年休假，受邀到廣西大學講學三個月，無意間聯繫上發雄，便也順利聯繫上了志斌與阿軍。暌違三十三年，老朋友重逢，高興激動之情不言而喻。當即決定重返六七一廠一遊。於是，在我到廈門大學、集美大學、武漢大學周遊講學後，回到南寧次日，便與志斌、阿軍三人（發雄因事缺席）駕車直奔六七一廠而去。

同樣是暌違三十三年，再次踏上六七一廠的土地，真的有點心靈顫抖的感覺。令我訝異且高興的是，今日六七一廠（現稱大唐桂冠合山發電有限公司）的環境整治大見功效，不再是往日那種濃煙翻滾，機聲轟鳴，煤灰紛飛的情景。工廠的硬體建設──從廠房到機組──也早就「鳥槍換炮」。流經工廠旁邊的紅水河，竟然也由「紅」轉「清」。生活區的環境，則是綠蔭環繞，鳥語花香。想起來，當年剛進廠時，在廠史室所看到的遠景規劃圖，便是如此景觀。如今親臨其境，那份激動之情，確實難以言喻。

接待、宴請我們的工廠領導多為我們的「晚輩」，但同屬六七一人，還是有不少共同的話題。高興的是在筵席上還見到當年同時進廠的老鄉阿偉與遠福。阿偉與遠福當年也都是知青，阿偉還是跟我同一個大隊插隊的知青呢。遺憾的則是當年一起進廠的「新工人」，大多已經退休，到柳州市區安住養老了。畢竟，歲月不饒人啊！

補記：在網上搜索到一張票據影件，上有「廣西壯族自治區六七一廠醫務所」、「金額：壹角」、「一九七□年秋號碼」、「請拿藥瓶及押金憑證退還押金」等字樣。可知至少上世紀七十年代初，還是稱六七一廠。將此票據傳與志斌，回函稱其太太雀躍萬分——志斌的太太正是六七一廠醫務所員工。

越南研究生的抉擇

忙於雜務，好長一段時間沒寫博文了，某日上網隨意瀏覽，無意中轉到「黎服兵的博客」（http://blog.voc.com.cn/lifubing），看了〈越南，越南！〉一文，很有感觸，其中一些文句，簡直就是出自我心頭，諸如：「越南，是當知青時關注較多的一個國度」；「上山下鄉……幻想能夠到越南戰場上痛快淋漓地打一仗，強似在綠色地獄裏遙遙無期地苦熬」；「部隊子弟上了越南戰場……回國後成了堅定的反戰人士、和平主義者」……

我老家廣西，大抵是地緣之便，當年「抗美援越」時期激情甚高，文革期間便常唱越南歌曲：「越南中國山連山水連水，共臨東海我們友誼向朝陽；共飲一江水朝相見晚相望，清晨共聽雄雞高唱……」甚至還會用越南語唱：「Việt Nam-Trung Hoa, núi liền núi, sông liền sông……」。下鄉插隊時，還曾在酒後跟其他知青朋友密謀赴越參戰，原因也不外上戰場戰死好過在鄉下憋死，當然之後不了了之。

文革後，卻「三十年河東轉河西」，「同志加兄弟」成了兵戎相見的冤家。一九七九年中越戰爭前夕，我已獲招工進廣西最大的火力發電廠（即六七一廠），為廠民兵武裝高射機槍連的射擊手，備戰一月有餘，說是要防備「來自境外敵機的侵犯」。當時還嘀咕，哪來的境外敵機？待開戰，懵了。因工廠毗鄰國防公路，有緣目睹大部隊軍人轟隆隆上前線，同樣大部隊傷員嘩啦啦撤下來。

之後，上大學，出國留學，及至之後任教，無論在新加坡還是來臺後，學生中不乏來自越南、緬甸、泰國、馬來西亞等地。這期間，相繼發生伊拉克入侵科威特、海灣戰爭、九一一、阿富汗／伊拉克「反恐戰爭」……於是陸陸續續、自然而然，通過不同渠道，接受各種信息；交匯、比較、沉澱，思考，不知什麼時候起，對所謂戰爭的「正義性」與「非正義性」有了不一樣的想法。

近日，看到香港鳳凰衛視臺「冷暖人間」節目有關一九七九至一九八九年中越戰爭的訪談，一敢死隊倖存者回憶陣亡戰友時，憤然感慨：打個什麼鳥戰？打這個戰幹什麼啊？另一先後參加過「抗美援越」與「反擊戰」退休女護士敘述了幾個很有意思的回憶片段：一被俘的越南傷兵不斷用越南話咒罵，忽然用漢語呼喊：毛主席萬歲！一受傷被俘的「時髦女兵」（女護士原話），為戰地無線電臺報務員，情報價值甚大，翻譯官（應該還有情報官）圍了一圈，意圖從女兵口中掏出情報。女兵傷在胸部，已為氣胸，卻拒絕搶救，一再將三角巾紗布撕下，次日死了，至死不吐露任何軍情。事實上，越南傷兵俘虜基本上都不會吐露任何軍情，很堅決，「忠於他們的祖國」。中共一個團圍攻一個山頭，激戰了一個下午，死傷超過一個半營的兵力，攻下山頭，發現山上只有三位女兵的屍體……受訪的退休女護士唱起了那首「越南中國山連山水連水」，喃喃道：怎麼會這樣呢？第一次入越參戰是幫助「同志加兄弟」，第二次卻是面對「寧死不屈」的敵人？

受訪者均表示，對上述現象深感痛苦與困擾。

前些年，一位來自越南的研究生找我指導論文，我問為何不就近到廣西留學？答曰老父不樂意。其父跟我同齡，曾參與一九七九年的戰爭。我說我是廣西人啊。學生說，老師你說過你是無條件的反戰主義者。

海外關係今昔

用谷歌搜索，維基百科對「海外關係」的解釋為：「指居住在大陸的中國公民與大陸以外（主要指在歐美、臺灣、香港）的人具有的親戚、朋友關係。有海外關係的人，被認為社會歷史背景複雜，普遍有通敵嫌疑，具有不被信任、不宜使用的政治條件。」

這個解釋大體準確。再準確點說，谷歌所詮釋的海外關係概念，當運用於改革開放前，尤其是文革中。那時候，有海外關係者，政治生命幾乎就被宣判死刑，連生存權利都大打折扣。

比如我，下鄉插隊期間，除了小學學歷，海外關係就是我另一死穴。偶有「上調」[1]機會，逃得過學歷限制，也逃不過這海外關係的制衡。大概是一九七六年吧，一個到三線鐵路當巡道工的機會落到我頭上——因為地處偏避工作辛苦沒人願意去。這對走投無路的我來說，不啻為天賜良機，那個激動呀！整宿輾轉不眠。天一亮趕到公社醫院體檢，公社有關部門一個電話打來制止，說鐵路為國民經濟命脈，有海外關係者不宜。

是呵，海外關係，接受海外指令，擱一土疙瘩在鐵軌上，車毀人亡，社會主義建設遭受多大損失?!——合邏輯的「革命警惕性」。

[1] 指通過正常合法方式，離開農村到工廠、企業及政府部門等工作。

文革結束，改革開放，出國留學……

以新加坡人的身分回到大陸參加學術交流，探親訪友，那熱情溫馨，那親密無間……呵呵。

「蕭瑟秋風今又是，換了人間。」

到了臺灣後，依舊回大陸參加學術交流，探親訪友。與親朋好友聚會時，場面雖然也熱鬧，卻總有缺席者，而缺席者也總是在政府部門任職者，尤其是小有權位者。工作忙啊走不開啊。沒事沒事，以後還有機會啊。大家哈哈，沒感覺什麼異樣。

直到那次，在大陸某地出席學術研討會，會議期間正逢週末，去探訪二十多年未見的親戚長輩。

雖然幾天前就電話告訴長輩，那天拜訪卻是臨時起意。

長輩單位大門有持槍哨兵站崗，因有長輩到大門接我，免登記進入。

長輩家蠻大，有四五間住房吧，只有長輩跟小保姆住，表哥表姐表弟，都各有自己的家在外。

二十多年沒見，長輩還是那麼開朗健談。一邊興奮地跟我交談，一邊指揮小保姆揉面剁餡準備包餃子。

「今天週末，你表哥他們三家一定會回來，大家都喜歡吃餃子。」

「表哥他們知道我今天來嗎？」我有點多餘地問了一句。

「沒跟他們說，嚇他們一跳！」長輩居然童心未泯。

「不好吧，好像我沒禮貌耶。」不知為什麼我追了這麼一句。

「這樣啊，那打電話讓他們也先高興高興！」

於是，長輩興奮打起電話。

很快氣氛不對了。

「……不會吧，今兒週末呵，會那麼忙嗎？……二十多年不見了呵……」

三家不約而同。

擱下電話，長輩一時無語。

廚房小保姆的剁餡聲山響。

我竟然平靜。不過，霎時間那久違的「海外關係」感覺又回來了。

學歷的糾結

在其他一些文章中，我曾直言不諱說起我文革中小學畢業便未能升初中的事情，但前因後果，來龍去脈卻一直語焉不詳。不如今天就在此說個清楚。

我父母是文教工作者，加上出身較「麻煩」——父親是歸僑（海外關係），母親家是地主，於是，註定文革一開始便被拋出來成為黑幫。不久，反「劉（少奇）鄧（小平）路線」，造反派崛起，「解放」了不少像我父母這樣的黑幫，父母感恩戴德，義無反顧加入造反派組織。這勢必影響到我們。而文革開始時我剛上小學四年級，也由於出身不好受排擠不能參加紅小兵，便自行與朋友拉扯起一個造反隊，開始叫「金猴戰鬥隊」，後改名「二小老多」——我們是縣城第二小學，模仿桂林聲名赫赫的造反組織「老多」。後來廣西分化為兩大派，一為「四二二」（廣西四二二革命行動指揮部），一為「聯指」（無產階級革命派聯合指揮部），前者以反廣西第一書記韋國清為號召，後者則是保韋派了。我父母所在造反組織與我自己在學校拉起的造反組織都歸屬到「四二二」一派。「四二二」一度聲勢浩大，但最終慘敗，遭受殘酷鎮壓，死傷無數，批鬥關押更是家常便飯。我父母再度成為黑幫。

我也名正言順成為「二小老多」的壞頭頭，需要在全校大會接受批判。為此，我翹學了，整一個學期都不去學校，在家陪伴父母，父親被關進監牢，也跟姐姐去送飯，還跟看守監房的解放軍叔叔拌嘴吵架，屢屢被警告堅持反動立場會沒有好下場。到了小學最後一個學期，經過校方多次「通牒」「勒令」，我回到學校，風頭過了，仍須在班上接受批判。到畢業時，據說原本打算不給我畢業的，但網開一面，給畢業了，但不能升初中。我們全班只有三位學生不能升學。給我的打擊，可想而知。在其他文章說過了，不贅言。

其實，次年我母親所在高中的革委會曾通知我可以去報讀初中，但我一來已被傷了心，二來臉皮薄，認為自己的同學高自己一級，難堪，居然拒絕去報讀初中。而當時我父母都在受管制狀態，無暇管我，也就由我自行作出了這麼一個放任自己的決定。當時的初中只有兩年，所以到我失學第三年，便是我的小學同學初中畢業要升高中之際，我更拒絕報讀初中了。但我也不願繼續待在家裡，因我的家就是在縣高中教師宿舍，就在校園內，日後我的小學同學成為高中學生，進進出出不就常打照面了嗎？

因此，我開始積極要求上山下鄉當知青。按照政策，我只有小學畢業似乎可以不必上山下鄉，但我意志堅決，有關部門便做了順水人情，讓我參加了上山下鄉學習班。一個偶然機會，我們這個學習班全員派往開發紅水河航道工程，成為民工。雖然艱苦勞累危險，但每月有固定工錢，還說好回來後就參加分配工作，不用再下鄉當知青。好事啊！

沒想到，二年後從工程回來，正趕上李慶霖寫信給毛澤東訴苦，毛寄三百元聊補無米之炊。為感激領袖關懷，當年（一九七三年）再次掀起上山下鄉高潮。我等便成為「獻禮」的一分子，正兒八經下鄉當知青了。那時的高中也只讀兩年，也就是那年下鄉的高中畢業生正是我小學畢業那一年級的學生，雖然跟我一起下鄉到一個生產隊的知青不是我的小學同學，卻是我母親所在高中的畢業生，而且都是我母親教過的學生（我母親後來再次獲

「解放」）。

我們一起到一個生產隊的知青小組共六人，三男三女。其他五位知青對我的情況頗為清楚，或許因此，對我也非常友好關懷。但第三年，他們都先後離開農村去讀書或進工廠了。當時我也有進工廠的機會，但以體檢不過關為由被刷下來，誰都知道是由於我的「學歷」是致命傷。之後，也有多次去工廠或讀書（中專）的機會，也都由於這個致命傷而功虧一簣。於是，我繼續在農村多待了兩年。

由於我在農村表現還算不錯，幹活老實，尤其是會寫點東西，對農村的一些文宣工作（包括知青文藝宣傳隊的節目編寫）做出些「貢獻」，得到農民老鄉及各級幹部的認同。也加上大家都希望能卸下我這個包袱，於是，一再推薦我（去工廠或讀書）。經多次推薦失敗後，大家都不得不嚴肅面對我的致命傷——學歷。要解決這個似乎無解的難題，農村的幹部們卻有妙招，但也簡單——偽造學歷。當然，那時還沒有偽造畢業證書的技術（否則就觸犯偽造文書罪了），也不需要那麼複雜，只是在有關表格「學歷」一欄，「昧著良心」填上「初中」即可。

那是一九七七年，廣西合山電廠來招工，照理說，這種技術性的工作，我更是沒有機會的。但公社主管知青的幹部找我去交待說，這回填表別那麼死腦筋了，就填初中畢業云云。有了撐腰的，我便壯著膽哆嗦著填下了「初中」的學歷，在「證明人」一欄則填下了小學一死黨，也是文革中共患難的同一派戰友的名字。生產隊，大隊，公社，乃至縣知青辦，居然層層過關，獲得批准。前面說了，農村的幹部，包括生產隊大隊公社幹部，對我既熟悉也有共識（網開一面）；而縣「知青辦」雖然對我也知根知底，但我對縣知青辦也有具體「貢獻」——一九七六年底，我們公社知青文藝宣傳隊代表縣到地區參加匯演，表現不錯獲了獎，而那些節目大都是我參與編寫的；一九七七年初則抽調到縣「知青辦」去參與調查編寫知青先進典型，我所負責調查編寫先進事蹟一位女知青成為縣典型參加地區表彰大會。或許還有那麼點兒「私人關係」——當時縣「知青辦」的負責人的兒子是跟我同一大隊插隊的知青好友。儘管如此，沒有偽造的學歷，還是無法通關的。

就這麼著，我就懸懸乎乎地混進了廣西合山電廠。但這個偽造學歷的污點卻也成為了我的心病，於是就有了進廠後努力自學初高中教材，報考理科大學，失敗後轉考文科，終於考進大學的經歷[1]。報考大學時所填的表格，為了避免節外生枝，以全力以赴考試，我仍填寫初中學歷；當進了大學再填表時，我一度想老實填上小學學歷，朋友極力勸阻，認為萬一因此受阻，便前功盡棄，於是，仍然填上初中學歷。

進了大學，經過一年級一個學年的學習，我各科成績不錯，獲「三好學生」獎。此時，才終於壯起膽找輔導員坦白以求從寬。輔導員淡淡說道，歷史問題，都能理解。

老天開恩！從此，我才徹底卸下糾結已久的心病。

多年以後，當我留學海外取得博士學位，留校任教多年，申請入籍新加坡面試時，移民廳官員對我這個小學學歷卻是糾結不已，反反覆覆詢問，為什麼不讀初中呢？有什麼特別原因嗎？我耐著性子解釋好半天，看他們的茫然樣子，似乎還是不得要領。不過，大概是仗著博士學位與大學教職，最終還是通過了入籍面試。

---

1 關於我考大學的經過，參看〈我的上大學之路〉，王力堅《天地間的影子——記憶與省思》，頁70-77。

故鄉重行

廣西博白，我生於斯長於斯的祖籍／故鄉。一九八〇年的春節，進大學後的第一次寒假回去，之後，因父母都調上省城南寧，自然探親回家也不回博白了。雖說未出國前隨時都可回去，也因有「隨時可回」的想法，反而一直未回，以致以後愈行愈遠，到二〇〇〇年攜太太兒子從新加坡回去，已是暌違故鄉逾十載了！之後，又再逾十載，至今年暑假，陰差陽錯，公私兼顧得以再次重返故鄉。

暑假赴省城探望父母然後重返故鄉博白探親掃墓，本是早已計畫好的，機票也早早訂購了，臨行前一週，偶然從網上得知有一「二〇一〇年兩岸大學生客家文化尋蹤夏令營」的活動，行程之一居然就是博白，且時間跟我重返故鄉天衣無縫地吻合。不假思索，馬上跟本校客家學院江院長發電郵，積極自動請纓——雖是大學生夏令營，總需要老師參與的（事實也如此）。在江院長的關照下，得以順利「入營」。

夏令營的行程包括兩廣六個地方，我獨參與在博白的行程。八月十六日早上，朗堂哥感冒未愈，便專程駕車送我從省城返博白。中午時分回到博白，直奔武伯父家，凡堂哥正好今早出差往省城去了，凡堂嫂與煜堂侄及幸子姪女在家，還有青堂妹、冰堂哥夫婦也已等候在此。

重逢敘舊的熱鬧，可想而知，不必多言。

熱鬧一番後，由煜堂侄駕車，武伯父率隊往離縣城半小時車程的老家掃墓（當地稱「拜山」）。雖然我們家在縣城，但文革前也不時回老家，文革時還曾一度逃難回老家。但我的第一次老家掃墓還是在十年前從新加坡回來，那時武伯父剛從縣政協副主席位子退下，官式操作駕輕就熟，弄了一個熱熱鬧鬧甚至是轟轟烈烈的「歡迎儀式」——老家小學的學生在一里地外列隊歡迎，鑼鼓喧天鞭炮齊鳴，由凡堂哥的縣法院專車開路，我們三輛車隨行，緩緩駛進村子（進村後還有跟全村鄉親父老的見面會）。這陣勢不僅嚇得從未聽過鞭炮聲的兒子不敢下車，連我也窘得無地自容。所以這次重返老家，老早就再三強調不要有任何儀式，因此得以安安靜靜回到老家，是生侄子、武侄子兄弟接待。生侄子是老家的村長，武侄子則是縣僑聯副主席。這對侄子兄弟跟我的關係還蠻近——我的爺爺就是他們的太爺爺，但我的奶奶卻是他們的後太奶奶（他們爺爺的後媽）。所以，我的輩分大，儘管生侄子比我還大三歲，還是喚我「叔」。

我們要掃的是爺爺奶奶的合墳，由生侄子兄弟領我們出村，穿過田垌上山，剛到山腳下，大雨磅礴，只好在山下高速公路的工棚躲雨，待雨勢弱後，方登山掃墓。回村途中遇一在田間勞作的老農，一下子就認出我來，我好一會才認出是遠房信堂哥，不免一番問候寒暄。我跟信堂哥的弟弟傑堂哥更熟悉，文革逃難返鄉時，傑堂哥應該有二十左右歲了吧，常來找我聊天。他出身成分高（地主），平日很壓抑，沉默寡言，但跟我倒是蠻多話的，常給我「講古」（說故事），都是些當時備受批判的「封建」內容，開始蠻抗拒，但很快就沉迷其間，樂此不疲，盼著傑堂哥多講。許多年後上了大學，才知道當年傑堂哥所講多是「三言二拍」的故事，甚至有的是晚清狎邪小說。

這次回老家，感覺村子的外在景觀依舊，但村人不僅用上電燈自來水，還用上了煤氣。其實，老家的巨大變化當在幾年之後：國家投資故鄉的兩大工程——鐵路與高速公路恰恰將我老家夾在中間，縣火車站就建在村子西邊上，高速公路則在村子東邊山腳下穿過，於是老家村子及賴以維生的大片農田必將被徹底開發。是福是禍尚未得知，但待以時日，再回老家掃墓，或乘火車或走高速公路便可，而爺爺奶奶的墳墓，便當是居高臨下俯瞰著老家的天翻地覆變化。

在老家掃墓完畢，回到武伯父家，稍作休息，便由任職縣政協的冰堂哥領到夏令營落腳的酒店報到。當地負責聯絡的是縣黨校斯校長。斯校長是我童年鄰居好友，文革中（一九六八年）隨父母下放回山區老家，一別三十年，二〇〇八年率縣客家歌舞團到新加坡參加匯演，方得重逢，這次則是再次見面。隨後，斯校長再引見了已等候在酒店的縣統戰部長及文體局長。我這個身分絕對是統戰部長的工作對象，所以很有話題可談；文體局長的老家恰好又是我下鄉插隊的龍潭公社白樹大隊，自然又認了老鄉，更是相見歡了；其他官員還有縣臺辦副主任等。

夏令營按照計畫應該在當天傍晚六點半抵達酒店，但延誤到晚上七點許才獲告知還須多半小時方可抵達。於是，統戰部長等一行人便前往離縣城幾里許的一收費站——進縣城的必經之途——等候恭迎夏令營。我因呆在酒店無聊也隨之前往。斯校長說，到收費站恭迎是本縣接待外賓的最高規格，只有上級首長與貴賓才能享受。

原以為很快就會接到夏令營的車隊，沒想到一等就是兩個小時——因途中遇上交通事故，車隊只好繞道，周周折折好半天才到。統戰部長等一行人還真有耐心，就這麼一直等候在收費站口。

在這等候期間，卻也順便瞭解到這收費站的一些內情。原來這收費站本該撤掉的，但一百來口人的生計無法解決，只能讓它就這麼不很名正言順地維持下去，事實上也就很有點「留下買路錢」的意味了。或許是有車主得知此內情吧，過站繳費不情不願的，甚至有位光膀子大漢跳下車，直接走到閘口，楞將活動欄杆硬生生折斷扔進路邊水溝，然後驅車揚長而去，緊跟該車後的三四輛趁機魚貫而過。收費站的人也不吭聲，變戲法般地取出一根新杆插上，照舊收費。這一幕就在我們眼前上演，統戰部長等一行父母官也無動於衷，似乎是熟視無睹了。

待接到夏令營車隊回到酒店，已是晚上九點多。夏令營有來自臺灣十所大學（另有兩位在美國留學的臺灣學生）、大陸七所大學的師生，共八十多人，分乘三輛大巴。遲到了三個小時，分好房間後到餐廳，真有些紛紛亂亂了，似乎主辦者也有些手足無措，也不知道找誰。我認得臺灣方面的一些學者，忙自告奮勇出面將臺灣清華大學的張院長、元智大學的劉院長等介紹給統戰部長等，頭兒一順，其他師生很快就順當了。程式就正常運作起來了：領導講話、來賓代表講話，上菜，開動……

我稀裏糊塗坐到了「領導桌」，待發現已吃了幾口菜，不好意思轉移了。到輪流自我介紹這個「長」那個「長」時，我只好自我調侃是「身分曖昧者」——土生土長的博白佬、新加坡籍的臺灣學人。

翌晨，夏令營車隊浩浩蕩蕩出發。所謂浩浩蕩蕩，不純然是誇張：除了夏令營三輛大巴，縣裏還派了兩輛警車，一前一後護衛，統戰部長一行人，則分坐四輛小車，沿途主要交通要道還有交警戒備開道，一路綠燈通行無阻。一臺灣老師嘀咕：「馬英九的規格耶！」

車隊往西出縣城，過南流江。南流江為我故鄉頗具標誌性的「第一大江」，上次回來沒見著，這回見到了，三十年後再次見到，卻激動不起來——怎麼那麼小呀?!印象裏的南流江，遇漲水期還真有大江磅礴氣勢，文革中某年，還發生過嚴重的沉船事故，死者數十，其中還有多位是我小學同班同學。眼前的南流江，只可說是小河靜靜流了。是我們長大了還是江縮小了？

我家鄉不是純客家縣，卻是世界客家人數量最多的縣，客家人有一百三十萬左右。越南流江往西，都是講地佬話（與粵語同一語系）的地區，在我的認知裏，都屬於非客家地區了。然經這次考察，令我大吃一驚，這些地區的人（尤其是老年人）雖然說的是地佬話而不會說客家話（當地稱新民話），但卻信誓旦旦稱自己是客家人，從其族譜還追溯到南雄珠璣巷的移民源流。歷來社會（甚至是學界）都認為，閩、粵等社群的主要標誌是地域性，客家社群的主要標誌卻是語言，有「寧丟祖宗田，不丟祖宗言」之謂。這次考察結果，可說是顛覆了這一傳統認知。

沿途參觀考察兩個村落，都受到「熱烈歡迎」。也就是那種規範化的敲鑼打鼓舞獅子放鞭炮的熱烈歡迎，還配有眾多規範的歡迎標語、橫額。組織工作做得那麼好？滿詫異。經瞭解，原來縣統戰部長前一日已逐一踩點。臺灣同行又感歎：只有大陸可以做到這樣！也不知是贊還是彈。

蔡氏宗祠是此行重點考察對象。在這麼個偏僻鄉村居然有那麼一個七進廳的大屋，很令人驚訝的。村幹部當然是引以為傲的，向我們娓娓介紹大屋出了多少名流富豪，造福百姓，光耀鄉梓。我卻在此時走神了，恍惚間似乎回到文革初期到縣城城郊一相類似的大屋參觀，那時叫「階級鬥爭傳統教育」，牆上張貼著工法拙劣的漫畫，介紹者慷慨激昂地控訴大屋主人如何魚肉百姓，橫行鄉里。那似乎是受「收租院」[1]模式的影響。

---

1 「收租院」指以四川省大邑縣地主劉文彩為原型，描繪（或捏造）當時地主盤剝農民的大型泥塑群雕。一九六五年，由四川美術學院雕塑系教師、學生，和當地美工、民間藝人一道歷時數月集體創作而成，成為階級剝削、壓迫的經典象徵。

三十年河東轉河西，風水輪流轉了；此一時彼一時，物依舊人已非。

下午，車隊在暴雨中轉進下一個目的地，幸虧抵達目的地時，雨勢大為轉弱。

目的地為一建於民國初的水樓——大良鄉太平坡水樓。該水樓為晚清舉人李慎西出南洋時，從香港帶回設計圖紙建成，為英式別墅閣樓，共有三層樓，一樓下為水池，四周有護河，南北各設吊橋一座，說是避暑防疫之用，實際上卻很有防匪護衛之功能。

大家都似乎對此水樓很感興趣，上上下下轉悠著參觀。我的感受更是複雜——文革武鬥初期，我與家人就避難於此。

大約是一九六七年上半年吧，文革運動已由文鬥轉向武鬥，但還處於冷兵器（木棒石塊之類）階段。父母感到家人受威脅，便將祖母與我們兄弟姐妹五個從老家轉來此避難。之所以轉來此地，一是該村文革前即是縣政府蹲點村，村民村幹部跟縣委書記關係極好，文革初起，縣委書記受衝擊，其家屬就安置於此受到村民保護；再來就是此地有頗為妥善的「防護硬體」——除了水樓，還有一座可容數百人生活的客家「圍屋」。水樓雖然有極佳的防守功能，生活機能卻不好，所以當時只是在上面堆積不少石塊磚頭，基幹民兵連據守以作防備，村民與來避難者都居住在水樓西南面二百公尺外的圍屋。所謂圍屋，事實上是當年地主留下的一座城堡式的大院落，裏面有供人居住的房屋上百所，有環樓式有散戶式，倉庫水井多處；四周是用黃土配以糯米石灰等其他材料夯舂築成的厚厚圍牆，圍牆之堅實，一般炸藥炮彈轟不塌，牆上可行人，牆身處處有標準的射擊口，大門有木鐵雙層，一下閘，能防水火及槍彈攻擊。於是，圍屋與水樓成犄角之勢，很有戰略根據地的意味。

我們避難進園屋時，縣委書記的家屬已轉移他處，但也有不少其他人的家屬陸續入住。我們的房東是一李姓人家，記得男主人在外當幹部，不常在家，家裏是一慈祥老人及能幹的兒媳婦與乖巧的一對孫兒女，對我們極好，照顧極周到。聽說我們撤離後，該村受到對立派清算，不知他們受到什麼苦，想起來滿內疚。

現在園屋已面目全非，尤其裏面幾乎全拆除，重建了不少零亂的住房，只有大門口依稀可見當年的樣子，還有幾個滿標準的射擊口，甚至還可見一些槍彈傷痕，可惜當時擠滿避雨的鄉民及夏令營成員，無法拍下照片。水樓於一九八五年獲列為縣級重點文物保護單位，所以其樣子還得以較完整保持著，只是樓上房間的地板已不敢讓人進去，遊人只能在走廊轉悠。

在水樓旁跟一群清除雜草的村民交談，都還記得文革的事情，記得縣委書記及其家屬，甚至還記得縣委書記的秘書姓名，至於其餘人則不記得了。但說起我老家，說起我父親兄弟，卻又有人知道；問起我們當年的房東，無人知曉，提醒說是姓李，都笑了——在此李是大姓，全村幾乎都姓李！我自己也想起來了，確實如此，也尷尬笑了。

遊程最後一站是縣城中學的字祖廟。字祖廟，我很陌生的一個名稱；字祖廟，我很熟悉一個地方。說清楚來就是：我是縣城中學子弟，字祖廟這個建築我自小就很熟悉，但那時並不知道叫「字祖廟」，而是稱「科學館」，準確說是科學館中的一個樓閣。事實上，字祖廟建於清光緒十五年（一八八九年），為紀念漢字創始人倉頡、沮誦，故又名倉沮閣；上世紀五十年代中，在「向科學進軍」的口號下，環繞字祖廟建成科學館，字祖廟也就包裹成科學館的核心建築。或許也因此，很有「封建意味」的字祖廟，安然逃過歷次政治運動的「整肅」；直到九十年代初，科學館的功能轉移到新落成的實驗大樓，科學館也就拆除了，字祖廟重見天日，才又恢復字祖廟的名稱。

說來也可憐，前後兩次返故鄉，所見皆陌生景象，惟有這字祖廟是我熟悉的建築，也因此勾引起對當年的不少記憶，不免有滄海桑田之感喟。古詩云：「所遇無故物，焉得不速老？」信然。

就在這字祖廟前，我告別夏令營的舊雨新知，告別故鄉，再次乘搭朗堂哥的車連夜回返省城。

輯三：世事雜談

確實是很美麗的詞藻——追求、理想、幸福、競爭、奮鬥、發展、進步……然而，撥去現代人在這些詞藻上所塗抹的油彩，可赫然辨出「欲望」二字；而世上諸多宗教，儘管教義五花八門，卻秉持著同一宗旨——寡欲。於是，當人類駕馭著欲望高歌猛進時，諸神拈花頷首微笑不語。我也不語了，但無法微笑（不是神啊），只好鬱悶了，不可救藥地鬱悶了。於是，也就只好轉向追尋一千多年前老祖宗的世外桃源。**（〈時代的鬱悶〉）**

由〈沁園春‧雪〉想開去

一九四五年十一月十四日，在吳祖光主編的重慶《新民報晚刊》副刊「西方夜譚」上，刊出毛澤東一首詞〈沁園春‧雪〉：

北國風光，千里冰封，萬里雪飄。望長城內外，惟餘莽莽，大河上下，頓失滔滔。山舞銀蛇，原馳蠟象，欲與天公試比高。須晴日，看紅妝素裹，分外妖嬈。

江山如此多嬌，引無數英雄競折腰。惜秦皇漢武，略輸文彩；唐宗宋祖，稍遜風騷；一代天驕，成吉思汗，只識彎弓射大雕。俱往矣，數風流人物，還看今朝。

該詞作於一九三六年二月，毛率紅一方面軍長征抵達陝北不久。〈沁園春‧雪〉一發表，便引起好一陣轟動，頌之者尊為「氣度雍容格調高」，「千古絕唱，雖東坡、幼安，猶瞠乎其後」；然而亦有人視之為毛澤東帝王意識的「夫子自道」。最有代表性的，就是《大公報》主編王芸生有感於「近見今人述懷之作，還看見『秦皇漢武』、『唐宗宋祖』的比量」，因而於一九四五年十一月二十五日至十二月二十二日，在重慶《大公報》分四次發表其個人署名文章〈我對中國歷史的一種看法〉。

王芸生，早年曾先後參加過國民黨與共產黨，四・一二事件[1]後在天津《大公報》刊登啟示，聲明脫離一切黨派，謝絕政治活動，專心從事著述。抗戰後期接任重慶《大公報》主編，抗戰勝利後，針對國民黨鎮壓學生運動和實行文化專制，撰寫〈我看學潮〉、〈由新民報停刊談出版法〉等社評予以抨擊，致使此後國民黨黨報《中央日報》斥責他是「共產黨的應聲蟲」，並稱他效忠於「共產國際」。

同時，王芸生也主持撰寫〈質中共〉、〈可恥的長春之戰〉等文，受到《新華日報》及眾多左翼人士的猛烈攻擊，除了諷刺為「摩登的唐・吉訶德」，還指斥其執行「某種政治任務」。彼時王芸生，頗有點魯迅「橫著站」的處境。

王芸生坦承寫〈我對中國歷史的一種看法〉一文的目的，就是要「斥復古、破迷信並反帝王思想」，在文章最後，王芸生歸結道：「中國歷史上打天下，爭正統，嚴格講來，皆是爭統治人民，殺人流血，根本與人民的意思不相干。勝利了的，為秦皇漢高，為唐宗宋祖；失敗了的，為項羽，為王世充竇建德。若使失敗者反為勝利者，他們也一樣高據皇位，凌駕萬民，發號施令，作威作福，或者更甚。更不肖的，如石敬瑭、劉豫、張邦昌之輩，勾結外援，盜賣祖國，做兒皇帝，建樹漢奸政權，劫奪權柄，以魚肉人民。」

時至今日，不少人也總喜歡說毛澤東為當代帝王。或許，就是以為當年毛澤東有帝王意識，打下江山後，便名正言順君臨天下了。由帝王意識而登基即位，確實很合乎邏輯。然而，細究起來，好像不是那麼回事。

---

1 一九二七年三月下旬，蔣介石率北伐軍到達上海，一九二七年四月十二日，蔣發動大規模「清黨」，大量捕殺共產黨人，國共徹底分裂。

首先，從主觀上說，毛澤東並沒有自比帝王。帝王是天子，天之子，奉天承命，遵奉天老子的旨意管理國家，所以帝王敬畏天，三不五時要祭天；毛澤東可是「欲與天公試比高」，要「與天鬥其樂無窮」，是不把「天」當回事的，更不把帝王放眼裏，所以秦皇漢武、唐宗宋祖、成吉思汗，都擱一邊去了。這才有晚年「和尚打傘無法無天」的自詡。

其次，即使在當時，重慶坊間也已經有人指出毛澤東「覬覦皇權」，是「黃巢、李闖之流」。雖然「覬覦」，並不意味能成就；即使得天下，也並不一定有帝王的格局。反倒是「黃巢、李闖之流」的品題切中肯綮。歷史上的「黃巢、李闖之流」，便是穿上龍袍也成不了帝王，本質上仍是打家劫舍佔山為王的主兒。故此，與其說毛澤東有帝王意識，不如說有山大王意識。自古以來，山大王往往宣稱「替天行道」——取代「天」地位，老天靠邊站。這山大王的事業，毛澤東在井岡山就開創了，日後不順心，也就說要「重上井岡山」。

余英時便指出毛「真正認同的不是皇帝而是造反者」，並目之為「打天下的光棍」，雖有些損，卻也入木三分。

再次，比較一下帝王與毛澤東的差異所在。

帝王有敬畏心，所以也就怕犯錯誤，所以會安排專職幹部給自己提個醒，比如左拾遺右拾遺什麼的，如杜甫就擔任過此重任。因此，「一飯未嘗忘君」的杜甫，仍尖銳提出「朱門酒肉臭，路有凍死骨」（〈自京赴奉先詠懷五百字〉）的警戒。毛澤東無法無天無所畏懼，當然不怕犯錯誤了，自然用不著什麼玖遺拾遺的。因此，「軟軟腰肢，彎彎膝蓋」的郭沫若也就欣然唱出「主席揮巨手，團結大進軍」（〈水調歌頭・慶祝無產階級文化大革命十周年〉）的頌歌。

帝王倘若犯錯，比如失政引發人禍／嚴重社會災難；或者說以為犯錯，比如純然自然災害（地震／海嘯／日蝕等），大多會下責己詔／罪己詔。據學者統計，歷代共有七十九位皇帝下過罪己詔，例如大禹、成湯、周成王、秦穆公、漢武帝、漢元帝、唐太宗、唐德宗、宋徽宗，及至清順治、康熙、乾隆、嘉慶等諸帝都下過罪己詔。亡國之君崇禎更有六次罪己詔的記錄。

毛澤東治理下的共和國，且不論天災，光人禍造成的生靈塗炭便可謂史無前例罄竹難書。有見過毛版罪己詔麼？影兒都沒有。光憑這點，可知在反省／廉恥／承擔／責任諸多方面，毛澤東都委實不如歷代帝王。

話說回來，毛澤東也似乎曾多次有意要糾正自己搞砸的事兒，比如調整人口政策、整風、糾左傾冒進、收拾文革殘局。也總那麼不巧，每次都有急性子臣僚庶民攪局，傷了毛澤東的自尊心。於是，該糾的不糾了還變本加厲。於是，也就有了馬寅初、右派、彭德懷、鄧小平等替罪羔羊，以及國家民族百姓沒完沒了的水深火熱。由此也可見，毛澤東心胸之狹窄性情之偏邪，亦為歷代帝王所望塵莫及。

當然，毛澤東還是有自知之明的，比如一九六六年文革初期給江青的私函中，毛就高瞻遠矚預言，他百年之後會「跌得粉碎的」。

就這麼個「建國大業」？

看了兒子從中國大陸帶回來的開國六十周年獻禮大片《建國大業》，整一個傻眼！就這麼一個「建國大業」？

要故事沒故事，要歷史沒歷史。人說，看的就是那些個名角兒！一百多耶！又怎啦？就說那個唐國強飾演的毛澤東吧，遠處瞅還有點老毛的輪廓，咧嘴一笑，小花她哥趙永生[1]的傻模樣就出來了。周恩來塊頭就小一號，更別說沉穩大氣找不著北。張國立飾演的老蔣那角兒，任你想像力發揮極盡，他還是穿著時裝（軍服或長袍）的紀曉嵐[2]。幸虧朱、彭二位老總還有七八分像，令人略有慰藉。

一百多號名角兒！名角兒雜錦大匯串！李連杰、劉德華、陳道明的角色還頂著個「歷史人物」晃上那麼一眼就算了，成龍的記者、葛優的團長、章子怡與馮鞏的政協委員，那叫什麼事兒？就那麼急於露臉表態？呵呵！

一場令我印象深刻的戲：淮海戰役（徐蚌會戰）勝利消息傳來，毛澤東、周恩來、朱德等中共領袖們飲酒慶祝，酒酣之際，毛側靠柱子醉眼迷濛，面露滿足的微笑；面紅耳赤的周恩來則攬著朱德等人高唱《國際歌》，情緒高昂，頗具「聊發少年狂」之狀。編導者以此表現中共領袖「浪漫」的一面。不知怎的，這場戲我怎看怎彆扭。

1 上世紀七十年代末，唐國強在電影《小花》中飾演女一號小花（陳沖飾）的哥哥趙永生。

2 張國立在電視劇《鐵齒銅牙紀曉嵐》中飾演紀曉嵐。

事後想，或許是我早有其他歷史當事人的感受為先入為主的印象：淮海戰役的主要指揮官二野司令員劉伯承在此戰役後內心甚為不安，因為「千百萬的年輕寡婦找我要丈夫，多少白髮蒼蒼的老太太找我要孩子」，從此不看戰爭片。秦鏡，華野二十三軍六十九師二零五團團長，戰後巡查戰場，目睹殘屍遍野的慘景，痛感戰爭就是老百姓苦，死的都是老百姓。

唐人曹松〈己亥歲〉云：「憑君莫話封侯事，一將功成萬骨枯。」或許只是簡單的視角不同：有人陶醉於「功成」，有人哀傷於「萬骨枯」？元人張養浩〈山坡羊・潼關懷古〉云：「興，百姓苦；亡，百姓苦。」不由喟歎：今人的眼界與胸襟，跟古人相比，何止雲泥之隔！

就說說該影片的思想意義吧。怎麼說呢？在接受教育的過程中，讓我提神的是那些激動人心的話語（口號）：反獨裁、反專制、追求自由民主、聯合政府、拒絕政治花瓶、新中國……這些話只能當時激動著，可不要過後沉思，否則令人愕然、悵然、頹然、默然、淡然。

某些細節，似乎給人予多元的解讀空間。

例一：老蔣沉痛地對小蔣說：「反腐敗，亡黨；不反，亡國！」這番精闢言論多麼的似曾相識，直給人時空錯亂之感。

例二：劉燁扮演的機場檢閱部隊指揮官對著唐國強扮演的毛那一番充滿歷史深沉與時代激情的彙報詞：「我是紅二十八團老兵，我代表活著的死了的紅軍老戰士向毛委員敬禮！」讓我的思想激情燃燒到最高熱點，緊接著，毛莊嚴中略帶激動地檢閱勝利大軍。

此時，山呼萬歲，穿雲裂石。

萬歲聲中，我得到的唯一理解就是：新的一代開國帝王登基了。

毛澤東是人，不是魔，也不是神

——解讀〈中國的毛澤東困境〉

吳迪讀了茅于軾的〈把毛澤東還原成人〉（以下簡稱茅文），不滿茅將毛妖魔化，憤而寫了〈中國的毛澤東困境〉（載二〇一四年二月十三日《聯合早報》言論版，以下簡稱「吳文」）。我也讀了茅文，也認為茅文確實有將毛妖魔化的傾向。確切說，茅文立論的基礎是李銳所謂「（毛）建國有功，治國無能，文革有罪」，只不過重點放在後二者，而且往往採取簡單化、臉譜化的處理方式，有意無意，便滑向了妖魔化。於是，就沒有像文章題目所說的「把毛澤東還原成人」，而是把建國後的毛說成魔，而建國前毛仍視為神（雖然沒展開說）。於是，說起來就沒道理了：毛如何就從神變成了魔呢？

其實，毛從來就不是與天下為敵的魔，也不是普度眾生的神，而是終身熱衷「與人鬥其樂無窮」的人。於是就有了湖南農民運動，有了秋收起義，有了上井岡山，有了蘇區肅反，有了延安整風，也有了反右陽謀，有了大躍進狂熱，有了廬山會議及七千人大會的急轉彎，有了文革的天下大亂。成王敗寇。毛屢屢「成王」，卻難保不會最終「敗寇」。是魔，就不應該能「成王」；是神，不應該會「敗寇」；只有是人，才有可能「成也蕭何敗也蕭何」。在毛的政治生命中，其「蕭何」是「民心」。將中共建政前（尤其上世紀四十年代中後期）毛澤東有關民主、自由的言論，與建政後的言行比較便可知。怪不得韓寒抱怨：「你們泡妞時的承諾都做到了嗎？」可見，毛的「成」，關鍵因素為「得民心」，其「敗」，致命因素也終究在「失民心」。

從毛澤東的歷史角色看，其「成」的合理因素確實是值得謹慎考究的。吳文告訴我們毛如何在主政後，只用了區區幾年，就將「軍閥割據、民族獨立的喪失、土地被地主階級壟斷」這三座「無法逾越的大山」「一掃而空」。吳文的描繪與時俱進地體現經濟時代的特色：「軍閥割據無限切割了一個本可統一的全國性大市場，窒礙了資本和勞動力在不同地域間的自由流動；民族獨立的缺失，使中國喪失了貿易主權、金融主權和關稅主權；土地被地主階層的壟斷，使農業的生產效率長期滯後，從而無法解放出更多的土地和勞動力，來為工業化和市場經濟的建設提供源動力。」且不說毛自己也身先士卒參與「軍閥割據」，就說毛掃除此山後，便使「資本和勞動力在不同地域間的自由流動」，這簡直是將為「保證鐵打紅色江山永不變色」而實施的戶籍制度視之無物了，三年困難時期外出逃荒討飯還得要證明信呢！「民族獨立」是一筆糊塗賬（哪個民族？如何獨立？），不說也罷，就說那三個「主權」吧，好像跟平民百姓沒什麼關係，換言之，是主權在民？還是在黨？在毛？「從此站起來了」豪言所指的，應該只是毛一人，其他都趴下了。區區幾年，一個合作化高潮，全國土地由地主階層壟斷變為一個地主（國家）壟斷，「解放出更多的土地和勞動力」最大規模的一次投放就是大躍進的全民煉鋼了，那可是毛式工業化的典範；至於說要將「市場經濟」壓到毛身上，那還真是霸王硬上弓。毛澤東九泉有知是不會認這個賬的。

可以說，儘管毛澤東「成王」得天下，但「敗寇」的命運早已如影隨形了。

吳文以對毛的認知為界，斷然將中國「分裂為泛藍與泛綠的兩大陣營」（缺乏創意，有侵犯臺灣政壇版權之嫌）。作者愛恨分明：泛藍陣營是「渴求從個人和國家的層面，實現中國夢的理性愛國者」，是「五毛黨」或

「紅教徒」；泛綠陣營是「民主原教旨主義者」，是「公知群體」。「在這樣的結構中，一切的價值觀與勢力都是非黑即白，中間地帶則被口水淹沒。」於是就有了如此論斷：「當下關於毛的社會思辨，正在被『非正即邪』的絕對二元法主宰，這是意識形態領域法西斯化的危險徵兆。」這當然是吳文對「魔毛派」的批判，卻又總令人覺得是作者在進行自我批評。

由於作者「受過西方經濟學的訓練」，於是吳文用了一些「宏觀的資料」。一是說，到了一九七九年，中國的工業產值對GDP的占比增加了百分之三十，這速度比產業時期的英國和明治維新時的日本都快。這裡怎麼就不與時俱進了呢？跟那麼久遠的歷史比，怎不跟當時的英國與日本比呢？就說日本吧，工業增加值占GDP的比重在二戰剛結束時一度降至百分之二十，而後迅速上升，至一九七〇年達到百分之四十六的峰值。吳文還強調「與此同時，中國的人均壽命也從東亞病夫時代的三十五歲增加到了六十八歲」。縱向比較固然重要，橫向比較也不失更有意義——二戰結束初始時，日本人口平均壽命剛及五十歲，到七十年代，增加到七十六歲。

吳文指責，「對毛的評價被妖魔化的思潮引導」、「妖魔化毛只會進一步加劇中國社會的撕裂」，認為「公正詮釋毛的功過是中國民族大和解的起點」。然而，作者不無混亂的當代史觀使他一方面給毛定位為「民族救星」、「不折不扣的偉人」，一方面卻也一再承認「毛確實是無數中國人最深的一道情感疤痕，內戰的創傷，大躍進的慘痛，文革的煉獄，這一切都給無數人帶來了難以彌合的陰影和苦痛」，「毛的大躍進和文革很駭人」，「他的大躍進和文革也給無數中國人的帶來了難以彌合的創傷」。只不過在吳文中，大躍進和文革始終都只是含混的概念，倘若將大躍進與文革的歷史進行細化梳理，將一切歷史細節攤在陽光下，不知是否還能繼續給毛維繫著「救星」、「偉人」的冠冕？話說回來，「救星」、「偉人」與「妖魔」一樣，都是「公正詮釋」所忌諱的預設立場。

吳文一開始，作者就不無委屈訴說，年少輕狂時曾說毛澤東像秦始皇，挨了父親狠狠一耳光，還讓他跪下懺悔，說詆毀民族救星是忤逆不道。其實作者這一耳光挨得真夠冤——毛澤東三番五次自詡當代秦始皇呢！

說到底，我跟吳文在這一點上還是有共識的：魔化毛澤東，沒有必要；解禁毛澤東，勢在必行。

文革研究還須「四化」

雖然大陸的文革研究起步於上世紀七〇年代末八〇年代初，但零星的文革研究在六〇年代已在香港、臺灣及歐美開始（詳見後文）；雖然大陸的官方文革研究[1]至今仍是猶抱琵琶半遮面，但網路及海外的（民間）文革研究卻進行得有聲有色。儘管如此，欲要進一步深入開展文革研究，還須從「四化」入手。所謂「四化」，即是「細緻化」、「多元化」、「動態化」、「客體（客觀）化」。這「四化」必須相互配合運用才更為有效。

（一）細緻化

上世紀七〇年代末至八〇年代初，為了不糾纏歷史細節儘快將現實工作重心轉移到經濟建設，鄧小平多次重

1 所謂官方文革研究，指在官方意識形態主導下所進行的文革問題討論研究，其代表人物有鄧力群、龔育之、金春明等，這種官方意識形態（企圖）主導、掌控大陸有關文革研究、出版、宣傳、教育（教科書）的發展與走向；而一些雖然也活躍在大陸學界的學者如王年一、徐友漁、秦暉、米鶴都、印紅標、丁東等，他們較具獨立思考的有關文革的論著，往往只能在港臺出版，他們的研究當不歸屬於官方文革研究。

中處理歷史問題宜粗不宜細：「歷史問題只能搞粗，不能搞細。一搞細就要延長時間，這就不利。要以大局為重。」[2]「你們提歷史問題宜粗不宜細，這個想法好，現在應更多地解決現在的問題。」[3]「重大歷史問題的解決宜粗不宜細。我這裡不只是講某一個具體的案子，而是講總的歷史問題，包括將來要寫的若干歷史問題的決議，太細了不妥當。」[4]「這個總結宜粗不宜細。總結過去是為了引導大家團結一致向前看。」[5]

鄧小平這些以歷史問題「宜粗不宜細」為宗旨的論述，當是因應特定歷史階段的權宜之計，卻似乎成為了日後文革研究的指導方針或策略。於是，文革研究就成了粗線條的敘述，大而化之的概說。輕而易舉，便推導出了一個權威「結論」：「『文化大革命』是一場由領導者錯誤發動，被反革命集團利用，給黨、國家和各族人民帶來嚴重災難的內亂。」[6]此舉看似乾脆利索，卻似乎以「一錘定音」造成「萬馬齊喑」的後遺症。著名作家胡發雲在其新著長篇小說《迷冬》的「後記」中就批評道：「我們在一九七八年匆匆忙忙把『文革』打了個包，束之高閣，包裡面是什麼東西，誰都不要看了，也不要清點……。『文革』在某種意義上說，它並沒有結束，它在政

---

2 鄧小平一九七八年十二月一日在中央政治局召集部分大軍區司令員和省委第一書記打招呼會上的講話，見《鄧小平思想年譜（一九七五—一九九七）》（北京：中央文獻出版社，一九九八），頁98。

3 鄧小平〈新時期統一戰線是社會主義勞動者與愛國者的聯盟〉，載《鄧小平論統一戰線》（北京：中央文獻出版社，一九九一），頁159。

4 鄧小平〈堅持黨的路線，改進工作方法〉，載《鄧小平文選》第二卷（北京：人民出版社，一九八三），頁277。

5 鄧小平〈對起草《關於建國以來黨的若干歷史問題的決議》的意見〉，載《鄧小平文選》第二卷，頁292。

6 《關於建國以來黨的若干歷史問題的決議》，見「中國共產黨歷次全國代表大會資料庫」http://cpc.people.com.cn/GB/64162/64168/64563/65374/4526453.html。

治上、組織上、意識形態上，依然制約著我們對『文革』的正常表述或思考。」[7]也就是說，在這麼一個「宜粗不宜細」的方針制約下，文革諸多問題便一直糾纏不清了：文革發動的原因、文革的過程與演變、文革的時間（三年？十年？）、文革的性質，乃至「領導者」的權限與責任、「反革命集團」的定位與定性……這都是些大問題，要討論、解決這些大問題，粗論述是無法勝任的。誠如英諺所言：魔鬼藏在細節中（the devil is in the details）。不從細節中揪出魔鬼，文革的真相就無法呈現。

於是，細緻化就成為進一步深入開展文革研究，所必須遵循的一個策略與方式。所謂細緻化，當有多種表現。比如敘述的細緻化，研究的細緻化，最根本的就是史料的細緻化。具體說，就是文革歷史人物、事件、時間、過程的敘述（回憶）細緻化。

最近，原北京師範大學附屬女子中學（現北京師範大學附屬實驗中學）學生葉維麗、宋彬彬等人對「卞仲耘事件」[8]的頗為細緻的系列回憶文章，對釐清該事件的起因、過程、結果，乃至責任歸屬，都起到較具積極意義的作用。細節的敘述，是「細緻化」的具體表現，也是逼近歷史真實最為有效的手段。如葉維麗在〈由師大女附中「八五事件」談起〉[9]中回憶：卞仲耘遇難後，北京當局定的調子為冷冰冰的五個字：死了就死了。卞仲耘的

7 胡發雲《迷冬》（北京：人民文學出版社，二〇一三），頁463。

8 卞仲耘（一九一六－一九六六），女，安徽省無為縣人，原北京師範大學附屬女子中學黨總支書記、副校長；一九六六年八月五日，被該校紅衛兵毆打致死，是「文革」中北京第一個被紅衛兵打死的教育工作者。當時該中學紅衛兵領袖之一是中共元老宋任窮之女宋彬彬。八月十八日，宋彬彬在天安門城樓代表紅衛兵給毛澤東佩戴上紅衛兵袖章。

9 http://www.21ccom.net/articles/lsjd/lsjj/article_2014011598991.html。

家人去給死者火化時，「須經過紅旗招展、口號震天的北京城區」。這些細節，反映卞仲耘事件絕非偶然性的個案，而是文革歷史大背景下集體共同犯罪的必然產物。而且「細緻化」的敘述，還起到「防偽」作用，畢竟在細節中撒謊，是更容易被識破的。換言之，細緻化的敘述，便較易露出破綻或給人予質疑之處。

如葉維麗在同文中還回憶：「劉（進）、宋（彬彬）二位早在八月十九號就不再擔任學校文革領導職務。」這一細節是很令人起疑的：宋彬彬剛在八月十八日大出風頭（在天安門城樓給毛澤東佩戴紅衛兵袖章），次日就放棄領導權，如此舉措，從任何立場、角度、時機、背景都是說不通的。近來一篇記者採訪文章還提到一個耐人尋味的細節：本世紀初，宋彬彬居然向當年同為紅衛兵領袖的劉進表示忘記自己當年是否紅衛兵。劉進急了，說：「你都戴了紅袖章了，怎麼不是呢？」[10]宋給毛佩戴紅衛兵袖章，是舉世皆知的大時代的小細節。宋的「忘記」，顯然不能用選擇性記憶來解說了。

另外，就一直以來爭論不休的「懺悔」問題而言，沒有細緻化處理方式，誰是懺悔者，誰該接受懺悔都會搞不清楚。全民懺悔嗎？向全民懺悔嗎？——頓時就陷入二律背反的陷阱。粗而不細，大而化之，真正的作奸犯科者、文革悲劇的罪魁禍首將輕而易舉「在全民懺悔的『汪洋大海』中陰笑隱遁」[11]。

可見，「為尊者諱」是「細緻化」的最大障礙。正在撰寫此文之際，讀到二〇一四年二月十三日新加坡《聯合早報》署名吳迪的文章〈中國的毛澤東困境〉。作者指責，「對毛的評價被妖魔化的思潮引導」、「妖魔化毛

---

10 陳薇〈校長之死：傷痕撕扯四十八年〉，《中國新聞週刊》二〇一四年第七期，頁79。

11 王力堅《回眸青春——中國知青文學（增訂版）》（新北市：Airiti Press，二〇一三），頁335。

只會進一步加劇中國社會的撕裂」，認為「公正詮釋毛的功過是中國民族大和解的起點」。然而，作者不無混亂的當代史觀使他一方面給毛澤東定位為「民族救星」、「不折不扣的偉人」，一方面卻也一再承認「毛確實是無數中國人最深的一道情感疤痕，內戰的創傷，大躍進的慘痛，文革的煉獄，這一切都給無數人帶來了難以彌合的陰影和苦痛」，「毛的大躍進和文革很駭人」，「他的大躍進和文革也給無數中國人的帶來了難以彌合的創傷」。只不過在吳文中，大躍進和文革始終都只是含混的概念，倘若將大躍進與文革的歷史進行細緻化梳理，將一切歷史細節攤在陽光下，不知是否還能繼續給毛澤東維繫著「救星」、「偉人」的冠冕？

事實上，大躍進與文革關係密切。大躍進惡果引發「七千人大會」[12]，導致毛劉分歧，埋下文革爆發動因——這是為世人所熟知的說法。此外，民間敘述還更為豐富：文革初期，筆者的家鄉廣西博白縣出現大量揭批大躍進期間「反瞞產」[13]惡果的大字報，其中所披露的內容令人震驚及憤慨。在相當長一段時期，對「反瞞產」的

12　一九六二年一月十一日至二月七日，中共中央在北京召開了擴大工作會議。出席會議的有中央、中央局、省、地、縣（包括重要廠礦）五級領導幹部，共七千一百一十八人。會議意在總結一九五八年「大躍進」以來的經驗教訓，卻導致毛劉分歧浮上檯面。

13　上世紀五十年代後期，大躍進浮誇風造成各地農村浮報糧食產量，卻實際收入有極大落差，無法完成國家糧食徵購任務，被認為有瞞產私分行為。一九五九年二月二十二日毛澤東主導頒發的中共中央文件稱：「瞞產私分糧食一事，情況嚴重……在全國是一個普遍存在的問題，必須立即解決。」於是展開全國性的反瞞產運動，將農民僅存的糧食搜刮殆盡，並採取各種殘酷刑求手段，普遍造成農民及基層幹部的傷殘甚至死亡（包括自殺），還直接造成所謂「三年困難時期」大量百姓因饑荒而死亡。如香港鳳凰衛視專題報導，河南省光山縣人民公社一九五九年總產量是一千一百九十一萬斤，公社黨委上報的總產量卻是四千六百一十萬斤，縣裡分配的徵購任務是一千兩百萬斤，已經遠遠超過了全公社的實際總產量，為了完成徵購任務，當局不惜採取一切手段大搞反瞞產，把群眾僅有的口糧搜刮一空，死人的現象於是相繼發生。反瞞產鬥爭持續了八個月之久，造成了當地百姓大量死亡。

憤怒構成民間（人民群眾）對官方（官僚體制）的造反緣由之一，甚至到了社會分裂成兩派「四二二」（廣西四二二革命行動指揮部）與「聯指」（無產階級革命派聯合指揮部）之後，兩派組織都將對方所推擁的自治區負責人[14]指為「反瞞產」的罪魁禍首。去年筆者通過網購，收集到一份一九六七年的小報，詳細敘述廣西反瞞產的始末經過，其中不僅有具體的時間、地點、人員，還有頗為精細瑣碎的各種資料以及會議記錄（包括發言、插話與對話）。雖然筆者當時的派別觀點與該小報相左，但今天面對這樣一份巨細靡遺的資料，不得不懷著分外慎重嚴謹的心理與態度去審閱判讀。像這樣一種非主流的文革史實資料，很難納入目前的官方文革論述（宏大敘述），反而可視為民間敘述所謂「兩個文革說」[15]中「人民文革說」的「社會衝突論」範例。在筆者看來，「人民文革說」的論述方式，似乎暗合了西方上世紀初所誕生的新史學與年鑒學派[16]重視社會各階層（尤其底層）、重視日

---

14 「四二二」推擁的為自治區黨委書記處書記伍晉南與賀希明、候補書記霍泛等，「聯指」推擁的為自治區黨委第一書記韋國清。

15 徐友漁概括道：「『兩個文革』說脫胎於『社會衝突論』——這是海外中外研究者關於文革研究的一種方法和理論。西方學者李鴻永、陳佩華、安德佳、駱思典、懷特和白霖等人主張，研究文革不應集中或局限於研究中央領導人之間的路線鬥爭、政策分歧或權力鬥爭，還應該研究群眾的行為，他們的矛盾和衝突反映了中國社會的矛盾。楊小凱、鄭義、劉國凱、王紹光等人也持『社會衝突論』的觀點，楊和鄭以及王希哲明確提出：有兩個文革，一個是上層的權力鬥爭，另一個是下層的群眾鬥爭，是群眾利用文革之機反官僚，反特權，爭取自己的利益。」（引自金春明〈「兩個文革說」與「文化大革命」的定性研究〉，載《中共黨史研究》一九九八年第二期，頁61）

16 美國魯濱遜於一九一二年出版《新史學》一書，反對傳統史學局限于政治史的狹隘性，主張「新史學」應包含人類過去的全部活動：「從廣義來說，一切關於人類在世界上出現以來所做的或所想的事業與痕跡，都包括在歷史範圍之內。大到可以描述各民族的興亡，小到描寫一個最平凡的人物的習慣和感情。」（魯濱遜《新史學》，北京，商務印書館，一九八九，頁3）一九二九年法國《經濟社會史年鑒》創刊，此為年鑒學派誕生的標誌。該學派主張從第一手材料出發的扎實研究，重視社會經濟、文化、習

常生活、重視個體描述等研究特徵。

雖然「細緻化」，還須配合「多元化」、「動態化」、「客體（客觀）化」的方式運用，才能起到更為有效的作用（見下），但細緻化的敘述能在較大程度還原歷史情境，呈現細微複雜的歷史本原，盡可能保證歷史真相的可信度，否則，任何對文革的評論、研究乃至總結，都是難以成立的。誠如胡發雲在《迷冬・後記》所批評的：「文革是一個極其漫長、極其複雜的過程。從路線的分歧，理念的衝突，派系的傾軋，階級的博弈，到私人的過節，利益的選擇，歷史的恩怨，文化的差異，貧富的懸殊，官民的對立……都成為文革的底色與背景。空洞地說肯定文革或否定文革，等於什麼也沒說。」[17]

（二）多元化

所謂多元化，就是對文革的討論、研究，以及文革史料的記述（包括有關文革的文學創作），要從不同的觀點、立場、角度、層面去進行，如中央的、地方的、軍隊的；政治的、經濟的、文化的；學術的、社會的；官方的、民間的；不同階層的，不同派別的，等等；簡單說，不宜只聽一面之詞。如胡發雲的新著長篇小說《迷

俗等方面的研究；反對狹隘的外交政治史，認為歷史就是整個社會的歷史。

17 胡發雲《迷冬》，頁464。

冬》，無疑對文革的敘述在細緻化、動態化乃至客體（客觀）化方面起到較好的表率作用，但在多元化方面仍有不足。《迷冬》的故事情節主要是在湖城「屁派」及「逍遙派」的觀點、立場及角度來展開，「好派」的觀點、立場及角度相對較為模糊，因此，故事雖然頗為精彩感人，但歷史真實感相對有所缺憾。

又如前述「卞仲耘事件」的記述，顯然還缺乏更多當事人（如旁觀者、打人者、醫生、民警）的發言。

再如文革上山下鄉運動，長期以來，基本上都是知青的回憶、記述（包括文學創作），農民、家長、各級幹部等基本處於失語甚至無語狀態。這顯然是極大的缺陷。對此現象，筆者曾闡述：「（農民、家長、幹部等）各方對知青及上山下鄉運動的反映，不僅是史料的補充與豐富，更是觀念、立場、思考、認知、敘述的多元並置。只有這樣，才能更有效完善知青上山下鄉運動史的建構。」[18]

某些人物、群體在文革中的表現，以及歷史定位與評價，也應該有多元化的解讀。

比如劉少奇，作為國家主席被折磨致死，素來被視為文革最大受害者，然而追根究底，劉少奇卻又是這一罪惡歷史的製造者之一。這不僅表現為劉早在延安時期就開始「造神」——神化毛澤東，中共建政後，也一直配合毛，在歷次運動中推波助瀾，助紂為虐；[19]即使在文革初期大派工作組，一方面鎮壓造反學生，一方面縱容批鬥

18 王力堅《回眸青春——中國知青文學（增訂版）》，頁387。

19 宋永毅〈被掩藏的歷史：劉少奇對「文革」的獨特貢獻〉（《當代中國研究》二〇〇六年第三期）http://msn.ifeng.com/12/200808/0813_1667_717900.shtml。

校長與老師，也免不了給人落下「舍卒保車、舍車保帥」的口實[20]。連劉少奇的兒子劉源在一九九九年還不得不承認道：「不管有多少客觀原因，他身為國家主席，沒有能阻止國家陷入大災難；作為黨的最高領導，沒能制止黨受到大破壞；作為人民信任的領袖，沒能保護人民免受巨大的損失。算不算一種失職呢？我想，這是不能以『維護黨的統一』，或為了黨和革命的利益『委曲求全』來解釋的。」[21]因此，對劉少奇進行多元化研究，不僅有助於釐清文革歷史、中共黨史、共和國史，更有助於挖掘這些罪惡歷史的思想體系，以及體制與制度的根源。我以為，不僅毛澤東與劉少奇，即使周恩來、林彪，甚至江青為首的「四人幫」等，遲早還須進行多元化的討論與研究。

與對紅衛兵的評價多傾向負面不同，對於知青的認識，似乎更多糾結在兩極對立或一體化的狀態。前者如有關「知青話語霸權」與「青春無悔」的爭議等；後者其實就是前者某一極端的認知，如「知青話語霸權」提倡者對知青群體的全面性否定，而「青春無悔」受到否定也產生矯枉過正的認知，如筆者十分敬重的一位著名知青作家朋友，在給筆者來函中指斥梁曉聲的知青小說為「偽知青文學」，梁曉聲編的連續劇《知青》，更是「偽知青文學」的登峰造極。筆者雖然早就對梁曉聲知青小說中的理想主義渲染持不同看法，也對其《知青》連續劇頗有意見，並寫過三篇博文進行抨擊。然而，對有關「偽知青文學」的說法卻甚覺不妥，這說法似乎是將知青視為純

20 丁東〈澄清真相，分清主次——在「『反思文革拒絕遺忘』老三屆同代人討論會」上的發言〉。http://www.21ccom.net/articles/lsjd/lsjj/article_2014011498890.html。

21 王光美、劉源等《歷史應由人民書寫：你所不知道的劉少奇》（香港：天地圖書有限公司，一九九九），頁241。

潔、純淨，思想、精神一致的一個群體。這顯然是不可能的。簡單說，知青是一個相當複雜的群體，歷史現實中就複雜，見諸文字（包括文史作品）就更複雜（摻雜記述者的各種主觀意念），因此也就只能進行多元化的解讀與分析。梁曉聲畢竟曾為知青，他的作品，畢竟反映他對其知青經歷的體驗、認知與反思（並且有一定的代表性），簡單斥之以「偽」，不妥當也沒必要。話說回來，所謂「虛假」、「偽飾」，其實也是那個時代具有本質性意義的「真實」現象。

前些時，《人民日報》網路版「網友之聲」欄目轉載了署名為「學工學農」的文章〈上山下鄉運動不容否定——兼議腐敗根源〉[22]。從作者的署名、文章的題目、論述的語氣及觀點，真令人恍惚間似在流覽文革高潮期間《人民日報》「歌頌無產階級文化大革命新生事物」的文章。此文在網上瘋傳，批評、指責者有之，贊成、肯定者亦不少。當今如此權威性的黨報（網路版）轉載此類文章，不得不承認該文所反映的現象與觀點，仍具有相當的現實社會基礎及民意。簡單的批評或指責是無濟於事的。這也正是文革研究多元化所須直面的具體表現之一。

由此也可見，網路的發展，確實給予文革研究多元化提供了極大的可能性。除了散見於各種網站（網頁）的文章，還有無數個體的、私人性的，以及大小不等群體聚合的，以「文革研究」為宗旨的網站、網頁專欄或博客（部落格）[23]。這些網站或博客集中發表了大量回憶、敘述、討論、研究文章，基本上是從個人角度對文革中各

---

22 http://www.people.com.cn/item/wysy/2000/04/21/042101.html。

23 諸如：「文革研究」http://1966to1976.blog.sohu.com，「阮耀鐘的BLOG・文革反思」http://blog.sina.com.cn/s/articlelist_1314887807_15_1.html，「唐開宏的博客・文革研究」http://blog.sina.com.cn/s/articlelist_1662491461_3_1.html，「文革研究（水草）」http://

種現象、問題進行頗具個體化、私人化的回憶與評論，在較大程度體現了多元化乃至細緻化的特點；但同時卻也體現出頗為強烈的主觀情感（更多為批判意識）。作為歷史資料，其主觀性的表現無可厚非，但與歷史研究所要求的客體（客觀）化，卻有所背離。無論如何，這種民間敘述，在「學術規範」上雖然有所欠缺，但其鮮活勃躍的生命力，無遠弗屆的影響力，確實對四平八穩的官方宏大敘事造成極大的衝擊。

作為學術研究，海外華裔學者的多元化文革研究表現較為突出。這類學者不少是改革開放後旅居海外的中國人，大多有文革經歷，加上受到西方學術文化理念、思想、方法的訓練及影響，獲得頗為自由的研究環境及廣闊學術視野，因此研究成果豐碩。如文革中就以〈中國向何處去〉聞名的楊小凱（楊曦光），到海外後的專業領域雖然是經濟學，卻「業餘」研究文革，發表了相當多極具影響的文革研究論著；宋永毅對文革異端思潮的研究，出版了《文化大革命中的異端思潮》一書，並創建了龐大的文革研究資料庫《中國文化大革命資料庫（一九六六－一九七六）》；王紹光從政治學和社會學角度深入研究武漢文革史，出版了《理性與瘋狂：文化大革命中的群眾》一書；韓東屏將他所生活過的山東即墨縣農村作為個案研究，討論了文化大革命對農村發展的貢獻，撰寫了《不為人知的文化大革命：教育改革及其對中國農村發展的影響》；高默波同樣以自己家鄉江西高家村為研究對象，刻意回避宏大敘事而回歸個體經驗，撰寫了《高家村：共和國農村生活素描》，討論高家村從一九四九年到九十年代中期的變遷，文革顯然是極為重要的一個階段；陳佩華通過田野調查收集口述材料，運用「社會衝突

blog.163.com/fangyuan_×i@126/，「揭露文革罪惡狙擊借屍還魂」http://blog.sina.com.cn/u/3655691511，「華夏知青・知青歷史・文革及其他」http://www.h×zq.net/showclass.asp?id=60，等等。

理論」模式，撰寫了紅衛兵研究的專著《毛主席的孩子們——紅衛兵一代的成長與經歷》；劉國凱在上世紀七十年代就進行文革問題討論，赴美後相繼出版了《人民文革叢書》等文革研究論著，試圖從社會底層探討文革產生的原因及其表現；鄭義在上世紀八十年代兩次深入廣西調查，移居海外後出版了《紅色紀念碑》一書，揭露文革發生在廣西的大規模屠殺與人吃人恐怖事件；王友琴發表了有關北京一九六六年紅八月系列文章，著重研究紅衛兵暴力與普通人受難的案例；金秋則以歷史學博士的身分進行文革研究，研究的主軸就是跟其父吳法憲命運密切相關的林彪事件。這些研究從議題、選材、敘述、方法、理論，乃至立場、觀點、結論，都體現出「多元化」的特徵。

（三）動態化

所謂「動態化」指歷史現象時空的動態化。時間和空間是歷史現象的存在形式，相對於將歷史過程或事件「定格」在某一個時間點及空間範圍內的「靜態時空」而言，「動態時空」強調的是歷史事件發生的時間和空間的動態變化，即把歷史看成是一個不斷流動變化的過程，從而便於探究歷史發展的連續性、整體性特徵，並且比較、探析在不同時間階段及不同空間範圍所呈現的具體表現及其相關聯繫。歷史的「靜態時空」觀是歷史思維的初級形式，歷史的「動態時空」觀是歷史思維的高級形式，「動態化」的歷史研究，既是寓動於靜，以動帶靜，用動態的眼光來審視歷史的現象與進程。

相對於承平年代，風起雲湧的文革時期，其歷史過程更具複雜多變的特點，因此，我們尤其不宜將文革研究進行靜態化處理；文革現象不是靜態的而是動態發展演變的，在不同時間與空間有不同的現象呈現。具體說，在不同的時間點，不同的階段、時期，文革會有不同的表現；在不同的空間、不同的地區、地域，機關與學校、地方與軍隊、城市與鄉村，也都會有不同表現。

比如文革的發生初期，從一九六五年十一月十日，上海《文匯報》刊出由江青、張春橋等共同策劃，姚文元執筆的批判文章〈評新編歷史劇《海瑞罷官》〉，到一九六六年二月彭真文革小組的《二月提綱》，到三月批判三家村[24]，到五月《五一六通知》及中央文革小組成立，到六月劉鄧派出工作組，到八月毛澤東「炮打司令部」大字報與「十六條」出籠以及紅衛兵運動興起與紅色恐怖蔓延，到十月公開批判劉鄧，到十一至十二月的大串連，十二月「聯動」（首都中學紅衛兵聯合行動委員會）覆滅，乃至一九六七年一月上海「一月革命」全面奪權成立革命委員會。短短一年時間裡，從中央到地方，從城市到鄉村，從學校到社會，文革的發展可謂瞬息萬變，風雲詭譎，任何靜態化的表現、粗線條的敘述根本無法說得清楚。

在文學創作方面，胡發雲的《迷冬》有頗為出色的表現，以動態的審視及敘述方式，展現了湖城文革緣起、

24 北京市委書記處書記鄧拓、北京市副市長吳晗、北京市委統戰部部長廖沫沙三人合作，自一九六一年九月起在中共北京市委機關刊物《前線》雜誌開闢了一個專欄「三家村箚記」。一九六六年五月，「三家村箚記」遭到批判，被定性為「反黨反社會主義的大毒草」。對三家村的批判成為發動文化大革命的直接突破口。

發展、分化、演變，湖城以外地區如重慶、新疆等地的文革也都得到並行、交錯、比較的呈現。

又如文革知識青年上山下鄉運動，從運動主流的過程看，一九六八年十二月毛澤東「知識青年到農村去，很有必要」的最高指示掀起高潮，知青不乏有表現積極主動，激情澎湃，理想主義高漲；「九一三事件」[25]後，知青革命夢醒，認清現實，悲觀情緒蔓延；到文革後期，知青從五花八門的消極手段如逃避，走後門，裝病回城等，到罷工、上訪、絕食、示威、遊行等激烈行為，最終掀起返城大浪潮，上山下鄉運動徹底走進歷史。從地域空間看，不同的地區、城市、鄉鎮、農村、山區、海濱、中原、邊疆、北方、南方，各地知青的生存自然條件、遭遇、經歷會有不同；插隊知青、回鄉知青、兵團知青、農場知青、林場知青、牧區知青，不同類型知青的生活環境、遭遇、經歷也會有不同；若要視乎具體個案，更是千姿百態，不一而足，因此，任何簡單化討論知青問題的方式，都是不可取的。

人們說起紅衛兵與知青，往往就跟「老三屆」[26]劃等號，而且是以靜態的、一體式的方式看待。其實，在一九六六至一九六八年不到三年的時間裡，老三屆紅衛兵的發展變化就大起大落，更別說其中派別眾多，觀點紛紜；一九六九年中共九大（第九次全國代表大會）之後，體制化的紅衛兵，人數更多、時間更長（到一九七九年

25 一九七一年九月十三日，時任中共副主席、國防部部長的林彪及其妻子葉群、兒子林立果等人，乘坐空軍256號「三叉戟」飛機從山海關機場強行起飛外逃，淩晨兩點二十五分在蒙古人民共和國溫都爾汗墜毀，機上九人全部死亡。

26 文革期間，一九六六、一九六七、一九六八三屆初、高中畢業生，合稱老三屆。這三屆學生在文革造反運動中，不少成為紅衛兵，一九六八年安排畢業去向時，則大多上山下鄉當了知青。

正式解散），但跟文革初期老三屆各立山頭的紅衛兵卻大不一樣了。而老三屆的知青，基本上是在一九六八－六九這兩年下的鄉，之後非老三屆的知青，人數更多、時間更長（到一九八〇年正式結束）。在整體上說，後者的經歷、情感、思想、知識等，跟前者都會有較大差異。知青群體中的各種差異性也是很明顯的，插隊陝西的王岐山曾回憶說：「……跟黑龍江的同學見面後我都想哭，他們幹活累了至少還吃得飽啊，我這是累了還吃不飽，知道餓是什麼滋味了。」[27]不少地方的知青感歎當年「三月不知肉滋味」的苦日子，卻有草原牧區的知青說他們吃肉吃到怕。連續劇《知青》表現北方的知青幹活如何累，南方的知青看到這鏡頭笑了：就那兩小筐土還叫累啊，我們一二百斤從早挑到晚呢……

可見，以動態化的方式研究文革，將文革歷史作為一個動態發展變化的過程進行考察、將文革現象放置在不同的空間場域進行比較，更易得到細緻化、多元化的效果。

（四）客體（客觀）化

雖然崛起於上世紀八十年代的新歷史主義[28]基於「本文的歷史性」與「歷史的本文性」的觀點，強調張揚

27 張蕾〈弄潮兒〉，載《南方人物週刊》http://www.nfpeople.com/story_view.php?id=4763。

28 新歷史主義誕生於二十世紀八十年代的英美文化和文學界，由於不同學者所持歷史觀念的多樣，對新歷史主義的解讀更是人言人

「主體」、「歷史」和「意識形態」，使歷史研究成為具有政治批評傾向和話語權力解構功能的「文化詩學」或「文化政治學」；然而，新歷史主義重視具體、個別的細節，重視任何形式的文本及其中所包含的自相矛盾的意識形態，亦可見相容了傳統歷史研究所主張的「客體（客觀）化」。「客體（客觀）化」仍是歷史研究所須努力的方向（儘管「努力」本身就帶有主觀因素）。所謂「客體（客觀）化」，確切說是客體化與客觀化兩種方式。客體化是針對研究對象而言，客觀化是針對研究主體而言。前者是說研究對象（文革現象）須儘量脫離研究主體的各種主觀因素與影響，而成為獨立存在的研究客體；後者是說研究主體的研究工作本身須儘量排除主觀因素，如預設立場、動機、觀點等。

然而，作為研究對象的各種資料，除了存留的歷史檔案外，大多來自文革親歷者文字或口頭記述；而一直以來文革研究者（研究主體），也主要為文革親歷者；因此，無論是研究對象客體化還是研究工作客觀化，實施起來難度之大，甚至可以形容為企圖扯著自己的頭髮離開地球一樣不可能。來自文革親歷者的研究資料無法消除各種主觀因素的影響，而作為文革親歷者的研究主體的主觀因素，更勢必影響到研究對象的客體化形成以及對文革的客觀認知、判斷、選擇、分析與研究。

雖然來自文革親歷者的研究資料無法消除各種主觀因素的影響，但相比較而言，也只有來自文革親歷者的資料才有可能最具真實可靠性，因此，還應鼓勵更多文革親歷者，通過各種方式（文字記敘、口頭採訪、錄影、錄

殊。大體上可以認為，新歷史主義基本理論是「互文性」理論，是一種與歷史發生虛構、想像或隱喻聯繫的語言文本和文化文本的歷史主義，帶有明顯的批判性、消解性和顛覆性等後現代主義特徵，強調主體對歷史的干預和改寫。

音等）留下更多文革史料，以供他人及後人參考、判讀、選擇、比較、分析及研究。然而不得不承認，作為文革親歷者參與文革研究，總會存在諸多難以規避的障礙，筆者曾一再撰文表達如此看法：「中國歷史上就有隔代修史的傳統。其理由大概就是獲得時間的沉澱與空間的疏離，從而爭取更大可能的思考、視野、客觀、公允。基於此，我對當代史、當代文學史的論著，總是心存疑慮的。所謂當局者迷、感情用事、主觀偏執、選擇性記憶（失憶），往往是防不勝防的陷阱。然而，當事人從不同角度、立場留下的各種文字，卻又是不可或缺的歷史資料。這，或許就是我們需要努力的地方。」[29]「（知青上山下鄉運動研究的）執行者最好是『外人』，也就是與知青上山下鄉運動無關的『局外人』，如中青年學者與學生（研究生與大學生）。尤其是後二項措施（指召開座談會與口述調查——引者）的執行，只有面對『外人』，才有可能做到暢所欲言；只有暢所欲言，才有可能形成眾聲喧嘩；只有眾聲喧嘩，才有可能使知青上山下鄉運動的歷史得以完整反映。」[30]

事實上，海外文革研究一直以來都表現出這方面的優勢。如美國蘭德公司社科部一九六七年就出版了《中國的文革》，從毛澤東與其他領導人的分歧與權力鬥爭、周恩來的作用、文革時的外交、農村問題等幾個方面，對文革展開同步研究。美國斯坦福大學的沃爾德教授，從社會學的視角來研究文革，將中國上千個縣的人口統計資料，輸入電腦，建立資料庫，然後加以科學的統計分析；結果發現，文革中死人多的時期並不是造反和武鬥的時

29 見本書「輯一」〈《歲月甘泉》定位的困窘〉。

30 王力堅《回眸青春——中國知青文學（增訂版）》，頁391。

期，而是「清理階級隊伍」和「一打三反」[31]等時期。哈佛大學麥克法夸爾與費正清主編的《劍橋中華人民共和國史：中國革命內部的革命，一九六六－一九八二》，是一部研究文革的綜合性專著，全面系統地敘述了一九六六－一九八二年共和國的歷史進程，其重點是對「毛澤東對中國式道路的尋求」、文化大革命的發生與毛澤東思想發展的關係及由此產生的深遠影響，進行深入、謹慎、求實的研究。法國學者潘鳴嘯早在上世紀七十年代初，就通過對逃港（偷渡香港）知青口述調查進行文革研究，近年更出版了研究文革知青上山下鄉運動的巨著《失落的一代：中國的上山下鄉運動（一九六八－一九八〇）》。在臺灣，文革期間就有政治大學汪學文教授對大陸政治體制、反儒尊法、文化教育以及紅衛兵等問題，幾乎是同步式地進行研究，出版了系列論著；近年則有中央大學齊茂吉教授對毛澤東、林彪、江青之間錯綜複雜的關係以及「九一三事件」的來龍去脈，進行深入反思、剖析與探討，發表了一系列學術論文。[32]

值得肯定的是，年輕一代的文革研究亦大有「百花齊放」的勢態，如大陸大學的博碩學位論文有張曙的《不

31　一九六八年五月二十五日，中共中央、中央文革小組發出指導性的文件《轉發毛主席關於〈北京新華印刷廠軍管會發動群眾開展對敵鬥爭的經驗〉的批示的通知》，此後，全國陸續開展了「清理階級隊伍」運動。在清理階級隊伍運動中，各地採用軍管會和進駐工宣隊的方式，對在文化大革命進程中，以各種名義，各種方式揪出來的地、富、反、壞、右、特務、叛徒、走資派、漏網右派、國民黨「殘渣餘孽」，進行了一次大清查。「一打三反」運動，是文化大革命期間、以一九七〇年一月三十日中共中央發出《中共中央關於打擊反革命破壞活動的指示》為開端，在全國掀起的一場政治運動，其內容是指：打擊反革命破壞活動、反對貪污盜竊、反對投機倒把和反對鋪張浪費。但運動的重心，在於「打」（所謂「打擊反革命破壞活動」）。

32　香港雖然是文革研究成果的出版重鎮，但文革研究者卻基本上是來自大陸，最具代表性的便是金觀濤與劉青峰夫婦。

對稱的社會實驗——論「文革」中的知青上山下鄉運動》（中共中央黨校二〇〇一年博士學位論文），葉青的《「文革」時期福建群眾組織研究》（福建師範大學二〇〇二年博士學位論文），鄭小娟的《福建文化大革命的一・二六事件》（福建師範大學二〇〇二年碩士學位論文），程薇的《「文革」時期誠信文化問題研究》（南京師範大學二〇〇七年碩士學位論文），楊懿斐的《〈朝霞〉：「文革」後期主流文學的樣板》（吉林大學二〇〇六年博士學位論文），李超君的《「文革」期間大眾政治心理研究》（東北大學二〇〇九年碩士學位論文），王會的《文革記憶與成長主題》（安徽大學二〇〇九年碩士學位論文），陳韜的《論「文革」時期毛澤東對派性的認識》（湘潭大學二〇〇九年碩士學位論文），曾勇寧的《「文革」時期毛澤東頌歌歌詞分析》（中山大學二〇一〇年碩士學位論文），張小冰的《「文革」手抄本文學研究》（河北大學二〇一一年碩士學位論文），潘婷婷的《廣東文革時期油畫創作研究》（廣州大學二〇一二年碩士學位論文），等等。

臺灣的大學也有不少博碩學位論文對文革進行探討，如吳黎明的《中共群眾路線之研究：「文化大革命」的個案研究》（政治大學一九九七年碩士學位論文），高偉哲的《由「政治劇場」與「黨派劇場」論中國文革之「樣板戲」》（中國文化大學二〇〇五年碩士學位論文），邱怡嘉的《瘋狂的節奏：中國大陸文革歌曲之研究》（世新大學二〇〇六年碩士學位論文），吳明玉的《紅衛兵運動及思想之研究》（中央大學二〇〇九年碩士學位論文），徐芃的《文革時期湖南道縣事件與記憶》（中國文化大學二〇〇九年博士學位論文），何鬱瑩的《赤腳醫生之研究（一九六六－一九七六）》（中央大學二〇一〇年碩士學位論文），黃奎嘉的《「文革」時期樣板戲之研究》（中央大學二〇一一年碩士學位論文），廖淑青的《一九六七年武漢「七二〇事件」及其影響之探討》

（中央大學二〇一二年碩士學位論文），黃淑琪的《一九七六－一九八五：大陸文革小說研究》（政治大學二〇一二年博士學位論文），游秋宴的《王小波〈黃金時代〉之暴力敘事與成長啟蒙》（中央大學二〇一二年碩士學位論文），等等。

縱觀海外文革研究，以及海峽兩岸年輕人的學位論文，相對而言沒有那麼多「文革過來人」的歷史包袱，較少「文革過來人」在觀念、立場、情感方面的牽絆，基本上能暢所欲言；所涉獵的議題頗為廣泛，立意頗為新穎，思路頗為清晰，思想頗為敏銳，思考亦頗具深度，從不同領域不同角度探討文革諸多問題，取得令人可喜的研究成果。當然，這種「令人可喜」也只是「相對而言」的，事實上，並不能完全排除這些研究有可議之處。如澳大利亞阿德萊大學高默波教授對《劍橋中華人民共和國史：中國革命內部的革命，一九六六－一九八二》一書的批評：「一個原因是中國政府的控制，這包括對資料的控制和對文革研究題目本身的控制。另一個原因是真不受情緒和潮流影響的研究文革的中文著作那時還沒有問世。這就不可避免的導致書中很多史實錯誤。」高氏還有此質疑：「二十世紀八十年代寫的關於一九六六至一九八二年的中國有價值嗎？是否要等到二十一世紀再寫關於一九六六至一九八二年的中國才有價值？」[33]。雖然筆者對高氏文章的不少觀點不能認同（觀點不一致是正常的——也正是「多元化」表現之一），但上述的批評與質疑，卻是恰好證實了本文所謂「細緻化」、「客體（客觀）化」以及「隔代修史」訴求的必要性。高皋與嚴家其合著的《文化大革命十年史（一九六六——一九七六）》

33 俱見高默波《評〈劍橋中華人民共和國史：中國革命內部的革命，一九六六——一九八二〉》，載《中國左翼評論》網刊第三期（二〇一〇年夏季），http://chinaleftreview.org/?p=254。

（天津人民出版社，一九八六年版）也有類似的窘況，作者在該書的序中即坦言：「現在這本《文化大革命十年史》，離史學家要求的『史』可能還有一段距離，但限於搜集資料的困難，也限於『文化大革命』只是『剛剛成為歷史』的『歷史』，因此，只能寫成這個樣子。」

總而言之，文革研究「四化」的實施，以「細緻化」為要，沒有「細緻化」，其他「三化」的實施便缺乏堅牢豐厚的基礎；而「細緻化」又首先要落實在史料的收集與運用上，只有完善史料的「細緻化」，「多元化」議題、角度及敘述的選擇及操作，「動態化」歷史時空演變的觀察及掌握，「客體（客觀）化」立場的定位及拿捏，也才能落到實處。因此，對大陸學界而言，破除「宜粗不宜細」的緊箍咒是當務之急。從目前文革研究的整體情況來看，有關「四化」的實施，民間優於官方，年輕人優於年長者，海外優於大陸。

至於文革研究的前景，放眼海內外，還是值得樂觀的。

這個禮平夠牛

在「華夏知青」看到〈禮平訪談：只是當時已惘然——《晚霞消失的時候》與紅衛兵往事〉。第一印象就是：這個禮平夠牛！比如他說：「我應該是第一個拿起筆來描寫文革的人。」不知道他根據什麼下此斷言？

禮平訪談說到早期紅衛兵，很能吸睛。然而再找北島、王友琴、牟志京的相關文章，卻看到了有意思的差異：在禮平的自述中，早期北京城區紅衛兵似乎是扮演消防隊、維持會的角色，「絕對不許抄家，不許打人，不許武鬥」，保劉少奇，反江青。簡直一群先知先覺。在北島、牟志京、王友琴眼中，紅衛兵就是打砸搶，禮平更被指稱是「打手」，還在群眾大會上打崩牟志京一顆門牙。在王友琴調查紀錄中，禮平所在城區紅衛兵在血淋淋的紅八月中，打死人的戰果在全北京紅衛兵中最為豐碩。呵呵，真可謂一段歷史，各自表述。

禮平透露，鄧小平曾經用很不屑的語氣談到那時的傷痕文學，說它「哭哭啼啼，沒有出息。」因此，禮平堅稱：「我的小說不是傷痕文學。誰說是我和誰急。」要是其他人這樣說（事實上也有人這樣說），我倒覺得沒什麼大不了。蘿蔔青菜各有所愛。不過我總覺得，鄧、禮二人對傷痕文學的態度有貓膩。是誰造成這些傷痕，誰讓人們如此哭哭啼啼？僅僅是四人幫？林彪？扯淡！還有誰？毛？乃至毛身後的什麼東東？喝喝，佛曰不可說。故此以為，鄧維護毛與鄙視傷痕文學當出自同一戰略思維。禮平呢？沒那麼大一碟菜，與其說是自命清高，不如說是出自血統優越感，是當年宣揚血統論的餘情未了。

禮平稱其〈晚霞消失的時候〉[1]的哲理思考主要得益於馬克思主義經典著作，一副老馬正宗自居狀；偏偏他的同志不識貨，還歸之為「淫穢小說」，於是，禮平又一副報黨無門痛心疾首狀。

禮平稱至今無人能看懂〈晚霞消失的時候〉，無人能理解其中的哲學思想，連掉進其陷阱的人都沒有，最多只能接近其陷阱。真夠牛！只有鳳姐的豪言壯語可媲美：「往前推三百年，往後推三百年，總共六百年沒有人超過我。」難怪採訪者獻上如此牛的馬屁：「高山仰止」（善意提醒：此為訃告常用語）。若從接收美學立場理解，其「牛」毫無意義：作者已死，讀者長存。

作者要壟斷作品詮釋權？

No way！

[1] 〈晚霞消失的時候〉為發表於一九八一年一月號《十月》上的中篇小說，以其濃重的思辨色彩與對人生價值的探索性，在當時引起強烈爭論。

各說各話未必不可

發了博文「這個禮平夠牛」，有朋友笑稱：「你老兄夠損！」意謂禮平大可有他自己的敘述角度、觀點及策略，何必跟他人一致。

想想也對。你不贊成他，由他說去。他說他的，你說你的。各說各話，未必不可。即使是一段歷史各自表述，也正常，也合情合理。

歷史，在不同時空不同角度，以及不同思維不同話語中，便有不同的面貌呈現。知青歷史亦然。

這個問題好像十多年前在華夏知青網論壇就討論過，近日在跟江河水、茉琳、冷明、阿毛、閑龍野鶴等博友的互動中，又再次涉及到這個問題。

細想起來，關乎知青的討論，應該沒有什麼話語權的問題，知青可以說，農民可以說，家長可以說，帶隊幹部可以說；老三屆可以說，小三屆也可以說；官方可以說，民間也可以說；當事人可以說，後來者也可以說……同一年代，甚至同一時空，也大可有不同的敘述策略乃至結論。

比如禮平不說打崩牟志京門牙（亞衣〈從知識者的良心出發——訪牟志京博士〉），卡瑪沒有報導紅衛兵暴行（王友琴〈紅八月與紅衛兵〉），無論是出自策略性的敘述或策略性的遺忘，也應該不能否認〈只是當時已惘然——《晚霞消失的時候》與紅衛兵往事〉與《八九點鐘的太陽》自有其史料價值。

我看《八九點鐘的太陽》時候，是有不一樣的看法，機緣巧合，我跟卡瑪交換過意見，覺得在如下幾個方面我們是不同的：她是當事人（親歷者），我是非當事人（局外人）；她是老三屆，我是小三屆；還有文革後乃至今日的際遇。於是，我能理解甚至在較大程度上能接受《八九點鐘的太陽》的詮釋方式及結論。

還有一個似乎相反的例子，《天浴》的作者嚴歌苓，雖跟我們同屬一個世代（比我小），但不是知青，其《天浴》是從聽來的故事加工而成。也是機緣巧合，二〇〇一年嚴歌苓到訪新加坡，我跟她交換過意見，明確表示雖然我能理解她在《天浴》的處理方式，尤其是十分認同《天浴》的結局安排，但我對《天浴》的歷史解讀始終是持有較大的保留態度。儘管如此，我還是一直將《天浴》作為有關知青文學課程的參考影片。當然，我會提醒學生：首先，《天浴》為非知青對知青歷史的詮釋（無關是非對錯）；其次，不宜將《天浴》所描述的情形視為知青生活常態。

有點亂是嗎？有人說，有序產生於無序。我想啊，或許雜亂無序，就是世事的常態。

時代的鬱悶

咱們生活在這麼一個時代——科學技術空前昌明發達、社會經濟空前繁榮興盛、物質生活空前豐富多采，而各種標新立異的思想學說、文化藝術更如雨後春筍，如百花爭豔，如走馬燈，如流星雨……

面對這樣一個時代，你感覺如何？覺得慶幸、幸福、自豪、驕傲？

反正，我是鬱悶了，不可救藥地鬱悶了——如今咱網壇潮流時興鬱悶不是？

首先，我為自個鬱悶——我實實在在是一個徹頭徹尾的時代落伍者。就說那個電腦資訊科技吧，我就鬱悶透頂啦。十多年前還不知電腦為何物，如今這電腦資訊科技可是鋪天蓋地無所不在。你要抗拒吧，五斗米的養家活路立馬就斷；你要接受吧，還沒等你搞清楚便又更新換代了。更可惡是它跟你糾纏上後，總有讓你一驚一咋的時候。就像上週我嘔心瀝血搗鼓了一篇文章，不知錯點了哪個鍵，頓時無影無蹤，即使沖著電腦髒話連篇破口大罵，那傢伙也依舊是冷漠、空洞地瞅著你。

唉，別說隔行如隔山的自然科學了，還是說說跟咱工作沾邊的社會科學／人文科學吧。那些個層出不窮日新月異的「學說」、「思想」，就是攪爛成紙漿喝下去，我也不知道是什麼東東。我自詡從小就喜歡詩歌小說，可如今的詩歌小說就讓我大眼瞪小眼。某日，閒來無事到學生宿舍溜達，進門瞅見牆上一幅圖像就樂了：「呵呵，冷凍庫的凍豬垛也上畫呀？」學生忿忿然了：「凍豬垛？那是人體行為藝術！」湊前細看，果然是十幾條光不溜丟的男女疊摞在一起，我頓時羞愧得無地自容。唉，小農意識實在是根深蒂固！

同時，我也為這個世界鬱悶。這個世界的發展可謂日新月異、一天等於二十年。這麼個發展速度可是咱近半個世紀前的夢想呀，今天可真是確確實實兌現了。這麼個發展速度總讓我覺得有什麼不對勁。老家的一句俗話總是在我腦子裏晃動——趕死！可不是嘛，一天等於二十年，不就是大大增進新陳代謝了嗎？通俗一點說，就是將正常的生命週期給大大地剪接起來啦，生命週期縮短啦，年老得更快啦，死期更快來臨啦！眼下時興的「激素」型的雞、鴨、豬們，不就是這樣的一個生命週期？不容人家悠悠閑閑地渡過「幼年」、「少年」、「青年」期，一套「激素」作業，就讓人家飛躍到「成年」期啦，就成熟了，就可以收穫啦！於是，呵呵，趕著功德圓滿——上餐桌去啦！

其實，咱們現代人的生命週期也大致是如此了，你看那些小瓜們還有多少童年樂趣？從小就被摔進競爭圈裏，死拼緊趕去吧，否則就被「時代」淘汰了。成人們就更是這高速發展的時代的犧牲品了。唯有咬緊牙關不擇手段義無反顧勇往直前地捲入殘酷無情的競爭，稍有鬆懈、不慎，便遭淘汰出局。在這個意義上，「克隆」技術確實體現出人類這種「趕死」焦慮症達到了一個新的臨界點——不耐煩生命產生所必然經歷的異性相吸、兩情相悅、陰陽交合、生命誕生、自然成長的漫長過程。

全球經濟一體化、世界格局大博弈，更促使這個世界的發展達至無以復加的程度。於是，這麼個高速發展的代價，就更包括了對整個地球資源的極大超前掠奪與超限破壞。如果說咱們感覺幸福的話，那就是在恬不知恥地預支後代的幸福了。從根本上說，社會、世界、地球跟人一樣都是具備生命的有機體，都具有同樣的孕育、誕生、成長、成熟、衰老、死亡的自然且完整的過程。愈演愈烈的人為「高速發展」，便意味著將這一自然過程濃縮化、簡略化，甚至是卡通化、兒戲化。也就是說，人類已經不太把自個乃至這社會、世界、地球當一回事兒了（那些個「學費」、「代價」、「副作用」之類的說辭，已算是頗為誠懇嚴肅的態度了）。要命的是，這樣一個發展勢頭是不可遏止的。欲望已經挑起，發展就不得不跟上。其結果只有兩個：一，發展緊跟欲望，直至（人類社會）精疲力盡而……；二，發展停滯，欲望卻不止，（人類社會）頹然失重、失落，焦躁絕望而……「而」什麼？我無從知道，也不敢知道。

確實是很美麗的詞藻——追求、理想、幸福、競爭、奮鬥、發展、進步……然而，撥去現代人在這些詞藻上所塗抹的油彩，可赫然辨出「欲望」二字；而世上諸多宗教，儘管教義五花八門，卻秉持著同一宗旨——寡欲。於是，當人類駕馭著欲望高歌猛進時，諸神拈花頷首微笑不語。

我也不語了，但無法微笑（不是神啊），只好鬱悶了，不可救藥地鬱悶了。於是，也就只好轉向追尋一千多年前老祖宗的世外桃源——

……忽逢桃花林，夾岸數百步，中無雜樹，芳草鮮美，落英繽紛……土地平曠，屋舍儼然，有良田美池桑竹之屬；阡陌交通，雞犬相聞。其中往來種作，男女衣著，悉如外人；黃髮垂髫，並怡然自樂……（陶淵明〈桃花源記〉）

呵呵，桃花源裏可耕田！
只要青山長在，綠水長流，桃花長豔，生命長存……

閒話「貴族」

胡發雲大哥和三葉蟲在對拙帖〈俄羅斯十二月黨人的妻子〉的跟貼中，都不約而同地將「貴族」作為討論的焦點。確實如此，「貴族」正是我在〈俄羅斯十二月黨人的妻子〉中所安置的潛在關注點。

撰寫〈俄羅斯十二月黨人的妻子〉[1]時，我就特別注意到、也特別感興趣——十二月黨人幾乎毫無例外都出身貴族，而且多是名門貴族，而受十二月黨人影響的俄羅斯作家也大多出身貴族。此外，十九世紀三十年代初，波蘭起義與諾夫哥羅德軍屯起義失敗後，數以千計的參與者，大多為貴族，便又成為西伯利亞流放地的囚徒，另外還有數千戶波蘭貴族被發配往高加索。

這種「貴族」革命的現象，不禁令我困惑。而困惑的來由，首先就在漢語「貴族」一詞含義（現代詮釋）對我的先入為主的影響。據我們的辭典詮釋，所謂「貴族」，是「奴隸社會、封建社會的統治階級中享有政治、經濟特權的階層，直接掌握國家政權，剝削和壓迫勞動人民」；而在日常生活中，人們談及「貴族」，也總是帶著揶揄、嘲弄、鄙夷、譏諷之類的語氣。總之，是一個不折不扣的貶義詞。在這樣一種有關「貴族」的認識支配下，我對俄羅斯及波蘭的貴族革命難免不會產生了困惑。

1 收錄於王力堅《天地間的影子——記憶與省思》（臺北縣：Airiti Press，二〇〇八），頁199-203。

然而，英文noble的含義，除了是「貴族」外，卻還有「出身高貴的人」、「高貴的」、「高尚的」、「偉大的」、「崇高的」、「卓越的」、「輝煌的」等等，總之，都是褒揚的含義。西方這種「貴族」的名實淵源，或許可追溯到古典城邦時代的公民政治。那時代，獨佔政治權力的公民是居民中的極少數，大可視之為「政治貴族」（套用現代的話語就是「政治精英」了）。這樣一種公民政治，不能說不影響到中世紀的貴族政治。在這個意義上說，西方悠久的民主傳統，實質上就是公民－貴族民主傳統。

由於有這麼一種特殊的身分，貴族在他們的觀念中，自認為（也被一般人認為）跟君王是身分大致平等的人，他們可以奉君王為兄長，卻不會奉為父親。因此，所謂「僭越」的行為不太被當一回事兒。或許這種情形易於產生政治野心家，卻也遏止了（君王）個人專制的傾向，為後來的平民民主政治留下了一個可說是優良的傳統。同時，這種特殊的政治地位，使貴族具有較強的獨立精神和平等意識，也更自然且自覺地關注國家政治事務，有較強的社會責任感與使命感。而他們的經濟實力、教育水準、個人才幹，也使他們的獨立精神、平等意識、社會責任感與使命感更易於付諸實踐。

在個人修養方面，「美德與榮譽高於一切」是貴族所須恪守的準則。於是，精神的高尚、氣質的高貴、人格的尊嚴、人性的良知，都是貴族中的優秀者一生所汲汲追求、堅守、維護的，為此不惜捨身成仁。如第一個冒著風雪嚴寒，奔赴西伯利亞的十二月黨人的妻子特魯別茨卡婭公爵夫人（《俄羅斯婦女》第一章的主人公），就是無怨無悔地追隨其丈夫並病死在西伯利亞流放地。法蘭西少女唐狄以最快的速度從法國趕赴西伯利亞，跟情人伊瓦謝夫成婚，最後雙雙死於異鄉荒原。

在網上看到如此記述：第一次世界大戰中，有六百萬英國成年男性奔赴戰場，死亡率為百分之十二點五。當時英國著名貴族學校伊頓公學的參戰貴族子弟傷亡率，則高達百分之四十五。按照常理，英國貴族大多擔任軍官，為什麼傷亡率反而高於一般士兵呢？答案很簡單，因為他們總是衝鋒在前，撤退在後。對於他們來說，責任和榮譽比生命更重要。

以上似乎都是基於西方的情形所論，其實，中國古代的情形亦有相類者。中國的文人士大夫或許可稱為「中國特色」的貴族知識份子。中國古代第一位愛國詩人屈原，就是一位名正言順的貴族知識份子。范仲淹的「先天下之憂而憂，後天下之樂而樂」，不也具有強烈的社會責任感與使命感麼！我們或許不齒於六朝門閥世胄及晚清八旗子弟（其實西方貴族中也不乏這樣的敗類），然而東漢出身世家大族的李膺和太學生郭泰、賈彪等「黨人」，晚明以顧憲成、高攀龍等為首的「東林黨」以及明末以張溥、陳子龍為首的「復社」，在「體制內的反叛者」、形成集團且代表著一定的階級（階層）的集團利益，堅韌的獻身精神、才華橫溢且受當時乃至後世社會主流的推崇等方面，不也體現出跟俄羅斯十二月黨人相類似的特點麼！

從國家政治架構看，貴族（階級）往往是君王與平民之間的一個「緩衝層」。君王通過貴族實施統治，而平民造反時，貴族卻又往往成為君王的替罪羊。俄羅斯的農民起義就幾乎是只反貴族（官僚）不反沙皇的，中國這樣例子也不為少見，宋江的梁山好漢就是我們最為熟悉的了。從另一方面看，君王的專制，又往往是通過剷除或削弱貴族（集團）得以實現的。西方中世紀末期中央集權國家的崛起，便是王權與平民聯手削弱貴族權力的結果。中國春秋戰國期間的變革，也正具有同樣的性質。秦始皇統一六國後的一個重大行動，就是將六國十二萬戶貴族遷往秦都咸陽。

我們說「貴族」，既包括那種傳統意義的世襲貴族（因血統）和新興貴族（因軍功財富），也還包括更廣泛意義上的貴族——即在精神、氣質、人格上所體現的「文化貴族」。張愛玲筆下的「最後的貴族」，當是交雜二者而又更多點傳統的含義；白先勇被傳記作者稱為「最後的貴族」，則當是交雜二者卻更多點「文化貴族」的含義了。至於在王國維、瞿秋白、陳布雷、傅雷、老舍乃至顧城身上，我們是否也或多或少看到「文化貴族」的影子呢？換言之，作為「階級」，「貴族」已經、或者正在消失；然而作為「文化」，它是否有我們所應該正視、肯定的東西呢？

至今仍有人如此評價十二月黨人：「就思想而言，他們已經不屬於貴族了。他們是貴族中的優秀分子，而他們之所以優秀，就在於他們極力要和貴族劃清界限，他們的品質也並非是貴族固有的品質。」「……這些優秀分子是脫離了貴族階層的叛逆者」。我總覺得這樣的說法是矛盾甚至邏輯混亂的：既然還是「貴族中」的優秀分子，何來「脫離」了呢？既然已經「脫離了」，就不當是「貴族中」的人了。

這種說法的邏輯思維大約是這樣的：貴族階級是沒落、腐朽的階級，十二月黨人那種高尚的情操、崇高的人格怎麼會是屬於「沒落」、「腐朽」的階級的呢？由是，便一廂情願地將十二月黨人「策反」為「脫離了貴族階層的叛逆者」了。或許就是由於同樣的思維，屈原雖然一直備受推崇，但這推崇卻始終沒有跟他的貴族身分掛鈎。其實，屈原本人卻是很以其貴族身分為傲的：「帝高陽之苗裔兮，朕皇考曰伯庸。」

如果說高尚的情操、崇高的人格得到人們較一致的讚揚，那麼，貴族特有的高貴氣質、儒雅風度、精深涵養以及斯文有禮等卻似乎受到頗為尷尬的對待：貶抑、揶揄、嘲諷、譏笑。這是令我百思不得其解的，既然勞動階級特有的吃苦耐勞樸實勤儉等優秀品質可受到讚揚，為何貴族特有的優秀品質就要受到如此不公平的對待呢？是否就因為貴族被「認定」為「沒落」、「腐朽」的階級，就「不配」有任何優秀的品質？即使同樣的品質放到其他人身上可以受到讚揚，而一旦出現在貴族身上就即刻「變質」了呢？肯定吃苦耐勞樸實勤儉，就一定得否定高貴氣質、儒雅風度、精深涵養以及斯文有禮嗎？倒過來說，推崇後者，並不意味瞧不起前者。思考問題為什麼就非得「你死我活」、「非A即B」呢？世界本來就是多元的，為什麼不能在人生價值觀上提倡多元並存共榮呢？實在想不通！

閒話「貴族」，沒個頭緒也沒個答案，權且說說自己的困惑，說說自己的感想，只覺得這「貴族」雖然不好全都捧太高去，卻也似乎不好一棒子給「滅」了；儘管其中有我們所不齒者，卻也分明有我們所讚賞者，甚至（至少在我來說）有我所終生仰慕而不可企及者。

中外「貴族」隨想

拙文〈閒話「貴族」〉得到漢斯、明人、三葉蟲、傑夫、漁樵耕讀、天心、作雅等網友的積極回應，令我受益匪淺，亦令我很受啟發。現就諸網友所論嘗試作進一步探討，然仍屬率性隨想，難成系統，只是隻言片語的連綴。

西方的「貴族」傳統，源於古典城邦時代的「公民」制度；而中國的「貴族」傳統，卻源於春秋戰國時代的「分封」制度，如《禮記・王制》所謂「公、侯、伯、子、男」五等爵——清代仍沿用；商鞅變法所制定的二十等爵。因此，前者是基於相對平等民主（在體制內部）的原則，具有較高程度的獨立自主意識，與以社會大眾為前提的責任感和使命感；後者則是基於絕對的隸屬（君臣、主僕）關係的原則，具有根深蒂固的封建效忠意識，與以君王帝國為前提的責任感及使命感。

由此可說，在中國歷史上，確實是沒有西方意義的「貴族」，只能說是中西方貴族各有自己的特色（在這個意義上，「中國特色」的貴族和「西方特色」的貴族是等義的），但不排除二者在「形式表現」上有相類似之處。

中國古代專制體制下的貴族欲維繫其高雅的風度及體面的尊嚴，除了堅韌的生命力外，還更需要東方式的狡譎、藝術化的灑脫以及超越型的智慧，從先秦的老莊典籍，到六朝的《世說新語》，乃至晚明的性靈小品，都可以解讀出這些頗具「中國特色」的貴族風貌。

世襲貴族中不能排除有精神高尚者，所謂「精神貴族」中亦不能排除有靈魂卑瑣者。具體到個人來說，情形就更為錯綜複雜，歷史背景、血統淵源、品德修養、言行舉止，總有不平衡發展的表現。當然，無論中國或西方、古代或今天的各式「暴發戶」（謹慎地說——真正以軍功獲封者不應包括在內），跟「貴族」是風馬牛不相及的概念，跟我們所談的「貴族」當是不可同日而語的。

在亞歷山大一世時代，俄羅斯青年貴族深受法國自由主義思想影響，但那時的貴族（稱號）卻似乎是甚受推崇、褒揚的；堅守貴族的高貴氣質、高雅風度與秉承西方（法蘭西）自由民主思想是並行不悖的。

自彼得大帝、葉麗薩維塔女皇、葉卡特琳娜二世以來，俄羅斯帝國體制內改革已具傳統。亞歷山大一世（葉卡特琳娜二世之孫）即位後，更積極向西方學習，勵精圖治，意圖將俄國從農奴制引向現代化發展道路，於是，在「改造國家」的認識上亞歷山大一世跟青年貴族結成同盟，成立了祕密委員會。根據祕密委員會的計畫，於一八〇二年以歐洲國家的政府形式對國家機關進行改革，成立由各部大臣組成的大臣會議，亞歷山大一世親任主席，策劃了一系列改革措施。並成立了「真正的」貴族學校——專門培養青年貴族精英的皇村高等專科學校。普希金和許多十二月黨人就是該校第一屆畢業生。

然而，當發現要徹底改革——尤其是改革農奴制——只有推翻現行政治體制時，亞歷山大一世卻退縮了，並最終還是步彼得大帝後塵——恢復了文化專制統治。或許，具有高貴氣質、自主意識且深受法國自由主義思想影響，而又立志解放農奴、改革農奴制的俄羅斯青年貴族，正是出於對沙皇的失望，才在亞歷山大一世逝世後，藉新沙皇尼古拉一世登基之機發難起義（即十二月黨人起義）。可見，亞歷山大一世是為了使俄羅斯帝國強盛，而跟青年貴族結盟，但一旦觸及本階級政治統治體制的存亡，便與貴族青年分道揚鑣。亞歷山大一世和青年貴族結盟，是一個由合到分的過程。在這過程中，貴族的獨立自主精神是顯而易見的，儘管失敗，仍不掩貴族那高貴、尊嚴的光彩。

滿清貴族的祖先確實是憑藉殺戮和征服的功勞得封，因而頗顯「高貴不足」。「奴才」卑稱也確實讓人覺得窩囊，但這是滿人游牧民族落後的歷史傳統遺跡（尤其體現在「包衣」階層——即使因戰功等置身顯貴仍對主子保留奴才身分），跟入主中原後的貴族精神氣質的關係似乎不宜作過於直接的聯繫。此外，滿清貴族的祖先憑藉殺戮和征服之功受封的歷史背景，卻也致使這些貴族多了好幾分「勇武」之氣，這恰是漢人書香世家的文弱貴族所缺乏的，也是晚清八旗子弟所喪失的。而且，在「世襲」的過程中，「高貴」因素亦日漸濃郁，亦文亦武，溫文儒雅的滿清新貴族已不為少見，最為典型的便是納蘭性德了。納蘭性德，大學士明珠之長子，康熙朝進士，官至一等侍衛，同時又是清代詞壇的領軍人物，其身分、修養、文才、氣質，足以跟俄羅斯十二月黨人相媲美。

有意思的是，最能跟亞歷山大一世與貴族在政治上保持密切關係的情形相比較的，或許也就是滿清的康熙、乾隆、光緒諸帝跟漢文人士大夫的關係。

滿清的康熙大帝即位之初，面臨的是漢文人士大夫與滿清政權對峙的局面，於是，在正式執掌大權後，便相繼實施了一系列旨在爭取漢文人士大夫的措施，包括開博學鴻儒科試，編修《古今圖書集成》、《明史》與《全唐詩》等，從而團結了以朱彝尊、陳維崧等為首的大批出身名門世家的鴻儒碩士。這一文化政策也得到其孫——

對康熙帝崇拜的乾隆帝的繼續推行，由此促成了輝煌一時的康乾盛世。這是一個由武功轉向文治的過程，是一個滿清帝王與漢文人士大夫由分到合的過程，這過程的結果是促成了滿清帝國盛世。

晚清光緒帝為了重振帝國，與康有為梁啟超等結盟，力圖維新改革，但最終在慈禧太后干涉下夭折了。其實，倘若任由光緒帝折騰下去，我想最終結局也免不了就像亞歷山大一世一般，他跟文人士大夫的關係最終還是個由合到分的過程。從滿清統治者跟文人士大夫（中國特色的貴族）的關係歷史看，其過程無論是合是分，其結局無論是喜劇是悲劇，都擺脫不了後者「臣服」前者的傳統地位與意識，一切皆決定於前者的意志。即無論勝敗，統治者的意志始終牢牢制約著文人士大夫——中國特色的貴族。康、梁最終走向「保皇」，就是這麼個「中國特色」的歷史必然。

有了上述諸多不同的特色，中外貴族在各自的歷史舞臺上，便上演了各具特色的人生戲劇。如果說俄羅斯十二月黨人的命運是氣貫長虹、可歌可泣的正劇，那麼清末康梁保皇黨人所上演的則是低徊哀婉、可悲可歎的苦戲。

輯四：永別九一一

我對生命肅然起敬了！我對「人」肅然起敬了！我實在沒辦法去考慮那是什麼種族的生命，那是什麼國度的「人」—正如我在臺灣九二一大地震時所深切感受過的，在華東、長江大水災時所深切感受過的，以及在臺北中正機場新航〇〇六空難事件時所深切感受過的……生命雖然脆弱，但生命並不卑賤。請珍惜生命！更請尊重生命！！（**〈請尊重生命〉**）

關於九一一恐怖攻擊事件的思考

二〇〇一年九月十一日，黑色的星期二！恐怖份子在美國發動了滅絕人性的劫機撞樓攻擊事件！對恐怖份子的罪惡行徑，我極為憤怒；對數以千計的生命慘遭摧殘，我無比哀傷；對救死扶傷同情哀悼者，我深有同感；而對幸災樂禍喝彩叫好者，我倍覺心寒！倘若統觀整個事件的來龍去脈，我們則不得不進行更為冷靜理智的思考。

（一）恐怖主義分子展開九一一行動，真的是為了反自由民主？

答：沒道理！與其說這是布希總統（美國政府）的一面之詞，不如說是扯大旗作虎皮。試問：美國時至今日才實施自由民主制度嗎？世界上實施自由民主制度的國家只有美國嗎？非自由民主制度的國家就沒有恐怖攻擊事件了嗎？這點有關專家在電視節目裏已經指出，在此不必贅言。

（二）恐怖主義分子展開九一一行動，真的是為了反國際霸權嗎？

答：沒道理！或許這是恐怖份子（及其支持者）的一廂情願的藉口，但是以數以千計的平民生命為代價，絕對沒道理！冤有頭債有主，絕對沒有拿小民百姓性命作要脅的道理！任何冠冕堂皇的藉口，在生命尊嚴面前也是可恥的！

（三）是否應該態度鮮明地反對恐怖主義分子的襲擊？

答：絕對是！這是人性的立場！那些為恐怖攻擊喝彩叫好的「人」，不是沒良心，就是沒頭腦！在數以千計的受害者面前，在數以百計的英勇殉職的消防員與警察面前，在為了阻止恐怖攻擊與歹徒同歸於盡的九十三號班機的乘客面前，無論以什麼樣的理由喝彩叫好，都是殘忍的二度犯罪！

（四）是否需要深入探究美國政府的責任？

答：絕對是！這是治本！但決不能以此轉移或寬免恐怖主義的罪責，更不能以此作為恐怖主義行為的藉口！美國政府在國際上惟我獨尊一意孤行，確實早已引起「公憤」。但不能就因此「廢了」美國在國際事務上的領導功能，這不是什麼「憲兵」不「憲兵」的問題，在當今世界，美國無論是政治、經濟、軍事上都堪稱超強，沒理由不對維持國際秩序負起重大責任；同理，中國、俄羅斯，以及英、法、德等強國也應該更主動更積極參與維持國際秩序。也就是說，美國只能以公平、協商、合作、務實的態度行使維持國際秩序的責任，而不是以自命老大的心態。

（五）美國是否應該進行報復？

答：當然應該！除了「血債血償」的天理、取信於選民、維護其國內外尊嚴等理由外，更主要的，這是遏止恐怖主義的最直接最有效的辦法（儘管是「治標」），否則恐怖主義便會變本加厲，否則便會世無寧日！其他世界各國也應該積極參與合作，別指望恐怖主義會對你情有獨鐘，沒準那天自家後院也有失火之虞。

（六）美國的報復行動會公平合理進行嗎？

答：令人擔憂！任何軍事行動都難免傷及百姓，所謂「城門失火，殃及池魚」——確實令人不得不為之擔憂！唯有冀望：（1）美國必須掌握充分確鑿的證據；（2）快、準、狠的攻擊，儘量縮小攻擊範圍。但從美國在伊拉克、科索沃的做法看，能讓人放心嗎？

（該文在《聯合早報》發表時，標題改為〈美國會公平合理展開報復嗎？〉）

請尊重生命

隨著滅絕人性的恐怖份子的「傑作」，數以千計的生命化為縷縷青煙……我不寒而慄！生命就那麼脆弱嗎？然而，當我瀏覽網站以瞭解網民反映時，看到的卻不乏幸災樂禍的喝彩叫好聲，我更不寒而慄!!生命就那麼卑賤嗎?!

有人說：那是美國呀！死得越多越好！或許，這些人有很是自得的理由：政治的、階級的、民族的……但怎麼就不正眼瞧一下那個「人的」理由？美國人也是人呀？他們跟你我都是同一物種的人啊！或許這些人有理直氣壯的陳詞：他們是美帝、是霸權……

憑什麼這樣扣帽子？他們是美帝的體現者？是霸權的執行者？不！他們都是和平時代的平民百姓，其中不少還是世界各地的平民，其中也包括不少華人（近日中國官方公佈的失蹤人員便有五十一名），即使五角大樓的罹難者也多是文職人員而非軍人。紐約世貿中心裏更有大量的國際機構啊（不少還是華人的機構），它們是美帝的老巢？還是霸權的堡壘？況且，我們反對霸權主義者草菅人命濫殺無辜，難道我們就可以對其國度的平民百姓「以其人之道還治其人之身」——漠視其生命的存在價值?!

是的，這些人愛恨分明、立場堅定：自己人犧牲了，沉痛哀悼！美國人死翹翹了，活該！開心！我理解人間有仇恨，但當仇恨遮蔽雙眼時，這世界對他們來說只能是仇殺的煉獄了。對此我們並不陌生，至少中國文革中的武鬥就曾令我們大開了眼界，也曾令我們因此對「人」失去了應有的信心。凡是敵人反對的我們就要擁護，凡是敵人擁護的我們就要反對；不是東風壓倒西風，就是西風壓倒東風；一個階級推翻另一個階級；親不親階級分；你死我活，不共戴天……這樣的狼奶我們喝得還少麼？如今，當我們面對著那些幸災樂禍的喝彩叫好，惟有啞然咽下這生澀的苦果——報應呀！

我很現實，也很感性，當我看到紐約市消防隊員逆著撤退的人潮沖上危樓時，看到世貿中心撤退的男人給女人讓路時，看到血流滿面的華人協助黑人逃命時，看到縱身從上百層高樓躍下的「飛人」時，看到高聳的「雙子星樓」頹然倒下時，看到九十三號班機乘客跟歹徒搏鬥以致同歸於盡時，看到雙雙遇難的母親懷抱女兒的遺照時……我對生命肅然起敬了！我對「人」肅然起敬了！我實在沒辦法去考慮那是什麼種族的生命，那是什麼國度的「人」——正如我在臺灣九二一大地震時所深切感受過的，在華東、長江大水災時所深切感受過的，以及在臺北中正機場新航〇〇六空難事件時所深切感受過的……

生命雖然脆弱，但生命並不卑賤。

請珍惜生命！更請尊重生命!!

如何看待九一一事件的恐怖分子？

美國九一一恐怖攻擊事件發生後，在如何看待該事件恐怖分子的問題上，人們——尤其是網民們的看法不一，除了譴責之外，也有為之辯解、開脫，甚至是推崇、喝彩的。

有的人一味為恐怖分子歡呼喝彩，視恐怖分子為英雄和榜樣（甚至以恐怖分子之名為網名）。這些人不是黑白不分，是非莫辨的糊塗蟲，就是存心起鬨，唯恐天下不亂的別有用心者。這類人雖然鬧得挺歡，卻也挺「浮」，不值得多加討論。

值得注意的是，有的人認為，雖然恐怖分子的手段殘忍、後果惡劣，但是其起因、動機是可以理解的，是合情合理的。不是美國逼人太甚，令人走投無路，誰會豁上自己的生命來製造這起恐怖事件？也就是說，恐怖分子的動機是正義的，是為報血海深仇而視死如歸的行為，因此他們不是懦夫。

目前網路上廣為流傳的一份真假不明的「劫機者遺書」，便是以煽情而優美的文辭，給恐怖分子披上了一件十分聖潔的外衣；恐怖分子儼然成為抗擊美國霸權主義，而「選擇了和殺人者的標誌一同走向毀滅」的悲劇性英雄。

說美國政府所奉行的國際霸權主義是該事件的起因，這我十分贊成。但冤有頭債有主，無論如何也不應該拿民用設施及平民百姓的生命作為報復的目標。有人說，世貿中心是紐約的標誌，是美國的驕傲，同時也是美國最為重要的「經濟穴位」，以此為攻擊目標才能致命地摧毀美國的銳氣與信心。在美國強大軍事力量的威懾下，這是避實就虛、不得已而為之的策略。

這個說法，其實就是所謂「超限戰」論調——在雙方實力強弱懸殊的形勢下，超越限制，不按牌理出牌地採取攻擊方式，概言之，就是為達目的而不擇手段。說透了，這也正是典型的恐怖主義策略。而所謂「避實就虛」、「不得已而為之」，就好像打不過仇家便拿仇家的小孩開刀，這不是懦夫行為又是什麼？

大凡人類行為，動機、手段及後果並非都是一致的。可以是由於合理的動機，採取合理的手段，達到合理的後果；也可以是由於合理的動機，採取不合理的手段，達到不合理的後果。而在「動機」、「手段」、「後果」三者之中，「動機」又顯然是主觀的，真偽莫辨是非難分；但「手段」與「後果」卻是客觀的、公諸於眾的，因而也往往是（甚至只能是）作為檢驗、評價該行為的主要標準。

因此，九一一事件的恐怖分子，不管他們自認為有多正義多崇高的動機，他們所採取的滅絕人性的手段，以及所造成的慘絕人寰的後果，已將他們推向了人類和平的對立面。這無疑是人類的悲劇，也更無疑是他們自己的悲劇。他們這種恐怖行為，也只能受到全球熱愛和平的人們的一致譴責。當然，倘若美國在其報復行動中，也假借伸張正義之名，為所欲為濫殺無辜，同樣必將受到全球熱愛和平的人們的一致譴責！

切勿將宗教和恐怖主義混為一談

具有濃烈回教極端主義色彩的奧薩馬・賓・拉登，被指為美國九一一恐怖攻擊事件的首號疑犯，因此，作為宗教之一的回教，便被有意無意地跟千夫所指的恐怖主義混淆起來了。經這麼一混淆，首當其衝的受害者，便是身處美國的回教徒乃至阿拉伯人，他們在為遇難同胞哀傷之際，卻受到其他白人同胞的報復性攻擊甚至殺害。而另一方面，世界各地的回教極端主義激進組織，也因此紛紛揚言要展開「聖戰」以抵抗美國的報復行動。

其實，根據《可蘭經》，「聖戰」（jihad）的準確意思應是「神聖的鬥爭」，旨在為回教社會謀求福利、抑制個人犯罪，強調信徒的自我提升；一旦需要發動「聖戰」維護信仰時，便可利用一切方式，包括外交、政治甚至武力，但其中也有嚴格的限制，即不許傷害兒童、婦女、老人和傷殘者，不許破壞祈禱的地方乃至不許搗毀果樹等。可見，「聖戰」本身並非是一個強調暴力的概念，也不宜理解為向其他宗教宣戰，何況《可蘭經》也已闡明應尊重猶太人和基督徒。

人們都注意到，奧薩馬是在阿富汗抗擊前蘇聯入侵時期，由美國中情局訓練出來的「抗蘇勇士」，卻似乎忽視了，上世紀八十年代阿富汗那一場抗蘇戰爭，其實正是彙集了包括南亞、東南亞以及中東阿拉伯各國回教徒的「聖戰」，奧薩馬便是其中的一位「聖戰士」。這些聖戰士相信戰死沙場會成為烈士（syahid），生前所有的罪孽都會一筆勾銷。於是，聖戰士們在戰場上往往奮不顧身，將以「烈士」死亡方式殉教作為他們所要追求的終極目標。

或許正因如此，「聖戰」往往又成為雙刃劍而被回教極端主義激進分子所利用。而經過這些回教極端主義激進分子的演繹，「聖戰」也已經被扭曲為極端、激進、攻擊異教的恐怖暴力行為。如奧薩馬就曾經對《時代》週刊宣稱：「如果替聖戰進行煽動工作是犯罪，那麼就讓歷史見證我就是一個罪犯。」還號召：「每個回教徒，服從真主的命令，在任何時候任何地點，殺美國人，搶他們的金錢。」他也曾說過：「我們不會區分身穿軍裝的人與平民之間的不同，在聖戰中，他們都是攻擊的目標。」在近日的一次電視訪談中，奧薩馬更公然鼓吹「全體回教徒掌握核武器，不要將這一武器放棄給基督教徒和猶太人」。

奧薩馬這些言論，顯然有悖於回教《可蘭經》的精神，但其影響卻不容忽視，在不少回教徒——尤其是年輕的回教徒眼中，奧薩馬儼然是回教世界的精神領袖和捍衛回教的英雄；而世界各地的回教極端主義激進分子也都群情激昂地要奔赴阿富汗，參加保衛奧薩馬、抗擊美國的聖戰。這一趟渾水，更進一步混淆了、模糊了恐怖主義和宗教之間的界限。一場反恐怖主義戰爭，似乎就要演變為美國跟回教世界之間的「聖戰」。倘若結果真是如此，這個世界可真是大難臨頭了！

幸好，回教社會主流是明智的，人類社會主流是明智的。九一一恐怖攻擊事件發生後，世界幾乎所有的回教國家都表示了對恐怖主義暴行的憤慨，以及對美國無辜受害的同情。巴基斯坦總統穆沙拉夫宣稱：「（美國復仇的）戰爭是針對恐怖主義。這場鬥爭得到所有回教國家的支持。」印尼副總統也是印尼最大回教政黨領袖的漢紮哈茲指出，美國的報復行動，是針對恐怖主義，不是針對回教。馬來西亞外交部長賽哈密表示，願意遊說回教國家參與國際反恐怖主義峰會。

回教社群也表現出同樣的理智言行，新加坡「當代回教研究中心」發表宣言說：「回教社群也毫無保留地譴責這起恐怖主義罪行，同時向美國人民表示慰問和同情。」並籲請人們「明確地區分回教信仰和回教徒的狂熱分子的極端行為」，強調「回教絕不容許恐怖主義」。馬來青年沙里夫則表示：「和猶太人、基督教徒及信仰其他宗教的人一樣，回教徒對於在襲擊事件中喪生的無辜生命，也感到無比的痛心。」「這些回教領袖雖然和恐怖分子有共同的宗教信仰，卻和他們沒有一致的目的。」

在美國，對回教徒的無理報復得到及時制止，布希總統還率領官員訪問回教堂，會見回教領袖，並明確地指出：「對無辜者實行暴力違反回教信仰的基本原則，恐怖主義不是回教徒的信仰。」雖然不能排除布希此舉有作秀的意味，但我相信他真的明白跟整個回教社會對峙的後果會怎樣，否則，他就不會因誤用帶有十字軍東征含義的「征討」一詞而公開表示道歉。美國防長拉姆斯菲爾德日前也曾表示，美國軍事集結的代號「無限正義」可能因會冒犯回教徒而需更改。

相比之下，民間的表現更顯真摯、溫馨。美國廣播公司的一個兒童節目，通過紐約地區的兒童跟基督教牧師和回教長老的現場交流，申明了恐怖主義和宗教無關。回教長老更當場指出，「伊斯蘭」一詞的意義是和平，回教規勸教徒尊重真主的創造，尤其是有價值的生命。恐怖分子自稱有宗教信仰，卻不意味著該宗教就是鼓勵恐怖暴力的。

走筆至此，傍晚電視新聞節目正在現場報導，新加坡國家體育場舉行萬人追悼會，一萬五千多名與會者來自不同的國家、不同的種族，還有不同的宗教——包括基督教、佛教、道教、興都教以及回教等，在萬柱燭光之中，大家一起為美國九一一恐怖攻擊事件死難者哀悼，為世界和平祈禱……目睹這一感人的場面，我深深體會到：真正的宗教，是熱愛生命，熱愛和平的；而恐怖主義，卻正是扼殺生命、扼殺和平的無情劊子手！

戰爭並非反恐怖主義的最佳途徑

據美國五角大樓發言人克拉克宣稱，在過去兩週內，美國派往西南亞的軍人已增至約三萬人。而美國在該地區還有兩個航空母艦戰鬥群，一支兩棲作戰部隊和大約三百五十架戰鬥機。此外，美國情報部門已經確認阿富汗二十三個軍事基地以及一些塔利班武裝設施，作為發動攻擊的目標。由此看來，一場的反恐怖主義戰爭似乎已經箭在弦上、一觸即發。但時至今日，我仍然深深懷疑：反恐怖主義非得通過戰爭嗎？

不可否認，恐怖主義分子對美國所施行的恐怖攻擊事件是慘無人道、人神共憤的。然而，美國所能鎖定的「嫌凶」，也只是奧薩馬及其追隨者。由於具體的行兇者已死，所以奧薩馬似乎就成了美國復仇行動的唯一「靶心」了。也因此，從技術上來說，這場聲勢浩大的反恐怖主義戰爭，其實只是世界超級大國美國與恐怖分子奧薩馬之間的戰爭，以一超級大國之軍力討伐區區一個恐怖分子「嫌凶」，多少是有些滑稽的。雖然可以說美軍實際上所要對付的主要還有「窩藏」奧薩馬的阿富汗塔利班政權，然而，一旦戰爭爆發，受到摧殘的畢竟更多是無辜的阿富汗平民百姓啊！

反恐怖主義非得通過戰爭嗎？從決策層面看，布希（美國政府）在九一一事件發生不久，就滿腔怒火地指責恐怖分子挑起的是「戰爭」。當然，九一一恐怖攻擊事件無論從手段之殘酷、規模之浩大及後果之慘重來看，都不亞於一場戰爭。但在事件的背景、敵人都還未明朗的情況下，就宣稱為「戰爭」，這就似乎令美國在接下來的決策上，不得不沿著「戰爭」的思維前行了。

暫且不論九一一事件的「深層原因」，僅就事件本身看，遭受如此慘絕人寰的打擊，美國政府的憤怒是可以理解的，美國人民的憤怒更是可以理解的；因此，美國政府宣佈反恐怖主義戰爭，美國大多數人民支持反恐怖主義戰爭，也都是可以理解的。然而，在情緒激動之際，是否更要避免讓情緒左右理智而作出失當的決策及反應呢？

我總覺得，在軍事乃至政治上，美國似乎過於輕易地放棄了一個難得的「天賜良機」——哀兵必勝！《老子》說：「抗兵相加，哀者勝矣。」意即兩軍對壘，充滿悲憤心情而且獲得廣泛同情的一方必勝。九一一事件發生後，全球震驚，而且全球共哀。此時，不僅全球社會主流的同情心都傾向美國，而且全球政治主流的同情心也都傾向美國，這些政治主流不僅包括了美國的西方盟友，還包括了俄羅斯、中國等「政治對手」，更包括了廣泛的伊斯蘭世界，甚至是古巴、伊拉克等宿敵，真可以說是二戰後所未曾出現過的「世界大聯合」局面。

這局面的出現，主要就是恐怖攻擊事件使美國被動地處於了「哀兵」的位置。此後，美國當按捺住滿腔怒火，儘量冷靜理智地繼續主動以「哀兵」的形象行事，穩紮穩打地收集證據、搜捕漏網嫌犯；同時理直氣壯亦名正言順地建立全球反恐怖主義聯盟，在政治、經濟、外交、社會、輿論、民心諸方面，全方位地孤立、壓迫並摧毀恐怖主義的生存空間（目前所採取的凍結奧薩馬及其團夥的資產就是高招）；在掌握了確鑿證據後，快、準、狠地採取軍事行動，在儘量小的打擊範圍內解決問題。若是如此，美國今後的國際形象也將得到較大改善，而其國際聲望亦當會更上一層樓。

但是，從現今情形看來，美國似乎正在將「哀兵」的有利位置拱手讓給奧薩馬和塔利班政權。美國以戰爭進行反恐怖主義，最大的受益者其實就是奧薩馬。「戰爭」的浩大聲勢，勢必極大地擴大了打擊的範圍，尤其涉及到宗教（回教），情勢更為兇險。阿富汗塔利班政權的殊死頑抗、世界各地回教極端主義的強烈反彈、回教激進分子日益高漲的的「聖戰」聲浪，都無疑給奧薩馬裹上了層層保護裝甲。九一一恐怖國際事件的首號嫌凶奧薩馬便會從容地「金蟬脫殼」——遁跡於「人民戰爭」的汪洋大海之中了。

中國、俄羅斯等大國對美國以戰爭反恐怖主義的作法都持保留態度，中國外交部長唐家璇就強調反恐怖主義應加強國際合作，並充份發揮聯合國的作用，聲稱對恐怖主義所採取的軍事行動，應符合「聯合國憲章」的宗旨和原則，要有確鑿證據和明確目標，不應傷及無辜平民。

同時，戰爭的陰影，也致使支持美國反恐怖主義的本國人民和世界各國政府及人民，產生了重重顧慮，甚至反對，自上月底以來，美國各地民眾尤其是上百所大學出現的反戰示威，以及歐洲多國出現的反戰示威已經顯示了這種傾向。還沒開戰就出現反戰的聲音，可以想像得到，待到戰爭爆發後，尤其當出現大量人命傷亡（己方、敵方以及平民百姓）之時，反戰的聲勢將愈演愈烈，屆時，美國「哀兵」的形象恐怕就將會蕩然無存了。

當然，美國政府並非渾然不覺。上月底美國國防部長拉姆斯菲爾德即宣佈，美國為打擊恐怖組織而展開的軍事行動代號改為「持久自由」（Operation Enduring Freedom），以取代原本的「無限正義」（Operation Infinite Justice）。拉姆斯菲爾德解釋說，這是要提醒美國人民，這是一場持久的行動，而且它不是為了報復，不是為了以牙還牙，而是為了自衛。此外，這一改動，還顯然是為了照顧回教世界的感受，因為，在回教世界看來，只有真主才能判斷什麼是絕對正義。

近日，美國的反恐戰爭氣氛似乎有所緩和，除了「等待最佳時機」的原因外，有兩個現象是值得注意的，一是在此期間，美國主動向北約盟友、以及中國、俄羅斯、巴基斯坦等國出示奧薩馬是美國恐怖攻擊事件主謀的確鑿證據。美國此舉顯然是順應世界各國的要求，無論如何，這是一個積極的值得肯定的作法，表明美國以往在國際事務上一意孤行的「習慣」已有所改變。而實際上，美國這個作法也取得較積極的反應，北約在美國出示確鑿的證據，證實奧薩馬的確是九一一恐怖攻擊紐約與華盛頓事件的主謀後，便正式援引公約的聯防條款，支持美國攻打阿富汗。這些情形表明，雖然美國仍然堅持以戰爭反恐的立場，但似乎已經有所顧忌、亦有所克制了。

另一現象，便是美國政府內部對「以什麼為打擊目標」、「何時發動打擊」的問題意見不一。以國防部長拉姆斯菲爾德為首的「鷹」派主張對付「一切支援恐怖主義組織的國家」，其中包括伊拉克等國；而國務卿鮑威爾等人的「鴿」派則認為應該集中打擊恐怖主義組織，甚至塔利班政權也是可以通過威逼利誘爭取過來的。可以說，「鷹」派所主張的，就是名副其實的反恐戰爭；而「鴿」派所主張的，當可說是有限度的「軍事打擊」。後者顯然是世界各方所期望的反恐手段。然而，日前鮑威爾在哥倫比亞電視新聞記者採訪時曾暗示，美國反恐怖分子的戰爭，最終也可能將伊拉克列為目標之一。由此看來，在反恐問題上，是「鷹」派主張占了上風，即堅持以戰爭反恐。若是如此，前景堪虞！

或許我是杞人憂天，或許我是癡人說夢。但有一點我是清醒地堅持的：戰爭並非反恐怖主義的最佳途徑。以戰爭反恐怖主義，得不償失，甚至適得其反。

我們的道德底線在哪裡？

美國九一一恐怖攻擊事件發生後，網路論壇幸災樂禍的喝彩叫好聲不絕於耳，有識者憤然指斥：我們社會的道德底線崩潰了！說「崩潰」或許是言重了，但從這類網民大多年紀輕、文化程度高的情形看，確實令人為之擔憂。雖然目前有關九一一事件的討論重點已經轉移到反恐戰爭，但我仍然認為有必要深入思考我們社會的道德底線在哪里，因為這畢竟是一個關乎我們安身立命的問題。

那麼，這裏所說的「道德底線」指的是什麼？我認為，應當是指我們歷來視為民族美德之一的「己所不欲勿施於人」的為人準則。這句話出自《論語・衛靈公》：「子貢問曰：『有一言而可以終身行之者乎？』子曰：『其恕乎！己所不欲，勿施於人。』」從這段話，我們可領悟到，所謂「己所不欲勿施於人」，其實只是孔老夫子給我們定下的處世為人的「最低的」道德準則。也就說我們所說的「道德底線」，一旦失去這條底線，便當無憑亦無顏立足於人世間了。

為什麼這樣解釋？首先，子貢問的是可以「遵循一輩子」（「終身行之」）的一句話，倘若孔老夫子定下的是一條高要求的準則，誰又能夠不閃不失地遵循一輩子？可謂難乎其難！其次，「己所不欲勿施於人」的意思，即是「自己不願意做或接受的事情，不要加到別人身上」。在這裏，沒讓你肩負全人類的苦難，沒讓你承擔解放全人類的重任，完全是從一般人的個人感受出發——將心比心，自己不願意做或接受的事情就不要加在別人身上。很平常呀！沒強求你做聖人做偉人，只是希望你以一顆平常心處世待人。這就是人之所以為人的道德底線！

我們偉大的孔老夫子就那麼隨意敷衍地定下這麼個「低要求」的為人道德準則呀？別驚詫，這正是孔老夫子的智慧——在平凡中體現偉大。長久以來，人們似乎有這麼個誤解，中國古代儒家倫理文化重視集體、社會、國家、民族，而忽略個人。其實，我認為，至少在孔老夫子那裏並不是這樣的，孔老夫子十分重視個體的人，他的倫理學體系完全是建構在個體的人之上的。上引《論語》那段話中的「其恕乎」就充分體現了這一點。「其恕乎」即「那就是恕道啊」，表明孔老夫子將「己所不欲勿施於人」歸結為「恕道」。

「恕道」亦即「忠恕之道」的兩大要素之一，是儒家重要的倫理思想。《論語•里仁》云：「曾子曰：『夫子之道，忠恕而已矣。』」後來朱熹注曰：「盡己之謂忠，推己之謂恕。而已矣者，竭盡而無餘之辭也。」在孔老夫子的學說體系中，「忠恕」是實行「仁」的方法，是貫串其全部倫理學說（「吾道一以貫之」）的重要思想。「忠」，即要求積極為人，所謂「己欲立而立人，己欲達而達人」（《論語•雍也》）；「恕」，即為人的消極方面，也就是上面所說的將心比心、推己及人。

換言之，忠恕之道中，「忠」體現著為人的積極方面，亦可稱是為人道德準則的高要求；而「恕」體現著為人的消極方面，便可稱為人道德準則的低要求，也就是我們前面所說的「道德底線」了。

其實不管積極或消極，孔老夫子都立足於個人來推衍其廣博的人文關懷。他這種思想及思維方式深刻地影響著中國古代倫理文化，其他我們所熟悉的閃爍著歷代聖賢思想智慧火花的人生信條，比如「老吾老以及人之老，幼吾幼以及人之幼」，「達則兼善天下，窮則獨善其身」，「修身齊家治國平天下」……不都是踏踏實實地立足於個體的人嗎？

兜了一大圈理論，還是回到現實中來吧。那些為九一一恐怖攻擊事件幸災樂禍的人，如果你們將心比心地設想你自己就是置身於這事件中的罹難者、受害者，或是這些罹難者、受害者的親朋好友，你還能如此幸災樂禍麼？還能如此喝彩叫好麼？如果你真的還能，那就只能說你確實是連將心比心、推己及人這一最低的為人道德準則都拋棄了，也就是徹底摧毀了為人的「道德底線」（更別說由此推衍出來的以寬恕之心仁愛之心待人的要求）。這麼一來，你還能憑藉著什麼立足於這「人」的世界呢？

麥卡錫主義真的還魂嗎？

讀了薛涌〈「自由女神」形象黯然〉一文（載《聯合早報》二〇〇一年十月二日），頗受困擾。薛文一開始就不無憂慮地指責道：「九一一之後，全美民族主義情緒高漲，稍有頭腦的人想說點不同意見，就頻頻受到壓制。言論自由，受到了自麥卡錫主義以來最嚴重的威脅。」接著，薛文例舉了ABC新聞節目主持人馬赫爾、保守派人士迪蘇薩、左翼文人桑塔格，以及專欄作家古亭、馬克等人的遭遇，以說明當今美國社會出現言論自由受「壓制」的危機。

事實上，美國在九一一事件之後確實出現「壓制言論自由」的現象，其最典型者便是「美國之音」電臺臺長和國際廣播局局長，因堅持播放阿富汗塔利班政權領袖奧馬爾訪談而被撤職。但「美國之音」畢竟屬於美國政府機構，其臺長、局長被撤職雖有「橫蠻」之嫌，卻又不能不承認這只是美國政府的「內部事務」。因此，薛文所舉的例子，似乎更能體現社會性民間性的特點，從而證實言論自由受威脅的嚴重性。

然而，從這些例子本身以及薛文對這些例子的分析來看，情況並非那麼嚴重甚至是受到某種程度的誤導或曲解。薛文開始就提及「麥卡錫主義」，文內亦將白宮發言人比為「專制政權的新聞檢察官」，似乎意圖將當今美國言論自由受壓制的情形跟五十年代初麥卡錫主義時期作比較。大家知道，一九五一——一九五四年間，美國參議員麥卡錫（Joseph Raymond McCarthy）一度操縱了參議院常設調查小組委員會，大肆搜集黑名單，進行非法審訊，採取法西斯專制手段迫害左翼進步力量，故有「麥卡錫主義」之稱。

那麼，薛文所舉的例子體現出「麥卡錫主義」的陰影嗎？沒有！「從左翼的好萊塢自由陣營中出身」的馬赫爾只不過是遭受投資公司撤銷了對其節目的贊助，其節目遭一些地方臺抵制及在首都華盛頓不能播放，其本人「不得不」上電視解釋、道歉；「左翼文人」桑塔格也只是受到讀者來信表示「憤怒」以及《華盛頓郵報》和《紐約郵報》的「圍攻」；專欄作家古亭和馬克則被解雇，算是較為倒楣。但誰都沒有被「非法審訊」，沒有坐牢更沒有被暗殺。從根本上說，他們也都沒有完全失去言論的自由。

至於白宮發言人弗萊舍被比為「頗像是個專制政權的新聞檢查官」，只因他在談及馬赫爾事件時「氣勢洶洶地警告說：『人們說話做事要小心點兒！』」而且這「說話小心」的警告最終還由白宮自己撤銷了。如果這種「說話小心」的警告就被視為「聽起來頗像是個專制政權的新聞檢查官」，我還真不知道那些真正的「專制政權的新聞檢察官」該如何定位了！概言之，當今美國社會確實還沒有出現「麥卡錫主義」的陰影。

那麼，又如何理解薛文所申訴的言論自由受「壓制」的情形呢？我認為，這就得看這些言論所表達的內容以及其所處的環境（包括時間與空間）。

從薛文的介紹來看，這些言論的重點似乎是關於九一一恐怖攻擊事件的恐怖分子是否「懦夫」。要之，其論點是：恐怖分子犧牲自己的生命，玉石俱焚，因而不是懦夫。那麼，恐怖分子不是「懦夫」，又該是什麼？大概只能有兩種可能性：瘋子或勇士。馬赫爾、桑塔格們認為恐怖分子是瘋子嗎？不見得，因為從他們言論的字裏行間，還似乎可見對恐怖分子某種程度的敬佩稱許之意。從迪蘇薩的「他們全都把自己在鋼筋水泥上撞得粉身碎骨，他們是戰士」，以及桑塔格的「如果僅僅談勇氣的話，他們絕對不是懦夫」等語看，大約是視恐怖分子為「勇士」的了。倘若如此，那些數以千計的九一一事件死傷者又算是什麼？是恐怖分子踏上「勇士」之途的墊腳石？

馬赫爾們除了否定恐怖分子是懦夫之外，還反過來將「懦夫」的稱號「授予」美國政府及總統布希。說布希是「懦夫」，主要是指他在事件發生後「倉皇出逃」，且不論這種說法有多少道理以及白宮已經對此說法進行辯駁，若只在總統個人表現上糾纏不清實在沒什麼意思。值得重視的是，馬赫爾們之所以認為美國政府是「懦夫」，是認為美國政府「躲在三千公里外向人家發射導彈」，「在高高的天空上從人家完全打不到你的距離去殺人」。而恐怖分子攻擊美國「是美國具體的國際行為和國際結盟方式的後果，是對這一自封的超級大國的攻擊」。

站在「抽離」的立場看，這些說法不無道理。美國政府在國際事務方面所奉行的單邊主義、霸權主義確實是造成不少災難（尤其是九一一事件）的內因。然而，問題能夠這樣「抽離」來看嗎？政府行為和人民生命可以混為一談嗎？恐怖分子不是要攻擊美國霸權主義嗎？為何將攻擊的主要對象鎖定民用的國際化的世貿中心？那裏是霸權主義的堡壘？中心內的包括數十個國家的平民百姓是霸權主義者？美國政府犯的錯誤乃至罪行為何要以平民百姓的生命作賠償？

劫持民航飛機以及機上「手無寸鐵」的平民，用以攻擊民用設施，冷酷無情地斷送數以千計「無力還擊」的平民的生命，這算什麼「勇士」？有本事在戰場上跟敵人拼個白刀子進紅刀子出！就由於在軍事配備上跟敵人不成比例，便可以拿敵國的平民當報復的對象？柿子揀軟的捏，這不是徹頭徹尾的懦夫行為又是什麼？我真不知道恐怖分子的「格」到底高在哪里?!

薛文最令我困惑的是，全文始終無一語涉及美國恐怖攻擊事件罹難者數以千計這一簡單的事實。只能理解為薛君心腸太軟，不忍心見那麼血淋淋的事實（絕不可能是忽視）。然而，這血淋淋的事實恰恰就是問題的根本所在！薛文曾精闢地指出：「這場『懦夫』之爭並不僅僅是咬文嚼字的遊戲，而涉及了現代化戰爭的一個深刻的道義問題。」可惜的是，薛文卻將討論的焦點引向了武器裝備的不平衡發展方面。而我認為，是否「懦夫」，應看其對待生命的態度——這才是名副其實的「深刻的道義問題」。生命，是人世間最為可貴的東西，是人類至高無上的尊嚴。不管以什麼名義漠視生命褻瀆生命（尤其是弱小者無辜者的生命），都是徹頭徹尾的懦夫！在這觀點上說，自殺，也並非勇者所為。

因此，我認為馬赫爾們之所以在美國受到「壓制」、「圍攻」（並非完全失去言論自由），當然不是由於「懦夫」概念的「咬文嚼字」之爭，而應該是由於他們在錯誤的時間（九一一事件時期）、錯誤的空間（慘遭恐怖攻擊的美國），漠視數以千計平民生命去奢談美國政府的責任甚至為兇手塗脂抹粉。或許不必說什麼大道理，就從一個十分實際的立場上說，如果我是馬赫爾節目的贊助人，我也會毫不猶豫地撤掉贊助，不因為「懦夫」一語的「咬文嚼字」遊戲，就因為馬赫爾對生命的冷漠！馬赫爾你大可「自由地」為恐怖分子塗脂抹粉，但別指望我出資贊助你用話語恐怖主義來對我的感情與心靈進行更為殘忍的二度恐怖攻擊！

言論自由是絕對的嗎？
——我與薛文的分歧所在

拜讀了薛涌君回應拙文的大作〈再論言論自由〉（見《聯合早報》二〇〇一年十月五日「天下事」版），覺得我們雙方有不少共同點，也有一些誤解，同時，我們之間的分歧卻也是十分明顯而且深刻的。

政府行為與人民生命不應混為一談

先談談拙文「用話語恐怖主義來對我的感情與心靈進行更為殘忍的二度恐怖攻擊」一語，薛君居然可以由此推理為「殺了那麼多人，還趕不上講幾句有爭議的話來得殘忍」！按中華文化傳統，心靈重於肉體，感情、心靈受傷害大於肉體受傷害，故曰「更為殘忍」，《莊子》所謂「夫哀莫大於心死，而人死亦次之」便是在這個意義上的比喻，這種粗淺的解釋，對深諳中華文化的薛君來說，實在是畫蛇添足的了。至於說馬赫爾「講了幾句不中聽的話……似乎該判死刑」，那當是薛君的想像力問題，似乎跟我的「意思」無關。另外，人們反感馬赫爾們稱許恐怖分子，就因為恐怖分子屠殺了數以千計的生命，這就是馬赫爾們言論自由受壓制的背景與原因。「數以千計的罹難者」跟「馬赫爾們言論自由受壓制」之間的邏輯關係如此清晰明瞭，真搞不懂薛君怎麼就會由此聯想到「文革時寫文章」的悠悠往事?!

薛君對於美國在國際上行使霸權主義乃至濫殺無辜的一番評論，不無道理，而在拙文中，我也曾指出：「美國政府在國際事務方面所奉行的單邊主義、霸權主義確實是造成不少災難（尤其是九一一事件）的內因。」但也正如拙文所說的，政府行為不應跟人民生命混為一談，美國政府犯的錯誤乃至罪行不應以平民百姓的生命作賠償。這是很簡單的道理，實在不必贅言。

關於「言論自由受到威脅」這一問題，我跟薛文也有一致之處，拙文便認為「美國在九一一事件之後確實出現『壓制言論自由』的現象」。我也並沒有認為薛君就認定當今美國處於麥卡錫主義時代，我只不過是認為薛君將麥卡錫主義跟現時情形作比較，似乎是認為現時情形體現了麥卡錫主義的「陰影」。在這方面，我確實有不同的理解。概言之，我認為如今美國是有壓制言論的現象，但並沒有體現出麥卡錫主義陰影。最甚者是被解職，但不意味著從此工作無著落，更不意味著從此被「封口」。因此我說「從根本上說，他們也都沒有完全失去言論的自由」。至於什麼是「完全失去言論的自由」，對於頗為熟悉中國文革的薛君來說，應是不言而喻的。至於薛君認為如今美國言論自由受到麥卡錫之後最大的威脅。這或許需要更多統計數字支持展開討論，這不是目前我們所關注的，但我對薛君這個說法是持保留態度的。

#「言論自由」並非是絕對的

我跟薛文的主要分歧點，恰恰就在如何理解「言論自由」上。其實，我上一篇拙文的關注點不在於泛泛地談言論自由，而在於就事論事地討論「馬赫爾們為什麼受壓制」。我的主要論點是：恐怖分子不值得肯定，馬赫爾們是在錯誤的時間（九一一事件時期）、錯誤的地點（慘遭恐怖攻擊的美國），以不適當的方式發表了不適當的言論。遺憾的是，薛君回應拙文的大作卻對我這些論點避而不談，而似乎是將「言論自由」作為討論重心。既然如此，也就讓我們在「言論自由」方面展開進一步的探討吧。

言論自由，無疑是西方民主社會的重要支柱之一。正如薛文所言「美國是世界上言論最自由的國家」，因此「言論自由」在美國社會的地位甚為崇高。美國憲法第一修正案甚至闡明，不可立法限制言論自由。這樣一種精神，顯然給予美國民主社會極大的思想自由保障，但也不容否認有其負面影響，尤其是在當今資訊時代。如在聯合國召開的一次有關種族歧視的大會上，與會者認為，宣揚種族仇恨的資訊在網路上甚是猖獗，但要控制網路內容行為，卻遇上來自美國確保言論自由的憲法第一修正案的挑戰。正因如此，世界上主要的種族主義和散播種族仇恨言論的網站大都設立在美國。為了緩解這個矛盾，美國各大網站都自設規則，對其網站網民的言論自由設下種種「清規戒律」，如「美國線上」和《紐約時報》等網站就規定，不准張貼、轉貼和傳播任何具有誣衊、誹謗、詆毀、污穢、黃色、辱罵性質的資訊；不得騷擾、威脅他人和令他人尷尬；不得使用冒犯民族和種族的語言。從理論上說，這些規則的設立，似乎與美國憲法第一修正案的精神相違悖，但至今未見有人控告其「違憲」，而且這些網規還受到大多數網民的支持與遵循。

事實上，馬赫爾等人受壓制的事情發生後，紐約研究美國憲法第一修正案的專家佛洛德・亞伯拉罕便稱：「當我們受到威脅或是處於險境的時候，憲法第一修正案或第一修正案認定的價值有時就得讓位於其他利益了。」有朋友說，這說法體現了美國「國家利益至上」的原則。這朋友的見解不無道理，尤其是體現在「美國之音」事件上。由於美國政府插手，使該事件染上了濃重的「國家利益至上」的色彩。

儘管如此，我還是認為，美國立憲的根本立足點依然是對個人權利的尊重。美國憲法學家路易士・亨金在《憲政、民主與外交事務》一書中，評論美國外交事務時指出：「憲政意味著對個人權利的尊重，對外交事務——與其他國內事務一樣——也應該毫不例外地對個人權利給予尊重。」這種尊重個人權利的原則，也應該是美國第一修正案的立足點。可以說，儘管憲法第一修正案還未修改，但在美國現實社會生活中，「言論自由」也並不意味著是絕對的、毫無限制的「鐵律」。而事實上，在美國以及世界各地因「言論」而引發的誹謗官司我們也早已司空見慣了。

從九一一事件的反應看「言論自由」

就馬赫爾們的言論受限制的事件而言，馬赫爾等人的言論自由無疑是被通過「強制性」的方式受到壓制的，如撤資、解職、圍攻、停播節目等。但問題在於，他們的言論自由是否就應該是絕對的、毫無限制的？換言之，倘若他們言論的「自由」妨礙了別人的自由、傷害到別人感情或尊嚴該怎麼辦？

德國作曲家斯托克豪森對世貿中心雙子塔倒塌，無心說了句不適當的話，儘管他自知失言，馬上道歉，但美國方面還是不依，仍然將原定十一月七日邀請他到美國舉行的音樂會取消了。事後，也似乎沒見斯托克豪森抗議其言論自由受侵犯。九一一事件發生後，中國網壇一片幸災樂禍的叫好聲，為此，中央宣傳部門迅速發出緊急通知，下令包括網路論壇在內的所有媒體不准發表幸災樂禍或侮辱美國的內容。中國政府此舉顯然跟以往因意識形態對立，而採取的限制言論自由的作法大不一樣，因而事後也未曾被外界抨擊為扼殺言論自由。從另一角度看，恐怖分子劫持飛機撞擊世貿中心的畫面，在九一一恐怖攻擊事件後的一段日子裏，曾是美國各大電視臺新聞節目必播的鏡頭。但從第二週起，這些鏡頭全都消失了。這是因為美國三大廣播公司ABC、NBC以及CBS警告其工作人員在使用上述畫面時，須採取謹慎態度，以減輕人們的心理負擔。同樣，事後也沒有觀眾抗議電視臺封殺新聞自由。

這些事實在在說明了，儘管言論自由的準則不容否定，但言論自由並非絕對的、毫無限制的。圍繞著九一一事件，「言論自由」所不宜逾越的，當是尊重個人權利、尊重生命這一道義底線。馬赫爾們受到讀者圍攻固然表明其言論傷害到人們的感情，其節目受抵制（地方臺停播）以及贊助被撤銷，從在商言商的立場看，當是其節目（言論）會影響收視率，而實質上，也正體現了其節目（言論）違背了廣大的民情、民意。

所謂真理跨越一步即陷於謬誤，倘若「言論自由」——尤其是對社會影響深廣的媒體「言論自由」不受任何限制的話，便有陷於「言論霸權」的危險，即正如薛君在〈為什麼要反省〉（見《聯合早報》二〇〇一年十月八日「天下事」版）中所譴責的「（美國）媒體的文化霸權」。由此可說，馬赫爾等人的言論受限制，與其說是來自某方面勢力的強制打壓，不如說是媒體基於社會道義的自律。

立場對立的言論亦受「壓制」

事實上，這種言論自由受「壓制」的情形，並非是只體現在傾向恐怖主義立場的言論。美國一位製片人曾在電視上宣稱：「我們美國人總要理解別人。可是你看看那些正在歡慶的巴勒斯坦人！對此我們並不需要去理解，我們需要與之戰鬥！」這番言論顯然是從與馬赫爾等人不同的立場，表達出同樣的對個人權利尊嚴及生命尊嚴的冷漠與褻瀆，因此也同樣受到人們的譴責。九月底，義大利總理貝盧斯科尼在與德國總理施羅德和俄羅斯總理普京會談後舉行的記者會上說：「我們必須意識到西方文化的優越性。我們的文化體系確保人民生活富裕，尊重人權，尊重宗教和政治權利，這與回教文化不同。」這位總理是在行使自己的言論自由，以表達維護自己（西方社會）的尊嚴及優越感，但無疑又是在赤裸裸地傷害到他人（回教社會）的尊嚴與自尊心。因此其言論被冠以「粗魯」、「愚蠢」和「種族歧視」等形容詞，不僅受到回教世界的一致抨擊，還受到西方社會領袖與人民的指責。

從另一方面看，反主流的言論也並非就會受到「壓制」，如美國左翼學者喬姆斯基在九一一慘案發生當天，就發表了措辭激烈的反戰言論，而日後美國各地的大學生及民眾舉行反戰示威，都沒有受到「壓制」，其原因就在於這些言論與示威不僅沒有侵犯到尊重個人權利與尊重生命的道義底線，反而是從不同的方面堅持了同一的道義立場。

薛君在文中，曾以孔子「己所不欲勿施於人」批評美國強權的國際行為，這點我十分贊同。或許，我們還可以用孔子這句話來衡量一下馬赫爾們：倘若馬赫爾們就是世貿中心慘案的受害者或受害者的親朋好友，他們還能如此寬宏大量地肯定、稱許恐怖分子嗎？話說回來，馬赫爾及斯托克豪森最終還是道歉了，不管他們是否「言不由衷」，至少在表面上他們是認可了言論自由有其不可逾越的底線。如果說，馬赫爾們講「真心話」的勇氣可嘉，那麼，他們事後勇於道歉的態度也同樣是可嘉的。

不應是非不辨地鼓吹民族主義與國家利益至上

拜讀了薛涌先生的〈九一一之後中國自由主義的前途〉一文（刊於新加坡《聯合早報》二〇〇一年十二月二十三日），感受良多，如鯁在喉，不吐不快。首先有必要說明一下，薛文對中國「自由主義」的理解似有含混之處，然並非本文關注重點，故本文暫且沿用薛文中的「自由主義」、「自由派」等概念。

九一一事件中，中國的自由派人士（或說是反恐怖主義者）在網路上確實是受到「廣大」網民的圍攻，薛先生由此認為中國自由派知識份子是九一一之後的一大輸家。到底誰是輸家暫且不深論（要說輸的只能是中國人的人性、道義與良心），首要問題應該是如何理解這些網民的所作所為，由此判斷中國自由主義者在這個事件中所堅守的立場與價值觀。雖然薛先生遮遮掩掩地申辯對這些網民的幸災樂禍「很難為此自豪」，但卻又以頗為曖昧的態度肯定了這些網民的言行——始終未肯指出、抨擊這些網民言行的非理性與非正義性，反而認為說「活該」也不算離譜，甚至欣賞這些網民「見多識廣，談起國際政治頭頭是道」。事實上，這些幸災樂禍的網民言論，大多就是非理性的謾罵叫囂，一旦發現有持同情美國人民、譴責恐怖主義的言論，立即蜂擁而上辱罵不休；相反，反恐怖主義的言論（其實也並非全為自由派人士所為）大多堅守理性的態度與立場。在這種情形下，正常的對話根本不可能實現，因為對話的首要基礎就是理性，這是一個連小學生都會懂的基本常識。薛先生在其文中所謂「應該去積極對話」之說，如果不是缺乏基本常識，就只能說是惺惺作態了。還需要指出的是，薛先生在這個問題上有意無意地採取偷換概念的手法，將這些非理性的網民跟全體網民甚至全體中國人等同起來，於是，中國自由派人士就成為了「中國的老百姓」、「中國民眾」、「中國人」的對立面。薛先生可真是用心良苦了。

筆者實在納悶薛先生為何會在文中提出如此命題：「在專制社會，國家強迫國民效忠；在民主社會，則要靠民族主義驅動國民自動地對國家效忠。」在專制社會裏，國家是如何強迫國民效忠的？光靠軍隊警察？難道薛先生不懂得愚民文化就是專制社會的支柱之一？在民主社會裏，國民對國家效忠只是由於民族主義所「驅動」？超逾民族主義的價值觀如民主自由人道正義等就不起作用？事實上，專制國家往往就是依靠「民族主義」驅動國民自動地（及被動地——否則就是「叛國」「賣國」）對國家效忠，二戰時的日本軍國主義不就是這樣崛起的嗎？而在民主社會裏，若僅靠民族主義驅動國家自動地對國家效忠，也往往會受野心家利用而誤入歧途，二戰時的德國納粹主義不就是這樣崛起的嗎？固然，我們不能否認民族利益，但若過分強調民族主義絕對是有害的。況且在多民族國家中，「民族主義」又該如何釐定、宣揚乃至實施？其結果往往免不了走向混亂甚至戰爭，這樣的例子數不勝數，飽受戰爭蹂躪的南斯拉夫就是顯例。

詭異的是，薛文居然將民族主義的強度和民主化的程度說成是「正比」的關係。如此說來，越民主化，民族主義越強化；高度民主化務必導致高度民族主義。相反，民主化程度越低，民族主義就越弱化；高度專制化便意味著民族主義極度弱化。且不論薛先生能拿出什麼實例來支援這個說法，光是從理論上就讓人覺得荒謬離譜不可思議。在當今世界，民族主義最具「強度」的當屬中東、南亞、巴爾幹半島，但有誰會將這些地區看作民主化最為高度發展的地區呢？

另一詭異的是，薛先生訓導自由派們「不懂得民主自由主要是國內政治中的價值，並不是國際關係的準則」。這回筆者可真不懂了，自由民主有國界之分？雖然因國情不同，自由民主的實施及其表現亦有所不同，但就沒有其超國界的普遍意義？就一定得無條件服從「國家利益」？以薛先生的觀點，民主自由只能在國內政治中實施，一旦面臨國際間的衝突，就必須摒除民主自由而絕對服從本國的「國家利益」。這種「國家利益」至上說跟前面所謂的民族主義至上說其實就是一路貨色。在這麼一種國家利益至上的準則之下，自由民主就難免會淪為奴婢甚至打手的角色了。事實上，美國在國際間所奉行的單邊主義、霸權主義，不也正是在國際事務上罔顧民主自由原則——唯我至尊、獨斷專行、只以本國國家利益為上的產物嗎？而中國政府歷來所主張及遵循的互相尊重主權和領土完整、互不侵犯、互不干涉內政、平等互利、和平共處五項原則，不也正是符合現代國際關係中的民主自由精神、超越社會制度與意識形態的外交基本準則？其實，國際關係民主化已成為當今國際交往的強烈呼聲。如拉丁美洲十八國「里約集團」的《埃斯特角宣言》，便強調該組織的目標是「和平、安全、發展、民主」，其宣言主要內容則包括了要求國際事務決策「民主化」，尊重各國主權，建立國際關係新秩序。《聯合國憲章》更是集中體現了世界各國人民對平等、公正、自由的理想和追求。中國外長唐家璇在第五十五屆聯合國大會上的講話，便宣稱堅持《聯合國憲章》的宗旨和原則，促進國際關係的民主化，維護世界和平與穩定，推動各國發展與繁榮，是聯合國在新世紀中擔負的首要使命。

倘若僅惟國家利益至上民族主義至上，而是非對錯、正義非正義不辨，勢必導致錯誤的判斷與認知。於是，看到九一一之後美國滿街的國旗、滿耳的「天佑美國」歌聲，薛先生就認定是「極端民族主義」了（還似乎可說是體現美國「國家利益」至上了）。難道就不可能理解為這是美國人民對無辜受到外來侵害而激發的正義呼聲與表現？中國當年九一八事件後不正有類似的情形嗎？如果說那也是「極端民族主義」的話，似乎又跟薛先生用美國這例子解說「在民主社會，則要靠民族主義驅動國民自動地對國家效忠」有矛盾了，因為九一八後的中國畢竟遠不是「民主社會」。話說回來，如果美國人民反恐怖主義情緒的表現是「激進民族主義」「國家利益至上」的話，那稍後發生的美國民眾反戰遊行又算是什麼？是「民族分裂」？是「叛國」「賣國」？其實，美國人民反恐及反戰，並非是矛盾對立的，相反都具有一個共同的立足點，那就是正義與人道的伸張。而這一點，恰恰就是中國自由派人士在九一一事件後所採取的立場（而並非薛先生所無端指責的追隨美國價值維護美國利益）。

薛先生還認為，中國駐南使館被炸和南海撞機事件的中美衝突是國家利益的衝突，與民主與專制沒什麼關係。而中國自由派人士都立場堅定站在美國一邊，於是就被中國老百姓認為自由民主是捍衛美國的利益，於是就因反美而變得反民主。薛先生的推理好離奇，既然說與民主和專制沒關係，憑什麼又認定自由民主是捍衛美國利益的工具？況且，將民主自由視為美國的專屬品也未免太觀念陳舊了吧？據筆者所知，在上述二事件中，中國自由派人士所主張的是冷靜、理性、公正的原則，反對社會上所彌漫的狂熱過激、非理性的言行（如叫罵、圍攻使館等）。如果說這就是「立場堅定站在美國一邊」，真不知道薛先生是要美化美國還是要妖魔化中國了。

總之，薛文的要旨不僅是極力貶抑中國自由主義（亦捎帶貶抑自由民主），還更是非不辨地鼓吹、宣揚民族主義至上、國家利益至上。無論薛先生出自什麼動機，他這些主張確實是很令人擔憂的，畢竟——筆者不得不再次翻出歷史陳年老賬——二戰時的納粹德國與日本軍國主義，正是在是非不辨的民族主義至上和國家利益至上的旗幟下，悍然發動對外侵略戰爭的。

永別九一一

今天，二〇〇九年九月十一日，再次見到「九一一」。

八年前的今天，星期二，早上，跟往常一樣，我邊吃早餐邊看電視新聞。

一架飛機撞上紐約世界貿易中心……

又一架飛機撞上世界貿易中心……

世界為之瞠目結舌。

世界為之瞠目結舌的還有中國大陸網路的一片叫好聲。

從此，世界進入一個恐怖主義與反恐怖主義角力的新紀元：紐約、阿富汗、伊拉克、車臣、巴厘島、倫敦、巴黎、孟買、拉薩、雅加達、烏魯木齊……

冷戰結束，意識形態已被解構得七零八落，何以還有如此深仇大恨？為崇高信仰／理想，復仇之劍直刺平民百姓？

據說太空人較容易成為世界和平主義者，因為他們從外太空看地球，就那麼一個孤零零飄蕩在浩渺虛空中的星球，人類如蟻，當相濡以沫，還有什麼理由要相互殘殺呢？還有什麼深仇大恨放不下呢？

希望有一天能如此說：
永別了，九一一。

輯五：海外隨想

我們幾位不知天高地厚的留學生跑到大使館，「積極請求」在新留學生集體出席春節宴會，使館人員把我們晾在招待室半天後，才告知「經研究後婉拒」我們的請求。……被使館「婉拒」後，我們就自行舉辦了春節晚會。我參加了男生小合唱《大約在冬季》，「前方的路雖然太淒迷，請在笑容裡為我祝福；雖然迎著風，雖然下著雨，我在風雨之中念著你……」，淒迷的歌聲一如我的心境。**（〈《舞遍全球》觀後隨想〉）**

《舞遍全球》觀後隨想

看了網友「微風輕拂」的影評〈國家和公民的誠信是對等的——談電影《舞遍全球》〉，再去看了電影《舞遍全球》，很有些感受。

這是一部自傳體的影片：主人翁李存信，一九六一年出生於被飢餓和貧窮所困的山東青島農村，十一歲時由於非常偶然的機會被選入北京舞蹈學院學習芭蕾舞。一九七九年，作為第一批公派藝術留學生，李存信到了美國。為了愛情和對藝術的追求，李存信做出了一個驚人的決定：留在美國。這一「叛逃」事件在當時引起了軒然大波，而且驚動了兩國高層。待事件平息之後，李存信經過刻苦努力，最終成為了世界頂尖的芭蕾舞演員。

網友「微風輕拂」從「國家和公民的誠信是對等的」高度去評論該電影，這一高度與當年白樺《苦戀》「你愛國家國家愛你嗎」異曲同工。從這一高度去評論，我很是認同，也覺得很有批判的力度與深度；然而，若從一般過來人的生活體驗來看，其實問題卻也很簡單——難得出來，有機會當然爭取留下啦！

三十年前，那是一個什麼年代？別說國內物質精神雙匱乏，光是「出國難，難於上青天」的狀況，就令不少留學生滯留不歸。全自費留學生固然能自由選擇「不歸」，就是公派（包括公派自費）留學生也力爭「不歸」。

當年一公派自費的朋友面臨「歸」與「不歸」的抉擇時，徵求我們幾位好友的意見，我們不約而同主張他選擇後者。如今該朋友已成為一大公司區域經理，業務範圍包括大陸在內，常跑大陸，成績斐然。後來，出國政策越來越開放，當年的很多禁區都得以衝破，不能不承認是一大進步。近年所謂「海歸派」日增，倘若沒有一個「來去自由」的政策，會有如此「盛景」？

無論在電影中還是當時的現實中，影片主角李存信的「叛逃」事件都是一個「高潮」。這一事件之所以演變為「高潮」，除了當時大陸的外交政策僵化所致，也跟休斯頓的中國領事館行事作風僵化有關，活生生把一簡單的「滯留不歸」演化成驚動中美兩國高層的外交政治事件。

類似這種僵化政策及僵化作風，我們當年可真沒少領教。我一好友申辦護照延期，受到使館人員諸多刁難，一氣之下，便放棄了中國國籍而入了新加坡國籍。對留學生個人如此，對群體亦然。

一九九一年的春節，是中國大陸與新加坡建交後的第一個春節，也是中國赴新加坡第一批留學生要在異國度過的第一個春節。看到報載中國大使館要舉辦隆重的春節宴會，招待新加坡各界人士。我們幾位不知天高地厚的留學生跑到大使館，「積極請求」在新留學生集體出席春節宴會，使館人員把我們晾在招待室半天後，才告知「經研究後婉拒」我們的請求。或許，那時距「北京風波」發生才一年多，衙府部門對留學生還心有餘悸。

事實上，當時赴新的留學生也確實大多在國內時都曾捲入「那場風波」。被使館「婉拒」後，我們就自行舉辦了春節晚會。我參加了男生小合唱《大約在冬季》，「前方的路雖然太淒迷，請在笑容裡為我祝福；雖然迎著風，雖然下著雨，我在風雨之中念著你……」，淒迷的歌聲一如我的心境。

晚會的壓軸節目是激情澎湃的大合唱，唱的是借用「黃土高坡」曲調由我重新填詞的歌。此歌詞玩了些花樣，如以諧音、倒置等方式鑲嵌了八位同學的姓名在其中，但也頗能反映出當時留學生們矛盾複雜的處境與心態。歌詞全文如下：

浪跡天涯新加坡，
汪洋中孤帆漂泊；
分不清那東南西北，
不知道春夏秋冬，
是苦是樂沒法說。

浪跡天涯新加坡，
長空裏孤雁飛過；
莫道閒情喪志，
只曉寧靜適我，
前程茫茫苦作樂。

五月風，六月火，
風風火火走過了我；

黃河沙，長江浪，
大浪淘沙淘出了我。

浪跡天涯新加坡，
不要問我為什麼；
任憑那滾滾紅塵，
還有那聲聲嗚鑼，
我唱我的歌我的歌。

流江泛海一孤舟，
杜鵑聲中人寂寞；
不管是福是禍，
還是收穫失落，
我唱我的歌我的歌。

從歌詞中，不難看出我們當時內心對六四的糾結，對處境的鬱悶，對前景的茫然。往小裡說，這是很個人的一己心態，往大裡說，卻也是很普遍的社會情緒。

當時如此，今日依然。

隨便到網路、論壇、博客、臉書、微信轉轉，大多為類似的表現。所謂「民情」、「民意」、「民心」，不就是這些東西嗎？

上位者會不清楚？尤其是當今的上位者，不就是我們的同齡人嗎？不都是有類似的經歷嗎？思維不至於那麼南轅北轍吧？

還是那個被用爛的說辭：屁股決定腦袋？

受屁股支配的腦袋還有存在的意義嗎？

新加坡不相信眼淚

「新加坡不相信眼淚」，這個句子過來人一看就知道是仿自前蘇聯影片《莫斯科不相信眼淚》的片名。該影片說的是一個鄉下女孩到莫斯科闖天下，從一個女工通過自己的奮鬥成為一個大工廠的廠長。該片曾獲得前蘇聯國家獎，並還獲得美國奧斯卡獎最佳外語片獎。

上世紀八十年代初，該片在大陸上映，引起極大轟動。那時，文革剛過（其實很多東西還在慣性進行中），我們剛進大學，該影片給我們的震撼更大：居然可以這樣子，通過個人奮鬥取得成功?!剛經歷過文革的我們感受更深：這個社會不會同情弱者，哭（眼淚）沒用，只有咬緊牙根，自己努力，自己奮鬥！

相信當時很多同學都跟我一樣有相似的感受，都深受這部影片的激勵：莫斯科不相信眼淚！中國不相信眼淚！於是，就這樣闖過來了，走到了今天。

今早，將這個影片的事情告訴兒子。意圖明確：新加坡不相信眼淚！在信奉、實施精英主義的新加坡，弱者絕對不會得到真正地同情（排除作秀）。因此，「新加坡不相信眼淚」的說法絕對成立。其實，在哪裡都一樣，哪裡會真正同情弱者？甚至可以說，哪裡會有真正的公平正義？

因此，也就可以說：臺灣不相信眼淚！世界不相信眼淚！與其將自己的命運交給社會／他人的同情／憐憫／開恩，不如緊抓在自己的手裏，靠自己的努力、自己的奮鬥。成功，幸甚；失敗，從頭再來。

唱了半輩子的「革命歌曲」，基本上都不再相信，唯《國際歌》中的一句深刻烙印在心：

要創造人類的幸福全靠我們自己！

穿上了紅舞鞋

好像為我前幾天的博文〈新加坡不相信眼淚〉的判斷下注腳，昨天（二〇〇九年九月七日）《聯合早報》專門報導新移民新聞的「新匯點」就出現了兩篇文章。

一是有關原在新加坡科技研究局屬下的分子與生物細胞研究院（IMCB）擔任細胞遺傳學首席研究員（Principal Investigator）十六年的蔡名傑（譯音）去年五月不被續約，結果轉行當計程車司機。這名原籍中國、目前是新加坡公民的五十五歲科研人員，擁有美國史丹佛大學博士學位。他在以「一個新加坡計程車司機日記」（A Singapore Taxi Driver's Diary）為題的部落格中說，接獲不被續約的消息後就開始找工作，向其他機構寄出無數封申請信，無奈一直沒結果，最終決定當計程車司機。

另一文章介紹來自上海的權全（三十五歲，工程師）八月份宣誓為新加坡公民，拿到公民權後，訂好機票準備全家一起回上海探親，卻在出發前，妻子與兩個女兒遭遇車禍入院，妻子為救女兒傷勢嚴重，先後接受八次大小手術，就在八月三十一日，妻子接受第八次手術當天，權全被公司裁退。

不獨外來人才如此遭遇，本地人也不遑他讓。我的老東家早在六年前，就以一紙不續約，讓兩位擁有博士學位的年輕女教師黯然離開。一位去了初級學院（相當於高中），另一位至今賦閑在家。今年，老友梁君又無奈從助理教授「轉任」訪問教師（Visiting fellow）。

上述人士皆為從成功人士淪為弱勢人士，可謂遭遇冰火兩重天。似乎更能詮釋「新加坡不相信眼淚」的要旨。對於上述人士的遭遇，東家老闆都有一個堂皇的理由：按照制度辦事。而該制度的行事準則便是競爭。競爭，說好聽了，是擇優汰劣；說不好聽，則是弱肉強食。

暫且不論這個競爭過程是否公平公義，就說這個「汰劣」吧，說得很輕鬆，然而被汰的不是物不是垃圾，而是人，活生生的人，有血有肉，要生存，甚至是支撐一家的支柱。如上述的梁君，便是家中唯一的經濟來源，妻子無業，兩個年幼兒子。制度的犧牲品？一句話，一個家庭就面臨滅頂之災。

眼下各地大學都熱衷於評鑒，不就是說要競爭嗎？我就不明白為什麼一定要競爭，一定要爭個高低？和諧共存不好？

沒有競爭，社會就不能發展，人類就沒有進步。

很高調，很動聽。

可我就不明白了：社會發展，人類進步，非得競爭？

競爭合理化的根本目的是繁榮富強。繁榮富強，這是檯面話。說白了，不外就是財富／物欲的無限制的追逐。從人類、國家、社會、群體、個人，都糾纏在無窮無盡的物欲追逐怪圈之中。

在我看來，所謂通過競爭促進發展進步，就相等於給家禽家畜打激素，加速生長過程，縮短生命週期，用廣東人的說法：趕著去投胎！

於是，近年來有人提倡「慢活」。

儘管如此，又有多少人能自外於「競爭」這個怪圈？

於是，都穿上了紅舞鞋[1]。

1 安徒生童話《紅舞鞋》講述了女孩與一雙具有魔力的紅舞鞋的故事，穿上紅舞鞋的人都將永遠地舞蹈下去，直至耗盡全部精力。

英文的迷思

或云：「迷思」，乃英文myth之音譯，而myth的主要語義即是虛擬、神話，因此「迷思」之譯文本身，也似乎可推衍出／隱含著「迷誤」、「迷惘」、「迷失」等引申義。

在當今以「國際化」、「與國際接軌」為流行語、關鍵詞的社會，英文（英語）無疑是「君臨天下」、「傲視群雄」的超級語種。即使我輩專業為中文，為中國古代文學，仍難免不糾纏於「剪不斷理還亂」的英文迷思。

事實上，在我的人生經歷中，早在四十年多前我就遭遇了英文迷思之苦。那是上世紀六十年代末，中國大陸文化大革命轟轟烈烈進行期間，我失學在家，百無聊賴，忽生發自學英文的奇想。於是，繞著彎子向剛上初中的大妹套出英文二十六個字母的寫法及讀音，便雄心勃勃展開了自學英文的計劃。

此計劃的開始也簡單：一日，上街買菜途中，撿到一牙膏盒子，上有「Shanghai」字樣，大喜，揣入懷中，至無人處，對照二十六字母逐一拼讀。經不懈努力，終於將「Shanghai」拼讀出來；卻總覺得這「單詞」的讀音似曾相識，待明白過來，「Shanghai」即「上海」的漢語拼音，頓時崩潰。從此視英文為寇讎。

文革後，參加高考，彼時英文分數不計入總分，隨意劃拉半小時即退出考場，得分個位數。進大學後，上英文課永遠是水深火熱苦大仇深，無論是平日作業還是考試的分數，多在六十至七十分間徘徊，到三年級過關試，意外得了個七十九分；遂乘勝追擊，從試卷中死摳出老師錯判一題，漏算一分，湊夠八十分，躍上了一個檔次。是為本人大學英文考試史上最高分。

準備研究生入學考試，自覺專業尚可，弱項為英文與政治，便全力死磕。考試成績出來，總分第二名，然兩門單科第一，居然就是政治與英文。英文六十多分，為二十多位考生唯一過六十分者，第二名為五十多分。當年本學科英文過線分數為四十分。

研究生入學後，首次英文摸底考試便被打回原形——不及格，日後一年的英文學習，也總在磕磕碰碰中過關，尤其是聽力口語，整一傻矇。最後過關試，筆試卻考了個出乎意外的高分，聽力口語，則是老師給了「友情分」過關。

「聾啞英文」就是這樣煉成的。

上世紀八十年代末，中國大陸尚未有版權意識，某日，在深圳圖書館查閱資料時，看到美國一比較文學研究期刊，有一關於將英文metaphor（隱喻）與中文「比」進行比較研究的英文論文，遂拿來進行翻譯（未經作者同意），權作英文練習。時值學潮，抓革命促生產，在靜坐遊行之餘，譯完全文。六月三日，交付本單位學報編輯部。譯文太長，發表時裁去一部分。當然注明原作者及詳細出處。譯文發表後不久，我便出國到新加坡留學了。

二十多年後，我已來臺灣任教大學，無意間發現上述譯文被大陸一名牌大學英文系教授（權稱「某君」）盜用為其「原創」論文。某君看過原文，因為我譯文刪節部分他補上了。不過，或許某君對我的譯文過於「厚愛」，居然幾乎全部搬用，連其中的誤譯也照搬不誤。某君可真是雙重盜用了——不僅盜用我的譯文（不說明出處），還盜用原文（亦不說明出處）。某君以此為其「原創」，發表在《外國語》——大陸翻譯界堪稱top級別的期刊。我與該刊編輯部取得聯絡，傳去所有證據，獲認同某君確實是盜用（抄襲）。編輯部表示會嚴肅處理。恰好我一好友與某君同校，電話告知，某君正在國外遊學。誰知次年，某君的名字從原校消失了。是東窗事發，還是「與國際接軌」了？怪誰呢？某君可真是「迷思」到家了。

話說回來，那年我初次出國，到了新加坡國立大學留學。大學的工作語言無疑是英文，托新加坡華人人口占百分之七十五以上的福氣，中文系的工作語言得以為中文。儘管如此，中文系以外便都是英文天下（日文系馬來文系的工作語言仍是英文），在中文系以外的任何部門辦事，全得英文英語。眼見一辦事員正在跟同僚用華語聊天，急沖上前，用華語搭腔，伊人轉身一串流利英語。你會說華語啊剛聽你說來著。對不起工作語言是英語。急你沒商量。

申請獎學金，面試。審查委員會組成：校長為主席，諸學院院長為委員。全程英語。出得來，問，說了什麼？答，不知道。真的不知道，雲山霧罩的。惟記得，最後問，畢業後打算？抓緊機會，大談為新加坡華文事業奮鬥終身云云。眾樂。結果：全額獎學金。

討論課最練英語了，可同學均為大陸同胞，急起來中文就出來，再急廣東話更出來了（好友均為老廣）。至於一對一英文口語教學，老師為非華人（洋人或印度人），竟可暢所欲言，實為胡天胡地瞎侃；回頭面對華人，卻仍然瞠目結舌。倒是趁此機會，寫了好些英文文章及學術論文，由洋人印度人老師修改——只能從文字語法上改，對內容幾乎無法置喙。成果是：一英文散文在大陸一大型文學網站英文版刊出，多得轉載；若干英文學術論文先後發表在美國，義大利及臺灣的學術刊物。可謂「國際曝光」（international exposure）。不過自己從不看

——隔靴畢竟難搔癢（寫如此讀亦然）。

博士論文答辯，答辯委員會由英文系專業的院長主持，得用英語對論文進行總體介紹；問題答辯階段，院長退席，終於可用華語——老祖宗們能聽得懂的語言——我研究的畢竟是古典詩學。

入職面試，審查委員會組成：院長為主席，各系主任為委員，全程英語。雖然通過，但整個過程肯定不少是我不清楚人家問什麼，人家也不清楚我說什麼。

回到現實，中文系依舊中文天下，誰跟你說英語啊，你也不會沒事到外系找人侃英語吧。於是，聾啞英文，依舊不屈不撓且相安無事。

來臺後，雖然偶爾興致來了會看看英文資料，但畢竟有了「從此老子不英文」的解脫感與放縱感。

令人詫異的是，中央大學文學院的洋人老師，大多均能以國語溝通，尤其是前任文學院院長，還有現任英文系系主任，更都是一口倍兒溜的國語，不打照面光聽其言，還真不敢相信是道地的老外。不覺感觸：中文，在此間儼然有揚眉吐氣的範兒。

近日，忽獲境外某大學邀請為評鑒委員，評鑒該校中文系。事到臨頭方得知評鑒須全程且全面用英文英語（聽說讀寫）。

很難想像吧，幾位精通中文的評鑒委員用英語討論中文系的事情？

一國兩制？與國際接軌？後現代心態？——三者必其一。

我等愚鈍，評鑒過程，雖然滿目英文，始終以國語應對。

歷史靜默者之新加坡篇

無意中，看到新加坡《聯合早報》二〇〇九年九月五日的一篇署名文章〈對歷史的一點感觸〉（下簡稱〈感觸〉），對新加坡報業控股公司委託《海峽時報》三位資深評論員撰寫的*Men in White: The Untold Story of Singapore's Ruling Political Party*（《白衣人——新加坡執政黨背後的故事》）即將出版發表看法。

文章作者在引用了蘇軾的〈念奴嬌・赤壁懷古〉之後，有感而發：「意境是多麼澎湃。試問我們自身能以這樣的胸襟去談論和接受一段歷史嗎？」據此，我以為作者會以「這樣的胸襟去談論和接受一段」跟以往通行的「勝利者的版本」不一樣的「當代新加坡政治史」了。

然而，接下來看到的卻是這樣的表述：「每當提起在行動黨執政前後逃到馬泰的前馬來西亞共產黨黨員及其他左派分子時，總會有人感到異常興奮，也相信能從他們口中聽到從沒被人提起的一段段神祕歷史。我近年也讀過不少關於前馬共分子的書，但是所謂『浪淘盡千古風流人物』，他們在漫漫歷史長河中所留下的，也許就只有一段政治鬥爭史，再也沒有其他有價值的東西了。」「無論是當年忠於什麼理想，選擇錯誤方向者終會走上不歸路，另一些則可能中途放棄，或者被逼逃亡，他們的角色也到此為止。後來再說些什麼，充其量也只是『歷史資料』，再也無法扭轉歷史的方向，更不要說是期待後人給他們『平反』了。」「歷史永遠是屬於創造者的。因為後人只會看到帶領社會進步者的腳印。以為投入一股洪流中就能成為歷史人物，又因見機不妙而退出者，無論後來又說了什麼版本的歷史，始終還是片面的說辭，再也無法從國家和社會發展的軌跡中點出自己的角色了。選擇放棄的，最終還是必須接受自己只能是歷史中的靜默者。」

儼然勝利者居高臨下的訓斥之詞，訓斥那些期待新書會替他們「說些什麼」的人，再說什麼，充其量也只是「歷史資料」，要他們認清「歷史永遠是屬於創造者（即勝利者）的」，他們只能接受自己的命運——「歷史中的靜默者」。文章到「歷史中的靜默者」戛然而止，可謂「豹尾」！可謂「畫龍點睛」！委實精闢——歷史靜默者！

面對如此跋扈的勝利者口氣，我不寒而慄。我真不敢相信，今時今日居然還有如此肆無忌憚的勝利者?!我真不甘心，新加坡的政治文化竟然會淪落到如斯地步?!

我隱忍著，等待著，靜觀事態如何發展。

感謝上帝！新加坡的政治文化沒讓我失望！接下來幾天，輿論的傾向完全跟〈感觸〉作者背道而馳。

二〇〇九年九月九日，新加坡前副總理、人民行動黨前主席陳慶炎在《白衣人》首發式上講話時表示，許多左派分子和共產黨員後來都發現他們是站在歷史的錯誤一邊，但是他們當年其實都是滿懷理想的青年男女，目的是要解除工人階級和窮苦民眾的困境。陳慶炎感謝這些左派人士向《白衣人》的作者提出他們的觀點，使書中對新加坡歷史的敘述變得更為完整與平衡。（遊潤恬／陳迎竹報導〈《白衣人》首發，讓人聽到失敗者的聲音〉，《聯合早報》二〇〇九年九月九日）

執政黨領袖說：「無論是敵是友，是盟友還是對手，也無論個人的信念和理想是什麼，你們都對新加坡的政治發展作出了貢獻。透過你們的聲音來講述這些故事，這本書已經記載了你們為協助奠定今日新加坡的基礎而經

歷的奮鬥和犧牲。」（《聯合早報》二〇〇九年九月九日，周殊欽報導〈《白衣人》首發會上昔日政敵聚首一笑泯恩仇〉）

民間人士說：「成者（也可以說是勝利者）如果沒有對手，他們能單獨締造歷史嗎？」「不僅是對林清祥等左派領導人要給予公正的評價，明確承認他們對新加坡的貢獻，對其他已故的政界、學界、華社名人，也應當給予公正客觀的評價。我們如果希望將來在歷史上留下好名聲，我們就必須尊重歷史。」（韓山元〈成者與敗者共同締造歷史〉，《聯合早報》二〇〇九年九月十二日）

年輕媒體人認為：「我想我們年輕人應多接觸關於建國初期政治鬥爭的歷史，未必只是為了去肯定或否定某一派人的政治理念或做法，而是去嘗試感染當年為國獻身的年輕人的那股衝勁與執著。」（游潤恬〈請記得我們〉，《聯合早報》二〇〇九年九月十二日）

顯然，在時代發展日新月異的今天，新加坡政治及社會的主流論述並不如前述〈感觸〉作者那般過分良好的勝利者感覺，而是秉持公允持平的立場與態度，對失敗一方給予應有的歷史定位與評價，並對以往勝負雙方共同經歷的歷史，發出各自的聲音。

也就是說，新加坡政治及社會的主流論述並不認同〈感觸〉作者意圖製造「歷史靜默者」的努力，他們清醒地認識到，歷史不應該有靜默者，否則，歷史才真的就成為如〈感觸〉作者所謂「片面的說辭」了。

新加坡華文教育之震盪

李光耀公開宣稱雙語政策失敗，對新加坡華社尤其是華教界不啻於一震撼彈。靜心看下來，才明白這是華文教育總撤退的信號。

於是，相關輿論出來了，認為華文教育方式需要重新檢討，指責華文教育方式呆板、不活潑、不靈活，死記硬背云云。相反，英文教育方式是被視為靈活生動的。

如果真是那麼簡單，教育部一道行政命令下去，全國華文教育一致採取英文教育的方式，問題不就解決啦？很難為昌偉兄力排眾議指出：「利用富有創意的教學方式提高學生對華文的興趣當然非常值得鼓勵，但我們的錯誤，就在於以為降低要求是提高學生學習熱忱的先決條件。從第二語文到華文B、到用英語教華文、到只需認字不必寫字，這樣一步步退讓，也許當下能討好學生，但等到學生日後需要運用華文的時候，他們是會恨我們耽誤了他們的。」

兩天後，教育部的策略出來了，對華文教育未來的方向，提出三個R：實事求是（realistic）、切題（relevant）、以及負責（responsible）。很學理化是吧？放心，有具體的指導：「要以更實際的方法教他們華文，例如用英文教華文。」後一句點睛了。在經歷「華文B」、「免華文成績進大學」等一再退卻之後，「用英文教華文」似乎是最後底線了。

於是，人們所擔心的華文教育水準「半桶水」，更無指望添滿，而是將迅速瀉漏至「桶底水」了。癥結何在？昌偉兄隱約其辭。其實大家心知肚明：華文在新加坡的經濟價值與社會地位使然。葉鵬飛在一篇不同主題的文章中倒說得透徹：「要在新加坡出人頭地，不懂華文無所謂，不懂英語才是致命傷。」致命傷？很熟悉的概念。前不久跟一位在新加坡工作過朋友討論到新加坡的長短處時，曾有此共識：新加坡的長處往往是短處。語言政策就是其一。箇中詳情，誠如粵語老話所云：唔使畫公仔畫出腸。

順便預測新加坡華文教育今後的走向：華文作為外語必修課→華文作為外語選修課。

新加坡華文教育前景堪虞

在幾個月前寫的一篇博文〈新加坡華文教育震盪〉末尾，我曾預測新加坡華文教育今後的走向：「華文作為外語必修課→華文作為外語選修課」。沒想到這個「今後」那麼快就來到了。

二〇一〇年四月二十一日，新加坡《聯合早報》刊載了教育部長黃永宏醫生的訪談，及其他相關報導。部長提出要進行母語教育改革，認為既然中學升初院（高中），初院升大學，「母語不是必須的」，因此，有必要重新思考母語作為小六會考科目的作法是否還合理。

部長宣稱「要打造一個更開放和具有包容性的教育體系」，「要培養全方位的學生」，「著重栽培學生兼備二十一世紀所需的軟技能」，「開闢多元發展的路線」「學生不論通往哪一條路，都能登上各自的巔峰」。部長的用心良苦或說良好願望，讀者如我是能深刻體會的。然則，卻也總讓我覺得：「更開放」，是以窒息華文為代價；「包容性」，是以排斥華文為前提；「全方位」，卻找不到華文的位置；至於「二十一世紀所需的軟技能」，顯然是進一步弱化了華文／中華文化——二十一世紀最受矚目的軟實力；「開闢多元發展的路線」，唯獨華文一元在萎縮；「不論通往哪一條路」，卻促使華文的路越走越窄……

那麼，部長的決策是否無事生非？

當然不然。部長指出，要「務實地評估學生能力」，教育政策的實施要「注重測試和回饋」。於是，通過

「測試和回饋」，部長瞭解到「要讓大部分的人擁有更高的華文水準，超過基本水準時，這已經超越了我們的雙語政策」，認為「這不是雙語政策，是『雙語政策增進版』（bilingual policy plus）」。我是有點糊塗了，這個「基本水準」是什麼？如果說中學升初院（高中），初院升大學，都無須母語成績，超過這樣的「基本水準」值得大驚小怪啊？還「plus」（增進版）？恐怕是「minus」（減縮版）吧？

作者提出華社「有挺多人擔心的……」，部長斷然否認：「不，不是很多人。你所說的只代表其中一群人的觀點，還有其他人的觀點並沒有寄到《聯合早報》。我們很小心，《早報》反映的一種觀點，但還有《海峽時報》反映的另一些人的觀點。」我是有點愕然了。眾所周知，《聯合早報》反映的是華語社群的觀點，《海峽時報》反映的是英語社群的觀點。部長先生顯然更重視後者，這顯然就是執政者的立場。然而，三十年前執政者幾乎一夕之間將新加坡的華文學校整編為英文學校時，有考慮華語社群的觀點嗎？

次日（四月二十二日），《聯合早報》報導英文教育背景家長，亦即英語社群代表的反應，大標題：「大環境使然，教育部調整反映現實」。內文更明確闡述這些家長的觀點：「華文作為母語的學習與運用，在本地早已缺乏大環境，即使母語成績的比重不調整，大環境也使學生及家長質疑學習華文的必要，教育部的探討反映的只是現實。」

看了這些家長的表態，我豁然開朗。原來反對部長決策的聲音，是基於感情；而支持部長決策的聲音，則是基於理智。前者聚焦於生命的擁抱，後者放眼於物種的延展。也就是說，部長的決策儘管不太合情，卻很合理。

部長的決策，確實是大環境使然。問題在於，部長未能像家長們那樣，老老實實說心裡話，而是言不由衷地講了前述那麼多漂亮的違心話，這就反而誤導了社會／華語社群，接連下來幾天，早報都有文章怨聲載道。其中一條怨言似乎又跟前述「大環境」有所抵牾：一方面看好中國的發展，要孩子們學好華文，可現在小六會考華文的比重降低，傳出的訊號很矛盾。

其實，循著這個思路剖析，矛盾也迎刃而解了：前些年，政府大力鼓吹華文／華語，就因為看好中國的發展。確切地說，新加坡是在中國發展初期，尚未進入世界市場之際，能夠發揮銜接／引路／跳板的作用。如今，中國迅速崛起，頗為成功與世界接軌，近來兩岸關係又日漸和緩，新加坡銜接／引路／跳板的作用無疑逐漸失效。華文的作用顯然也已不再重要，華文教育全線撤防也是順其自然的了。

這一次母語教育改革，當是新加坡華文教育最具本質意義的蛻變。經此一役，前引「華文作為外語選修課」的預言將成為現實，作為母語意義的華文教育當不復存在。在這個意義上可以說，新加坡華文教育的前景，實在堪虞。

新加坡客家社團前瞻性發展的現象與誤區

（一）引言

我的學術專業領域是中國古典詩學，所以，雖然我是客家人，新加坡是海外客家人聚居的地區之一，我在新加坡學習工作了十幾年，卻從未進行過客家研究，沒想到了臺灣，一次因緣際會，我卻回頭做起了新加坡客家社群文化研究。

在現實中，所謂社群，往往是通過社團的形式體現。因此，我的客家社群文化研究，便著眼於客家社團的研究上。事實上，我的研究只選取了兩個樣板，一是擁有二十八個客屬社團的新加坡南洋客屬總會，另一個則是新加坡茶陽（大埔）會館。選取前者，因為能從最大的「面」上觀照新加坡客家社群的文化生態，以及新加坡客家社群與新加坡社會／國家更廣泛的息息相關的關係；選取後者，除了新加坡茶陽（大埔）會館是新加坡最早創建的客家社團之一，更因為它的文化建設發展頗有成就與特色，希望從這個「點」來深入探討新加坡客家社群文化發展的歷史、現狀及方向。

新加坡的客家社團歷史，從最早的應和會館於一八二三年創建起，至今已超過一百九十年。我們不可能對這一百九十年平分筆墨去鋪敘，必然要選取／傾向某個時間段作重點討論。於是，在新加坡南洋客屬總會的研究上，我將時間點定位在上世紀三十年代後期以及八十年代，著意探討在新加坡歷史發展過程中不同的關鍵時期，南洋客屬總會所扮演的角色及所起到的作用。

八十年代更是我關注的重點。對新加坡而言，八十年代是一個危機與轉機並存的時代，是新加坡經濟轉型的時期，也是社群文化—族群文化—社會文化—國家文化從傳統向現代化多元化轉型的時期。

上世紀八十年代，新加坡受到世界經濟不景氣的影響，工商業衰退，根據當時新加坡政府的公佈，新加坡的經濟增長率會大幅度下降，如一九八二年經濟增長率的估計，從百分之八到十調低為百分之五到七；一九八五—八六年的經濟更出現負數增長率，這是自從一九六五年獨立二十年來最困難的年頭。失業率持續增加，如一九八六年的失業率從年初的百分之六點一，六月間增加到百分之六點三。創建國以來的最高紀錄。[1]

從八十年代初開始，新加坡政府加速發展資本密集、高增值的新興工業，大力投資基礎設施建設，如地下鐵路、機場、港口，使新加坡港口成為僅次於鹿特丹的世界第二繁忙海港，並擁有世界第三大煉油中心；以最優越

1 參見卓濟民〈世界經濟不景氣的陰影〉，《客總會訊》第四期，一九八二年十二月，頁24；文君〈經濟衰退聲中，中小型企業面對的困境〉，《客總會訊》第十期，一九八五年十二月，頁22；〈南洋客屬總會隆重熱烈慶祝國慶二十周年創會五十六周年〉，《客總會訊》第十期，一九八五年十二月，頁2；三齊〈共同努力克服經濟不景氣的困境〉，《客總會訊》第十一期，一九八六年六月，頁12。

的商業環境吸引外來投資。以製造業和服務業作為經濟增長的雙引擎，不斷提高產業結構，從而成功地擺脫世界性經濟衰退的困擾，在八十年代後期到九十年代初期，再借助資訊產業，將國家引向了高速發展的道路。

八十年代，也是新加坡華社危機與轉機並存的年代：一九八〇年南洋大學關閉；從一九八七年起，新加坡的四大語文源流學校統一，即所有學校以英文為第一語文，其他語文（包括華文）為第二語文；華文在新加坡主流教育體系的地位迅速沒落。[2]作為戰略性的補償措施，新加坡政府自一九七九年起開展推廣華語運動。八十年代初（一九八二年），新加坡政府開始大力推行儒家思想教育。

在這個風雲變幻的時代，新加坡南洋客屬總會配合國情發展與政府政策的需要，作出相應的對策與行動，使新加坡的客家社群與整個社會及國家發展緊密配合同步前進，在整個社會轉型的背景下展開對傳統文化承傳與發展。南洋客屬總會文化活動的宗旨、策略及其實施，顯然也體現了這樣一個發展轉型的時代要求。在新加坡茶陽（大埔）會館研究上，則是在追溯「沿革發展」的基礎上，側重於「現狀」的討論。

新加坡華社—客家社群在八十年代所採取的措施及其發展，影響深遠；尤其是其前瞻性發展的現象及影響，一直延續至今。

由於時間關係，在這裡我就重點討論新加坡客家社團前瞻性發展中兩個極具代表性的現象：跨世代與跨社群。

---

2 〈新加坡建國二十五年的成就〉，《客總會訊》第八期，一九八四年十一月，頁7。

（二）跨世代現象

跨世代，就是更新換代的發展問題。這是一切社團／會館長期以來所面臨的急迫問題。時代的發展社會的轉型，加劇了這個問題迫切性：「新加坡從殖民地爭取到成為獨立自主的國家，從移民社會轉變為組織健全的現代化社會結構，在這轉變的過程中，華族的宗鄉會館也隨著環境的轉變而有所變化，年老一輩與當地出生的年輕人對宗鄉會館的興趣也有了距離。」[3] 一九八四年十二月新加坡一百八十五個宗鄉團體聯合召開「全國宗鄉會館研討會」所提出的十大建議中，第二與第三項建議便是專注於此：「2.宗鄉會館有必要主動積極地進行自我更新，有計劃、有步驟地培養接班人，讓有才幹、有獻身精神的年輕人進入領導層。3.宗鄉會館應當按照年輕人的興趣與需求，增加新的活動，吸引年輕人加入。」[4]

政府有關官員多次呼籲社團組織尋求適當的方法，改革現有的組織，吸引新血參與活動，以避免遭到時局淘汰的厄運。客總領導層對此亦有充分認識，屢屢發表相關的講話，並積極採取措施，吸引年輕人參與社團的各層組織與各種活動：

（卓濟民）會長在致詞中表示……今年來更積極推動傳統文化活動外，亦增加文娛體育各項工作，吸引更

3 〈本總會會長卓濟民對宗鄉團體的看法和重要性〉，《客總會訊》第十一期，一九八六年六月，頁9。

4 〈全國宗鄉會館研討會十大建議〉，《客總會訊》第九期，一九八五年五月，頁4。

多年輕人參加，這是隨著歷史潮流的改變與配合發展中的新環境所需求而做出調整。[5]

本居董事部吸取了不少新人參與會務工作，其中不乏學有專長，年輕有為的幹才，同時幾年來陸續有許多年輕一輩參加會務活動。本會乒乓隊，每年參加宗鄉會館杯比賽，都能獲得錦標，深受注目，娛樂股屬下的活動也顯得生氣活潑。除原有的漢劇、華樂團外，去年成立的合唱團更是股生力軍，正所謂老中青相結合，歡迎會員們的子女能踴躍參加各項活動，使總會前景更呈現曙光一片。[6]

而爭取新一代青年，加入民間社團活動，促進其對民族文化價值的認識，擴大其見識與關心社會的意識，已是當前社團活動所努力的方向之一。[7]

很顯然的是，宗鄉團體如果不能適應社會發展的需要，將面臨被淘汰的命運。所謂適者生存，這是目前宗鄉團體所要重新調整發展會務的必然方向。因此，不少宗鄉團體已不滿足於原來的會務發展的局限，特別在吸引更多年輕人加入宗鄉會館活動方面作出一些調整。因此，增加了不少新的活動形態，例如開辦電腦

5 〈本總會熱烈慶祝會慶五十八周年暨國慶二十二周年〉，《客總會訊》第十四期，一九八七年十二月，頁1。
6 曾良材〈我的感想〉，《客總會訊》第十五期，一九八八年六月，頁1。
7 曾良材〈宗鄉團體的新展望〉，《客總會訊》第二十期，一九九〇年十二月，頁1。

班、書法學習、古典文學欣賞、文藝講座或文藝創作班，也有戲劇或表演藝術活動等，有的還有卡拉OK之類的歌唱設備。上述各種活動，目的在符合新一代的意願，藉以吸引更多的年輕人參與宗鄉會館的活動，以使後繼有人。由於時代的進步，潮流的趨向，宗鄉會館已經不再是早年的只限於族緣或同鄉會員的關係上，非會員或不同籍貫也都被接納參與所屬的各種活動。這種調整，應是一種突破，也是適應潮流所帶來門戶開放的結果。[8]

> 宗鄉團體的步伐今天正與國家社會的發展相配合，各自作出不同的努力與貢獻，可說是已突破了以往有多局限與較沉寂的境況。……爭取新一代青年，加入民間社團活動，促進其對民族文化價值的認識，擴大其見識與關心社會意識，已是當前社團活動所努力的方向之一。[9]

從以上的反映可見三個明顯的表現特徵：一是鼓勵年輕一代的參與、接班意識；二是強調在整個社會轉型的背景下展開對傳統文化承傳與發展；三是在承傳傳統的基礎上更強調革新拓進。由上還可見，客總文化活動所體現出的跨世代現象，集中於華樂團、合唱團、乒乓隊，以及文學研討活動方面。客總會長卓濟民即明確指出：「該總會由於舉行適合年輕人的活動的關係，兩三年來年輕的會員增至30多%。該總會於去年成立了華樂團，有

8 曾良材〈宗鄉團體重新調整〉，《客總會訊》第十七期，一九八九年六月，頁1。
9 曾良材〈宗鄉團體的新展望〉，《客總會訊》第二十期，一九九〇年十二月，頁1。

一百多個年輕人參加，其中60％是學生，40％是社會人士。」[10]一九八九年，新加坡宗鄉會館聯合總會主席黃祖耀在南洋客屬總會六十周年慶典上的獻詞同樣強調：「該會有乒乓、華樂、歌唱、漢劇等活動，為我國年輕一代提供閒暇之餘的好去處。這一系列年輕人的活動，不僅為客屬總會帶來新的活力，新的氣象，也可以作為客屬二十八間屬會及其他宗鄉團體革新會務，吸收新血的好榜樣。」[11]李顯龍在出席南洋客屬總會六十周年慶典時發表講話，亦充分肯定了客總的做法：「貴會也特別為年輕一代的會員主辦歌詠和華樂團等活動。也因為這樣，貴會會員人數也因此增加了近一倍，從十年前的約九百名增加到目前的約一千七百名。」[12]

一九八七年南洋客屬總會成立文化活動委員會，文化活動委員會成員有：主任陳松沾，委員王潤華、陳盤緒、賴湧濤、陳觀勝等，均為四十多歲的中生代、並為新加坡文藝界頗具聲譽的作家與詩人。委員會的活動發展計畫為：（一）舉行文藝座談會，（二）學術講座，（三）文藝講習班，（四）文娛表演，（五）出版華文文藝書。值得注意的是，在這個計畫裡，普及性的活動只有（四）文娛表演一項，其餘幾項皆為專業性、學術性的活動。而這些專業性學術性的活動所要爭取的以及實際參與的更多是年輕人。這無疑是極具前瞻性的方針策略。

一九八九年一月二十二日，由南洋客屬總會文教主任陳松沾主持，在客總禮堂舉行了一個深具文學意義的座談會。參與討論的是以華文進行創作的青年作者：梁文福、柯思仁、奔星、韋銅雀、蔡深江、木子、洪笛等。座

---

10 〈聯合晚報報導／南洋客屬總會門戶開放／近年來年輕會員激增〉，《客總會訊》第五期，一九八三年六月，頁4。

11 黃祖耀〈獻詞〉，《新加坡南洋客屬總會六十周年紀念特刊》（新加坡：南洋客屬總會，一九八九），頁13。

12 見彭華報導〈適應現代化發展帶來的改變，李顯龍促宗鄉會館擴大活動範圍〉，《新明日報》一九八九年八月二十六日版。

談會主要探討的文學問題是：（一）九十年代青年人的閱讀口味，（二）未來的文學內容，（三）九十年代的寫作熱潮，（四）報紙與宗鄉會館在未來文藝道路上扮演的角色。參與討論青年作者，各抒己見，十分熱烈，活潑而又具有衝勁，顯示了年輕人的朝氣，樂觀而且富有個性。[13]

同年，南洋客屬總會文教股更進一步再成立「客總青年文學組」。「客總青年文學組」成立初期便計畫展開一系列的活動，主要的活動內容分為兩方面進行，（一）開辦文學講習班，（二）成立文學研究班。文教股已促請青年文學組幹事會即行招收學習班成員，擬訂今後發展路向，不論是講習班還是研究班將進行層次分明的學習、探討和研究。將邀請新加坡具有資歷和文學專業的作家為講習班的講師，也同時為文學研究班作專題主講。「客總青年文學組」的長遠目標是培養寫作人才，提高文學創作的水準，包括對文學史、文學理論、文壇概況和文學批評的認識，為繼承和發展新華文學而努力。日後的活動將採取多樣化進行，靈活地、適當地舉行各種文學講座。因此，客總青年文學組並不單純在如何學習創作的層面上，而是有更廣的涵蓋面，從新加坡文學狀況和世界各國文學介紹包括文學史都是青年文學組所要學習和探求的範疇。

文體活動，確實更適應年輕人的需要，更能吸引年輕人的參與；而年輕人的大量參與，確實使新加坡客總文化活動充滿朝氣、充滿動感，更能迎合時代的潮流與轉型的需要，為社團／會館的運作與發展注入了新鮮而強有力的元素與能量。因此，也就更能吸引越來越多的年輕人加入社團／會館的各種活動，從而形成良性的循環發

13 〈本總會與新明日報聯合主辦新世紀文學座談會〉，《客總會訊》第十七期，一九八九年六月，頁4。

展，起到促進、引導新加坡客家社會／族群施行並實現文化轉型以及世代嬗遞的重要作用。

「跨世代」的現象及需求，時至今日仍然非常突出。茶陽（大埔）會館的個案就頗具說服力。從新加坡茶陽會館二〇〇九年正式會員的在冊登記資料看，現年十九到四十八歲之間的入會人數急劇下降，對會館的發展十分不利。會館已經意識到這個問題的嚴重性，因此，隨著時代的變遷與發展，以適應現代化社會劇變的需求，會館必須及時注入新鮮血液，吸收和鼓勵年輕人踴躍參加社團活動，從組織裡認識社團的工作意義，並培養人才成為會館的接班人，以此展示會館的力量與新的精神面貌。

李顯龍總理還專門對此發表指示：「瞻望未來，我鼓勵茶陽會館再接再厲，爭取年輕客家人參加活動。會館的活動應該切合年輕一代的興趣和需要，以吸引他們入會。做到這點，茶陽會館才可培養新一代客家社團領袖，由他們引領會館的發展，再創新局。這也能確保客家社群的傳統和習俗得以代代相傳，進而加深國人的文化意識，以及加強新加坡社會的多元特色。」[14]

李顯龍在二〇〇二年「茶陽大廈開幕禮」上的一段話，更明確指出了茶陽會館（以及其他新加坡華人社群）在當時以及今後的發展方向：「在展望未來的同時，讓我建議會館展開三項行動。首先，是要吸引新加坡年輕一代的客家人加入會館。我們應該鼓勵年輕會員參與策劃活動，因為他們知道什麼活動吸引年輕人。我們可以通過這些活動為會館發掘和培養新一代的領導人，並確保下一代會保持客家社群的傳統和價值觀。第二，會館可以邀

14 李顯龍〈茶陽（大埔）會館成立一百五十周年紀念獻詞〉，《茶陽（大埔）會館一百五十周年紀念特刊》，頁6。

請其他族群到文物館，讓他們也有機會深入瞭解客家人的傳統和會館的工作。會館也應該同其他族群的文化傳統中心建立聯繫。第三，會館應該進一步加強國際商業網絡。隨著越來越多新加坡公司到海外發展，會館可以協助他們建立商業聯繫和促進合作關係。客屬總會可以通過同海外同鄉會加強聯繫，在這方面發揮一定的作用。」[15]

或許正是為了回應李顯龍的指示，新加坡茶陽會館於二〇〇二年十二月三日正式成立「青年團」（客總則無「青年團」）。「青年團」的成立，肩負著「薪火相傳，與時並進」的重大使命。吸引更多在各領域發展的青年加入，讓年輕人充分發揮組織能力和培養年輕人的領導素質。

為了使籌備工作能順利開展，茶陽會館首先邀請董事子女加入籌備委員會，以此帶動其他會員子女的積極參與，成為委員會的一員，讓她們親自參與籌畫過程，親自體驗「青年團」成立的重大意義和使命感，並起著帶頭作用，吸引更多在各領域發展的青年加入。多年來，在正式會員外，茶陽會館另吸收兩百多年輕人為會館青年團成員，並著力在多方面培養他們對會館／社團的認識、感情與向心力。並充分利用會館的各項設備，共同為創新會務發展而努力，比如：拜訪老人院、捐血活動、教育講座、體育活動、其他社會交流活動等。參與會館的文化活動，使年輕人的創意點子在傳統的活動中富有朝氣、生命力，這樣的良好互動，使得茶陽會館的會務更蓬勃，面貌煥然一新，更有光彩。讓年輕人更多機會去瞭解會館，增進感情，使茶陽會館緊跟時代的步伐，不斷革新，培養更多的年輕人服務會館，服務鄉親，使會館後繼有人，會務才能承先啟後，共創未來。[16]因此，會館領導層

15 〈副總理李顯龍於茶陽大廈開幕禮上的講話全文〉，《茶陽會館五慶盛典特輯》（新加坡茶陽會館，二〇〇二），頁14-15。

16 〈薪火相傳，與時並進——青年團報告〉，《茶陽（大埔）會館一百四十四周年紀念特刊》，頁134-136。

把權力下放，讓青年團設定自己的目標，策劃各種活動，描繪青年團的願景，建構自己的發展藍圖。同時，藉重年輕人的學歷、工作經驗、辦事的幹勁、遠大的視野、創意精神，以期和會館的運作逐漸接軌，為未來會館的發展注入新血，樹立嶄新的風貌。[17]

由於國家教育政策的改變，年輕人常用的語文已從中文變成英文。因此茶陽會館青年團的活動／會議，基本上是以英語為媒介語。茶陽會館期刊《茶陽之聲》也特闢青年團專欄，他們可任意以中英雙語，通過會訊表達他們的意見，發表心聲，報告活動進展等，促進各方面的瞭解。[18]

（三）跨社群現象

在社團／會館活動跨世代現象中，已透見出跨社群的要求，如「宗鄉會館已經不再是早年的只限於族緣或同鄉會員的關係上，非會員或不同籍貫也都被接納參與所屬的各種活動」[19]。也就是說，本來以族緣或同鄉為標準的社團／會館，要以顛覆其標準為發展的前提。這一悖論式的要求，顯然來自形勢比人強的現實需要。一九九四

17 參見何炳彪〈歷史—會館史不能缺少的一頁〉，《茶陽（大埔）會館一百五十周年紀念特刊》，頁131。
18 何炳彪〈宗鄉會館如何吸收更多新血〉（余麗娟整理），《茶陽之聲》第四十期增刊，二〇〇七年四月，頁23-24。
19 曾良材〈宗鄉團體重新調整〉，《客總會訊》第十七期，一九八九年六月，頁1。

年全國宗鄉會館研討會提出的十大建議第一項就是：「宗鄉會館有必要配合新的社會情勢，修改章程，開放門戶，讓不同籍貫、宗族的同胞參加活動；同時把服務對象擴大，讓非本籍貫、宗族的同胞也能受惠。」事實上，這也是八十年代社會轉型一個重要的方面：

人民安居樂業，社會經濟繁榮，在人民生活富裕的情況下，宗鄉會已擺脫了過去濟貧賑災的舊任務局限，而步向豐富會員文化生活，提高會員教育素質，吸收更多的年輕人參加活動，包括非會員或不同籍貫的人也都被接納，為國家和社會作出貢獻。……為了適應形勢的發展，客總的會務活動也作了調整，成立或加強了漢劇團、合唱團、華樂團、乒乓隊。舉辦各種講座，如小說、散文、詩歌講座，請作家詩人主講。[20]

可以說，客總順應時代要求「調整會務方針」，是體現在「吸收更多的年輕人參加活動，包括非會員或不同籍貫的人也都被接納」，與「成立或加強了漢劇團、合唱團、華樂團、乒乓隊，舉辦各種講座，如小說、散文、詩歌講座，請作家詩人主講」，這相輔相成的兩個面向。如其中提到的漢劇團，為新加坡二戰後最為活躍的「五儒樂社」[21]之一，但到了八十年代，漢劇團日漸式微，漢劇團的藝人青黃不接，為此，客總在八十年代相繼成立了延攬眾多不同社群年輕人的華樂團與合唱團。

---

20 斯慧〈新加坡南洋客屬總會調整會務方針——與客總領導一席談〉，《客總會訊》第二十期，一九九〇年十二月，頁8。

21 「五儒樂社」：即南洋客屬總會儒樂部、余娛儒樂社、陶融儒樂社、六一儒樂社和星華儒樂社。

如果說跨世代更多是基於社團／會館自身生存的考慮，那麼，跨社群則更多體現出基於社會平衡國家發展的利益需要。而這一切，又都具體落實在會館的各種文化活動之中：

現在，是社團會館聯合起來，不分種族，對國家社會，作出巨大的文化貢獻的時代了。如撥出場地，習戲，書畫展，研究學術，及各類球賽等。同時，也應多開華語班，使老一輩不懂華語的華人，有機會學習，以推廣華語運動。現在晉江會館更進一步開辦文藝寫作班，以訓練青年寫作，是值得提倡的。[22]

在談到年輕人參加會館的問題時，卓先生說，會館如主辦適合年輕人的活動，就會有年輕人參加。他表示，客屬總會這幾年來適合年輕人的活動增加了，不論什麼籍貫的人士，都能參加這些活動。就以總會的華樂團團員來說，其中只有10%是客家人。卓先生認為在這方面應以年輕人對音樂的興趣為主，不應分籍貫，應該把地方性的觀念拋開，使活動較普遍，並配合國家的利益。他說，這兩年來，客屬總會這些適合於年輕人的活動，吸引了不少年輕人。這說明如果有關活動適於年輕人，不必擔憂沒有年輕人參加，長遠來說也是這樣。他認為地方性社團應改變觀念，不應把主辦的活動只給本籍貫的人士參加，而是以新加坡共和國為出發點，這樣就能把事情辦得更好。[23]

22 梁山〈社團會館應聯合作出貢獻〉，《客總會訊》第九期，一九八五年五月，頁5。

23 〈聯合晚報報導／南洋客屬總會門戶開放／近年來年輕會員激增〉，《客總會訊》第五期，一九八三年六月，頁4。

可見，「跨社群」的現象，是基於國家意識，文化認同的層面。如某次國際華文合唱節，客總合唱團的參賽歌曲，便有一首「我是客家人」，臺上三十多位演唱者，全部不是客家人。客總文娛股主任張振興於二〇〇九年九月五日受訪時認為：「他們唱出來這麼和諧的聲音，唱出來的時候感覺就不同，而且也是一種認同，也是一種文化。」在現實生活中，也有這種基於文化認同的「跨社群」現象，如茶陽（大埔）會館的秘書，不是客家人，但長期積極投身於客家會館的工作，已自認為是客家人了。

在社團組織結構方面，「跨社群」的現象亦不乏見。如迫於後繼乏人的壓力，茶陽會館甚至採取「門戶開放」的措施，允許年輕人不分種族及籍貫皆可加入會館青年團成為準會員，並可擔任青年團的執行理事，僅沒有選舉投票權及不可加入會館董事部。會館舉辦的活動及課程也開放給非會員參加，只是他們並不能成為合格的會員。這些做法，在地緣性會館來說，是相當有創意及突破傳統的，然而，從上述限制（非同邑沒有投票權及不能勝任董事等），顯示出茶陽會館仍有其堅守的最後一道防線。[24]

以上跨世代與跨社群的兩方面表現，無疑是極具前瞻性的、順應時代發展的做法。從而使客總及其所屬客籍會館能突破局限、走出瓶頸、開闢新徑，以求得生存與發展。然而，其危害客家社群／會館發展的誤區與隱患卻也隨之而來。

[24] 陳佩霞〈新加坡茶陽（大埔）會館的沿革與發展〉，《茶陽（大埔）會館一百五十周年紀念特刊》，頁157。

（四）誤區與隱患

所謂誤區與隱患，即體現在因跨社群與跨世代的現象而產生的作為客家（社群與個體）的身分認同上。

首先，跨社群即意味著非客家人參與客家社團的活動甚至是組織。這種雜糅化的現象，委實令客家社團的身分產生困惑。然而，這種困惑在國家意識為上的前提下，卻不得不退讓。八十年代初，客總顧問、新加坡環境發展部高級政務次長曹煜英即認為，過去組織會館社團的目的，在於團結同鄉，近年來年輕的一代沒有歸屬籍貫的觀念，都一致把新加坡共和國視為自己的家鄉，因此，曹氏強調各會館社團應在本身財力，人力的基礎上，配合著國家經濟、政治局勢的發展，朝向新的方向。[25]這裡所謂「新的方向」，也就是跨社群以突破籍貫束縛、以國家意識取代社群意識，從而換取客家社團的新發展。

其次，跨世代本應是任何社群／社團／會館更新換代的必經之途，甚至是不二法門。然而，在新加坡這個多元種族多元文化緊密共存、東西方文化高度交匯、而且現代化迅速發展的地方，年輕一代不僅很難承傳客家社群的傳統，甚至連語言——客語——也無法承傳。而客語尤被視為客家人／社群身分最為獨特亦最為根本的標誌——所謂「能賣祖宗田，不忘祖宗言」。

這兩個方面問題的嚴重性，似乎並沒有得到客總以及相關人士的警覺與重視。相反，人們更多是從正面來看

25 〈本總會熱烈慶祝國慶十八周年／會慶五十四周年紀念／呈現精彩漢劇・動聽新樂〉，《客總會訊》第六期，一九八三年十二月，頁3。

待其結果。如前述呼籲接納「非會員或不同籍貫的人」參與客總活動，是基於「適應形勢的發展」、「為國家和社會作出貢獻」；[26]要求「不應分籍貫，應該把地方性的觀念拋開」、「不應把主辦的活動只給本籍貫的人士參加」，是為了「配合國家的利益」、「以新加坡共和國為出發點」；[27]強調「非會員或不同籍貫也都被接納參與所屬的各種活動」，「是一種突破，也是適應潮流所帶來門戶開放的結果」。[28]

英文為主流語言的局面，以及推廣華語運動，似乎更使客語陷入進退維谷的窘境[29]。客總及其所屬客籍會館「跨世代」的年輕一代，受英文教育者占多數，他們在客家社群的活動及工作中，往往是以英語為交流媒介；而跨社群的現象及傾向，更進一步強化共同語（英語／華語）取代客語的發展趨勢。這種現象，被視為順應潮流的新氣象而得到欣賞與肯定。方言（客語）的存在，則被認為是「對我國社會是不利的」，因而要求「堅決地放棄方言」、「促使方言之聲在我國消聲匿跡」。[30]事實上，新加坡各方言社群都面臨著同樣的局面。二〇一四年七月七日《聯合早報》社論〈提高華語文的社會地位〉對此提出婉轉批評：「建國初期的生存焦慮，導致政策執行

---

26 斯慧〈新加坡南洋客屬總會調整會務方針——與客總領導一席談〉，《客總會訊》第二十期，一九九〇年十二月，頁8。

27 〈聯合晚報報導／南洋客屬總會門戶開放／近年來年輕會員激增〉，《客總會訊》第五期，一九八三年六月，頁4。

28 曾良材〈宗鄉團體重新調整〉，《客總會訊》第十七期，一九八九年六月，頁1。

29 講華語運動是以少講／不講方言為代價，於是，不僅在日常生活中阻斷了包括客語在內的方言流行與承傳，還對華人會館主辦的學校形成直接的致命衝擊。參見吳筱婷〈新加坡茶陽（大埔）會館的發展歷史〉，黃賢強主編《新加坡客家文化與社群》（新加坡：新加坡國立大學中文系／新加坡南洋客屬總會／新加坡茶陽（大埔）會館，二〇〇八），頁139。

30 〈南洋客屬總會與星洲日報聯辦／全國華語演講比賽／胡一虎促大家在行動上實踐華語運動〉，《客總會訊》第一期，一九八一年一月，頁14。

上大刀闊斧的急迫感，進而產生把華語同方言對立的零和思維……本地人能同時使用不同方言相互溝通的蓬勃多語言環境的流失，或許都是代價。」

這種現象，或許是與時並進的「新氣象」，但作為民系主要標誌的客語的喪失，對客家會館／社群的發展及未來瞻望，無疑又是一個令人堪虞的隱憂。[31]有學者不無悲觀地指出，西方化、本土化、城市化與現代化是造成東南亞客家人文化喪失的巨大衝擊：「工業化、城市化、現代化、全球化對方言和建立在方言基礎上的東南亞華人文化分支的衝擊可能是毀滅性的，客家文化正面臨著前所未有的挑戰，也許再過十幾年或幾十年，在東南亞就再也聽不到客家話了，客家文化也將隨著進入歷史博物館。」[32]

於是，作為客家身分標誌的客語，在年輕一代中幾乎銷聲匿跡了。可見，與東南亞其他國家（如印尼、汶萊、馬來西亞）的客家社群被動、消極、低調地陷入危害客家社群／會館發展的誤區與隱患[33]不同，新加坡的客家社群／會館卻是在主動、積極、高調運作中，卻又不由自主地淪入危害客家社群／會館發展的誤區與隱患。

---

31 客家話不僅被英語取代，亦被其他語言如華語（新加坡及馬來西亞）、泰語（泰國）、印尼語（印尼）等所取代。後者產生的原因除了現代化／在地化的教育外，還有不同社群／種族通婚的背景。這個現象在臺灣及大陸也有明顯表現。參看林開忠、李美賢〈東南亞客家人的「認同」層次〉，《客家研究》創刊號，二〇〇六年六月，頁211-238。范鳴珠〈客家母語消退原因與時代背景的關係：以通婚與教育為中心之探討〉，《暨南史學》第八期，民國九十四年七月，頁123-155。

32 曹雲華〈嬗變與保持：東南亞客家人的文化適應〉，《世界民族》二〇〇八年第四期，頁66-68。

33 參見蕭新煌、張維安、范振幹、林開忠、李美賢、張翰璧〈東南亞的客家會館：歷史與功能的探討〉，《亞太研究論壇》第二十八期（二〇〇五年六月），頁194，206，214。林開忠、李美賢〈東南亞客家人的「認同」層次〉，《客家研究》創刊號，二〇〇六年六月，頁211-238。

（五）結語

以上所討論的現象不無嚴重，論者的看法不無道理，然而，問題的解決並非全無希望。關鍵在於語言——客語的保持與承傳。固然，通過華語甚至英語亦可能在某種程度上傳授客家文化，然而，方言與文化的關係是最為直接且重要的，客語的消失，以華語／英語取代客語，所承傳的「客家文化」肯定大打折扣，客家文化的特色／本色／原生質將大為遜色，甚至訛化、變質。要做到對客語的保持與承傳，或可考慮從如下兩個方面／層次努力：其一，會館等客家社群的領導機構舉辦相關的客語學習班（已有會館開班），教導、傳授客語及客家文化，並且在各種會議及文化活動中儘量使用客語作為主要交流／交際語言，以此促進客語的使用範圍與層次；其二，鼓勵客家社群的家庭多講客語，形成在日常生活講客語的常態化現象，從最基層／最根本上承續客語及客家文化，為客家在社會的流傳奠定不可或缺的基礎。

二〇一四年七月五日，李顯龍總理在為新加坡第三十五屆「講華語運動」主持推介儀式時指出，在堅持雙語（英語／華語）政策的同時，「方言還是有運用空間，例如為了照顧年長者的需要，新傳媒九五八城市頻道每天都有方言新聞時段。那些想進一步學習方言的國人，可以考慮參加各個宗鄉會館主辦的方言課程。對廣東大戲、潮劇等方言文化感興趣的國人，則可以到鄰里聯絡所或牛車水人民劇場與發燒友一起參與這類活動。」[34]可見，

[34]《聯合早報》二〇一四年七月六日，第一版，〈李總理：放寬方言使用不務實〉。

客語的保持與承傳，並非「不可能的任務」。

當然，新加坡客家社群及會館或許還可以在更高層次的追求與期許，比如在目前基礎上更為凸顯、強化會館的客家文化研究潛能，進一步加強與文化界及學術界的聯繫與合作，更多舉辦各種講座與研討會、出版著作，以期留下更多的文化研究遺產[35]，等等。然而，如果客語消失的趨勢得不到遏止，客語的使用及發展得不到進步，所謂高層次的追求與期許恐怕最終會淪為無源之水，無本之木。

二〇一四年七月七日，《聯合早報》社論一針見血指出問題所在：「關鍵在於，當局也應與時俱進，改變視華語及方言如同水火的思維。畢竟方言並非官方用語，其學習並不佔用任何公共教育資源，僅屬於家教的一部分。況且，以當前的社會條件，方言的使用並不會取代華語的相對主流地位。」

誠哉斯言。

35 參見林建成、王佩祺〈「心系家國，志在四方」：客家文化在新加坡〉，《臺灣光華》民國九十七年十月，頁116。

浮光掠影溫哥華

（一）飛回昨天

二〇一二年，我獲得學術休假一年，有幸申請到國科會科技人員國外短期研究計畫補助，赴加拿大溫哥華英屬哥倫比亞大學任訪問教授六個月（二至七月）。我之所以選擇這所大學，除了獲該校亞洲研究系施瑞德（Jerry D. Schmidt）教授邀請外，也由於妻子陪兒子在溫哥華讀高中的關係。

臺灣時間與溫哥華時間相差十六個小時，而臺北到溫哥華的飛行時間不到十一小時，因此，我經由香港轉機，於一月三十一日二十時左右啟程飛往溫哥華，抵達溫哥華時，卻是當地時間一月三十一日十五時多。頗有「時間倒轉」、「飛回昨天」之感。

由妻子接到住所，稍作收拾，天色已晚。旅途疲累，早早就寢，半夜卻居然餓醒了，一看時間是淩晨兩點多。納悶怎麼就餓醒了呢？想想也明白了，這時候是臺灣的傍晚六點多，晚餐時間，條件反射，餓了！可這是溫哥華的淩晨啊，總不至於就起床弄吃的吧？只好忍著飢餓繼續睡。

（二）美得沒道理

次日清晨起來，才有機會好好觀察居住環境。步出後院，不禁歡呼——偌大一片草地，周邊環繞幾株既高又直的北美杉樹。馬上在樹下拍了幾張照片，貼上臉書。以前只知道加拿大號稱楓國，以楓樹紅葉為盛。或許我是春夏季節逗留在溫哥華，無緣得見楓樹紅葉的盛景，而是既高又直的杉樹留給我深刻印象。溫哥華處處是這種北美杉樹，似乎是終年鬱鬱蔥蔥。我甚至覺得，溫哥華自然環境綠化之美，是以北美杉樹為主，搭配各種花草樹木營構而成。溫哥華似乎一年四季有不同品種的花草樹木爭妍鬥豔，且不說花草類繁多豐富，就是樹木也不單調，如春夏之間，除了常綠的杉樹，還有不少通體紅葉或黃葉的樹，點綴其間，煞是美觀。在初春的溫哥華女王公園，我還拍下了堪稱江南景緻的照片：小橋流水，綠樹翠竹，青草茵茵。溫哥華有眾多花園，不過我覺得有點多餘，不是說那些公園不好，而是整個溫哥華就像一個花園，處處綠蔭處處花草。常常就跟太太在住地附近隨意漫遊，便很有逛公園的感覺。

事實上，加拿大森林資源十分豐富，覆蓋率極高，森林面積占全國總面積的百分之三十五，僅次於巴西，而林產品卻居世界首位。或許是這樣，加拿大的木製品甚多，如四層樓以下的房子均全用木製構件搭建。但內外牆之間，必有一層防火材料，以期達到萬無一失。

加拿大的水資源也十分豐富，地表淡水占世界四分之一。加上溫哥華臨近海洋，濕地更是豐富，溫哥華人的環保意識又十分徹底而自然，所以，在溫哥華處處可遇見不怕人的水鳥，包括大雁、野鴨、海鷗。比如，一次在溫哥華士丹利公園遊逛，走累了，在湖邊長椅歇息，附近便有大雁、野鴨、海鷗等水鳥在閒庭漫步。一隻大雁悍然趕走其他水鳥，獨自蹭到我腳邊邀寵，絲毫不將我視為潛在的危險，令我大為感動，特合影以留念。

不惟禽鳥，小動物也不知道怕人。同樣在士丹利公園，我正與太太漫步在林蔭道間，一隻松鼠迎面大步逼近，圍著我左三圈右三圈地轉，倏地沿著我的左腳往上竄，到腰間再從我右腿下去，簡直就將我視為一木樁。此番情景被我太太拍下，以「這隻松鼠夠猖狂」為題貼上facebook，甚受學生追捧，紛紛留言：「甚有『此路是我開』的意態~」，「haha好誇張」，「怎麼跟貓一樣XD」，「是把老師當大樹了吧」……

除了北美杉樹，溫哥華最多的樹種就是櫻花樹。但櫻花樹之美很講究季節性。冬季一派枯寂景象，待到三月下旬，各種櫻花開始次第綻放，紅白兩色最多，到四月份，溫哥華簡直就成了燦爛櫻花的世界，滿街滿城，爭妍鬥豔。以如洗的藍天為背景拍下照片，美得讓人難以忘懷。我尤其喜歡一種白色的櫻花，開得特別燦爛熱鬧，所謂「怒放」，我想就是這樣了。

溫哥華的自然環境真的太美了！美得用任何形容詞來誇讚都不為過。正常的形容詞似乎已經無法形容，只好用「美得誇張」、「美得出格」、「美得夠嗆」、「美得冒泡」、「美得離譜」、「美得沒道理」之類非常用語來形容。最後，我覺得用「美得沒道理」最為合適。確實是沒道理好講。比如，若要描述天空藍的最高級，常用「如洗」來形容，如「碧空如洗」、「湛藍如洗」，溫哥華的天空便是如此這般的「如洗」；不惟如此，連地上的植被，如路邊的樹葉，也呈現「如洗」狀，我還真的在樹葉面上抹一把，還真的「一塵不染」。美得如此乾淨，令人悲摧！

氣候方面也是美得沒道理。早就耳聞溫哥華的氣候宜人，親身體驗，果不其然！如何「宜」法？簡單說：冬不冷，夏不熱。我是最怕冷的，在臺灣到十二三攝氏度便受不了，穿多少厚棉衣物也扛不住；但在溫哥華到了零度，甚至到雪山上零下十多度，穿上的衣物還沒在臺灣多呢，便渾然不覺冷了。只能理解為：臺灣潮濕，冷空氣滲透進衣物裡甚至骨頭中。溫哥華的夏令時是從三月十二日開始施行的，可那天溫哥華才4度ㄟ！有些地方還零度以下呢！就「夏令」啦？春天呢?!其實，溫哥華的夏天也不熱。比如六月吧，看臺灣已經30多度了，溫哥華還只有十二三度，甚至有一天還只有十度。六月十六日，我們到溫哥華北郊爬雪山，真的是雪山，山腰的積雪還沒膝深呢。我們都只穿單衣，甚至汗衫。清爽得很。我就穿著短袖汗衫，站在沒膝深的雪中拍了張照片，傳給朋友欣賞，愣說是電腦合成。鬱悶！

（三）ＵＢＣ校園內外

位於加拿大溫哥華的英屬哥倫比亞大學，英文名稱為University of British Columbia，簡稱ＵＢＣ。

來到溫哥華第三天，我便與太太到ＵＢＣ亞洲研究中心拜會施吉瑞教授。施吉瑞教授是溫哥華英屬哥倫比亞大學亞洲研究系的資深教授，葉嘉瑩先生的大弟子（第一位博士生）。我能與施吉瑞教授結緣，有賴於華東師範大學胡曉明教授的引介。當初我與施教授電郵往來通訊時，都是用英文，以致當施教授到臺北後跟我電話聯絡，那口流利的華語，讓我半天緩不過神來。

在去ＵＢＣ的路上，沿途所遇，頗為一些小事所感動：

車讓人—在住處走去車站途中，就注意到一個現象：凡無紅綠燈的路口，往來車輛都是主動讓行人，而且是相隔好一段距離就停車讓路，即使沒有其他車輛，也都會先停車再續行。

問路—在ＵＢＣ下車後，第一件事就是問路。在偌大校園，一路上問了五六個人才找到東亞圖書館（也即亞洲研究中心）。所問之人，無論是老師、學生、員工，第一個反應就是先沖你熱情友好地一笑，同時馬上中止正在進行的事情（如摘下耳機，中止電話等），瞭解你的要求後，便十分耐心解說、指引方向。看出我們是老外，所講英語還特別清晰標準，以確保我們能聽明白。

行色匆匆—在ＵＢＣ校園所遇之人，往來皆行色匆匆，好像都再趕著去辦要緊的事情。這跟以前聽人說溫哥華生活悠閒的說法大不一樣，我想或許這是在大學的特有現象吧。似乎是印證我的想法，在學生餐廳，看到不少學生邊吃午餐邊看書或做功課。這些現象，在咱中央大學頗為少見呢。

ＵＢＣ校園是開放式的，沒有校門。第一次乘車進學校，稍一晃神，進了校園也不知覺。ＵＢＣ校園也沒有圍牆，四通八達，我們到處遊蕩，也不清楚哪是校園邊界，所以本節題目只好說「ＵＢＣ校園內外」。

說實在的，ＵＢＣ校園不算美，但令人覺得很舒服自在。舒服得讓你只想矗著發呆。不過，很快我就發現還有比我更會享受這舒服氛圍的東西——海鷗。ＵＢＣ校園裡的海鷗不僅多，還太自在（也有些自大）了，隨心所欲在草坪、路邊、牆頭漫步，也懂得發呆。一次，我就在路邊跟一隻蹲在矮牆上的海鷗，咫尺之間，相對發呆。

最終還是我退讓了——我還要上圖書館啊，那傢伙大概可以發呆一整天吧？

UBC校園裡的建築參差不一，有的很時髦，有的很傳統，但都很有特色，很是耐看。無意間看到路旁一間玻璃房，裡面放置一類似馬車的東西，標示：Millennial Time Machine，直譯：千禧年時間機器。到底是啥東西啊？至今鬧不明白。

亞洲研究中心與圖書館同在一座日式建築，周圍是高大茂密的杉樹林，旁邊是一個日本名人新渡戶紀念庭園，極為清幽，在圖書館看書累了，便到此轉悠，甚是愜意。不過，到我要離開溫哥華時，想再去享受一番，卻要收費了。掃興。

UBC地處溫哥華西部臨海突出部位，有頗長的海岸線。有時候聊發少年狂，便下到海邊漫遊。六月初某日，我們在UBC西南角的海灘漫無目的瞎走一氣，隨便找條崎嶇小路往上爬，爬到一半無意間回望海灘，差點被震驚滾下——只見一天體人（就全身光溜溜的啦）怡然自若走過。過後才知道，就在那裡不遠處，便是溫哥華著名的天體營時所在地。據說，每年七月中旬，是天體營開放日。屆時，眾多天體人聚集此處，舉行裸奔裸泳等天體活動。外人隨意參觀，但要拍照者，須自己也天體。報稱一中國大陸遊客，為了搶拍這些珍貴畫面，當場把自己身上的衣物扒光光。我們那天看到的天體人大概是先期到那裡去熟悉地形，進行熱身運動的吧。可惜我六月底便離開溫哥華了，不然，七月中旬或許會到場觀摩。夠膽參與其盛嗎？呵呵！

在UBC校園，還看到一個令我肅然起敬的景觀——天安門民主女神像（複製品）。我每天到亞洲圖書館看資料，都得從女神像旁經過，心裡總有些異樣感覺。到了六月三日那天（當是大陸的六月四日），我跟朋友到女神像前獻花，留影，然後步入ＵＢＣ校園教堂。

（四）ＵＢＣ亞洲圖書館

第一次到ＵＢＣ，我們就由施吉瑞教授帶領，參觀了ＵＢＣ亞洲圖書館。亞洲圖書館與亞洲研究中心同在一座建築。該建築是日式大屋頂形式（所以我也搞不懂該稱「大樓」好還是「大屋」好）。大門進去，左邊通往亞洲研究中心，右邊則通往亞洲圖書館。根據臺灣的經驗，我預先攜帶有關身分證以備進入圖書館時查詢甚至辨證。沒想到ＵＢＣ亞洲圖書館幾乎是完全開放的模式：無須任何證件，任何人均可進入閱讀，只是要借書才需辦證。

ＵＢＣ亞洲圖書館雖然門面簡樸，裡面卻收藏了極為豐富的亞洲研究文獻，有中、日、韓、印度和印尼等五種亞洲語言書刊，超過五十三萬冊；中文圖書的藏書量則達二十七萬冊，以及八百二十七種當代中文期刊，八千五百一十九卷微型膠片，二十種中文報紙和一千零四十套善本藏書。圖書館的鎮館之寶便是世界漢學界所矚目的「蒲坂特藏」（Puban Collection）。

這批藏書正是我所「心嚮往之」的知識寶庫，也正是我此行的重點目標。這批藏書計有線裝古籍約三千二百種，冊數四萬五千餘，多半為廣東晚清著名藏書家徐信符之「南州書樓」舊藏，堪稱北美最珍貴之中文藏書之一。這批藏書除了明代刻本，不少為清代精刻本和清代毀禁本等罕見之書，包括多種學科之豐富資料，無論是經史著籍、詩文叢集、刻本、鈔本、稿本，以及粵省府州縣地方志、各省新舊通志與清末民初的報刊皆博採廣收，這些文獻資料記錄了清代中晚期（嘉道以還）廣東等地「闢學海堂以課士，首雕刻經史名籍，一時士風丕變，學術昌明」（廖景曾語），由傳統社會向近代社會的漸進變化過程。美國亞洲研究學會會長、史學界泰斗何炳棣教授，香港中文大學圖書館主任、國際漢學界知名版本專家李直方教授，自號「碧琅玕館主」的粵中才女、學貫中西，集詩人、畫家、金石鑒賞家、收藏家、學者於一身的冼玉清教授等，都對這批藏書推崇備至。

在ＵＢＣ東亞圖書館我還意外撈了點「偏財」——偶見一本《國立中央大學國學圖書館小史》，為民國戊辰即民國十七年（一九二八年）所出版。從中發現我們學校的歷史至少可以上推至光緒三十三年（一九〇七年），其職員薪金表所載錄「本館創辦及成立時間」就是溯至「前清光緒三十三年十一月起」。書中收錄了一百多年前中央大學國學圖書館的平面圖，民國元年的帳目表與職員表。從帳目表可見當時圖書館職員收入甚為豐厚，從職員表則看到有關國學大師湯用彤的記錄：圖書館參議，中央大學教授，到館任職時間為民國十六年七月。

圖書館二樓內側靠牆有一溜數十個隔間閱讀室，供老師與研究生在此讀書寫作。據說專門有一間是留給葉嘉瑩先生的。葉嘉瑩先生為溫哥華英屬哥倫比亞大學終身教授，加拿大皇家學會院士；一九八九年退休後，受聘為天津南開大學中華古典文化研究所所長，每年用半年在大陸，半年回返溫哥華。我客座ＵＢＣ的那上半年，正是葉嘉瑩先生回返溫哥華的時間。我抵達溫哥華不久，聽聞先生已回到ＵＢＣ，便到亞洲圖書館二樓的閱讀室尋找，果然有幸再次見到先生。

我跟葉嘉瑩先生結緣於十多年前，我在新加坡國立大學任教時期，先生受邀前往該大學中文系客座，使我輩有幸跟隨先生學習。之後，也曾多次在國際會議中聆聽先生教誨。我受聘到中央大學後，先生多次受邀到臺灣講學，有兩次蒞臨中央大學，使我在臺灣亦能有機會當面向先生請益。第一次還是我剛受聘到臺灣中央大學第二週，恰逢元宵節，校長邀請葉先生到其府上作客，我為作陪。當時還感慨，我在新加坡國立大學十多年，從未與校長近距離接觸，連跟院長也沒說過話，而在臺灣一般教師隨時可約見校長，兩地官文化可謂判若雲泥。此次與葉先生重逢於溫哥華，而且時間與空間均如此有利，我更是不放過任何跟從先生學習及請益的機會。此後幾個月內，在UBC校園內外，我常常得以在座談會、講座、宴席等場合乃至路邊閒聊中，聆聽先生關於古典詩詞以及社會人生等各種精闢論析與諄諄教誨。

我還有幸觀摩了施吉瑞教授的中國古詩課。這門課的學生看起來全是華人，施吉瑞教授的上課方式頗為別致：先用英語翻譯原文，再逐一講析古詩意思，然後請同學用中文讀，再用英語談理解。一次，施吉瑞教授要到多倫多出席國際會議，我便自動請纓替他上課。結果我給同學們上了一次「原汁原味」的古代詩詞課——全程用中文吟誦演唱的詩詞曲有聲表現方式的講座。說得好聽，我是「揚長避短」，學生也應該聽得舒適自在。可謂皆大歡喜。

在UBC亞洲圖書館櫃檯，無意間看到一張會議海報——五月份將在此召開一個有關北美華人移民的國際研討會。與會者名單中，看到幾位熟悉的名字，竟然還有力人——一位當年在新加坡認識的朋友，二十多年未曾見面了。會議報到那天，UBC亞洲圖書館館長電話邀力人到圖書館，見面時力人固然意外，但很快就認出我來。

力人當年在康奈爾大學讀歷史學博士學位，到新加坡查詢資料，在我們研究生宿舍住了三個月。轉眼二十多年了，現在已是康奈爾大學亞洲圖書館館長。久別重逢，相談甚歡。與會學者中還有我當年在新加坡國立大學的同事劉宏教授，現在已是新加坡南洋理工大學文學院院長，公務繁忙，到會議開幕那天，才在會議入口處見了面，仍然行色匆匆，談了些老同事的近況，主要就是交待了邀我八月去客座的事情。

（五）華社面面觀

阿銳與欣紅夫婦是我和太太的大學同班同學，來溫哥華定居已二十多年。我抵達溫哥華那個週末，他們夫婦便應邀到訪。不久後，另一同班同學加東攜子從美國過來度假，大家再次團聚。我們跟這幾位老同學二十多年未見，形貌雖有所變化，言談性情卻依舊。話說當年，仍有宛如昨日之感。通過阿銳夫婦，得知其他一些校友情況，其中便有同系低一年級的班長京生也在溫哥華。

京生雖然不善言辭，但為人誠懇熱心服務人群，在大學時就是活躍的學生幹部，還一度擔任學校學生會主席。之後，通過京生還聯繫上阿力與阿凡兩位當年的研究生同學。二君當年在校堪稱風雲人物，畢業後也前途大為看好，八十年代後期卻都相繼背井離鄉，到溫哥華重新發展，目前也都處於成功人士行列。阿力跟我雖然專業不同，但名字只比我少一字，又一同效力學校研究生籃球隊（當然阿力是主力我是板凳隊員），其溫哥華的住所距離我們的住地也不遠，就在王后公園旁邊，便來往了好幾回。可惜後來阿力搬遷到溫哥華島的耐奈莫（世外桃源啊！），便斷了往來。可喜的是，我回臺後，阿力攜夫人來臺遊玩，我便有機會當了一回地陪。

京生從美國到溫哥華定居也有十來年了，在本地華人社會（下文簡稱華社）頗為活躍。很快，由京生牽針引線，我就參與了溫哥華華社諸多活動。

早聞溫哥華華人多，華人社會活動豐富。果不其然，剛到溫哥華第二週，便由京生引介，出席了溫哥華華人作家協會春節聯歡晚宴。晚宴上，有幸結識了臺灣著名詩人洛夫以及瘂弦夫婦，還有王健與梁麗芳教授等。王健教授是洋人，中文卻極好，在晚宴還來了一段拿手絕活數來寶。我看王健教授面善，以為在臺灣見過面，一問不是，後來才想起原來是在新加坡國立大學，他去訪問，在座談會上聊過。梁麗芳教授則是知青文學研究先驅，我的知青文學教學與研究，就參考了她的有關論著，原在溫哥華附近一大學任教，不久前退休。

晚宴上除了豐富的表演節目，還有抽獎活動。我跟太太都抽到了獎，先是太太抽到一套修車工具，雖然實用，但在溫哥華，沒理由沉甸甸帶回臺灣，便當即轉贈京生。我歷來有抽獎運，現在卻是太太先抽中，原以為我的運氣沒了，沒想到晚宴的大獎是我抽到——洛夫詩人的墨寶，手書條幅：落花無言，人澹如菊。

晚宴上還認識了小莉、中堅、五一、阿彬等一眾老知青。通過他們，我便跟溫哥華的知青群體取得聯繫，多次參加了他們的踏青遊園餐聚等活動。小莉幾位不僅是老知青，文筆也相當不錯，是溫哥華華裔作家協會成員。他們跟海內外不少華人作家聯繫密切，令我意外的是，通過他們，我還跟古華在一飯局見了面。古華是大陸八十年代當紅作家，代表作之一《芙蓉鎮》拍成電影，由劉曉慶與姜文主演，可謂轟動一時。八十年代後期，古華出國，便隱名埋姓了。古華說話不多，思維卻極敏捷，待人也相當熱誠，大家相談甚歡。

通過小莉等還結識了張輝，一位六十年代出生卻極富知青情懷的企業家，自己辦了出版社及報紙，著意刊登老知青們的回憶及議論文章，不僅參與老知青們的活動，還出面籌辦諸多文化活動。其中就包括了兩次我主講的講座。一是有關中國古典詩詞吟唱的問題；一是有關文革知青地下歌曲的問題。兩次講座都現場錄影，然後掛到網上。

我將在溫哥華的動態掛到facebook，日本海村惟一教授看到，留言告知：沈家莊正在溫哥華。因此就聯繫上了沈家莊教授。家莊教授剛從廣西師範大學退休，來到溫哥華女兒家團聚，享天倫之樂。得知我來溫哥華UBC客座，直嚷他跟施吉瑞教授也相知相熟，正好我邀剛回溫哥華的葉嘉瑩教授及施吉瑞教授一家聚餐，便約上家莊教授一起，到我住家附近一四川餐館，重逢相聚，把茶言歡。

據一般認知，加拿大最多華人的城市就是溫哥華。我們自己的體會，溫哥華確實是處處可見華人，處處可說華語。幾個月在溫哥華，說英語的機會相當之少，可以這樣說，即使不會英語，在溫哥華生活完全沒問題，所以有的華人一輩子生活在溫哥華，都不會說英語。到政府部門或某些大公司，不會英語，對方也會主動找人翻譯。畢竟，華人的經濟實力太強，任誰也不敢忽略。

華人經濟實力強大的最具體表現，就是把溫哥華的房價炒得飆高。當地洋人對此頗多怨言，一洋人朋友當面坦言，你們Chinese（包括中港臺甚至新加坡華人）來了，我們就成了窮人了。華人移民溫哥華大致有如此幾波：第一波，臺灣移民，大約五六十年代開始；第二波，香港移民，九七回歸為高潮；第三波，就是近十多年來中國大陸的移民，人潮洶湧錢潮更洶湧。新加坡華人移民大概似細水長流，連綿不斷，卻沒有形成大潮。

中國大陸移民的所謂錢潮洶湧，當然有合法掙來的血汗錢，但來路不明的錢恐怕也不少。而後者往往最見洶湧之勢。人說買房子用現金一筆付清者，多為此類。有人說，中國外逃的貪官一半在加拿大；來加拿大的中國貪官一半在溫哥華。這類來路不明的購房者，往往選點在西溫等高尚區。為了方便去UBC，我們租的房子就在西溫。徜徉在西溫住宅區，常常可見不少房子，裝飾特色頗具中國風，卻很少看到住家的人。有人說，這都是「時刻準備著」[1]的房子，一旦東窗事發，房主即可前來。有人說，這類高尚住宅，居住的是「二奶」「小三」；也有人說，住的是「大奶」，那「二奶」「小三」隨主人在大陸打拼。

當然，能居住在西溫的華人住宅並非都是來路不明資產，也有乾淨正當資金所購。而居住在西溫的華人也畢竟不為多數，更多的居住在列治文區（Richmond），據說占當地人口百分之四十多，是北美唯一一個華人人口超過百分之四十的地區。而傳統的唐人街，卻越來越少華人，唐人街往日盛景不再。

加拿大是一個高收入高稅收高福利的國家。一般收入所繳交稅率達百分之四十多，但社會福利相當豐厚。尤其是老人與窮人所受到的照顧令人驚羨。除了一般的老人金、失業金，有關的福利還有很多，比如配偶津貼、鰥寡津貼、家庭補助金、年入息補助金、特別援助和補充援助等等，似乎生死病老，政府全包，表現出對老人窮人等弱勢群體的關懷是無微不至的。華人很會充分利用這些福利，如有兩位朋友忽然間雙雙辭職，然後就駕車到美國進行長途旅行，說玩夠了再回頭找工作。而再次找到工作之前，各種政府補貼足夠應付日常生活開銷。

1 這是中共屬下中國少年先鋒隊的宣誓口號，本來有政治崇高意味，現被轉喻為貪官隨時準備外逃的說法。

有人群的地方就有紛爭，這對華社來說，更是顛撲不破的真理。溫哥華的華社從地域來說分中港臺，從觀點來說分左中右，從顏色來說分藍綠紅……。平日問題不大，到節假日或某些大型活動之際，各種真面目就顯露無疑了。而在同一個社團、群體中，也往往上演兄弟鬩牆，同室操戈的戲碼。什麼雙胞、多胞、真假、正偽……以致鬧出寄律師信、上法庭的大動作。只能說，應了那句老話：一個華人一條龍，一群華人一窩蟲。親歷溫哥華，瞭解更透徹。這都是些令人喪氣的事兒，不說也罷。

溫哥華當地的華文報刊雜誌繁多，如《神州時報》、《中華時報》、《中國經濟報》、《真佛報》、《健康時報》、《楓華家庭》、《楓華學子》、《娛樂生活雜誌》、《大華商報》、《號角》、《環球華報・娛樂》、《世界華人週刊》、《新大陸週刊》等等，但基本上是免費放在約定地點供人選取，只是靠廣告費支撐。每週我都會上街隨意挑幾分華文報刊回來，粗粗流覽，細細閱讀，既瞭解世情，也消遣時間。據我觀察，這些華文報刊雜誌，主辦者，編輯者，閱讀者，較多是不同時期來自中國大陸的人。所載文章的內容，有的有強烈、鮮明的政治傾向，但大多只是與當地民生及時政有關，也多有關涉中港臺各種資訊者，文章的品質，可謂良莠不齊，在華社中的影響有限。囿於經濟支持的薄弱與匱乏，這些中文報刊雜誌的前景大多不獲看好。

（六）周邊漫遊

照顧到兒子上學需要，我們放棄了幾次朋友邀約在美加長途駕車旅遊的機會，尤其放棄了五一等新結識的朋友邀約去黃刀鎮看極光的機會，待看到五一兄傳回來的極地風光與極光照片，真令我後悔得捶胸頓足、痛心疾首。不過，我們還是趁著一些短暫假期，到溫哥華周邊地區進行了幾次旅遊。

溫哥華島——三月下旬，學校假期，兒子到多倫多同學家，我們便「趁機」參加一旅行團，首程即乘船前往距離溫哥華市一個半小時航程的溫哥華島。該島比臺灣略小，卻只有六十多萬人。島上最大的城市維多利亞為溫哥華所屬加拿大不列顛哥倫比亞（British Columbia）省的省會。面臨維多利亞港的是省議會大廈，典型的維多利亞式建築，站著門衛，卻自由出入；裡面眾多照片及栩栩如生的模型，向遊客展示了當年歷史風貌。皇后飯店是一景點，其外觀就很有特色，爬滿藤狀植物的外牆頗見歷史滄桑感，大門外兩棵猛獁狀的樹很能搶鏡頭。

在維多利亞市還遊覽了一個廢礦坑改造成的凹地公園，溫哥華市區的女王公園也有一個類似的凹地花園。這種凹地花園的景觀很是別致，站在高處，似觀賞一幅精緻且有縱深感的圖畫；深入其間，又有挪騰曲折，移步換景的效果。似乎唐人街是華人旅遊的必到之處，不過維多利亞市的唐人街委實不景氣了，只有路邊一些3D立體畫給人一些新鮮感。倒是「零公里處」的景點蠻有意思——加拿大從西到東有一條橫貫全國長達八千公里的一號高速公路（號稱世界最長），維多利亞市就是一號高速公路西段的盡頭，就在濱臨太平洋處豎立一座上書Mile 0的標誌牌。

惠斯勒——離開溫哥華島，我們就轉向惠斯勒（Whistler）——二〇一〇年冬奧會滑雪項目所在地。惠斯勒是一個往溫哥華北邊一百二十多公里，不到兩小時車程的小鎮，北美的著名滑雪勝地和旅遊度假區。這裡有世界最長的雙峰纜車（跨越兩座山峰），全長四點四公里。由於時間有限，我們的遊覽項目就集中在乘纜車登雪山。這對我來說既喜又憂，喜者當然是能登高攬勝，憂者就是我有頗嚴重的懼高症。然而，當纜車升空後，一派銀色世界展現在腳下，令我忘卻了懼高症。當時豔陽當空，微風習習，居高臨下，視野極佳。望遠方，天極藍，雪極白，藍天白雪色彩分明；看腳下，漫山積雪，遮蓋著滿山的杉樹林。寬闊的滑雪道，從山頂蜿蜒達至山腳，不時有滑雪好手疾速滑行而下。

跟我們同一纜車箱的恰好是四位臺灣女生，閒聊之中，得知她們在溫哥華修讀不同的課程，很快就要完成學業了。我隨口問：「都打算留下找工作咯？」居然異口同聲回答：「不會！」我們略感詫異，再詢問，得知原因：眼下外國人在溫哥華的工作機會幾乎是零；溫哥華太……清靜了。她們是用「清靜」的詞，我們知道這有「無聊」的意思——尤其對年輕人來說。我們也聽說過：溫哥華好山好水好無聊。不過我們卻是極欣賞溫哥華的清靜，曾一度計畫在此地買房，待退休後來居住養老。後瞭解到外國人沒有醫療福利保障，病起來那可就承擔不起，而老年人不就最怕病嗎？因而才打消了買房念頭。

最有意思的就是，我們在雪山頂與阿銳欣紅夫婦相聚。阿銳欣紅夫婦是滑雪高手，阿銳還是滑雪教練呢。他們倆極愛運動，因此養成逐運動而居的生活方式，夏季住到近水地區，滑水衝浪；冬季就常駐在惠斯勒，下午給人打工，上午就是滑雪了。我們在雪山頂跟他們相聚，只見他們一身滑雪行頭，甚是威風，完全不見歲月痕跡

（尤其阿銳已年過花甲，看上去整一個精壯漢子）。大家就站在雪中聊了好一會，照了幾張相片。不妨礙他們的玩興，「驅趕」他們離去。眼看他們矯健靈活疾速滑行下山的身影，羨慕不已。

洛磯山——三月底，定下洛磯山之遊。有朋友說，這時候進山，只是看雪。我想我們來自溫／熱帶，就為了看雪也值啊。乘旅遊車進山途中，沿途景觀還是頗為豐富多彩，遠處是藍天雪山，近處的草坡山丘則點綴著蒼綠及黃紅色葉子的樹木，我透過車窗拍了幾張照片，構圖得當層次分明色彩斑斕，自覺頗有水準，以「鄉原的色彩」為名貼上臉書，賺了不少「讚」。越往山中行，色彩就越單調，漸漸就只有黑白二色了。所謂黑就是山上的樹影，所謂白就是滿山的雪了，於是，從晃動的旅遊車上拍下的照片，卻有了宣紙水墨畫的效果。

忽然，導遊提醒我們注意前方將出現的一處景觀。待該景觀出現時，全車人幾乎異口同聲歡呼：斷背山！那是「早已熟悉」的景象——大斜坡的山脊，李安代表作電影《斷背山》的著名標誌。大家都擠到右邊車窗前猛按快門，我們正好在右邊座位，穩穩搶拍了幾張斷背山照片。

傍晚時分，我們到達班芙國家公園露易斯湖邊的城堡酒店。那是一座號稱「世界十大風景酒店」的五星級酒店，外觀甚為富麗堂皇，裡面也附設多種服務、康樂設施及商店，不過客房佈置卻很一般。但酒店四周已令我們驚歎連連：積雪高達二樓，數條進入酒店的通道，就是從積雪中挖掘出來的過人深的通道；酒店前的車房之類矮房頂上的積雪，大多有一二公尺高；到我們客房，透過窗口，就見幾條頗為粗大的冰柱，從對面樓的二樓直掛地面。

稍作安頓，我們就迫不及待跑到附近的露易斯湖。從網路照片可知，夏季的露易斯湖十分碧綠，宛如班芙山中一顆翡翠。不過現在已經冰封為一巨大平滑如鏡的冰湖。當時雖已是暮色黃昏，但藉著冰雪反光，仍可取景搶拍了幾張諸如「所謂伊人，宛在湖中央」（站在冰凍的湖心）、「湖面冰雕」（冰雪雕塑）之類的照片。正要轉身回酒店，忽見湖對面岸邊一幢小木屋，閃爍著昏黃的燈光，很令人遐思，不由想起前蘇聯歌曲《燈光》：「透過淡淡的薄霧，青年看見，在那姑娘的窗前，還閃耀著燈光……」於是，邊哼著《燈光》的歌邊對焦按下快門。

早晨起來，匆匆吃過早餐，便出門賞景拍照。在我們眼中，此時班芙山中處處是美景，幾乎是不加選擇亂拍一氣。在轉動角度拍照時，還沒對好焦，忽然冒出個搶鏡頭的東西，尚沒看清，便下意識按下快門，於是得了一張小鳥大頭照：不知名的小鳥正面對著鏡頭，眼神略帶茫然，煞是卡哇伊。

待完全清醒過來，審度眼前形勢，決定上山。通過酒店前的積雪通道，我們懷著「明知山有雪，偏往雪山行」的大無畏氣概，向幾百米開外的雪山邁進。那可是真正的雪山，經過清理的山路，仍有掩蓋鞋背的積雪，山路邊幾步外，動輒便是沒膝深雪。或是天尚早，或是天太冷，或是雪過深，反正，一路上幾乎不見人，半天才遇上兩個洋人踩著滑雪板路過。

於是，便一路錄影拍照，一路說說唱唱，自得其樂。一棵架空的落木上的積雪，居然有一公尺厚，一時興起，轉到落木下，作勢扛木，拍下一幅「力扛雪兮氣蓋世」的照片。見路邊一個球狀物，以為只是團雪，讓太太對好鏡頭，拍我一張舉重狀的照片，沒想到那物件沉得很，足有二三十公斤吧，應該是塊冰團，但鏡頭已對好，我只能齜牙咧嘴地硬是將冰團舉起來。

下午開始回程，旅遊車在高速公路上平穩馳行，大多遊客都進入夢鄉，我卻毫無睡意，依舊著迷地欣賞遠近的蕭瑟美景。不時搶拍一些自認為「難得一見」的美景。不久，我發現高速公路沿途，隔不遠就有一座奇怪的橋，看樣子不是給人走也不是給車行的，向司機詢問，方知是給動物在不同季節遷徙所需的通道。傍晚時分入住一個湖邊酒店。這是一個不凍湖，但也是一派蕭瑟景色。早上起來，到岸邊放眼湖面，只見霧靄迷濛，倒也別是一番景緻。這時節的樹木，樹葉早已落光，只剩光禿禿的樹幹與樹冠，但在溟濛天色的襯托下，遠山近樹，相映成趣。

美國華盛頓州——四月下旬，趁週末參加旅行團赴毗鄰溫哥華的美國華盛頓州賞鬱金香。進入華盛頓州不久，視域豁然開朗，公路兩旁，遼闊的農田，草原，丘陵，不時可見三五成群的牛羊悠閒懶慵散落在綠茵原野上。擺脫世務纏身，沉浸在如此靜謐的鄉村景象之中，頓覺神清氣爽。

早聞華盛頓州鬱金香的盛名，也上網觀賞過有關照片，但親臨其境，心靈衝擊的感受還是難以言訴的。平生第一次看到那麼大面積、那麼多種類、那麼多色彩的鬱金香！連綿起伏的鬱金香花海，紅、黃、藍、白、黑、紫、橙，再加上嫩黃、淡藍、淺橙、深紫、粉紅等，「五彩繽紛」、「色彩斑斕」之類的形容詞委實太缺乏想像力了！那麼，又該如何形容鬱金香花海的美呢？只能一語以蔽之：大美無言。

返回溫哥華時，在加拿大海關卻無端折騰半個多小時。一海關官員對我來溫哥華UBC客座的目的有疑問：中國古代文學的研究，為何到加拿大來？費盡口舌解釋，才勉強通過，但告誡我：七月三十一日為離開加拿大的最後期限。

其實，我無須待到那個日子——因有三位研究生畢業口考（即論文答辯），我不得不於六月下旬便提前回返臺灣。

輯六：臺灣內望

勝王敗寇？我看不到贏家。我看到一個民族的悲哀。……上星期天晚，在高雄，我們一群來自臺灣、大陸、美國、澳洲、韓國、新加坡的友人相約到伸進大海深處的長堤盡頭「聽海」。黑沉沉的大海深處那頭是大陸。躺在長堤邊巨大的防波塊上，滿月當空，海面波光粼粼，眯著眼睛，傾聽身下海浪拍打聲，腦子浮現的卻是童年時代耳熟能詳的歌聲：月亮在蓮花般的雲朵裏穿行……（**〈轉眼一甲子〉**）

臺灣初遊

題記：這是我首次踏足臺灣，是我腳踏實地認識臺灣、理解臺灣、熱愛臺灣的開始；也由此促使十年後我的人生軌道徹底轉到了臺灣。

（一）有驚無險的啟程

一九九五年四月，我的朋友，臺灣中山大學徐教授給我寄來邀請書，邀我出席十一月份他們那裏召開的一個學術研討會。一看會議討論的議題，並非我的專業，但我毫不猶疑答應了徐教授的邀請，原因無他，就因為「寶島臺灣」的誘惑。於是，我馬上著手找有關議題的資料「製造」參加會議的論文，並著手申請赴臺簽證。論文的「製造」雖有一定難度，但最終也算較順利完成了，倒是簽證真夠折騰人。

那天我到臺灣駐新加坡商務代表處申請赴臺簽證，接待櫃檯的女職員一看我的大陸護照，便乾脆利索地拒絕了，說即使有新加坡綠卡也非得五年後才可申請。看那女職員的義正詞嚴的神態，我還當自己是刁德一在茶館跟阿慶嫂鬥智[1]呢。我當然沒給嚇著，我知道當時臺灣當局對海外大陸「學者」有特殊政策，我從來對「學者」身分沒認真過，這次非認真到底不可啦！

我心平氣和地提出要見「主管人士」。「阿慶嫂」猶豫一會，居然給我引見了主管人士。面對該主管人士，我不卑不亢地陳述我的學術背景、該會議的學術價值、我參加該會議的必要性云云，末了，不輕不重來了一句：「我膩味透意識形態了，別再給我摻合那玩意兒，請在學術層面考慮我的申請！」主管人士一笑，不置可否地應道：「您把表格填好，備齊有關材料，我們負責呈送回去，結果如何，煩請您耐心等著吧。」

總算開了個好頭，我挺高興的。可沒想到一等就等到十一月初還沒消息，跟徐教授聯繫，才得知是當時臺灣方面的「慣例」，要到最後時刻才批下簽證，然後由主辦單位用傳真傳給申請人並將原件送海關供申請人入關時核對（當然只是對大陸人士才如此）。什麼呀？怕我們早幾天拿到簽證就會闖關啊?!看來這雞腸肚子症狀並不限於哪個黨哪個派，大凡衙府官們都有天生遺傳。沒轍，悠著等吧！但到臨動身前一天，仍未見傳真，而我動身那天是週六，我下午兩點多的飛機，上午就告假在家收拾行裝，心想簽證的原件不是送海關了嗎？管他呢，到那邊才說！於是直奔機場而去。

誰知還真出漏子了：劃機位時被告知，沒臺灣方面的簽證不能登機。我可急了，馬上給徐教授打電話，愣接不通。找其他人卻又說簽證剛拿到，就在徐教授手中。而這時已過中午一點鐘，我們單位下班了，沒法得知簽證

1 刁德一與阿慶嫂是文革樣板戲《沙家濱》中的反派與正派代表人物，兩人在茶館你來我往明諷暗刺的鬥智是該戲精彩的一幕。

是否已經傳真來。臺灣長榮航空公司駐新加坡辦事處還真有責任心，派一位員工專門負責我的案子，不斷跟臺灣方面打長途發傳真聯繫。好不容易找到徐教授，而他剛將簽證傳真到我單位，並正準備出門將簽證送往海關，一看這情形，便當即將傳真發到新加坡樟宜國際機場。待我在這邊拿到簽證傳真，以空前速度辦理好機位登記、海關出關手續，百米賽跑般地衝上飛機，機門就在我身後關上了。

（二）有幸經歷「選戰」

臺灣中山大學在高雄。飛機在高雄小港國際機場著陸已是黃昏時分。下得飛機便見一位航空公司職員擎著一個寫著我名字的牌子，原來是特殊服務：帶領大陸人士辦理出關手續。哈，是個人物啦！手續還真的不一樣：先是將我的大陸護照收去「保管」，說到我出關時再還給我，然後給了一張巴掌大的「通行證」，說我在臺灣期間就憑這「通行證」做護身符。如此折騰一番，出得關來，已是萬家燈火了。

徐教授帶他一位研究生來接我，說我是第一次來臺，就讓他的研究生駕車在市區街道兜幾圈，先來個夜市觀光。不知是否初到「寶島」的心理因素，我對高雄市區的印象還不錯，熱鬧卻不失整潔；但越往市中心，越感覺不太對頭，緩緩勁才發現是由於街道兩邊越來越多的五花八門的旗幟與宣傳條幅。徐教授忙解釋說這是臺灣政治文化生態的正常現象，因了立法委員選舉來臨。似乎為了轉移我的注意力，徐教授讓他研究生將車轉往「愛河」、「萬壽山公園」等風景點，可惜，那些旗幟條幅也死纏爛打似地跟隨著，無處不有。

高雄的中山大學位於高雄市西面的西子灣畔，背山面海風景十分優美，是當地一個挺熱門的旅遊景點，我們開會那兩天是週末，便見不少旅行團及家庭到校園遊覽、野營，跟肅穆的大學學術氣氛相映成趣。校園還有一個頗特殊的紀念館：蔣介石住過的一座公寓（行館）。我乘開會時溜出來去「瞻仰」了一回，就我自己一人，靜悄悄的。裏頭的實物擺設（包括蔣在南京乘過的一輛轎車）、解說詞等，在風格上看跟大陸「無產階級革命家」的紀念館大同小異。不愧是「同根生」，宣傳手段與風格也如出一轍。稍有走神，還真以為是在參觀哪一位「無產階級革命家」的紀念館呢。出得館來，恍惚有「不知有漢無論魏晉」之感。

次日晚飯後，我依約去拜訪高雄師範大學的史教授。史教授是一位學術刊物的主編，發過我一兩篇論文，得知我來高雄，非要見個面不可。在路邊攔了輛計程車，上車還沒坐穩，司機就認真而不失禮貌地問我「挺」誰。一下子我還鬧不明白什麼「挺」不「挺」的，想起報刊上鋪天蓋地的「選情」報導，才明白他問我支持哪個候選人。便告訴他我是遊客誰也不「挺」。司機仍遞過幾張傳單，熱情地向我介紹起他所支持的立委候選人。我調侃說你口才挺好啊幹嘛不出來競選呀。他則一板正經說我助選呀交了班就去助選。看他那投入勁兒，我想起文革中的我，不禁莞爾笑了。

到了史教授家，史教授開門看到我，怔了一會，說：「您就是……？」我說：「您好！我就是……」「啊啊，看你文筆我還以為是位老先生呢！哈哈……」「不敢當，曾經滄海未老先衰罷。」嘴上挺謙虛心裏卻特得意（是有那麼點虛偽）。

史教授六十多歲了，但身體硬朗得很，高大魁梧，典型的山東大漢。性情更是爽直，似乎跟我一見如故，侃起來全無顧忌，從眼下的選戰選情，到兩岸的統獨走向，說起來滔滔不絕有板有眼。人說大陸人談起政治個個政治局委員似的，我看選戰中的臺灣人也個個立法委員似的，都挺可愛。

話說回來，中山大學的學術會議本身的確不是我關注所在，只記得是中規中矩地進行，因有幾個大陸學者，故會議內外決無政治話題尤其是統獨話題，但還是出了「狀況」：校長在市區一個酒店宴請與會學者，致辭時懇切說了，雖然外面「選情」激烈，各派代表四處拉票，但已跟酒店有關部門交代過，決不允許「選戰」干擾我們的宴會……話沒落音，一群民進黨人士就衝了進來。幸虧校方（包括校長）反應也快，即刻上前阻攔，而對方知道我們是「國際學術會議」，也馬上道歉撤出。算是虛驚一場，卻也算是「經歷」過著名的臺灣選戰了吧。

（三）嘉義驚豔之夜

第三天中午會議結束，無意中得知位於嘉義市的中正大學有三位教授會議後即驅車返嘉義。我忙拎上行李箱跟上了車，直奔嘉義市去也。

我的目的當然不是中正大學，而是嘉義市所處的阿里山！

阿里山啊，著名的阿里山啊！我們在大陸對臺灣有多少瞭解？阿里山總是首當其衝的印象：「高山青，澗水藍，阿里山的姑娘美如水，阿里山的少年壯如山啊……」車子沿高速公路北上，沿途景色盡收眼底。

令我印象深刻的是臺灣南部小城鎮的建設頗為起色，跟珠江三角洲的情形差不多（或者說珠江三角洲是重複臺灣經濟建設的路子）。中正大學的教授告訴我，老蔣（指蔣介石）時期並不重視南部建設，只是一味經營「大臺北」，一心只盼著「反攻大陸」（如今大陸最讚賞老蔣這種心態了——堅守一個中國啊），到臺灣「撤出」聯合國後，方大夢初醒，始定下心搞本土建設，南部才得以發展……

聽後感慨萬千，紅塵中人啊，怎麼就讓莫名的意識形態糾纏不清了呢？到現在還嫌不夠？還要糾纏到猴年馬月？平民百姓只求個平安日子，政客們要決勝負就單挑獨鬥，拉扯草民百姓陪著受罪，咱玩不起啊！

下午四點多就到了嘉義市，嘉義市地處阿里山麓邊上，每天都有專線巴士及森林火車上山。為了方便上山，我選擇了火車站與汽車客運站（挨在一起）旁邊的一個旅店住宿。

住下後，看時間還早，便信馬由韁地逛街去了。嘉義市算是個中等城市，除了鬧區，一般地方人不太多。逛到掌燈時分，我忽然來了一急，欲找解決的地方。那裏是一條頗僻靜的街道，看到路邊一個燈火輝煌的醫院便鑽了進去，進去後卻發現仍然闃靜無人，在一條空蕩蕩的走廊轉了一圈，還是找不著地方。

這時看到一位中年婦人，忙上前打聽。人家是女性，咱得斯文點啊，於是很紳士地問道：哪兒有衛生間？婦人不明白。於是改個說法：洗手間在哪兒？洗手？在那就可以啦！她指著走廊邊一個水龍頭說。還楞是不明白！我又急又窘，正琢磨是否要直道「小便處」？婦人笑了：「你找化粧室呀?!」我卻趕忙否認說不是，因我當時直覺將化粧室跟停屍房聯繫在一起了。但當婦人將我帶到一個標明「男化粧室」門口，我唯有匆匆道謝後鑽進「化妝」去了。於是也就知道了臺灣「化粧室」的真正實用價值。

「化」完「妝」後，看天色已晚，想著明天要上阿里山，就趕回旅店休息。沒想在車站周圍轉來轉去就是找不著我下榻的旅店。冷靜下來，想起那旅店是在客運站門口馬路右斜對面，於是，先到客運站門口站定，再往右斜線穿過馬路，果然找著了。原來旅店門前居然就只有一盞昏黃的路燈，連旅店牌子和門口都看不清楚。

那是一個中等規模的旅店，我的住房在二樓，單人房卻是雙人床，有沙發、電視，也附有一個洗漱間，洗澡有熱水，感覺蠻不錯。洗漱完，上床鑽在被窩裏靠著看電視，發現竟然可以收到福建臺、廣東臺的節目。

大約九點多，我隨意轉著頻道看，忽然轉出一個超級「黃」的頻道，直看得臉紅耳赤心驚肉跳，正默念毛語錄要下定決心轉臺時，電話鈴響了，嚇我一大跳，心虛虛地拿起聽筒，是一個低啞的男聲，問「要小姐嗎」。哇，從電視到電話，全方位進攻呀！我一口回絕，對方還不死心，進一步宣傳起臺灣小姐的優點來。我急忙擱下電話，不由緊張起來，要鎖上門，才發現那門是沒法從裏邊上鎖的，只好將沙發推過去頂著門。再看窗口，又發現已被鐵條焊死了，要跳樓「逃生」也沒門！

「黑店？」陰森森一個念頭冒上心頭，大冷天硬是給嚇出一身冷汗。電視也不敢看了，穿戴整齊鑽進被窩死撐。這回可真的領教什麼是樹欲靜而風不止香風毒霧糖衣炮彈敵人亡我之心不死，但我也委實無法做到大義凜然視死如歸面不改色心不跳……

也不知怎樣睡著了，直到被一陣電話鈴聲驚醒，原來是morning call。趕忙抄起行李箱下樓結帳。服務臺是兩位小姑娘值班，天真浪漫地，似乎渾然不知我昨晚如何刀光劍影血雨腥風出生入死。

（四）上阿里山

專線巴士在淩晨昏暗的霧色中緩緩駛出車站，偌大的巴士內只有四個乘客：一個小夥子縮在最後一排睡覺，我旁邊隔著走道是一對老夫婦，相互攙扶著上車，十分恩愛的樣子。

昨晚折騰半宿，太陽穴跳著疼，閉上眼想在車上睡一覺，耳邊卻斷斷續續傳來那對老夫婦的喃喃私語聲。聽口音不像一般臺灣人說的國語，反而像大陸北方話。這引起我的好奇，不禁偏過頭偷偷打量他們，卻正遇上老先生的眼光。老先生欠身道歉說打擾了，老太太見狀也探過身子致歉，我趕忙坐直身說沒事沒事正想提起精神觀看窗外風景呢！

其實窗外還一抹黑，根本什麼也看不清。老夫婦也看出我的尷尬，便主動跟我聊起來，告訴我說他們是河南鄭州人氏，來臺已快五十年了，六十年代中就定居在嘉義市，卻從來沒上過阿里山，現在退休多年閑著沒事，趁著還能走動，一起上山轉轉。一席話聽得我心發澀眼發濕，心裏一激動就將自己的底全兜出了，跟他們談起大陸，談我熟悉的深圳特區、珠江三角洲，也談我從未到過的河南鄭州、中原大地……

不知不覺中，窗外豁亮了，遠山近水皆清晰可見了。巴士一直在往上爬行，路面挺不錯，穩穩當當的沒顛簸，一路上也沒有人上下車。巴士在一個有幾間店鋪的地方停下來，司機背對著我們說是到「山下」了，要辦什麼事就在這辦好，等會兒上山路陡中途不會停車了。爬了半天才「山下」呀？我真是倒吸一口涼氣了！老夫婦反過來安慰我說，沒事的，車好路好司機技術好沒事的。

司機是個瘦小個子，卻很是精神，跳下車鑽進路邊一個店鋪去了。車上的人都沒下車，後排的小夥子身都沒翻一個，老夫婦嫌上下車麻煩就不動窩了。我則是怕冷，就隔著玻璃窗觀看山風呼嘯樹叢起伏雲卷雲飛的景觀。

好一會司機才回來，上車咧嘴沖我們一笑。他這一咧嘴可把我嚇壞了——滿嘴鮮紅的血呀！老先生看我驚懼的樣子，忙湊近來低聲告訴我說司機是在「嚼檳榔」，臺灣的司機都喜歡「嚼檳榔」，提神著呢，賽過抽煙，卻也像抽煙那樣會上癮。是這麼一回事啊！可想起那滿嘴血淋淋的樣子，我還是覺得心悸。跟司機上來了一個山地姑娘——看那裝束就是，雖沒舞臺上的山地姑娘那麼花哨，樣式特色也差不離了。可那山地姑娘本人呀！怎麼說呢？那歌兒唱「阿里山的姑娘美如水，阿里山的少年壯如山」，可眼前這阿里山的姑娘卻是「壯如山」！這麼說吧，我一米七的三等殘廢身材擱她旁邊，踮腳也只能與肩齊平。

巴士上山了。那才真叫「上山」！有的路段那個陡呀，直感覺車輪子要懸空似的。我本來是坐在右邊靠窗的位子，也悄悄挪到靠走道的位子了——不敢看窗外下面的懸崖深澗——我有懼高症。後排的小夥子也坐直身了，雖然還半瞇縫著眼不動，但我想他神經繃緊著呢。老夫婦也不作聲了，倆人倚靠著手握著手。

其實，或許誰也不把這山路當一回事，但我確實很緊張地當一回事了，也就認定別人像我一樣當一回事了。那山地姑娘倒是真的不把這當一回事，上車後就趴在窗邊看著窗外，還不時自己唧唧咕咕說什麼，甚至輕聲笑起來。開始我還覺得她是否有什麼不對勁，後來看她實在也沒什麼「危險性」，不禁怪自己不對勁了，疑神疑鬼的。

說也奇怪，「監視」了一陣山地姑娘後，我的「懼高症」似乎減輕了不少。漸漸地也敢挪近窗口往外窺探了。這時，才發現窗外的景色如此壯觀——雲海在山腰湧動，有時似凝滯不前，有時卻又如萬馬奔騰而去；深澗及陡峭的山坡上矗立著不少粗大高聳的樹木，有的當是百年古樹甚至千年古樹，遠方的峰巒在朝陽映照下，閃爍著眩目的光暈，群峰疊翠層林盡染，江山如此多嬌，引無數英雄競折腰！我們的巴士就在這壯觀的畫境中緩慢平穩地蜿蜒而上……

（五）阿里山風情

終於抵達目的地。那是山上一片臺地，專線巴士車站和森林火車站都在這裏，還配套了大小十多間旅店，以及商店、餐館、郵局等。我隨便找了間旅店安置好行李，便揣上傻瓜相機興沖沖地哼著「高山青」鑽進了深山老林。阿里山屬於玉山山脈的支脈，是曾文溪和清水溪的分水嶺，也是臺灣著名的原始森林之一，占地約三萬多公頃，有「臺灣森林寶庫」之稱。

阿里山的林木以扁柏、紅檜、鐵杉、臺灣杉、華山松等針葉樹為主。其特色主要有二：一是林木品種多且分熱、暖、溫、寒四帶，因此若在林中遇上哪位遊客邊走邊穿衣或脫衣就不必大驚小怪了；二是林木的樹齡皆挺有些「輩分」的，往往是上百年、數百年，有的甚至有數千年歷史。試想，在深山老林中倚靠著一株千年老柏沉思是什麼滋味吧！

那時是旅遊淡季，遊客不多且多是些老外，包括洋人、日本人和香港人（聽其言觀其行便可知），有旅行團的也有家庭或朋友三幾人一起的，像我這樣的獨行客絕少。

我沉迷於姊妹潭的山光水色，亦膜拜了阿里山神木的奇異神姿；但更多時候，是漫無目標地在山中亂竄，看到什麼美景就瞎拍照；累了就找塊懸崖巨石面對雲海端坐，或倚靠著某棵幾個人合抱不過來的千年老樹，當然不會忘記故作沉思狀。有時走著走著，發現前前後後就你一人，卻又隱隱約約聽到人語聲。唐代詩人王維〈鹿柴〉詩曰：「空山不見人，但聞人語響；返景入深林，復照青苔上。」很是清幽也很有禪意，但此刻置身於山深林密處，多少有些心裏發毛。

當鑽進一條深澗在密林小道中轉幾個彎後，路邊叢林掩映處現出一間雜貨店，我正口渴，一眼就看到貨架上的礦泉水，待上前才發現店裏空無一人。我納悶，就這麼敞開供應呀？一九五八年大躍進我們那兒就搞過共產主義商店試點，無人銷售，全憑顧客的共產主義覺悟自動付錢，沒兩週就關門大吉了，不關也不行，貨給搬空了，錢卻沒留下多少。如今面對這個雜貨店的「空城計」，我惶然不知所措了。就這麼自動拿貨自動付錢？我還是多個心眼，拿了礦泉水後，捏著錢吼一聲：「人吶？有人……嗎？」

隨著一陣銀鈴般的笑聲，從店鋪後轉出一位妙齡少女，手裏揚著支羽毛球拍，滿臉笑靨盈盈。趁她找零錢時我問道：「要是我拿了東西不給錢怎辦？」「你會嗎？」她不無驚訝瞪我一眼，又咯咯笑起來。繼續上路轉到雜貨店後面，但見一塊空地，另一位少女在抹汗等候著，見了我則大方友好地笑笑示意。雖然她們都是漢人裝束，但我寧願相信她們是真正的「阿里山姑娘」，這樣才能解釋她們那種隨意自然而近乎古樸的商業方式，以及她們置身深山老林而又無憂無慮的生活態度，更重要的是只有她們才能充分證實了「阿里山的姑娘美如水」的傳說啊！

暮色蒼茫之際，我回到旅店美美洗了個熱水澡後，到餐館找了個面臨山澗的雅座，要了瓶啤酒，點了幾個阿里山風味的菜肴，舉起酒杯，沖著嵐氣氤氳的澗壑默默祝道：「生日快樂！」

那天是十一月二十日，我的生日。我從來不在意自己的生日，而實際上，我走南闖北多少年來，我的生日也大都是一個人過的，也沒有什麼特別的感觸。可今天在阿里山上過生日，卻令我無端生發萬千思緒：童年歡樂而清苦的時光、知青坎坷且崢嶸的日子、大學拼搏亦多彩的歲月、留學新奇卻彷徨的年代，一一如電影蒙太奇般地湧現在我眼前，又消隱於阿里山蒼莽的群山峻嶺之中……

（六）玉山觀日出

服務臺電話通知：次日淩晨要登玉山觀日出的旅客到大堂集中。待我來到大堂，已經聚集了約二三十人，好像是一個本地人組成，專門上玉山觀日出的旅遊團。

大家正簇圍著一位大鬍子壯漢，聽他以閩南話（臺語）在說著什麼，大約是介紹明晨活動的事項。我不懂閩南話，但不好意思打斷大鬍子的話，直到最後大家要散去時，我才舉手表示聽不懂「臺語」，要求大鬍子用「國語」再說一遍。大家都頗驚訝地將眼光投向我。大鬍子倒挺和氣地用國語問道：「先生不是臺灣人？」我說是新加坡來的，刻意將我大陸的背景模糊處理。有人不解地說新加坡華人都會閩南話啊，我說也有不會的啊就像我啊。於是，大鬍子專門為我用國語介紹了明晨的活動安排與注意事項。

玉山主峰海拔三千九百五十二公尺，號稱為東亞第一高峰，也是西太平洋邊緣的第一高峰。玉山國家公園觀日出的地點有多處，我們要去的好像是玉山主峰南側的山峰。次日淩晨四點多鐘，我們就起床出發。深秋山上氣溫挺低的，我不願向旅店借棉衣，只是將帶來的所有衣物都套上了，心想咬咬牙抗三兩個鐘頭該沒問題的。

我們一行人由大鬍子（司機兼導遊）率領乘旅遊巴士出發，到了山頂下，都下了車，由大鬍子領頭沿崎嶇山路往峰頂攀登。途中，我前面一夥學生模樣的男女青年人正在興致勃勃談論在黃山看日出的經歷，並感歎作為臺灣人卻是先看了大陸的黃山日出才來看臺灣的玉山日出。我心裏嘀咕，這有什麼奇怪的我這個大陸人還不是沒看過黃山日出就先來看這玉山日出嗎？

終於登上了觀日出的山頂，黑壓壓的群山盡在腳下。

這時天色還特黑，大概就是所謂黎明前的黑暗罷。要命的是風也特大、天氣也特冷。大家都不再說話，為了取暖還紛紛相互擁抱在一起。一時間，我前後左右的人們都或兩個或幾個相互抱成了團，以抵禦那刀子般割肉刺骨的山風。只剩下我和大鬍子是「落單」的。大鬍子想來是習慣了，迎風站著閃都不打，而我也實在不敢想像我跟大鬍子擁抱是什麼模樣，只好蹲下來抱著自己的雙膝，將臉埋在兩腿之間。

東方漸漸透出亮色，先是濛濛的灰白，接著，整個東方地平線撐出一道白光，然後慢慢向邊緣泛開去，忽然，一團刺眼的白球躍上雲空，還沒等人們按下快門又迅即被四周簇擁而至的雲霧吞沒了，從始至終都沒看到人們所常描繪的彩霞紅日。有人在歡呼，但似乎更多人是遺憾。我沒歡呼卻也沒覺得遺憾，只有完成了一個什麼心願似的滿足感。

這時天地豁然通亮，只見遠近峰巒像瞬間被潑上蒼翠之色，漫漫雲海霧浪在山風勁吹下迅疾地踴流於千山萬壑之間，甚至湧上峰頂撲面而來又呼嘯而去……

等到下了峰頂登上旅遊巴士，我才發現我的頭髮、衣服都濡濕了，而手腳也已被凍得生疼，臉龐卻有又麻又辣的感覺。

（七）溫馨的埔里

乘森林小火車回到嘉義市車站已是中午時分，下車後即刻轉乘長途客運巴士直奔臺灣中部的南投縣而去。此行目的地是南投縣的埔里鎮。

其實我原先的目的地是日月潭，很好理解，阿里山日月潭，對我們來說早就是「如雷貫耳」臺灣兩大名勝，玩過阿里山肯定就輪到日月潭啦！然而在森林小火車上看地圖時，發現日月潭附近的埔里鎮正是臺灣暨南大學所在地，而廣州的暨南大學卻正是我的母校！就是這麼個「血緣關係」促使我臨時改變計畫：先去埔里拜訪「堂母校」，然後再去日月潭。

南投縣是原住民聚居的地方，有雅美、泰雅、阿美、排灣、魯凱等原住民（大陸所說的「高山族」其實就是這些原住民的統稱），跟我在客運巴士上同座的白先生就是一位原住民（泰雅抑或雅美族記不清了）。白先生正好是在埔里一學校任校工，為人熱情十分健談，而且對中國古代文化甚是熟悉與熱愛，以致我開始還以為他是來臺老兵的後人，得知是原住民後不禁讚歎，白先生卻認為不值得大驚小怪。白先生還告訴我他家原本並不姓「白」，而且其族人本來就是沒有專門的姓，只是以父親的名為姓。光復後，國民政府的漢人官員為他祖上的人登記，以他祖上名的第一個發音「b」當作「白」，也就作為他家族的姓了。

抵達埔里鎮已是臨近傍晚，在白先生幫忙下我很順利找到臺灣暨南大學的臨時校址（一個中學）。

暨南大學建於一九〇七年（在上海），一九四九年國民政府撤出大陸後一度停辦，一九五八年於廣州復辦，至文革又再度被迫停辦，直到一九七八年才又再度復辦。而臺灣直到九十年代初才醞釀在臺「復辦」暨南大學，為了跟大陸的暨南大學有所區別，校名全稱為「國立暨南國際大學」，最終選擇南投縣的埔里鎮為校址。確切說新校址在埔里附近的一座山上，我去那時還沒建好，但學校已經開始招收研究生，計畫學校建好後就正式招收本科生。

學校接待室代為傳話，尋找我幾天前在高雄會議剛認識的大威教授，沒想大威教授回臺北還沒回來。正懊惱著，來了兩位女研究生，說是她們的導師啟屏教授聽了接待室的介紹，讓她們來接我進去。

啟屏教授跟我素昧平生，只憑接待室的幾句介紹就認了我這個「堂校友」。啟屏教授比我年輕多了，溫文有禮。他晚上還有課，只匆匆寒暄幾句，便交代兩位女弟子帶我到鎮上最好的酒店，以學校客人的身分安排住宿（有不錯的折扣），並說大威教授約好明早趕回來，然後他們一起帶我活動。

當晚一人到市面觀光，很是熱鬧。小吃、旅遊紀念品的攤販四處可見，想來當地往來的遊客不少。但間中也出現選戰拉票的人群，算是點綴吧。

翌晨約七點半左右我就洗漱好下樓打算趕早出去走走，卻見大威教授和啟屏教授已經在大堂等候著了。大威教授可是從臺北趕回來的呀，那該是什麼時辰就動身？我真感動了。大威、啟屏二教授請我在酒店吃了早餐後，帶我在鎮上四處隨意遛達。

埔里鎮位於南投縣的地理中心，四面環山，地處盆地中央，濁水溪和北港溪流經鎮子邊，民風淳樸風光如畫。鎮子裏的建築還是以「傳統」為主，清晨行人甚少，十分幽靜。信步走出鎮子邊上，放眼儘是清新靜謐的田園景觀，遠處山巒雲繞霧遮。吸一口涼絲絲的空氣，直覺酣暢清澈沁透心脾。

大威、啟屏二教授領我來到鎮子郊外，在山邊有一個臺灣地理中心碑，即標明此處為臺灣的中心點，碑上刻有蔣經國題的「山清水秀」四字，上端則是一根高聳的不銹鋼柱。頭一次到臺灣就能來到「中心點」，沒有點緣分還真不行，若不是大威、啟屏教授在場，我還真想什麼地方刻上「到此一遊」呢！

之後，大威、啟屏二教授驅車一起送我到臺灣暨南大學正在施工的校址。那是在一座山上挺平展開闊的臺地，時值雨後清晨，四面青山綠水掩隱於在雲霧繚繞迷朦氤氳之中，景色幽美至極。那是一種幽幽柔柔的美，美得令人心悸！

兩年後我再次來訪，學校已經完全建好，一切也都基本上了正軌。大家無不認為臺灣暨南大學從此步上錦繡前程。但做夢也沒想到，再過二年，埔里、暨南大學卻成為九二一大地震的震央，埔里受到嚴重摧毀傷亡甚大，暨南大學則較有運氣，只有傷而無亡，樓房被震裂而無塌。但這次地震無疑是對埔里－暨南大學這夢一般的幽美境界給予無情的重創。

可當時誰能預見到這一切呢？我只深深沉醉在埔里山水幽靜、人文溫馨的美好境界之中。

（八）日月潭之遊

中午，大威、啟屏二教授驅車送我來到了心儀已久的日月潭。據介紹，日月潭水面廣達九百多公頃，以光華島為界，北半部形如太陽，南半部狀似彎月，故得此名，是全臺灣最大的天然湖泊。日月潭湖區的名勝蠻多，除了光華島外，還有涵碧樓、慈恩塔、玄光寺、文武廟、教師會館、山地文化村等。

大威、啟屏二教授安排我入住教師會館，並在那裏再次為我設宴洗塵兼餞行，之後告辭回返埔里去了。我跟二位教授交情甚淺，他們卻待我如親朋故友，實在令我感銘至深。

教師會館面湖而立，是一棟中國古典風格跟西洋風格結合的建築（以前者為主）。我入住的客房正好陽臺對著月潭，夕陽映照湖面波光耀眼，堪稱「湖光夕照」一景。傍晚到湖邊小鎮悠轉，儘是旅遊紀念品商店和各式餐館。遊客不多，弄得我也不能盡興逛商店——甫進門就幾雙眼睛盯住你，特不自在，於是匆匆吃了晚餐，趕回教師會館。

第二天一早，我就趕到湖邊碼頭，拍了幾張晨曦中的湖面照片。之後租一艘小快艇，直往晨霧瀰漫的湖心而去。

時值深秋，清晨湖面冷意甚濃；也因太早，湖面尚無其他船隻，船夫將摩托快艇開到最快，似貼著湖面騰躍、飛馳。我雙手緊緊抓住兩舷，不敢動彈也無法張口說話，還好能轉動腦袋欣賞霧靄朦朧中的湖光山色。途中靠岸登上慈恩塔，居高臨下從不同角度觀覽了日月潭的清晨景色。

晨光下的日月潭，靜謐極了，亦清涼極了。縱目遊觀，遠山濛濛，近水悠悠，令人心曠神怡；然環顧四周，僅我獨自一人（船夫留在艇上），又不免有些許淒然之感。此情此境，不由吟哦王勃〈滕王閣序〉中的名句：「窮睇眄於中天，極游娛於暇日。天高地迴，覺宇宙之無窮；興盡悲來，識盈虛之有數。」雖說有附庸風雅之嫌，卻也多少能反映我內心的一時感觸。

待小艇從月潭轉到日潭，天已大亮，但湖面和湖邊山丘樹叢還是霧氣迷濛的，偶爾幾束強烈的陽光透過雲層霧氣照耀湖面，十分壯觀。小艇靠上日潭對岸一小鎮，也全是旅遊品市場。我無心戀戰，只是看中了一種銅製的飾物（有一根繩栓著掛在脖子上），古拙樸雅甚是有趣，選購了一大把。回來送人卻沒人敢要，說是巫氣十足。倒是我姐全要了去，給她的女大學生服裝模特隊當表演裝飾用了，據說效果滿好呢。

因我計畫趕中午往臺北的長途客運巴士，沒能踏足湖區諸多旅遊點。幸好兩年後再次來日月潭，頗盡情地遊玩了涵碧樓、玄光寺、文武廟、光華島等，彌補了第一次的遺憾。尤其是光華島，該島位於日月潭中心，呈圓形狀，四周環以白木欄，島上老樹鬱鬱蔥蔥，遠望猶如碧波中的一顆綠寶石，充滿了詩情畫意，令人陶醉，引人遐思。可惜這夢境一般的小島，在九二一大地震中遭到完全摧毀了！我第二次遊玩時在玄光寺照的一張照片，無意中以此島作為遠方背景，甚是珍貴。

午飯後，在路邊車站登上了北行的長途客運巴士，直奔我這次臺灣遊的最後一站——臺北。

（九）哦！臺北

「哦！」那可是一聲深深的感慨。

臺北給我的感慨實在是深刻而複雜的。一般的遊客，或許會感慨於臺北繁榮的經濟景象：奢華富麗的賓館、酒店，熱鬧非凡的購物中心、超級商場，車水馬龍的街道，熙熙攘攘的廣場……

置身於街頭，你可切實感覺到那勃勃躍動的經濟發展脈搏，來往的人群，可見步履匆匆白領人士、商販走卒以及奇裝異服打扮的新新人類；當然還會感慨於其經濟發展不平衡而造成的交通堵塞、空氣污染等弊端。但對我來說，印象最深的卻是臺北的政治生態與文化生態。

我在臺北那幾天，立委選舉正如火如荼展開。有關競選的條幅、旗幟簡直鋪天蓋地，大概可以跟文革時的「紅海洋」相比擬。競選活動如群眾大會、辯論會隨時隨處可見，電視電臺的討論分析更是無時不有。高雄的情形比起來，真是小巫見大巫了。

臺北的政治生態，可用「開放」一語蔽之。這「開放」很難用「好」或「不好」界定，說幾個例子大家自己體會一下吧。我在街邊「大排擋」吃東西，周圍的食客（看樣子以下層民眾居多）幾乎都在議論選舉的事，熱鬧得很，激動起來還爭得臉紅脖子粗的，看情形爭下去沒準會打起來呢。實際上也不時見因此大出打手的報導，尤其是計程車司機，好幾次為此打群架，車毀人傷，甚是暴烈。一次看時政電視實況報導，立委質詢部長，其態度之激烈、其措辭之嚴厲，就像文革批鬥「走資派」[2]，而部長們也真像「走資派」般的灰頭土臉，這場面真讓我詫異不已。

立委候選人打出的競選口號也是五花八門的，在臺北（火）車站旁邊的天橋上看到一位張姓候選人的條幅，上書競選口號竟是「一國兩制」。還有一次路過一個報攤，無意中瞥見一份「人民日報」，嚇一跳，仔細看卻是臺灣本土產品。據報導臺灣還有一個「土產」的臺灣共產黨，黨魁是位老農。臺北某些政治生態的產物，還跟旅遊文化結合著，如「國父紀念館」、「中正紀念堂」、「忠烈祠」、「總統府」等，我對這些也蠻感興趣，畢竟給我提供了觀察中國近代史的另一個視角。

臺北的文化生態給我更多的是正面的印象。首先值得說的就是「故宮博物院」。臺北的「故宮」位於郊外士林外雙溪，背山而立，是典型的中國古代宮殿式的建築。在路邊往上是一個甚為開闊的大臺階，上面是一座肅穆典雅的牌坊，「正宮（館）」則是紅簷綠瓦、雕花白欄杆、十分莊嚴宏偉。

2 「走資本主義當權派」的簡稱，指各部門掌權者，是文革所要整治的對象。

臺北故宮落成於一九六五年，館內收藏著歷代國寶級的文物，包括銅器、玉器、瓷器、絲織品、書畫、古玩等七十多萬件。可以說，北京故宮的價值在於其搬不走的宮殿，實際上價值連城的文物大都被搬到臺北來了，隨便一件文物都是稀世珍寶啊！那時候臺北故宮遊人不多，氣氛極為寧靜舒適，與多年後的遊人如鯽，熙熙攘攘大相徑庭。我在那裏流連了幾乎一整天，待出來時整個人都恍恍惚惚的了。

社會上的文化氣氛也頗濃重。如重慶南路可謂書店一條街，匯集了各種類型的書店，像我這類書蟲進得去非把錢包掏空出不來。值得一贊的是這些書店的服務態度都甚好，也蠻有專業水準，某些書店還有所謂「導購」性質的服務，引導你尋找、購買所需之書，雖然書店是得利，但你花錢也花得舒服（當然也花得更多）。

在臺師大附近一條街也堪稱是「畫廊街」，畫廊一間接一間的。我想要在新加坡，這些畫廊老闆非得喝熱帶風不可了。我還注意到一個現象：大學教授甚至研究生辦文化企業，如我為了一本書稿跑了一些出版社，發現至少有兩個是大學教授主辦的，還挺有聲色。二年後再次到臺北，為一篇文章的稿酬，到一個學術刊物編輯部，沒想出來會見我的總編輯居然是臺師大的博士生，而且是臺灣文化界頗有名氣的美女作家，獲過不少獎項。口才也十分了得，跟我一見如故，侃侃而談，還贈予她和她先生的著作。我平日也蠻牛氣的自視甚高，跟這博士生相比，才知道什麼叫「才氣逼人」了。

後來跟一位臺灣文化界朋友聊起臺灣文化生態，朋友說這情形頗為普遍，或許是當年南撤來臺，除了軍政人員外，其實也有大量的文化人，來臺並不都能混得好，因而散落民間不少，有時跟哪個路邊小攤販一聊，才發現其實是當年一位頗有名氣的文化人呢！我想這滿有可能。大家都注意當時國民黨來臺搞了個「財政大轉移」，其實「文化大轉移」也是十分重要的，至少臺北現今濃厚的文化氛圍，跟這個大轉移的長期深遠影響不無關係。而且這個影響也還應該體現在臺北的「吃文化」上。臺北的小吃可說是遠近馳名的，處處有「食街」、「夜市」，而且風味多種多樣，有時在一條食街／夜市你可以吃上全中國各地不同的風味小吃。這跟來臺大陸人的所帶來的各地「吃文化」應當大有關係。

總之，在臺北匆匆三日，給我印象最為深刻的就是其政治生態跟文化生態了。而且這印象是那麼鮮明又那麼複雜，以致離開時還真有點依依不捨。在南行的火車上，回望漸漸遠去的臺北，不禁感慨萬千：哦！臺北……

餘記：第二天清早從高雄小港機場起飛後，在飛機上無意中發現，我在高雄小港機場取回的護照竟然沒有任何我在臺灣出入境的印章記錄！忙喚來空姐詢問，空姐意味深長地笑笑答道：「都這樣……」我看著這沒出入臺灣記錄的護照，怔怔想：我到底來過臺灣了嗎……

轉眼一甲子

「九」，在中華傳統文化中應該是一個吉利的數字。「九」是最大的基數，又和「長久」的「久」諧音，有吉祥、平安、順利、永固之意。陰陽五行裡面，「九」是最大的陽數，象徵著天，衍伸開去，便有「九霄雲外」、「九五之尊」、「九九歸一」之類的成語。

然而，「九」，在中華民族近代史中又似乎是一個不甚吉利的年份：一九三九（抗戰）、一九四九（國府遷臺）、一九五九（大躍進）、一九六九（文革）、一九七九（中越戰爭）、一九八九（六四）……

當然，對於大陸來說，中共建政的一九四九年，其意義（官方與民間）自有不一樣的解讀；不過對於臺灣來說，國府遷臺的一九四九年，確實是標誌著一個頗具負面意義的劃時代的歷史拐點。

一九四九－二〇〇九。轉眼又一甲子。

昨晚東森電視的「臺灣啟示錄」播出專門製作節目：「戰火蔓延時：我的一九四九」。徐蚌會戰，屍首遍野，血流成河。戰爭絞肉機殘酷蹂躪傾軋後，共軍慘勝，國軍慘敗。從此，國軍一潰千里，一路南逃。

於是，一方面是國軍大肆抓壯丁：全村的男人都抓走了。迎親隊伍被包圍起來，轎夫與新郎一起被抓走了，留下哭天搶地的新娘。郎姑（郎祖筠）的父親聽從母親吩咐出門買東西，這一出門就到了臺灣……

一方面是民眾的大逃亡，聲勢浩大慘不忍睹。十八歲的女生被駐軍長官看上，要帶到臺灣，母親將十二歲的弟弟託付一併帶走。上了船，女生被更高軍階的長官趕下船，弟弟獨自到了臺灣。數千民眾日夜圍守旅行社，為了一張開往臺灣的船票。商船、軍艦擠滿了部隊及家屬，民眾仍一窩蜂往上擠，解不了纜繩升不起錨，船開不出去。長官下令機槍掃射。一片一片倒下，海水都紅了。為什麼要逃？只要離開這天天死人的鬼地方！

登上船就能逃離嗎？廈門海岸邊，擠滿十多萬國軍部隊，登上了兩艘船，船長大副輪機長都溜了，船開不出去，部隊只好下船。共軍來了，一千四百多共軍，十多萬國軍束手就擒——不願再打了，為了什麼打呢？

逃出去就有活路嗎？超員滿載近千人的「太平號」在開往基隆途中撞船，十五分鐘後葬身黑水溝，只有三十八人獲救。「太平號」的船東之一蔡天鐸就是蔡康永的父親，遇難者之一李浩民就是李昌鈺的父親。

二百多萬軍民隨國民政府來到臺灣。

離家—想家—回家。短短的三部曲，走了近四十年。

一九八七年，老兵們上街遊行了。衣衫上大書二字：回家。蔣經國為老兵探親開禁。

「少小離家老大回，鄉音無改鬢毛衰。」

四十年後再次看到老邁的父老雙親。不約而同，第一個動作就是屈膝下跪。「父親跪下了。媽媽和我跪下了。眼淚啪啦啪啦往下掉。好痛！」郎姑如是說。「叫你出門買的東西呢？怎麼現在才回來呀？」郎姑的奶奶撫摸著兒子斑白的頭髮喃喃問道。

勝王敗寇？

我看不到贏家。

我看到一個民族的悲哀。

……

上星期天晚，在高雄，我們一群來自臺灣、大陸、美國、澳洲、韓國、新加坡的友人相約到伸進大海深處的長堤盡頭「聽海」。黑沉沉的大海深處那頭是大陸。躺在長堤邊巨大的防波塊上，滿月當空，海面波光粼粼，瞇著眼睛，傾聽身下海浪拍打聲，腦子浮現的卻是童年時代耳熟能詳的歌聲：

月亮在蓮花般的雲朵裏穿行……

歷史靜默者之臺灣篇

無獨有偶，正在新加坡圍繞著《白衣人》出版前後凸顯「歷史靜默者」現象[1]之際，在臺灣，圍繞著《大江大海：一九四九》的出版，龍應台也掀起了一陣尋找歷史靜默者的風波。龍應台所謂的歷史靜默者，指的是在六十年前國（國民黨）共（共產黨）內戰中的失敗一方對歷史的靜默。有意思的是，在新加坡，作為失敗一方的歷史靜默者是共產黨及其盟友，而在臺灣，作為失敗一方則是共產黨的對手國民黨政權及其隨同來臺的二百多萬軍民。

然而，同樣是「歷史靜默者」的現象，臺灣與新加坡卻有相當大的差異。新加坡的歷史靜默者是被迫靜默的，雖然行動黨和前左派政黨社會主義陣線創黨人之一的方水雙、前政治犯賽紮哈里以及陳平、余柱業、方壯璧等馬來亞共產黨領袖，都曾經先後出版過回憶錄，但在以往長期的政治／社會主流論述中是沒有任何話語權的。

臺灣的歷史靜默者卻是主動的，關於這一現象，龍應台描述：有關國軍的史料漂流各處，不知去向，即便國防部或軍史館想幫忙，可是很多還是找不到。她把這種情況分析為「戰敗症候群」，因為一九四九年是一個大潰敗，敗者不忍去面對那個創傷。我有點驚訝龍應台那麼晚才發現這一狀況。幾年前，我剛到臺灣不久，就發現學校新舊兩個圖書館都找不著任何有關國共內戰的文學書籍及影片。很是納悶，請教系裏同仁，丁老師一語道破：

---

1 見「海外隨想」專輯〈歷史靜默者之新加坡篇〉。

輸得那麼慘，有什麼好寫的？

龍應台認為，一九四九年是個大分水嶺，是個天崩地裂、死生契闊的年代。她力圖打破靜默，敘說缺失的歷史，其《大江大海：一九四九》訴說：「你看到的，不是國共鬥爭史，而是家族流離的故事；不是英雄人物的成敗，而是小人物的掙扎求生；不是純粹的歷史，而是複雜深刻的人性。」她認為，這不是解放軍與國民黨軍的勝敗，而是「國家的悲劇」，戰爭中根本沒有所謂的勝利。我在二〇〇九年六月十四日的博文〈轉眼一甲子〉中亦曾如此表示：「勝王敗寇？我看不到贏家。我看到一個民族的悲哀。」

因此，龍應台提醒胡錦濤在國慶致辭中說的第一句話，應是向人民道聲「對不起」。固然，她也要求馬英九應代表國民政府，在民國一百年向上一代人致歉。有年輕記者寫道：「聽了感覺一陣澎湃，但也啞然失笑，這是知識份子的堅持和執著，但政治人物不這麼想。」政治人物是否這麼想不好臆測，但龍應台的堅持和執著卻是有相當大的代表性的。山東大學退休教授孫文廣就認為：現在總結這段歷史，大家都應該抱著一種歉疚的心情，特別是政治人物、政黨，更應如此。北京學者余杰也表示認同龍應台這個建議，並進而強調不僅是兩岸的領導人應該向民眾道歉，還應該在這樣一個時刻啟動建立為了紀念近代以來被專制政權政府所傷害、殺戮的千百萬人民的紀念碑。

二〇〇五年十二月，在北京師範大學開會期間，跟北京網友聚會，我就對網友說過：有朝一日國共再有和談，首要的事情就應該是兩黨一起向中華民族道歉。

我相信，還有更多人有此同感。

「民國文學」與「現代文學」：回望「民國文學」之一

近十多年來，「民國文學」在大陸學界日漸成為引人注目的關鍵詞。作為一個生活在仍使用民國紀年時空的學人，我不免對大陸學界有關「民國文學」的討論多了幾分關注，並因此產生了一些想法，於是便有了此文。此文的總標題「回望『民國文學』」有兩重含義。第一重含義是時間性的，意味著「民國文學」是一個過去式，現在沒有了，我們是在往回看。這似乎是兩岸學界的「共識」。第二重含義是空間性的，就是我個人在海外往回看大陸的「民國文學」論述。這意味著「民國文學」論述基本是局限在大陸學界。

首先，須將「民國文學」與「現代文學」兩個概念的關係進行辨析。

「民國文學」並非新概念，早在上世紀二十年代，周群玉《白話文學史大綱》（上海：群學社，一九二八）已將中國文學發展分為「上古文學」、「中古文學」、「近古文學」及「中華民國文學」四編；到九十年代，葛留清、張占國更有專著《中華民國文學史》（北京：人民出版社，一九九四），陳福康則在〈應該「退休」的學科名稱〉一文倡導「民國文學」[1]；然而，真正在學界引發連鎖性反應的是，二〇〇三年，張福貴在香港《文學世紀》發表論文〈從意義概念返回到時間概念——關於中國現代文學史的命名問題〉，明確提出：「現代文學最

[1] 陳福康〈應該「退休」的學科名稱〉，氏著《民國文壇初探》（上海：上海書店，一九九九），頁10。

後必將被定名為民國文學。」[2]即宣明作為意義概念的「現代文學」終將被作為時間概念的「民國文學」所取代。此後十多年來，有關「民國文學」的論述聲勢日盛。這些論述無疑具有極大的學術勇氣與敏銳眼光，若能充分展開（理論上）及實踐（研究中），學術價值當不可估量。

那麼，「民國文學」是否能輕易取代「現代文學」？恐怕不易，尤其是在大陸的現實語境中。光是二者的「意義概念」與「時間概念」之辯，就似乎是在「戴著腳鐐跳舞」。

「民國文學」主張者宣稱：「在側重時間意義上的民國文學的框架中，研究者可以少受政治因素的干擾。」[3]但也有學者質疑：「（民國文學）是一個文學史的『政治視角』而非文學視角的命名。」[4]如果從歷史事實的角度看，我倒是傾向於後者的觀點。事實上，「民國」首先就是一個政治概念，具體為一個體現治統[5]意義的政權實體，於是，「民國文學」的政治性便是毋庸置疑亦無可厚非的。然而，倘若以「政治正確」的態度來處理，或許就會「置疑」與「厚非」了。具體來說，與「民國」有所疏離、遊離、邊緣化的文學現象——如治統

2 張福貴〈從意義概念返回到時間概念—關於中國現代文學史的命名問題〉，《文學世紀》，二〇〇三年四月號，頁16。

3 陳國恩〈民國文學與現代文學〉，《鄭州大學學報》二〇一一年第五期，頁82。

4 趙學勇〈對「民國文學」研究視角的反思〉，《中國社會科學報》第五百一十八期（二〇一三年十一月一日）。不少學者亦強調民國文學的政治意涵，如湯溢澤、廖廣莉〈論開展「民國文學史」研究的迫切性〉，《衡陽師範學院學報》第三十一卷第二期（二〇一〇年四月），頁68-71；李怡〈從歷史命名的辨正到文化機制的發掘—我們怎樣討論中國現代文學的「民國」意義〉，《文藝爭鳴》二〇一一年第七期，頁60-64；熊修雨〈論「民國文學」的概念屬性及其意義〉，《文藝爭鳴》二〇一三年第三期，頁35-41。

5 治理國家的一脈相傳的法統體系。

外的抗戰時期日佔淪陷區文學與治統邊緣的國共對抗時期「瑞金中華蘇維埃共和國」／「陝甘寧邊區」（以下簡稱「蘇／邊區」）文學——是否可以名正言順納入「民國文學」，就會有所顧忌了。而大陸語境對民國下限（一九四九年）的命定[6]，更使「民國文學」的政治性陷入尷尬不堪的窘境。

如果從尊重歷史事實的立場出發，「民國文學（研究）」的價值及意義當可從以下幾個方面得以呈現：（1）正視民國，以平常心看待民國的一切——從法統政權到日常生活，落實到文學層面，則是對產生於民國時代的任何文學現象，皆一視同仁。（2）視民國政權為一現代國家型態，考察其與文學各種現象（包括人、事、思潮、作品）的互動關係及其影響（包括正面／負面，積極／消極）。（3）民國時期對文學產生影響的各種思潮，包括三民主義、社會主義、無政府主義、自由主義、啟蒙主義、國家主義、改良主義、保守主義、實用主義、浪漫主義、現實主義、批判現實主義、現代主義等等，均可以爭論，可以批判，切忌無端遮蔽；尤其是，作為「民國」的國家意識，三民主義的重要性不宜低估。（4）從「民國」立場出發，「民國文學」的主流顯然是國統區文學（包括其中的左翼文學與自由主義文學），日佔淪陷區文學與蘇／邊區文學當處非主流地位。（5）作家及作品的評價與定位，當以體現、反映民國時代精神與特徵為衡量標準，不宜以意識形態或政治道德的標準取代之。

總而言之，無論是「民國文學」的研究還是「民國文學史」的編纂，都必須「用『還原』的方法努力回歸民國歷史，切實地置身於民國文學發生的歷史語境，用『民國眼光』來打量文學本身，才有可能和真實的文學形態

6 此說法甚為普遍，且擇此一例：「而民國文學，則可以明確地說，起於辛亥革命而止於中華人民共和國成立。」（陳國恩〈民國文學與現代文學〉，《鄭州大學學報》二〇一一年第五期，頁83）

貼得更近」[7]。

可見，「民國文學」的概念，無須進行「去政治化」的處理，只須對其政治性進行常態化解讀。只有這樣，「民國文學（研究）」的價值及意義才能得到切實的承認與實現，「民國文學」才有可能取代「現代文學」。或者，就如學者熊修雨所期待的：「將『民國文學』視為『時間概念』這個學術願望在將來應該成為可能，並希望成為可能，只是前提條件是，『民國』這個概念必須真正成為歷史，而不是像現在這樣的兩岸分治狀態。」[8]然而，在今日的政治語境中，這樣的期待仍然只能「期待」。

於是，退而求其次，對「現代文學」概念的認知與再解讀，當是更具現實可行性。一般認為，「現代文學」指一九一七年新文學運動（或一九一一年辛亥革命）到一九四九年中華人民共和國成立；之後，則是「當代文學」。這個區分，看似時間性很強，但以「一九四九」為界，其政治意味便不言而喻了。「現代文學」被視為「意義概念」，顯然也包含這一層意思。

「現代文學」被視為意義概念，還有一個主要原因，即其「現代」被解讀為具有預設價值的「現代性」。於是，凡與「現代性」不協調的現象（典型者如舊體詩詞文）都被排除在外。相比之下，我更傾向於認同一般字典對「現代」的基本詞義，解釋為時間性的「當今時代」。

於是，我很能接受「去當代化」，即「當代文學」包括進「現代文學」的範圍，就如羅崗所設想的：「或者

7 禹權恒、陳國恩〈返觀與重構——「民國文學史」的意義、限度及其可能性〉，《蘭州學刊》二〇一三年第二期，頁83。

8 熊修雨〈論「民國文學」的概念屬性及其意義〉，《文藝爭鳴》二〇一三年第三期，頁39。

使用漫長的現代文學傳統來取代『當代文學』的具體性，如此這般的文學史敘述往往可以略過難纏的五〇年代和六〇年代，直接把『現代文學』和『後三十年』聯繫起來。」[9]也就是說，此舉無形中將「民國」與「共和國」貫通起來，這就較大程度淡化、消解了政治意味，強化時間性，體現時間一體化。

倘若我們進一步將「現代」還原為時間概念。這樣，任何從「新舊」、「中西」、「文白」、「雅俗」等概念展開的論述，同樣可置於「現代文學」的領域之中；國統區文學、淪陷區（治統外）文學以及蘇／邊區（治統邊緣）文學，乃至舊體詩詞文；甚至今日的港臺文學，亦同樣可以歸納在「現代文學」中論述[10]。概言之，擺脫意識形態與「現代性」意義概念的糾纏，在「現代」的時間範疇內，因一切觀念、思潮，一切社會現象、歷史現象而產生的任何文類，均為構成「現代文學史」的元素。除了「一九四九」的「時間下限」，「民國文學」的整個話語體系，均可置於「現代文學」。

話說回來，置身於今天這樣一種現實語境中，「民國文學」與「現代文學」光概念定義就依舊是「剪不斷理還亂」[11]，質疑、否定以「民國文學」取代「現代文學」的學者也大有人在[12]，「民國文學」顯然無法輕而易舉

---

9 羅崗〈「讀什麼」與「怎麼讀」——試論「重返八〇年代」與「中國當代文學六〇年」之一〉，《文藝爭鳴》二〇〇九年第八期，頁71。

10 魏泉對此類問題從概念辨析到理論整合，進行了頗為全面且深入的探討。參看魏泉〈「民國文學史（一九一二—一九四九）」的概念辨析與理論整合—兼談舊體詩文怎樣入史〉，《湖北大學學報》第四十卷第四期（二〇一三年七月），頁39-43。

11 借南唐詞人李煜〈烏夜啼〉句。

12 參看黃健〈「民國文學」還是「現代文學」？——關於民國文學發展的思考〉，《華夏文化論壇》二〇一三年第二期，頁112-

取代「現代文學」。既然如此，惟能二者長期共存並處。至於二者的關係，在我看來，「民國文學（研究）」當作為「現代文學（研究）」的一個重要（主要）型態，含括在「現代文學（研究）」的領域之內。從前文可見，我是將「民國文學」置於「現代文學」之內的。事實上，迄今為止，不少學者（包括本文討論到的諸多學者）也都是在「現代文學」的領域中討論「民國文學」的。

118。

「民國機制」闡釋獻疑：回望「民國文學」之二

自從「民國文學」研究在學界展開，相應的關鍵詞紛紛面世，如秦弓的「民國史視角」、李怡的「民國機制」、丁帆的「民國文學風範」、周維東的「民國視野」、韓偉的「民國性」等。其中，李怡「民國機制」的概念提出及運用，最為令人矚目。在短短幾年間，李怡相繼發表了系列文章，提出並頗為全面地闡釋了有關「民國機制」的諸多方面問題。此間，秦弓、周維東、姚丹、賈振勇、楊丹丹、呂黎、熊修雨、湯巧巧、王瑜、邱慧婷、蘆軍、楊華麗、張堂錡、王平、王澤龍、王海燕、張武軍、高阿蕊、禹權恒、韓偉、譚梅等諸多學者亦有論及此問題，不過，最有系統的論述當屬李怡。在此即以李怡的論述為聚焦進行討論。

「民國機制」概念的提出與運用，確實起到「刺激學科新的生長點、使文學研究獲得更充分的本土基礎和可靠的邏輯線索出發」，「在推進『民國話語空間』的尺度、深度、節奏等方面更具有學科現實性」[1]等諸多作用，對當前學界的民國文學研究乃至「重寫文學史」所起到的積極影響，當不可低估。

就具體效果而言，在學術研究中運用「民國機制」的概念及思路，確實能對相關歷史現象及文學史事實提出頗具突破性的見解，比如突破政治禁忌，對民國政權作出平實論述：「民國政府表現出了一系列『法治』的努

1 湯巧巧〈「民國文學」或者「民國機制」——民國話語空間推進的可行性和操作性探討〉，李怡、毛迅主編《現代中國文化與文學》（成都：巴蜀書社，二〇一二），第十輯，頁10，12。

力，以『三民主義』和西方法治思想為基礎，民國法律同樣也建構著保障民權的最後一道防線，雖然它本身充滿動搖和脆弱。」[2]同時強調「對作家主體性的深入挖掘」[3]，深入探索作家與體制的互動關係：「現代知識份子對各種體制包圍下的生存選擇與精神狀態。例如民國時期知識份子所具有的某種推動文學創造的個性、氣質與精神追求，這些人的精神特徵與國家社會的特定環境相關，與社會氛圍相關，但也不是來自後者的簡單『決定』與『反映』，有時它恰恰表現出對當時國家政治、社會制度、生存習俗的突破與抗擊。」[4]從「民國機制」的角度，探析國共關係及其在文學領域上的影響：「（國統區文學與解放區文學）兩個不同的政治意識形態的交流與對話，本身就是根植於『民國』的社會政治格局與文化格局。」[5]「民國機制在特殊的局部滋生了新的延安機制，並最終為發展後的延安機制所取代。」[6]並且對某些民國文學現象作出別具新意的判斷：「現代知識份子如何通過自己的抗爭和奮鬥突破了思想的牢籠，贏得了民國時期的文學輝煌？」[7]「民國文學的主流不是國民黨文學而是左翼文學與自由主義文學。」[8]

2 李怡、周維東〈文學的「民國機制」答問〉，《文藝爭鳴》二〇一二年第三期，頁６０。
3 李怡〈「民國文學」與「民國機制」三個追問〉，《理論學刊》二〇一三年第五期，頁１１６。
4 李怡、周維東〈文學的「民國機制」答問〉，《文藝爭鳴》二〇一二年第三期，頁５９。
5 李怡〈「民國文學史」框架與「大後方文學」〉，《重慶師範大學學報》二〇〇九年第一期，頁１９。
6 李怡、周維東〈文學的「民國機制」答問〉，《文藝爭鳴》二〇一二年第三期，頁６２。
7 李怡、周維東〈文學的「民國機制」答問〉，《文藝爭鳴》二〇一二年第三期，頁６２。
8 李怡〈中國現代文學史敘述範式〉，《中國社會科學》二〇一二年第二期，頁１７８。

然而，「民國機制」概念本身的闡釋，卻由於非學術性因素而表現出不夠謹嚴之處。〈民國機制：中國現代文學的一種闡釋框架〉是較早正面詮釋「民國機制」的文章，該文給「民國機制」定義為「形成現代中國文學主體的生長機制」；而在對「民國機制」正式闡述之前，卻不無慎重地進行一番鋪墊：

我們是從學術的維度上看「政權」的文化意義，而不是從政治正義的角度批判現代中國的政治優劣，換句話說，對於一九四九年以前的政權的反動性、腐朽性的揭示並不是我們的基本內容，我們的重點恰恰是回答一個文學的問題：這樣的政權形態為文學的發展演變提供了什麼可能？在什麼意義上促進了文學的發展，又在什麼意義上限制了文學的可能？這樣的研究是對一個時代的文學潛能的考察，是對文學生長機制的剖析，是在不回避政治形態的前提下尋找現代中國文學的內在脈絡。[9]

這裡看到論者設置「政治安全閥」般的患得患失心態：既說「不是從政治正義的角度批判現代中國的政治優劣」，迅即卻訴諸「政權的反動性、腐朽性」的政治正確批判。在「民國機制」論述中，這種處處設防的心態顯而易見：「討論中國現代文學的『民國』意義，挖掘其中的創造『機制』絕不是為了美化那一段歷史。」[10]「強

9 李怡〈民國機制：中國現代文學的一種闡釋框架〉，《廣東社會科學》二〇一〇年第六期，頁134。
10 李怡〈從歷史命名的辨正到文化機制的發掘—我們怎樣討論中國現代文學的「民國」意義〉，《文藝爭鳴》二〇一一年第七期，頁64。

調文學的民國機制，完全是為了從中國歷史具體情形出發考察文學，並不意味著對那一段歷史的『美化』，相反，我們還應該嚴肅地剖析這些社會機制之於文學發展的負面意義。」[11]「這與是否『美化』民國政治完全是兩回事，我們從來嚴重關切民國歷史的黑暗面，無意為它塗脂抹粉。」[12]

如果在「學術的維度」考察的話，前引文所謂「這樣的政權形態為文學的發展演變提供了什麼可能」，「在不回避政治形態的前提下尋找現代中國文學的內在脈絡」，將是很有意義的論述，並大有發揮空間，但「政權的反動性、腐朽性」的定調，處處設防的心態，卻使對「民國機制」的闡述，不由自主遵行了「政治正確」的導引：

> 民國機制就是從清王朝覆滅開始，在新的社會體制下，逐步形成的，推動社會文化與文學發展的諸種社會力量的綜合，這裡有社會政治的結構性因素，有民國經濟方式的保證與限制，也有民國社會的文化環境的圍合，甚至還包括與民國社會所形成的獨特的精神導向，它們共同作用，彼此配合，決定了中國現代文學的特徵，包括它的優長，也牽連著它的局限和問題……在推動中國現代文學形成發展的過程之中，民國機制至少有三個方面的具體體現：作為知識份子的一種生存空間的基本保障，作為現代知識文化傳播管道的基本保障以及作為精神創造、精神對話的基本文化氛圍。[13]

---

11 李怡〈中國現代文學史敘述範式〉，《中國社會科學》二〇一二年第二期，頁180。
12 李怡、周維東〈文學的「民國機制」答問〉，《文藝爭鳴》二〇一二年第三期，頁62。
13 李怡〈民國機制：中國現代文學的一種闡釋框架〉，《廣東社會科學》二〇一〇年第六期，頁134。

促進現代中國社會與文化健康穩定發展的堅實的力量，因為與民國之後若干的社會體制因素的密切結合，我們不妨將這種堅實的結合了社會體制的東西稱做「民國機制」。[14]

「民國文學機制」在此後中國現代文化的歷史中持續釋放了強大的正面效應。無論生存的物質條件變得多惡劣和糟糕，中國文學都一再保持著相當穩定的創造力，在某種程度上，由國家與社會各種因素組合而成的「機制」，甚至還構成了對國民黨專制獨裁的有效制約。[15]

這些闡述表明兩點：其一，「民國機制」是由國家與各種社會力量綜合而成，其中包括國家社會體制等政治性因素；其二，「民國機制」具有推動社會文化健康發展的正能量（「強大的正面效應」）。如此闡述，似乎跟前述政治設防心態不那麼協調（有「美化」民國政治之嫌），於是便有了「民國機制」構成「對國民黨專制獨裁的有效制約」的強調。於是，更有了此類論述：

> 正是民國之初所奠定的追求共和、民主、自由的社會文化想像，成為統攝人心、消除歧見、催人奮發的莫大力量。這樣的力量與國民黨的獨裁無關，屬於自晚清以來追求進步的中國知識份子的思想啟蒙的偉大成

---

14 李怡〈「五四」與現代文學「民國機制」的形成〉，《鄭州大學學報》二〇〇九年第四期，頁55。

15 李怡〈中國現代文學史敘述範式〉，《中國社會科學》二〇一二年第二期，頁178。

果。[16]

我們把這種對中國二十世紀上半葉影響深遠的遺產稱為「民國機制」，並不是為民國時期的專制獨裁與黑暗辯護，因為，民國機制並不屬於那些專制獨裁者，而是根植於近代以來成長起來的現代知識份子群體，根植於這一群體對共和國文化環境與國家體制的種種開創和建設，根植於孫中山等民主革命先賢的現代理想。[17]

提出「民國機制」並不意味著為民國時代的專制獨裁者辯誣，從本質上講，它屬於特殊的「國家社會形態」的整體「機能」，是國家政治的制度的正面意義與限制性，還有社會結構的綜合正面效應的終極表現。[18]

---

16 李怡〈「民國文學史」框架與「大後方文學」〉，《重慶師範大學學報》二〇〇九年第一期，頁19；在〈民國機制：中國現代文學的一種闡釋框架〉（《廣東社會科學》二〇一〇年第六期，頁135）也有類似的表述。

17 李怡〈「五四」與現代文學「民國機制」的形成〉，《鄭州大學學報》二〇〇九年第四期，頁57；在〈民國機制：中國現代文學的一種闡釋框架〉（《廣東社會科學》二〇一〇年第六期，頁135）與〈中國現代文學的「民國意義」〉（《國文天地》第二十八卷第五期[二〇一二年十月]，頁28）也有類似的表述。

18 李怡〈中國現代文學的「民國意義」〉，《國文天地》第二十八卷第五期（二〇一二年十月），頁27。

從「機制」的角度剖析文學，需要我們留意的則不僅是作家如何「適應」政治、法律與經濟而創作，重要的還包括他們如何反抗這些政治、法律與經濟而創作，並且在反抗中確立和發展自己的精神追求。[19]

在此，論者似乎竭力將民國政權的「專制獨裁者」（及其政權作為）與「共和國文化環境與國家體制」、「國家社會形態」、「國家政治的制度」區分開來，以此證明、維護「民國機制」正能量的純潔性正義性。在這些論述中，「政治正確」的批判意識似乎起到了主導作用，「專制獨裁者」不僅只能起到負面的作用，甚至還被驅逐出「民國機制」。根據一般字典解釋，「專制獨裁（者）」，即不受法律制衡，獨斷專行，操縱一切的政治體制（執掌者）。由此令我產生困惑：所謂「專制獨裁者」不就是當時「國家政治的制度」的最高代表嗎？「專制獨裁（政權）」不就是當時「國家社會形態」的主導力量嗎？「政治、法律與經濟」不就是「共和國文化環境與國家體制」的要素與表徵嗎？作為「民國機制」要素的「國家體制」、「社會體制」、「國家社會制度」[20]如何跟「專制獨裁（政權）」，尤其是「不受法律制衡，獨斷專行，操縱一切」的「專制獨裁者」切割呢？

事實上，論者在多篇文章中，頗為充分肯定了民國政權在政治、法律與經濟建設方面所作出的努力與成

19 李怡〈「民國文學」與「民國機制」三個追問〉，《理論學刊》二〇一三年第五期，頁117。

20 李怡在〈「民國文學史」框架與「大後方文學」〉、〈「五四」與現代文學「民國機制」的形成〉、〈辛亥革命與中國文學的「民國機制」〉、〈從歷史命名的辨正到文化機制的發掘──我們怎樣討論中國現代文學的「民國」意義〉、〈文學的「民國機制」答問〉、〈中國現代文學史的敘述範式〉等明確表示「民國機制」含括了「國家體制」、「社會體制」、「國家社會制度」。

就[21]；並明確稱許「民國政府表現出了一系列『法治』的努力，以『三民主義』和西方法治思想為基礎，民國法律同樣也建構著保障民權的最後一道防線……」[22]；「民國的『現代』意義是……走向『民國』之後，以『三民主義』、『憲政理想』為旗幟的走出傳統專制主義的努力」[23]。這樣的讚美之詞，顯然很難跟「專制獨裁（者）」對上號的。

那麼，還是讓我們回到「從學術的維度上看『政權』的文化意義」[24]。平心而論，「政權（執掌者）」與「社會力量」不應是絕對的二元對立，還應更表現為相互依存、相互作用的關係；與其強調二者之間的「壓迫」（oppression）或「反抗」（opposition），不如關注其間的「張力」（tension）[25]，後者正是既相互對立，而又相互依存及相互作用的產物。從根本上說，無論「民國」或「民國文學」，都是一個具有包括政權（主導）在內「諸種社會力量綜合」的系統，而任何系統都是由各種相互對立、相互依存、相互作用的要素（力量）所構成。

21 參看李怡〈「五四」與現代文學「民國機制」的形成〉（《鄭州大學學報》二〇〇九年第四期）、〈從歷史命名的辨正到文化機制的發掘——我們怎樣討論中國現代文學的「民國」意義〉（《文藝爭鳴》二〇一一年第七期）、〈辛亥革命與中國文學的「民國機制」〉（《鄭州大學學報》二〇一一年第五期）、〈中國現代文學史的敘述範式〉（《中國社會科學》二〇一二年第二期）。

22 李怡、周維東〈文學的「民國機制」答問〉，《文藝爭鳴》二〇一二年第三期，頁60。

23 李怡〈「民國文學」與「民國機制」三個追問〉，《理論學刊》二〇一三年第五期，頁115。

24 李怡〈民國機制：中國現代文學的一種闡釋框架〉，《廣東社會科學》二〇一〇年第六期，頁134。

25 「張力」雖然是一個來自西方物理學的概念，卻可在中國古老哲學尋獲其思想淵源：宇宙間一切事物都是由互相對立又互相依存、相互作用的「陰」與「陽」構成，陰陽相對、陰陽互根、陰陽消長、陰陽轉化是陰陽運動的基本規律，也是一切事物運動變化的總根源。

因此，其正能量與負能量，增長與消解，發展與阻礙等勢態，也是相互對立、相互依存、相互作用的，不可能是單方面存在與運作。

如前引述中的「影響」、「控制」、「壓抑」、「適應」、「反抗」、「在反抗中確立和發展」云云，其實也只是反映了同一系統中相互作用的單方面表現——突顯了政權形態「在什麼意義上限制了文學的可能」的負面性，遮蔽了其「在什麼意義上促進了文學的發展」的正面性。至於用「無關」、「不屬於」之類的否定詞，將民國政權的最高代表（及其作用）剔除出「民國機制」，委實顯得過於輕率且簡單化了。周維東在回應李怡「『民國機制』並不屬於那些專制獨裁者」的說法時稱道：「『民國機制』不是民國統治者的慈善，不是政治家的恩賜。」[26]相比之下，周氏的措辭與表述，就顯得甚為中允穩妥。

李怡曾有如此論述：「引入『民國文學機制』的觀察，還可發現，中國文學在民國時期呈現出獨特的格局：國家執政當局從未真正獲得文化的領導權，無論是袁世凱、北洋政府還是蔣介石，其思想控制的目的總是遭遇社會各階層的有力阻擊，親政府當局的文化與文學思潮往往受到自由主義與左翼文化的多重反抗。」[27]「五四奠基的『民國機制』在後來逐步顯示了強大的文化建設力量，甚至在某種程度上構成了對國民黨專制獨裁的某種制約。」[28]

---

26 李怡、周維東〈文學的「民國機制」答問〉，《文藝爭鳴》二〇一二年第三期，頁62。

27 李怡〈中國現代文學史敘述範式〉，《中國社會科學》二〇一二年第二期，頁178。

28 李怡〈民國機制：中國現代文學的一種闡釋框架〉，《廣東社會科學》二〇一〇年第六期，頁135。

我們是否可以進一步解讀為：執政當局無法獲得文化領導權，社會強大力量得以形成，思想控制受到阻擊，專制獨裁受到制約；以及知識份子普遍利用法律為武器，捍衛言論自由，徹底的「黨化教育」從未在民國實現[29]；梁實秋對國民黨中宣部長張道藩文藝政策一再嚴厲抨擊，而梁氏的抨擊文章就發表在張氏主持的刊物[30]；「專制政權的執掌者」遇到文藝界抵抗時的「矛盾重重」、「小心翼翼」、「措辭謹慎」、「被動無奈」、「退卻」，以致「文藝政策的原則由文藝界共同決定」，而不是「執政黨的思想控制」[31]……凡此種種，很難斷言為「獨裁」、「專制」，反而給人以執政當局（統治者）忍讓、寬容，政治環境（制度／體制）開放、寬鬆之感；體現出政權因素在「民國機制」中或主動或被動呈現的積極作用與意義，尤其對「作家主體性」的保障與發揮，「推動文學創造的個性、氣質與精神追求」，無疑起到不容忽視的積極作用。張中良對民國文學自由性與開放性的描述或可為證：個性價值得到前所未有的尊重，結社、辦刊自由，各種社團、流派千帆競發、百舸爭流，開放的範圍之廣、力度之大、影響之深，均超越前代[32]。

周維東關於「民國機制」的闡述，當會對我們有所啟示：「『民國機制』中的『民國史』，『民國』是歷史的主體，因為這種民國史視角的意義不在於（政治）去弊，而在於發現中國現代文學與民國歷史的豐富聯繫；其

29 見李怡〈從歷史命名的辨正到文化機制的發掘——我們怎樣討論中國現代文學的「民國」意義〉，《文藝爭鳴》二〇一一年第七期，頁63。

30 見李怡〈含混的「政策」與矛盾的「需要」〉，《中山大學學報》二〇一〇年第五期，頁56。

31 均見李怡〈民國機制：中國現代文學的一種闡釋框架〉，《廣東社會科學》二〇一〇年第六期，頁135。

32 張中良〈回答關於民國文學的若干質疑〉，《學術月刊》二〇一四年第三期，頁8。

次，『民國機制』中的『民國史』，『社會』是重要的維度，它並不強調對政治評價的追究，而是要在與文學息息相關的諸種社會要素中發現文學與歷史的豐富聯繫。」[33]

33 周維東〈中國現代文學研究中的「民國視野」述評〉，《文藝爭鳴》二〇一二年第五期，頁65。

「過去式」或「現在進行式」：回望「民國文學」之三

固然，從「回望」出發，我們可以聚焦於「過去式」的民國文學，「通過命名的轉化在現代文學的研究領域內實現研究方法的變革，凸顯被遮蔽的歷史細節，進而更真實地還原當時的文學場」[1]；「盡可能樸素地返回歷史的現場，勘探和發掘豐富而複雜的文學現象」[2]。然而，我的關注點卻是，「回望」之後的茫然——為何只有「過去式」？「現在進行式」哪去了？換言之，生活在仍使用民國紀年時空的我更感興趣的「民國文學」，不是靜態空間性的標本，而是動態時間性的機體。

所謂「過去式」，即認為民國文學已成過去，這是基於一九四九年中華民國已在大陸終結的歷史認知。所謂「現在進行式」，即認為民國文學依然存在，這是基於中華民國在臺灣繼續存在的現實判斷。合邏輯的推斷是：前者（「過去式」）是大陸的普遍共識；而後者（「現在進行式」）是臺灣的普遍共識。是否這樣？——其實不盡然。

在臺灣最為堅持「民國文學」研究的張堂錡曾意有所指地感慨：「對身處於臺灣的中華民國研究者而言，使

---

1 王瑜、邱慧婷〈現代文學史觀幾種建構理念的評析〉，《唐山學院學報》第二十六卷第二期（二〇一三年三月），頁48。

2 李怡〈「民國熱」與民國文學研究〉，《華夏文化論壇》二〇一三年第二期，頁109。

用『民國文學』的概念本屬『天經地義』，但其內涵並不因為『民國』在臺灣的持續存在而『一脈相承』。」[3]相反，大陸學人卻不乏肯定民國文學還有「現在進行式」。比如丁帆認為，民國主體文學思潮和創作在相當一段時間裡壓制了臺灣本土的土著創作，而成為主流；許多民國文學的元素在臺灣島上仍舊延續著；「五四新文學」傳統的根尚未斷掉，它隨著一大批去臺的文學作家的創作而得以香火延續[4]。李怡亦認為：「臺灣迄今依然沿用著『民國』的稱號，這裡的文學依然是進行中的『民國文學』……臺灣的文學研究也依然在『民國』的框架內書寫現代、當代的文學發展。」[5]熊修雨則明確表示：「將『民國文學』視為一個主體已不存在的時間概念，這是對兩岸政治現實的無視，是對歷史的簡單化。」[6]諸如此類，或可視為大陸學者對「民國文學」當代命運頗具善意亦頗具勇氣的表述。

然而，臺灣果真還有「民國文學」嗎？

一九五三年，紀弦創辦《現代詩》季刊，一九五四年，瘂弦、洛夫等創立「創世紀詩社」，發行《創世紀》詩刊，从而標誌著臺灣現代派詩歌運動的崛起。臺灣現代派詩群雖然強調其詩是西化的「橫的移植」，但我們總能隱約看到其歷史的「縱的承續」：由二十年代李金髮肇啟，經三十年代戴望舒等發揚光大，到四十年代末「九

3 張堂錡〈民國文學的史觀建構〉，中國現代文學學會《中國現代文學》第二十六期（二〇一四年十二月），頁76。
4 參見丁帆〈關於建構民國文學史過程中難以回避的幾個問題〉，《當代作家評論》二〇一二年第五期，頁11。
5 李怡〈民國文學：命運共同體的文學表述〉，中國現代文學學會《中國現代文學》第二十六期（二〇一四年十二月），頁61。
6 熊修雨〈論「民國文學」的概念屬性及其意義〉，《文藝爭鳴》二〇一三年第三期，頁39。

葉派」[7]戛然而止的民國現代主義詩歌發展一脈相承，陳芳明就指出：「紀弦是三〇、四〇年代中國現代主義的一個支流。」[8]

六十年代，林海音的《城南舊事》、《婚姻的故事》、《燭芯》、《孟珠的旅程》，與白先勇的〈玉卿嫂〉、〈永遠的尹雪豔〉、〈謫仙記〉、〈金大班的最後一夜〉等，算是「民國文學」的低吟淺唱嗎？

近年來，龍應台的《大江大海：一九四九》（臺北：天下雜誌出版，二〇〇九）與齊邦媛的《巨流河》（臺北：天下文化出版，二〇〇九），已然是「民國文學」的嫋嫋餘音甚或迴光返照？

至於鍾理和的《笠山農場》（一九五六）、鍾肇政的《濁流三部曲》（一九六一）、鄭清文的《簸箕谷》（一九六五）、王禎和的〈嫁粧一牛車〉（一九六七）、施叔青的〈約伯的末裔〉（一九六七）、楊青矗的〈在室男〉（一九六九）、王文興的《家變》、黃春明的〈莎喲娜拉·再見〉（一九七四）、李喬的《寒夜三部曲》（一九七七—七九）、張系國的《棋王》（一九七八）、宋澤萊的《變遷的牛眺灣》（一九七九）、蕭麗紅的《千江有水千江月》（一九八〇）、廖輝英的〈油麻菜籽〉（一九八二）、李昂的《殺夫》（一九八三）、張大春的〈大說謊家〉（一九八九）……與其說是「民國文學」的變調新曲，不如說是物換星移後的眾聲喧嘩。

---

7 二十世紀四〇年代中後期，一批年輕詩人在《詩創造》和《中國新詩》上發表作品而逐漸形成現代主義詩歌流派。一九四八年底，有關刊物被民國政府查封；五〇年代初胡風事件起，現代主義詩歌趨於沉寂，直至一九八〇年，穆旦、辛笛、鄭敏、杜運燮、陳敬容、杭約赫、唐祈、唐湜、袁可嘉等九人合出詩集《九葉集》，因此得名「九葉派」。

8 陳芳明〈民國文學的史觀建構〉，中國現代文學學會《中國現代文學》第二十六期（二〇一四年十二月），頁57。

丁帆在論述「民國文學風範」在臺灣的表現時，曾有「作為文學本體的『民國文學』仍然是以一種潛在隱形的發展脈絡前行」[9]的判斷。如果這個判斷是針對前述紀弦／瘂弦／洛夫→林海音／白先勇→龍應台／齊邦媛而言，倒是頗為妥帖；但丁帆的判斷卻是來自對鄉土色彩最為鮮明、本土意識亦甚為強烈的臺灣鄉土文學的考察，便須持更為慎重的態度了。固然，「（五十年代臺灣鄉土文學創作）民間化的鄉土便成為對抗政治化鄉土的立足點，而這種民間立場也恰恰就是符合『民國文學風範』的價值判斷……從後來形成的『鄉土文學大潮』來看，這股暗流卻是自然改變臺灣文學格局的主流力量，這也不可不說是『民國文學風範』客觀存在的事實」[10]；然而，正是這種符合「民國文學風範」的「民間立場」，卻由於如下至少三方面原因而自覺或不自覺隱潛著「去民國化」的傾向：其一，即如丁帆所強調的本土作家為了對抗「戰鬥（反共）文學」的衝擊[11]；其二，繼承日據時期對抗殖民文化的鄉土文學傳統；其三，面對大陸遷臺作家政治與文化優勢而產生的被邊緣化心態[12]。其突出表現即為「強調臺灣文學的本土性，將臺灣文學與大陸文學相區別和抗衡」[13]；待到七十年代鄉土文學論爭，尤其是八十年代以降嬗變為本土文學大潮[14]，「去民國化」更漸行漸遠成為不可逆轉的趨勢。誠如許俊雅所指出：

---

9 丁帆〈「民國文學風範」的再思考〉，《文藝爭鳴》二〇一一年第七期，頁56。

10 丁帆〈「民國文學風範」的再思考〉，《文藝爭鳴》二〇一一年第七期，頁59。

11 丁帆〈「民國文學風範」的再思考〉，《文藝爭鳴》二〇一一年第七期，頁59。

12 後二者參看張曉平〈「鄉土」與「本土」的糾結——論臺灣鄉土文學觀念的演變〉，《暨南學報》二〇一二年第四期，頁83-87。

13 張曉平〈「鄉土」與「本土」的糾結——論臺灣鄉土文學觀念的演變〉，《暨南學報》二〇一二年第四期，頁85。

14 即基於本土意識（本土認同）、本土題材的多元化文學，包括原住民文學、母語（閩／客語）文學、都市文學、女性文學、政治

「鄉土文學論戰開啟，自由中國史觀（王案：即民國史觀）自然受到挑戰。此後幾年，掀起『臺灣文學』正名運動，定下日後本土派建構的臺灣文學論走向。」[15]呂正惠也曾不無懊惱地表示：「表面上看，鄉土文學是勝利了。進入二十世紀八十年代以後，臺灣社會氣氛卻在默默地轉化，等我突然看清局勢，才發現，『臺獨派』的『臺灣文學論』已經彌漫於臺灣文化界，而且，原來支持鄉土文學的人（其中有一些是我的好朋友）大多變成了『臺獨派』。」[16]所謂「臺獨派」的「臺灣文學論」，便是企圖用具有「主體性」的「臺灣文學」取代「現代文學」[17]；文學創作，亦表現為從「鄉土」到「本土」的轉移，鄉土空間蛻變為本土符碼，鄉土的寫實風格往往交織指涉身分認同的意涵[18]。事實上，上述種種創作現象，海峽兩岸大都放在「臺灣文學」的領域討論[19]。兩岸的考量或有不同，但卻「殊途同歸」，內涵各異的「民國禁忌」絕對是關鍵的原因。於是，從不同立場出發，兩岸

文學、同志文學、網路文學等。

15 許俊雅〈「臺灣文學史長編」編寫之意義及省思〉，《臺灣文學館通訊》第三十五期（二〇一二年六月），頁10。

16 呂正惠〈三十年後反思「鄉土文學」運動〉，《讀書》二〇〇七年第八期，頁3。

17 呂正惠〈三十年後反思「鄉土文學」運動〉，《讀書》二〇〇七年第八期，頁8。

18 參看黃儀冠〈臺灣鄉土敘事與「文學電影」之再現（一九七〇年代—一九八〇年代）——以身分認同、國族想像為主〉，《臺灣文學學報》第六期（二〇〇五年二月），頁159-192。

19 如瘂弦的《深淵》、洛夫的《魔歌》、白先勇的《臺北人》、王禎和的《嫁妝一牛車》、黃春明的《鑼》等，都於一九九九年獲選入中華民國行政院文化建設委員會（文建會）委託《聯合報》副刊評選「臺灣文學經典名著」三十本書之列。然而，該次評選所出現的「臺灣文學詮釋權」頗具爭議性。筆者於上世紀七十年代末至八十年代初就讀廣州暨南大學中文系時，該系已有「台灣文學」教學與研究，內容便是上引作家與作品。

一致表現出「去民國化」的默契。

相對於大陸學界對「民國文學」的「舊情復燃」，臺灣學界卻是「欲語還休」。在「修史」方面，雖然先後有尹雪曼為總編纂的《中華民國文藝史》（臺北：正中書局，一九七五）與王汎森等編撰的《中華民國發展史》十二分冊（臺北：聯經出版，二〇一一）不同程度涉及到「民國文學」，但並非對「文學」的集中討論。如前者除了傳統文學類的「文藝思潮與文學批評」、「詩歌」、「散文」、「小說」、「戲劇」，還有「音樂」、「舞蹈」、「美術」、「電影」、「文藝交流」、「文藝運動」等；後者更是在「學術發展」、「政治與法制」、「經濟發展」、「社會發展」、「文學與藝術」、「教育與文化」六大類中，陳芳明主筆編撰的「文學」部分只占頗為有限的篇幅。期刊論文雖然也偶有論及「民國文學」者，如黃怡菁的〈文學史的書寫形態與權力政治：以《中華民國文藝史》為觀察對象〉，但也並非對「民國文學」的正面討論，而是討論「解嚴之前國民黨政府及親國民黨官方的文人如何書寫屬於他們的『新文學史』，並討論這樣的文學史生產的時代意義究竟為何」[20]。字裡行間，顯見作者旗幟鮮明的立場。

可以說，臺灣學界正兒八經的「民國文學研究」，似乎只有政治大學的張堂錡一枝獨秀[21]，而「臺灣文學研

20 黃怡菁〈文學史的書寫形態與權力政治：以《中華民國文藝史》為觀察對象〉，《臺灣學志》創刊號（二〇一〇年四月），頁78。

21 張堂錡的專業領域當為「中國現當代文學」，有關「民國文學」研究的成果只有本文所引述的期刊論文〈從「民國文學的現代性」到「現代文學的民國性」〉、〈「禁區」與「誤區」——臺灣的「三十年代作家論」〉、〈民國文學的史觀建構〉，以及研討會論文「從報告文學到報導文學——民國文學百年思潮發展演變的一個對照觀察」（二〇一二年十二月）、「『民國文學』研究的時空框架問題」（二〇一三年四月）、「民國女兵謝冰瑩的國民革命經驗及其意義」（二〇一四年七月）。

究」則春色滿園。雖然臺灣學界也或有認同民國文學（史）與臺灣文學（史）的承傳關係，但臺灣文學（史）無疑是關注的焦點。如孟樊《文學史如何可能：臺灣新文學史論》的「緒論」討論到「如何從中國文學史（王案：實則為民國文學史）到臺灣文學史」，但其目的卻在「臺灣文學史的書寫如何可能」[22]。

從陳少廷的《臺灣新文學運動簡史》（臺北：聯經出版，一九七七），而葉石濤的《臺灣文學史綱》（高雄：文學界雜誌社，一九八七），而彭瑞金的《臺灣新文學運動四十年》（臺北：自立晚報社，一九九一），而陳芳明的《臺灣新文學史》（臺北：聯經出版，二〇一一），臺灣文學史的編纂悠悠不絕[23]；到近年，民國政府行政院文建會臺灣文學館，在短短的兩三年內，推出總共三十三冊的《臺灣文學史長編》（臺南：國立臺灣文學館，二〇一一－一三），其中包括《山海的召喚：臺灣原住民口傳文學》（劉秀美，蔡可欣）、《離散與落地生根：明鄭時期臺灣漢文學的發展面貌》（吳毓琪）、《「曙光」初現：臺灣新文學的萌芽時期，一九二〇－一九三〇》（陳淑容）、《狂飆時刻：日治時代臺灣新文學的高峰期，一九三〇－一九三七》（趙勳達）、《光復變奏：戰後初期臺灣文學思潮的轉折期，一九四五－一九四九》（徐秀慧）、《斷裂與生成：臺灣五〇年代的反共／戰鬥文藝》（陳康芬）、《跨越時代的青春之歌：臺灣五、六〇年代現代詩運動》（陳政彥）、《探索的年代：戰後臺灣現代主義小說及其發展》（廖淑芳，包雅文）、《從邊緣發聲：臺灣五、六〇年代崛起的省籍作家

22 孟樊《文學史如何可能：臺灣新文學史論》（臺北：揚智出版，二〇〇六），頁1-14。

23 大陸學者趙遐秋、曾慶瑞、斯欽、樊洛平與臺灣學者呂正惠、曾健民合著的《臺灣新文學思潮史綱》（臺北：人間出版社，二〇〇二）不在此列。

群》（余昭玟）、《鄉土的回歸：六、七〇年代臺灣文學走向》（戴華萱）、《燃燒的年代：七〇年代臺灣文學論爭史略》（蔡明諺）、《黑暗之光：美麗島事件至解嚴前的臺灣文學》（黃文成）等。從個人到社會，從民間到官方，「強調臺灣本土認同」[24]的「臺灣文學」概念與意識已根深蒂固。

在林林總總的「臺灣文學史」編纂中，或隱或現可見至少有五種因素，促使「民國文學」受到不同形式的替代、消釋、分解、裹纏、截斷：（後）殖民史觀、反共宣傳、現代主義、鄉土文學、本土意識。有意思的是，相對於（後）殖民史觀另闢蹊徑、現代主義橫向移植、鄉土文學與本土意識漸行漸遠[25]——各種社會力量各顯神通「去民國化」，民國執政當局卻也通過操作「反共宣傳」，「自宮式」地「去民國化」。陳芳明在《臺灣新文學史》的序中是這樣陳述的：「戰爭結束後，國語政策的強勢推展，使日據時代的作家不得不停筆或封筆。五四文

24 許俊雅〈「臺灣文學史長編」編寫之意義及省思〉，《臺灣文學館通訊》第三十五期（二〇一二年六月），頁10。

25 參看陳芳明〈臺灣研究與後殖民史觀〉，《歷史月刊》第一百零五期（一九九六年十月），頁41-46；劉滌凡〈六〇年代臺灣新詩本土意識的研究——以「笠詩社」為考察對象〉，《中外文學》第三十卷第一期（二〇〇一年六月）；林玲玲〈歷史、種族與風土——葉石濤的臺灣文學史分期〉，《黃埔學報》第五十二期（二〇〇七），頁43-64；陳明台〈從橫的移植論臺灣現代詩的成立與展開——其與日本詩潮關聯的考察〉，《文學臺灣》第六十三期（二〇〇七年七月），頁98-121；張修慎〈戰前臺灣「現代性」的思考與一九三七以後所見臺灣知識份子之「鄉土意識」〉，《臺灣史學雜誌》第十一期（二〇一一年十二月），頁26-55；陳培豐〈鄉土文學、歷史與歌謠：重層殖民統治下臺灣文學詮釋共同體的建構〉，《臺灣史研究》第十八卷第四期（二〇一一年十二月），頁109-164；洪鵬程〈三〇年代鄉土文學論戰後臺籍日文作家鄉土意識書寫〉，《僑光學報》第三十五期（二〇一二年十月），頁29-42；山口守〈作為契機的鄉土文學〉，《中國現代文學》第二十四期（二〇一三年十二月），頁21-42。

學的白話文傳統，開始傳播到臺灣。然而，在嚴苛的反共年代，臺灣文學竟發生雙重斷層；一是與殖民地文學切斷聯繫，一是與三〇年代中國左翼文學完全割裂，使批判精神與抵抗文化不免受到重挫。在威權時代，凡是不符合政治要求的文學，都被劃入禁林之列。」[26]無獨有偶，相對於陳芳明對史實的陳述，葉石濤則從修史角度作如此表述：「《臺灣文學史綱》寫成於戒嚴時代，顧慮惡劣的政治環境，不得不謹慎下筆。因此，臺灣文學史上曾經產生的強烈的自主意願以及左翼的作家的思想動向也就無法闡釋清楚。」[27]

由此可知，民國早期文學，尤其是三〇年代文學曾對臺灣文學發展有深刻影響。如早在七〇年代初，陳少廷即指出，日據時期臺灣新文學運動，直接受胎於五四啟蒙運動及抗日民族運動[28]。八〇年代以降，葉石濤在《走向臺灣文學》（臺北：自立晚報，一九八七）、《臺灣文學的悲情》（高雄：派色文化，一九九〇）、《臺灣文學的困境》（高雄：派色文化，一九九二）等論著中，便屢屢闡述臺灣新文學自二十世紀初起步始，在日據時代及戰後一段時期，主動或被動受到五四以來的新文學，尤其是三〇年代左翼文學的影響。陳芳明對臺灣文學史也

26 陳芳明〈序言：新臺灣・新文學・新歷史〉，氏著《臺灣新文學史（上）》（臺北：聯經出版，二〇一一），頁7。呂正惠與張堂錡也有類似的陳述，見呂正惠〈六十年代的臺灣「現代化」文化——基於個人經驗的回顧〉，《華文文學》二〇一〇年第四期，頁6-10；張堂錡〈「禁區」與「誤區」——臺灣的「三十年代作家論」〉，《西北師大學報》第五十一卷第二期（二〇一四年三月），頁23-30。

27 葉石濤《臺灣文學入門》（高雄：春暉出版社，一九九七），頁2。

28 陳少廷〈五四與臺灣新文學運動〉，《大學雜誌》第五十三期（一九七二年五月），頁18-25。

有「三〇年代的左翼文學」之分期，顯示了臺灣新文學運動的演變軌跡[29]。呂正惠則更是強調，臺灣新文學的產生完全以五四新文學運動為範本，三〇年代的鄉土文學和臺灣話文運動須在當時左翼文藝大眾化問題的討論脈絡下加以理解[30]。

顯而易見，五四新文學，尤其是三〇年代（左翼）文學在臺灣文壇的脈絡，是在五〇年代因意識形態被人為截斷的——在恐共防共反共意識的支配下，臺灣當局實行相當嚴厲的思想控制政策與出版審查法令，許多三〇年代作家與作品首當其衝歸入查禁之列[31]，其原由從有軍旅背景的作家兼學者姜穆的表述可見一斑：「三〇年代這十年中的文學活動，對社會及民心士氣的破壞極大，尤其是對中共的叛亂竊國，具有相當的助力。」[32]這也是陳芳明所指出的：「在臺灣，由於內戰的敗北感，使國民黨的反共政策全盤否定一九三〇年代左翼文學發展的事實。這種左右立場的對峙，使民國文學成為禁區。」[33]

然而，十幾二十年後，為了爭奪三〇年代文學的詮釋權，一系列標榜三〇年代文學的「史書」紛紛面世，諸

---

29 見陳芳明〈撐起九〇年代的旗幟——《文學臺灣》發刊詞〉，氏著《典範的追求》（臺北：聯合文學，一九九四），頁235-236。

30 見呂正惠〈《臺灣新文學思潮史綱》編撰談〉，《世界華文文學論壇》二〇〇二年第一期，頁5。

31 王宏志《歷史的偶然：從香港看中國現代文學史》（香港：牛津大學出版社，一九九七），頁33；張堂錡〈「禁區」與「誤區」——臺灣的「三十年代作家論」〉，《西北師大學報》第五十一卷第二期（二〇一四年三月），頁23-30。

32 姜穆〈左聯與共產國際的關係〉，氏著《三十年代作家論》（臺北：東大圖書公司，一九八六），頁1。

33 陳芳明〈民國文學的史觀建構〉，中國現代文學學會《中國現代文學》第二十六期（二〇一四年十二月），頁53。

如：陶希聖等撰，孫如陵輯的《三〇年代文藝論叢》（臺北：中央日報社，一九六六）；李牧的《三〇年代文藝論》（臺北：黎明文化，一九七三）；龍雲燦（吳若）的《三〇年代左翼文壇現形錄》（臺北：華欣出版，一九七五）與《三〇年代文壇人物史話》（臺北：金蘭出版，一九七七）；丁望的《三〇年代作家評介》（臺北：時報文化出版公司，一九七八）；蘇雪林的《二、三〇年代作家與作品》（臺北：廣東出版社，一九七九）；孫陵的《我熟識的三〇年代作家》（臺北：成文出版社，一九八〇）；陳紀瀅的《三〇年代作家記》（臺北：成文出版社，一九八〇）；陳敬之的《三〇年代文壇與左翼作家聯盟》（臺北：成文出版社，一九八〇）；陳紀瀅的《三〇年代作家直接印象記》（臺北：臺灣商務印書館，一九八六）；姜穆的《三〇年代作家論》（臺北：東大圖書公司，一九八六）與《三〇年代作家論續集》（臺北：東大圖書公司，一九八九）；等等。

有關論者時而也力圖呈現超然姿態：「雖然『三〇年代文藝』不屬於任何黨派的、或任何階級的文藝，而是一個充份表現了三〇年代所獨具的『特性』的文藝。」緊接著卻話鋒一轉：「但是，『三〇年代文藝』一詞，卻是中共提出來的，而此一『年代』的作者和作品，也已經受到中共毛派份子的大力批判。」[34]這也正是張堂錡所抨擊的「字裡行間因涇渭分明的政治色彩而有心或無意的『誤讀』仍隨處可見」[35]，意識形態始終與學術研究糾纏不清。於是，其結果就只能是徒勞無功，回天乏力，即使是「呈現了國民黨官方從六〇年代末期到七〇年代初

34 李牧《三〇年代文藝論》（臺北：黎明文化，一九七三），頁1。

35 張堂錡〈「禁區」與「誤區」——臺灣的「三十年代作家論」〉，《西北師大學報》第五十一卷第二期（二〇一四年三月），頁25。

期，爭奪文學史詮釋權的一個極致表現」的《中華民國文藝史》，也「只配得上被擺放在圖書館的書架上囤積灰塵的命運」[36]。要補充說明的是，這個「文學史詮釋權」的爭奪戰，延續到八〇年代後期的解嚴時代（見前引有關三〇年代文學的論著出版情形）；與此同時交集的還有「抗戰文學詮釋權」的爭奪，最具代表性的是陳紀瀅等在報刊發表聯合宣言，呼籲建構中華民國式的抗戰文學詮釋模式[37]。然而，令人情何以堪的是，到了一九八七年解嚴以後的開放年代，這些重見天日的三〇年代的作家作品，「卻又因長期的隔閡而未受到市場或讀者青睞。可以說，三〇年代文學在臺灣面臨的是『雙重失落』的命運。」[38]

於是，置身臺灣如何探尋「民國文學」的現實表現，還真有點白樂天〈花非花〉的迷惘：「來如春夢幾多時，去似朝雲無覓處。」而臺灣學界在對「臺灣文學」進行論述時，亦往往有意無意回避「民國文學」，或者如張堂錡所感慨的「視而不見」[39]。我在審稿（包括期刊論文與學位論文）、座談會以及研究生入學口試或畢業口考（論文答辯）時，不止一次提醒應該注意臺灣文學與大陸時期的民國文學之間的聯繫，卻似乎沒有什麼實質性的回應。下面是在某個場合我跟一年輕朋友的對話：

36 分別見黃怡菁〈文學史的書寫形態與權力政治：以《中華民國文藝史》為觀察對象〉，《臺灣學志》創刊號（二〇一〇年四月），頁81，78。

37 陳紀瀅等〈文學的歷史不容篡奪〉（上／下），《聯合報》一九七九年七月六－七日。

38 張堂錡〈「禁區」與「誤區」——臺灣的「三〇年代作家論」〉，《西北師大學報》第五十一卷第二期（二〇一四年三月），頁25。

39 張堂錡〈從「民國文學的現代性」到「現代文學的民國性」〉，《國文天地》第二十八卷第五期（二〇一二年十月），頁65。

問：臺灣文學是否包括戒嚴時期的反共文學？

答：不包括。那是臺灣機體的寄生瘤。

問：臺灣文學與民國文學是什麼關係？

答：沒有關係。

問：民國三十八年後臺灣的文學……

答：那是臺灣文學，不是民國文學。

問：不會溯源到民國三十八年前的民國文學嗎？

答：不會。

……[40]

葉石濤《臺灣文學史綱》與陳芳明《臺灣新文學史》等還是含括反共文學的，年輕人卻乾脆利索割棄了；溯源不至大陸的民國文學，這倒是一致的。耐人尋味的是，大陸對「民國文學」的熱衷，跟臺灣對「民國文學」的

---

40 當時我還以為是年輕人的情緒性語言，近日看到一份調查報告，方覺不是兒戲話。《兩岸犇報》七十九期（二〇一四年九月三日至十六日，雙週刊）刊登該報政經研究室所作〈臺灣校園青年認同問題調查二〇一四年第二季統計分析〉「問題四」，在一千一百零四份有效問卷樣本中，雖然也有六百七十七人認同「臺灣文化是中華文化的傳承與發展」（占百分之六十一點三），但也有兩百零七人認為「臺灣文化與中華文化各自獨立，沒有關係」（占百分之十八點八）。

冷落，二者雖然無法接軌，其間卻有難以言喻的「共識」及「心有靈犀」的內在關聯性。

由上可見，「目前兩岸最容易認同的文學表達就是『民國文學』」[41]只是一廂情願的良好願望。相反，「現代文學」給了海峽兩岸學界一個共同的話語體系，一個共識度高的討論平臺；換言之，「現代文學」概念的運用，令海峽兩岸學界擁有了「共同語言」；「民國文學」則似乎無法達到這樣的效果。在臺灣，現代文學研究很普遍[42]，臺灣文學研究也很普遍[43]，唯獨不見民國文學研究蹤影，至少很不普遍。流覽臺灣中研院文哲所及主要大學中文系，教師「研究專長」欄目，標示「現代文學」或「臺灣文學」比比皆是（不乏兼顧兩個專業者），卻無一標示「民國文學」，連張堂錡也只是標示「中國現代文學史」、「中國當代文學」。又從臺灣「國家圖書館網站」的「館藏目錄查詢系統」、「臺灣書目整合查詢系統」、「臺灣期刊論文索引系統」、「臺灣博碩論文系統」查詢，只有新北市花木蘭文化出版社「民國文化與文學研究文叢」初編（二〇一二）至四編（二〇一四），出版了胡安定、李怡、布小繼、張福貴、康鑫、何錫章、錢振綱等眾多大陸學者的相關論著共七十二冊；期刊論文也只有《國文天地》第二十八卷第五期（二〇一二年十月）「民國機制與民國文學史專輯」，發表了大陸學者李怡、丁帆、張福貴、張中良、李光榮、周維東及臺灣學者張堂錡的相關論文；《中國現代文學》第二十六期

41 李怡，張堂錡〈民國史觀及民國文學史的建構〉，中國現代文學學會《中國現代文學》第二十六期（二〇一四年十二月），頁48。

42 「新文學」的概念在文學史編纂中更為常見。

43 在當今臺灣的大學，臺灣文學系（所）已頗為普遍，現代文學專業則仍保留在中文系，沒有臺灣文學系（所）的大學，中文系中亦大多有臺灣文學專業，而且往往是同一人兼顧現代文學與臺灣文學兩個專業，由此亦可知二者是各自獨立的專業領域。

（二〇一四年十二月）以「民國史觀及民國文學史的建構」為專題，發表了大陸學者李怡與臺灣學者陳芳明、張堂錡及張俐璇的相關論文；遍尋博碩論文，竟無一篇定位於「民國文學」進行專題研究。

大陸學界的民國熱已跨海「登臺」，臺灣學界依舊無動於衷？難道果真已然：「黃鶴一去不復返，白雲千載空悠悠」[44]？抑或還有可能：「無可奈何花落去，似曾相識燕歸來」[45]？

無論如何，張堂錡還是給了我們一個很值得企盼的思考：「在大陸階段的民國性，是當前大陸『民國文學』研究的重心……但是在臺灣階段的民國性，保留了什麼?改變了什麼?在與臺灣在地的本土性結合之後，型塑出何種不同面貌的民國性呢？」[46]

從學術的角度看，無論是「民國文學」及「民國機制」概念的提倡與運用，還是「民國文學」的「現在進行式」探索，都不失為極具創意的研究進路，其學術價值也無疑很值得期待；然而，非學術性因素的制約，卻為此進路設下重重阻礙，其學術價值的充分體現仍處於漫漫「期待」之中。

論爭在繼續，探討在深入；眾說紛紜，莫衷一是；不要冀望完滿落幕，亦無須強求統一認識。在學術討論的平臺，在學術研究的領域，任何概念、範疇、理論、主張、方法、模式、論述、觀點，都應該並存不悖，都應該

---

44 唐人崔顥〈登黃鶴樓〉詩句。

45 宋人晏殊〈浣溪沙〉詞句。

46 張堂錡〈從「民國文學的現代性」到「現代文學的民國性」〉，《國文天地》第二十八卷第五期（二〇一二年十月），頁68。

有各自精彩的自由發揮，即如政治大學張堂錡先生所主張：「在一種學術交流、理性互動、嚴謹對話、多元尊重的立場上進行對相關議題的深入討論。」[47]至於非學術性因素造成的困擾，如何解套？其實也很簡單，正如吉林大學張福貴先生所強調：「少一些學理之外的忌諱和限制，回歸於簡單和直接。」[48]

我想，兩位張先生的話是對海峽兩岸學界語重心長的忠告。

[47] 張堂錡〈從「民國文學的現代性」到「現代文學的民國性」〉，《國文天地》第二十八卷第五期（二〇一二年十月），頁65-66。

[48] 張福貴〈從意義概念返回到時間概念——關於中國現代文學史的命名問題〉，《文學世紀》二〇〇三年四月號，頁16。

中央大學第三十三屆金筆獎得獎作品讀後感
（代序）

一年一度，中央大學第三十三屆的金筆獎專刊又將出版了。作序的任務，自然又落到系主任的身上。

雖然系務繁忙，我還是十分樂意接受這個任務的，畢竟這是系主任義不容辭的工作。更重要的是，在這過程中，總令我不期然回味起、或者說是牽扯起自己頗為遙遠的「文青」（文藝青年）情懷。

從得獎者的「出處」看，中文系還是佔優勢，尤其各組前三名，除了散文組第二名與小說組第三名，其餘均為中文系同學獲得。其中，中文二的李牧耘同學表現尤為突出，一人就獲得小說組第一名，新詩組第二名與散文組佳作獎。可見文學創作仍是中文系的「強項」。當然，是否都是從課堂教學學會文學創作呢？李牧耘同學的話似乎透露玄機：「大量閱讀遠比大學教育重要」。儘管牧耘同學宣稱「為了不被退學，偶爾也去上課」，令我忍不住想去查一下中國文學史課簽到表；不過，看他新詩組第二名得獎作品中「山無林／海水胥衰竭」句，知道他在向漢樂府〈上邪〉「山無陵／江水為竭」致敬，於是作罷。散文組第一名中文一的郭珩同學，入學前就是各種文學獎的常勝軍：「打狗鳳邑文學獎新詩首獎、好詩大家寫新詩首獎、港都青年文學獎新詩首獎、全球華文學生文學獎等」。如此現象，證明了「功夫在詩外」，更證明了「修為在自我」的重要性。

入圍得獎名單中，有幾乎一半為非中文系同學，也顯示了文學創作在校園的普及性工作頗有成效。更令我欣慰的是，這些非中文系同學大都表現出對文學的熱愛，如化材三的楊舒博同學「從小就喜歡寫寫詩寫寫散文，看一些文學小品，我很喜歡文學，也很喜歡結交喜歡文學的同好」；上海交通大學凱原法學院（交換生）的張瑩同學，「專業法律，酷愛文學」，宣稱「年少時就已然找到了人生所愛，這條路會是我一生永恆的歸宿」；法文三的程康同學認為，自己的散文創作「還是得來自於自己的生活經驗，而此篇（散文組第二名〈小玄鳳〉）就是平日書寫的日記之一」；通訊四的蔣承翰同學期許自己「如果我一直沒有忘記自己，一直都認真看待自己的夢想，或許有一天，我真的能無比自在的，穿梭在文字的場域裡呼吸，我還是會繼續寫的」。由此可見，個人的興趣愛好，是文學創作的巨大驅動力。

從得獎作品可見，同學們的創作題材大都來自年輕人的生活常態：上學、讀書、交友、聊天、吃、喝、玩、樂、情、愛、欲、性、同志、雙性、性／別……令我看得發呆、鬱悶、無聊、莞爾、驚喜、開懷、詫異、瞠目、震撼、暈……靜下心想想，這就是當下年輕人啊！年輕，真好。

得獎作品的表現手法多樣，雖不免有些稚嫩，但卻往往令人眼睛一亮，甚或拍案叫絕；有的則表現得嫻熟老辣，不得不叫人刮目相看。如李牧耘同學的詩作〈杞人憂天也憂胸罩〉，通過萬花筒般的紛紜世態，從頗具政治意味的「國是會議」、「富二代的願景」，到日常生活的「擁抱」、「麵包」、「晨跑」、「肥皂泡」、「風華正茂」、「投資」，乃至百無聊賴的「奶粉」、「胸罩」，再到不無突兀的「老婆的胸罩鬆了」，讓我讀後的感受居然是「此中有真意，欲辨已忘言」。還是藉助評審的話來表述：「刻意俗濫也許是某一種逆向操作……這樣才有力量啊！」（林德俊）「很典型的雅痞，很想當雅痞的那種心態……充滿了一種憧憬又是無力感，能夠把現在年輕人心境把它說出來。」（白靈）

張瑩同學的詩作〈等〉，從題材、句式到語言都很歐化，跳躍的意象，交錯的通感，不過，還是讓人品味出上海灘小資情調的幽幽情愫。英文四黃彥淇同學的小說〈波克雷的獵犬〉，同樣是歐化的語言與結構，但敘述卻頗為平實，讀來令人舒服愜意。中文一郭珩同學的〈最好的時光—給N〉用詩的語言寫散文，還有蒙太奇的結構，意識流的思維，筆力老到細膩，超有耐性，卻又不時透出青春逼人的銳氣。中文三陳冠穎同學的小說〈悄悄話〉中的「瞎。你這樣很gay……」／「我是很快樂沒錯~^_^」／「=_=，說真的好嗎。」無疑是頗為靈活展示了網路語言的表現張力。中文四楊平軒同學的詩〈乘雨季回來〉，風格上最為接近我們那個年代了，幾乎可以感覺出當年在鄉村雨後濕濡溫潤的氛圍。楊舒博同學的詩〈套路〉，起頭就是「曉風將起，殘月欲歸」，當是化用柳永的「楊柳岸，曉風殘月」，彰顯了工科生的古典文學功底。

給我印象深刻的還有，中文三許哲瑛同學的〈關於我媽媽〉用大智若愚的筆法，似抑實揚地歌頌母親；中文一李佩臻同學的〈馬戲團的孩子〉在酷酷的腔調中，流露出絲絲深摯的溫情；程康同學的〈小玄鳳〉在人與自然（鳥）的對話關係中，折射出年輕人的生命體會與寄寓；中文三陳冠穎同學的〈貓尾巴〉用現代寓言，訴說傳統的親情；英文三呂季儒同學的〈愛慾書〉所展示的同志間愛欲糾結，令人喘不過氣來；企管二李肆同學的〈平行淚河〉同樣是同志之愛，卻表述得流暢而沉靜（老練？）；中文一家蒔同學的〈我的家庭〉在叨叨絮絮的寫實主義敘述中，穿插著象徵的意象與意味；通訊四蔣承翰同學的〈住在便利商店的少年〉用近乎繁瑣的敘述，表現當下兩代人的親情糾葛，文末的「滴」／「滴」／「滴」，頗有古人詩句「空階滴到明」的效應；法文四肆六同學的〈不吻〉場景描寫之細緻，情感刻畫至微妙，人物關係把握之精準，令人歎為觀止。

以上，便是我匆匆瀏覽得獎作品後的感受。純粹是一己之見，僅供大家參考。佳作無法一一細數，感受也無法一一細說。惟能以上述簡略文字，表達我對中央大學第三十三屆金筆獎的祝賀，更表達我對所有參與中央大學第三十三屆金筆獎的同學及評審老師的無上敬意。

一個飯局兩首歌

看過春晚[1]，對裡邊的主旋律歌舞不以為然，卻勾起一段舊事回憶。

那年，在新加坡，一個四人飯局。

四人者：威，大陸有副廳級別職稱的文化人；樂，臺籍港商；畢，臺灣本土作家；我，本博客博主。來自不同背景，甚至「政見」很是歧異，但並不妨礙大家在各種話題上暢所欲言，或是由於年齡相仿（最大為威，一九五二年生；最小為畢，一九五七年生），亦或是真的時代進步了。

酒過N巡，四人都有點兒不勝酒力但仍興致盎然。

唱歌吧！忘了是誰提議。包廂角落是點唱機，抄起點歌本翻翻，竟找不到大家喜歡唱的。隨意清唱吧，唱我們那個年代自己熟悉的。是樂的提議了。

再一杯酒下肚，樂率先開唱，唱的是《中華民國頌》。樂是國軍將軍後人，唱得很帶感情。這歌我也會唱，那是上世紀八十年代初，我們大學舉行大學生歌詠比賽，某系合唱隊就唱了這首歌，當時大家都覺得好聽，好多人都學會唱了。好多年後才知道，當時某系合唱隊將這首歌改了一個字——將「國」改為「族」。到樂唱到第二

1 每年春節由北京中央電視臺主辦的春節聯歡晚會。

段，我也不由自主加入了：

青海的草原，一眼望不完，喜馬拉雅山，峰峰相連到天邊。
古聖和先賢，在這裡建家園，風吹雨打中，聳立五千年……

唱畢，畢不以為然酸了一句：「沉湎歷史，晦氣！」畢的綠營色彩鮮明，自然不喜歡這歌，但其「沉湎歷史」的點評卻也不無道理。沒想到威卻擊節讚歎：「好聽！感人！」「威兄也來一首你們的時代曲啊？」畢的話聽起來多少有點兒挑撥意味。

威沉吟一會，開唱了，唱的是《歌唱祖國》，確實是「我們那個年代」的時代曲。開始我還跟著唱，沒多久就跟不下去了——威幾乎是一字一頓地唱，挺凝重的感覺。怎麼這樣呢？《歌唱祖國》應是踔厲風發、意氣昂然的格調啊——

五星紅旗迎風飄揚，勝利歌聲多麼嘹亮，
歌唱我們偉大的祖國，從今走向繁榮富強……

此歌作於中共建政初，那是歷史開拓新篇章的激情燃燒年代啊！這首歌感染多少人，都以為從今走向繁榮富強，走向輝煌盛世。於是，多少人義無反顧投身於這場開創盛世的偉業之中，直到傷痕累累、頭破血流乃至家破人亡。

無庸諱言，跟《中華民國頌》的沉湎歷史相比，《歌唱祖國》那踔厲風發、意氣昂然的格調，確實彰顯著邁向未來，追逐理想的氣勢，確實具有深深的感染力，給人們心靈留下深深的記憶刻痕。於是，也才有張藝謀在二○○八年北京奧運會開幕式起用林妙可小姑娘演唱《歌唱祖國》，那是一幕帶有赤子童心夢幻色彩的記憶複製；於是，也才有薄熙來在重慶掀起唱紅歌的風潮，《歌唱祖國》想必也是其中的必備曲目，那是一場裹挾青年近衛軍衝鋒陷陣揚威耀武的理想重溫。

「怎麼唱得那麼沉重？」待威唱完，我不禁詫異責怪。威揚脖灌一口酒，拋出一句讓我更詫異的話：「老毛對不起中共。」

我噎住了，我知道這話有很多潛臺詞，卻一時間不知如何應對。樂倒是順口接上：「一樣的，老蔣對不起國民黨。」

我緩過勁來了，與樂、威相視而笑，然後不約而同將目光轉向畢。

畢淡然一笑，說：「別招惹我！兩年前我就說過——阿扁會對不起民進黨。」

後記：近日在網上看到一條很有意思的「歷史傳聞」——抗戰期間，幾位記者從延安回來，向蔣夫人宋美齡讚揚共產黨人廉潔奉公、富於理想和獻身精神。宋美齡感觸良深，默默地凝視長江幾分鐘後回身，說出了她畢生最悲傷的一句話：「如果你們講的有關他們的話是真的，那我只能說他們還沒有嚐到權力的真正滋味。」

引號的非一般用法

又收到新的一期《臺海》雜誌（二〇一一年五月總第五十九期）。有好長一段時間了，定期收到該雜誌（其他同事似乎亦然）。

《臺海》雜誌為廈門日報社主辦，聲稱「精緻深入時事生活」，「兩岸決策精英讀本」，可見自視甚高，很有企圖心。

平心而論，該雜誌辦得也還相當不錯，不僅製作精美，版面活潑，文章也豐富多采，評論公允持平且頗有深度。然而，瀏覽過後，總覺得有什麼不對勁。直到有一天，某同事（當然是在地學者）似乎不經意說了一句：「（《臺海》）文章寫得再好，都給引號消解了。」我恍然大悟。確實如此。

引號，一般用為表示引語，此外，還有非一般的用法，即用以表示特定稱謂、表示特殊含義、表示否定和諷刺。《臺海》中引號的用法，固然多為表示引語，但卻不少是用於後三種表示，尤其是後二者——表示特殊含義、表示否定和諷刺。隨手翻到頁十至十一，便有諸如：「大選」、「國安局」、「總統」、「副總統」、「中央研究院」、「臺灣海峽兩岸觀光旅遊協會」、「修法案」、「法務部」、「環保署」，等等。

這些幾乎是職位、組織、單位的稱謂。此類用法在《臺海》雜誌太多了！真可謂令人眼花撩亂。《臺海》雜誌對這些稱謂之所以用引號，顯然就是表示特殊含義，箇中原由，不言而喻。我想，《臺海》雜誌編輯者或許沒有表示否定和諷刺的意思，但是，在讀者（尤其是臺灣讀者）看來，或許就會生發出表示否定和諷刺的意思了，至少，有指斥為「非正統」、「偽」、「庶」之類的意味。

「非正統」、「偽」的政治意味太濃，不說也罷。就說這「庶」的意味，實在是無聊，比如上述「臺灣海峽兩岸觀光旅遊協會」（臺旅會），是跟大陸的海峽兩岸旅遊交流協會（海旅會）並舉的，後者不用引號而前者卻用引號，什麼含義？特殊？不會；否定和諷刺？也不至於；那就只有表示嫡庶之分了！

是夠無聊的吧？別以為這種用法少有，且看頁30的一段引文——

> 二〇一〇年，臺灣成功大學、「交通大學」、「清華大學」、長庚大學、「中央大學」與陽明大學六校也名列世界五百大名校之列。

——這是對臺灣高等院校實事求是的介紹，很正面，很肯定。但是，注意到了吧，其中有的學校不加引號，有的卻加了引號。「交通大學」、「清華大學」顯然就是為了表示有別於上海交大、西安交大、北京清華大學的「嫡庶之分」；而「中央大學」當可引申為「偽」的解讀了（「中央」只能有一個）。其實，「中央研究院」的「中央」似乎還可以引申到正統與非正統，正與偽的爭議，「中央大學」作為一個學校的校名，能扯到正統與非正統，正與偽的爭議嗎？實在是夠扯的！

或許，是大陸的宣傳部門控制比較嚴厲，大陸學界，就沒有太多如此無聊的引號用法，比如在學術會議上，在學術期刊中，只是標明臺灣交通大學、臺灣清華大學，以區別於上海交通大學、西安交通大學、北京清華大學；中央大學，也就在前面加上「臺灣」二字而已。

當然，也有例外，前二年，我一篇論文獲大陸一排名前列的名牌大學的學報採用，清樣排出時，將我所處中央大學校名加上引號。我一看刺眼，去函稱，從未獲如此特殊照顧，比貴校排名還靠前的高校期刊，也未曾如此加引號。不除去引號，論文就不要發了。幾個電郵往返後，引號終於除去。

話說回來，大陸當局不是一再申明這「自信」那「自信」的嗎？可耍弄這麼個「引號」的小手段，卻將「不自信」的底蘊曝露無遺。

死板與顢頇

我來臺任教六年多才申請到信用卡。提起原因，朋友都說：死板，顢頇，夠扯的！

剛剛到臺灣那年，系辦同仁主動提出由在銀行工作的親戚幫忙辦理我的信用卡，沒想到折騰一番，由於我的新加坡國籍身分告吹。我雖覺奇怪，也不著急，反正用信用卡的機會不多，最多就是上網訂購機票，由太太在新加坡刷卡，便可網上取票。

直至六年後，太太來臺團聚，才覺得有辦信用卡的必要。於是，先後向數家銀行（包括外資銀行）申請信用卡，卻無一成功。理由：外籍。邏輯當是：跑了怎辦？其實，潛規則就是：辦事人員的自我保護意識——利益自己沾不上，出事得自己扛，誰願意承辦？真是夠死板的。

前兩年一部電影《不能沒有你》，說的就是政府部門工作人員一絲不苟依循法規辦事，致使一對父女不得不骨肉分離。如此一絲不苟循規蹈矩不僅是死板簡直是顢頇了。然而，這一絲不苟循規蹈矩掩飾下的就是人們的自我保護意識作祟。電影揭露的現象引起社會極大共鳴，以致馬英九也不得不專程去觀看並發出有關訓示，但也是風過水無痕。

我早就屢受這種出自自我保護意識而產生的死板顢頇所害。最典型一次，是前些年，我同時進行兩個研究項目，在一次申請動用其中一個研究項目經費時，助理在申請表上誤填了另一個研究項目的名稱，次日由上級部門承辦人員發現告知我們，我們即提出要修改，但晚了一步——上級部門承辦人員已經依時按規定將錯誤的申請表呈報上去，進入了審批程序。

於是，怪事出來了：在各方都知道是人為失誤的情形下，對此案進行了涉及兩個大單位四個小單位眾多人員的調查，調查的目的：在申請A項目的表格上填寫B項目名稱的動機及其所可能引發的危害。前後折騰幾個月，最終雖然不了了之，但卻致使我無法動用幾萬元臺幣的項目經費。氣極敗壞之下，我向各方群發一封無具體對象的電郵，臭罵一通這種死板顢頇的做法。

我這個舉動固然是宣洩不滿的方式，其實，有關當事人還是有討說法的正式渠道與方式。不過，如果在這種渠道與方式中，再遇上同樣一絲不苟循規蹈矩的模式，那就要有更大的創意了。

多年前，我任校教師申訴評議委員會委員期間，該委員會曾審理過一位女教授的申訴案。說實在的，我同情該教授的遭遇，但依循目前法規，該教授是無法勝訴的，除非修法。那也只能是以後努力的事情。最終，女教授一氣之下，將校長與校教師申訴評議委員會全體委員（當然包括我在內）告上法庭。我是抱著莫名興奮的心情等待上法庭的日子的。但不久後，校長被馬英九招攬入閣，校教師申訴評議委員會也改選，便沒我的戲了。

還有啊，去年（二〇一二年）我學術休假一年，前半年（二至七月）我申請到國科會科技人員國外短期研究計畫補助，赴加拿大溫哥華英屬哥倫比亞大學任訪問教授；八月獲邀到新加坡南洋理工大學為訪問教授；九至十一月則獲邀到中國大陸廣西大學講學三個月，此期間還在大陸及香港七八所大學進行訪學，演講及出席學術會議。由於這是我在臺灣第一次休長假，到臨行前才看到《國外短期研究須知》注意事項之一：「研究人員如為外籍人士，應考量於同一年度內，在國外研究期間合計超過一百八十三日者，其在臺所得稅之扣繳率為百分之二十。」我在新加坡國立大學任教逾十年，該校對外籍教師並無此類規定，反而是極力鼓勵休假老師出國交流。

對此，我困惑了：我申請到的計畫補助經費，正好是六個月的期限，加上往來行程，肯定超過一百八十三日。而我是休假一整年，即使我提前從加拿大回國（爭取在一百八十三日內），那麼就意味著下來的半年我必須老老實實待在台灣。那麼，是否國科會為了因應上述稅務政策，在審批出國研究計畫經費補助時，需要對外籍教師「另眼看待」呢？

由是，又更令我困惑了：從馬英九總統到各部委長官一再要求臺灣的大學要跟世界接軌，要更多與世界各地交流。大學教師休假，是最好與海外進行各種學術交流的機會。我們來自海外的教師，更應該（也似乎更有優勢）利用這個機會發展與海外的交流。但上述稅務政策卻顯然是在約束、阻礙我們與海外進行更多的交流。為什麼會這樣呢？想不通。

是否為了防止外籍教師借機回國探親或旅遊呢？又不明白了：自己的假期，為何就不能回國探親或旅遊？如果真要防，明碼實價的學術交流是否又可另當別論呢？想到在此地報刊看到的一詞：有罪推定。聯繫臺灣對待外籍人士的態度與政策，更想到一句俗語：防賊似的。於是，這便凸顯為令人心理感受不佳的「觀感」問題了。

這似乎是小事，卻折射出決策者目光短淺，作繭自縛；執行者盲從施行，明哲保身。於是，所謂「顢頇」、「不作為」、「空轉」之類的效果就這樣出來了。令人扼腕！

要命的是，這些條條規規都是「依法定程式通過」推出執行的。因此，即使確實是錯到離譜，也只能落到乾著急的尷尬下場。比如一年前，臺灣一千多名教授因研究經費核銷使用到其他單據等瑕疵問題，被臺灣檢調機構起訴，函送法辦。倘若此案落實，各大學普遍面臨無人上課的窘境。經長達一年的多方協調，最近終於在立法院挑燈夜戰，三讀通過「會計法」修正案，旨在為教授們解套。該修正條文適用對象為「各大專院校教職員」，於此，教授以及秘書、助理等員工均受惠。沒想到，修正案頒佈後，發現上述條文漏了一個十分關鍵的字——「教」。於是，受惠者僅是「各大專院校職員」——教授們被排除在外了。頓時掀起軒然大波。上上下下亂成一團，不知如何是好。整一活人被尿憋死的局面。

回頭說我申請信用卡的案子吧。那幾家銀行雖然拒絕我的申請，但也都提出，只要我找一位當地人做擔保，便可申請成功。顯然，這位擔保人就是起「廟」的作用——跑得了和尚跑不了廟。找一位當地朋友做擔保人不難，不過，這位擔保人必須出具財產／收入證明。這可是人家的隱私啊！我怎好開口提這樣要求？

我這人，畢竟不甘被尿憋死，氣急敗壞之下總有些創意——給馬英九去函，請他當我的擔保人。於是，分別往國民黨中央委員會與總統府發函，當然，收信人都是馬英九。沒料想，幾天後就有反應了，國民黨政策委員會與金融管理局先後跟我聯絡，並介紹一銀行直接跟我洽辦信用卡。

於是，沒要擔保人，一路順風，辦成了。

《兩岸犇報》「當代中國ＩＮＧ」點評

兩岸關係，千頭萬緒。有些事情，須從長計議；有些事情，卻是當務之急，比如交流。

交流，有政經交流，有高層交流，有文化交流，有民間交流。政經交流、高層交流，或許實效彰顯；然而文化交流、民間交流卻是不可或缺的基礎，沒有後二者，前二者便成沙灘上起高樓。文化交流、民間交流的渠道與方式多種多樣，而出版發行於臺灣的《兩岸犇報》無疑是當前兩岸民間文化交流熱潮中，令人矚目的一個「亮點」。

我是上個月才無意中看到這個「亮點」的，瀏覽過後，感覺還是不錯的：雖然該報的傾向性明確，但其內容／論述卻能基本做到公允客觀，尚未有時下政黨機關報／政客私房報的流弊。

昨日拿到新的一期《兩岸犇報》（第十九期），「當代中國ＩＮＧ」圖文並茂的版面吸引了我，該版的「編按」闡明其宗旨：「要了解今日的大陸，就有必要回顧過去，不僅僅為了懷舊，而是從活生生的細節中學習歷史，了解歷史，從而能夠展望海峽兩岸共同的未來。」因此，編者「打算透過大陸知名紀實攝影家的快門，讓犇報的年輕讀者們直接面對翻天覆地變化中的新中國……通過六十年的攝影作品反映大陸人民日常生活的變遷」；還特別強調這樣做是為了「為被蒙蔽幾十年的民智張張眼，補補課」。

要瞭解今日須回顧過去的說法，我是很贊同的，事實上這也就是我開設知青文學課的初衷（雖然我也有「補課」的意圖，但絕不敢有「開民智」的狂妄）。不過，看過《兩岸犇報》的「當代中國ＩＮＧ」之後，卻令我大失所望。該版的照片是否「紀實」暫且不論，關鍵是其說明文字；也暫且不談對「一九七五年陝西省戶縣農民畫」與「二〇〇五年廣東省深圳市大芬油畫村」的解說含糊曖昧，最令人詫異莫名的就是對土地改革、上山下鄉、人民公社、大躍進的解說（「案」的文字是我的質疑）：

（照片從缺）一九五二年（案：疑是一九五一年），青海省湟中縣上五莊進行土地改革，農民面對面的控訴地主惡行。■茹遂初攝／《人民畫報》。

原文字說明：土地改革運動，一九五〇年代初期，剛剛建政的中共政權在全國範圍內，將地主階級的土地沒收後分配給無地少地的農民，其目的是解放被封建地佃關係所束縛的農業生產力，為新中國的迅速工業化作準備。土地改革在中國大陸徹底結束了封建土地制度，並使新成立的中共政權獲得了農民的高度信任。

案：（1）何謂「封建地佃關係」／「封建土地制度」？（2）「將地主階級的土地沒收後分配給無地少地的農民」的合法性與合理性？（3）為何不指出土改的極端擴大化／惡質化／血腥化？（4）為何不說明「獲得了農民的高度信任」的短暫性與虛幻性？並指出數年後通過合作化運動（互助組→合作社→人民公社）徹底剝奪了農民的土地？

（照片從缺）一九五八年，雲南省大理縣東風人民公社幼兒園。■王耀知攝／《民族畫報》。

原文字說明：農村人民公社既是生產組織，也是基層政權，普遍存在的時期為一九五八年－一九八四年，隨著市場經濟的建立而被解體，全部被鄉、或鎮取代。人民公社是集體所有制的經濟組織，規定一切生產資料和公共財產為公社所有，統一核算和統一分配，並實行工資制和口糧供給制相結合，推廣公共食堂，同時成立了托兒所、幼稚園、敬老院、縫紉組。

案：應該說明這是一九五八年人民公社成立高潮時期的情景，如果按照說明文字所介紹的下延到一九八四年，那麼，「實行工資制和口糧供給制相結合，推廣公共食堂，同時成立了托兒所、幼稚園、敬老院、縫紉組」的描述，就是在畫餅充飢了。至少，我下鄉期間，從未見過這番景象。更應該進一步說明：（1）人民公社徹底剝奪了農民的土地及大部分私有財產；（2）極大阻礙農民的生產積極性及農業生產發展；（3）極大改變／破壞了農村延續上千年的社會型態及生活型態。

（照片從缺）一九五八年，在大躍進運動中，婦女成了生產主力軍，為解除婦女的後顧之憂，江蘇省常熟獻（縣？）辛莊公社辦起了農忙托兒所。■曉莊攝影／《江蘇人民出版社》。

原文字說明：「大躍進」運動是指一九五八年至一九六〇年間，在全國範圍內展開在工業和農業上「躍進」的社會主義建設運動。一九五八年五月，中共八大二次會議，正式通過了「鼓足幹勁、力爭上游、多快好省地建設社會主義」的總路線。儘管這條總路線的出發點是要儘快地改變經濟文化落後的狀況，但由於忽視了客觀經濟規律，最終導致了國民經濟比例大失調，並造成嚴重的經濟困難。

案：如此輕描淡寫，實在無法令人釋懷！看樣子編者還似乎要為大躍進緩頰：出發點是好的，只不過忽視了客觀經濟規律。後果也只是「國民經濟比例大失調」與「嚴重經濟困難」。時至今日，大陸學者也不敢作如此輕描淡寫！大躍進，說輕了是勞民傷財，說重了是禍國殃民。其後果：數以千萬計的百姓命喪黃泉！國民經濟、社會秩序、自然生態皆受到毀滅性的摧殘——這是大陸官方也不敢否認的事實。

（照片從缺）一九六三年六月，天津市應居高中畢業生到國營農場楊柳青林場安家落戶。■賈化民攝／《中國青年畫報社》。

原文字說明：上山下鄉運動指的是二十世紀六、七十年代文化大革命期間，組織大量城市「知識青年」離開城市，在農村定居和勞動的政治運動。這場運動改寫了整整一代人命運，雖然評價不一，但是知青下鄉對於農村的教育普及、合作醫療制度的建立以及鄉鎮企業的建立都起了決定性作用，大幅度改變中國農民的面貌。

案：既說「評價不一」，以為編者會持中間立場／態度，沒想到卻是持肯定態度甚至可說是大唱贊歌。我下鄉多年，從未體會／感受到編者所肯定的情形。我那個大隊，先後接受的知青少說也有一百多吧，當中小學（代課）教師的最多就三兩位；合作醫療制度，知青能參與的最多就是跟著赤腳醫生（當地農民擔任）去遊村打預防針（我就多次獲此榮幸）；鄉鎮企業大多建立在公社一級，知青能介入，難上難！道理很簡單，上述三者，在農村都屬於「好康」（臺語：舒適而有利）的工作，大多被鄉鎮幹部的親朋好友所佔據，知青鮮少有機會染指，更不要妄想起「決定性作用」。至於「大幅度改變中國農民的面貌」，無異於癡人說夢。

為什麼《兩岸犇報》的編者跟我等過來人的認知有如此大的落差？我想有兩種可能：

一是照搬大陸的資料而未能加以審度。如果是這樣的話，所搬的資料也大約是七十年代後期甚至文革中或文革前的（如有關土地改革、人民公社與上山下鄉），最多也就是八十年代初的（如有關大躍進）。因為，這些說法委實太陳舊過時了。

另一可能便是為了和緩兩岸關係，而不願揭大陸歷史的瘡疤。如果是這樣的話，就應該迴避／免談上述那幾個歷史事件（鴕鳥策略？），因為這些事件對大陸人民造成的傷害太深太重了；粉飾，只能加深大陸人民的痛苦感受。而且，粉飾也就意味著造假，也就意味著會再度「蒙蔽」犇報的年輕讀者們。於是，也無疑就違背了犇報的初衷了。

「當代中國ＩＮＧ」的編者按有云：「要瞭解今日的大陸，就有必要回顧過去，不僅僅為了懷舊，而是從活生生的細節中學習歷史，瞭解歷史，建立兩岸人民相互理解與互相信任的基礎，從而能夠共同展望中華民族的未來。」然而，《兩岸犇報》編者的選編策略，卻是從中共政府的出版物「蒐羅中國大陸六十年來的攝影作品來反映人民日常生活的變遷」。要通過這樣的案例「學習歷史，瞭解歷史」，無疑緣木求魚；要據此建立「相互理解與互相信任的基礎」，「共同展望中華民族的未來」，只能是自欺欺人了。

瑣記

（一）軍歌

近日媒體在炒作如下一首國軍軍歌：「英雄好漢在一班，英雄好漢在一班。說打就打，說幹就幹。管他流血流汗，管他流血流汗。／／命令絕對服從，任務不怕困難，冒險是革命傳統，刻苦算家常便飯。英雄好漢在一班，英雄好漢在一班。報數！一、二、三——四！」媒體炒作的焦點是，藍綠立委都對其中的「說打就打，說幹就幹」很感冒，認為讓人「唱得很不好意思」，「容易讓人家有聯想」。大概是用臺語唱，便有黃色意味吧。

我也對這首歌蠻感興趣，除了雄赳赳氣昂昂的進行曲調外，其歌詞就頗多似曾相識，如：「英雄好漢」（常唱成「九條好漢」）、「說打就打，說幹就幹」、「服從命令」、「不怕困難」、「革命傳統」，甚至後面的「報數！一、二、三——四！」。尤其是立委們不好意思的那兩句「說打就打，說幹就幹」，恰是上世紀六十年代大陸男生都會唱的一首軍歌名稱，當年我們可唱得多帶勁多響亮啊：「說打就打，說幹就幹，練一練手中槍刺刀手榴彈……」

兩邊軍歌，一個模式，一樣風格。

(二) 敵意

好多年前，還是阿扁執政時，一次給在職碩專班同學上知青文學課時，一男生似乎有點惡作劇地提問：「當年我們稱你們為『共匪』，你們叫我們什麼?」我不假思索答道：「蔣匪。」該生反應倒也快：「現在該叫『扁匪』啦!」其實，在現實中，大學裡面這種「敵意」倒是十分淡薄的，甚至可以說幾乎沒有了。這不是什麼麻痹大意，而是時過境遷，或說所謂敵對意識似乎早就消解於「一笑泯恩仇」了。

(三) 雷鋒

昨晚課間，一位碩專班同學給我看平板電腦上一幀「雷鋒送大娘回家」的照片，問我：雷鋒是一個什麼樣的人物?我不假思索回答：蓄意造出來的楷模。

其實，這張照片本身就最能說明問題。該照片沒有註明「模擬」、「事件回放」之類的字樣，那就是現場的真實情境了。於是，問題就來了：是雷鋒神還是記者神？雷鋒做好事送大娘回家，怎會留下如此珍貴照片？況且「做好事不留名」是「雷鋒叔叔優良品質」之一。事實上，雷鋒參軍才兩年，留下做各種「好人好事」的照片數以百計！在那個照相機非常不普及的年代，這可是個不可能完成的任務，「雷鋒叔叔」卻輕而易舉完成了！是誰神？

文革前我們小學學雷鋒小組非常虔誠地做了不少好事之後，還「對比英雄找差距」，找尋我們未能達到雷鋒叔叔崇高境界的原因。一同學提出：雷鋒叔叔做好事留下照片，大家都知道；而我們作好事沒留下照片，大家都不知道。於是，建議以後做好事要照相存證。當時大家都贊同，還真當那麼回事討論如何實施，最後也就因為無法找到照相機而不了了之。現在回想起來，那位同學其實是無意中道破天機。

（四）龍潭

龍潭，是我當年下鄉所在公社的名稱。沒想到來到臺灣，中央大學所在的桃園縣，居然也有一個龍潭鄉。還是在阿扁執政時，某次地方選舉中藍營大勝，次日，是週末，我應邀赴龍潭出席一以中山科學院學者朋友為主的聚會。中科院隸屬國防部，其學者也大都具有將校官軍銜，且多為藍營背景。於是，在聚會宴席上為國民黨的大勝屢屢舉杯慶賀。喝高了，話也多了。一中科院朋友透露，民國六十三年就在龍潭服兵役，整天往大陸放空飄進行心戰。民國六十三年？不就是一九七四年？那年我就在大陸的廣西博白縣龍潭公社插隊，也正在那年在龍潭目睹了來自臺灣的空飄事件[2]呢？同一年，同是「龍潭」，同是「空飄」。說出來，眾人不禁唏噓。我更覺有點悚然。

（五）行政樓

無意間聽到兩位來訪的大陸學者在議論我校行政樓「寒酸」，我的感受卻是頗為欣慰的。應該說，我簡直是為此感到驕傲。我校的行政樓確實是夠簡陋的，而行政樓後面的圖書館則是全校「最像樣」的建築，兩相對比，校行政樓更見「寒酸」。其實，新竹交通大學的行政樓更「不堪」，第一次見到時，我的感覺就是三十多年前我插隊所在公社的供銷社。我很能理解大陸學者的觀感，因為當今大陸高等院校的建築（尤其是行政大樓）之豪華壯觀，每每令海外學人瞠目結舌。

[2] 參〈過時的「敵情通報」〉，王力堅《天地間的影子——記憶與省思》，頁38-42。

（六）鈔票

前兩天發生的一件小事，讓我糾結至今：到一小雜物店買東西，沒有小鈔，便遞上一張千元鈔。老闆娘接過鈔票，並不馬上找回零錢，而是來回捏著鈔票。我順口貧嘴：「不會是假鈔啦，剛從提款機出來的！」話未落音，我呆住了——眼看老闆娘將那張千元鈔票捏成兩張！老闆娘隨手將「多給的」一張千元鈔票遞還給我，再找回零錢，始終微笑不語。

（七）筠園

筠園，即鄧麗君陵墓。之所以稱「筠園」，是採用鄧麗君本名「鄧麗筠」。筠園位於臺灣著名的金寶山墓園區內，依坡而建，視野開闊，與巍峨的金寶塔遙遙相對，綠蔭圍繞，肅穆寧靜。整個筠園的園區頗為寬敞，入口處就似乎是一個小廣場，中央安置著一大型鋼琴鍵盤的石雕，旁邊一小花園中，矗立著一座鄧麗君歌唱神情的雕塑。

鄧麗君是我——確切說是我們這代人的共同偶像。文革結束後不久，鄧麗君的歌傳進大陸，那溫軟曼柔的歌聲，對大陸人歷經文革磨礪而成的堅硬冷澀心靈，所造成的巨大衝擊，外人難以體會。在鄧麗君的「靡靡之音」

（革命批判語）衝擊下，一切「以革命名義」建構的東西（信念，精神，主義等），頹然崩潰了。當時流行著「白天聽老鄧，晚上聽小鄧」的說法，大家都清楚，聽老鄧（鄧小平）是為著現實的出路，聽小鄧（鄧麗君）則是為著心靈的救贖。

在我記憶中，鄧麗君最後一次演出，是一九八九年五月二十七日，在香港跑馬地三十萬人參與的「民主歌聲獻中華」活動上，演唱了名為《我的家在山的那一邊》的歌。因此，儘管鄧麗君終生未涉足中國大陸，已儼然為無數中國人心中不可撼動的精神偶像。

沒有花束，沒有香燭，我們在鄧麗君墓前默立。

夕陽璀璨，群山蒼莽，萬籟闃寂……

Do人物46　PC0537

轉眼一甲子

──由大陸知青到台灣教授

作　　者／王力堅
責任編輯／李書豪
圖文排版／楊家齊
封面設計／蔡瑋筠

出版策劃／獨立作家
發 行 人／宋政坤
法律顧問／毛國樑　律師
製作發行／秀威資訊科技股份有限公司
地址：114 台北市內湖區瑞光路76巷65號1樓
電話：+886-2-2796-3638　傳真：+886-2-2796-1377
服務信箱：service@showwe.com.tw
展售門市／國家書店【松江門市】
地址：104 台北市中山區松江路209號1樓
電話：+886-2-2518-0207　傳真：+886-2-2518-0778
網路訂購／秀威網路書店：https://store.showwe.tw
國家網路書店：https://www.govbooks.com.tw

出版日期／2015年10月　BOD一版　**定價**／480元

獨立作家
Independent Author
寫自己的故事，唱自己的歌

轉眼一甲子：由大陸知青到台灣教授 / 王力堅著. -- 一版. -- 臺北市：獨立作家, 2015.10
面；　公分
BOD版
ISBN 978-986-92064-9-5(平裝)

855　　104015330

國家圖書館出版品預行編目

讀者回函卡

感謝您購買本書，為提升服務品質，請填妥以下資料，將讀者回函卡直接寄回或傳真本公司，收到您的寶貴意見後，我們會收藏記錄及檢討，謝謝！

如您需要了解本公司最新出版書目、購書優惠或企劃活動，歡迎您上網查詢或下載相關資料：http:// www.showwe.com.tw

您購買的書名：________________________________

出生日期：________年________月________日

學歷：□高中（含）以下　□大專　□研究所（含）以上

職業：□製造業　□金融業　□資訊業　□軍警　□傳播業　□自由業

□服務業　□公務員　□教職　□學生　□家管　□其它_____

購書地點：□網路書店　□實體書店　□書展　□郵購　□贈閱　□其他

您從何得知本書的消息？

□網路書店　□實體書店　□網路搜尋　□電子報　□書訊　□雜誌

□傳播媒體　□親友推薦　□網站推薦　□部落格　□其他__________

您對本書的評價：（請填代號　1.非常滿意　2.滿意　3.尚可　4.再改進）

封面設計____　版面編排____　內容____　文／譯筆____　價格____

讀完書後您覺得：

□很有收穫　□有收穫　□收穫不多　□沒收穫

對我們的建議：________________________________

____

____

____

請貼
郵票

11466
台北市內湖區瑞光路 76 巷 65 號 1 樓
獨立作家讀者服務部 收

（請沿線對折寄回，謝謝！）

姓　　名：________________　年齡：_______　性別：□女　□男

郵遞區號：□□□□□

地　　址：____

聯絡電話：(日) ________________ (夜) ________________

E-mail：____